Sara B. Larson • Schwert und Rose

DIE AUTORIN

Sara B. Larson kann sich nicht erinnern, einmal *keine* Bücher geschrieben zu haben – auch wenn sie heute einen Computer benutzt statt ihr *Little-Mermaid*-Notizbuch. Sara lebt mit ihrem Mann und ihren drei Kindern in Utah. Sie schreibt, wenn alle anderen ein Nickerchen machen, oder gleich nachts, wenn alles stundenlang ruhig ist. Ihr Mann behauptet, sie verdiene ein Diplom in »der Kunst des Multitaskings«. Gelegentlich sucht sie Zuflucht in einem Schaumbad mit einem guten Buch und ein paar Weingummis.

Sara B. Larson

SCHWERT UND ROSE

Aus dem Englischen
von Antoinette Gittinger

Der Verlag weist ausdrücklich darauf hin, dass im Text enthaltene externe Links vom Verlag nur bis zum Zeitpunkt der Buchveröffentlichung eingesehen werden konnten. Auf spätere Veränderungen hat der Verlag keinerlei Einfluss. Eine Haftung des Verlags ist daher ausgeschlossen.

Dieses Buch ist auch als E-Book erhältlich.

Verlagsgruppe Random House FSC® N001967

3. Auflage
Deutsche Erstausgabe Februar 2015
© 2014 by Sara B. Larson
Die amerikanische Originalausgabe
erschien unter dem Titel
»Defy« bei Scholastic Press,
an imprint of Scholastic Inc., New York.
© 2015 by cbt Kinder- und Jugendbuchverlag
in der Verlagsgruppe Random House GmbH,
Neumarkter Straße 28, 81673 München
Alle deutschsprachigen Rechte vorbehalten
Aus dem Englischen von Antoinette Gittinger
Lektorat: Kerstin Weber
Umschlaggestaltung und -illustration: © Isabelle Hirtz,
Inkcraft
he · Herstellung: tk
Satz: Uhl + Massopust, Aalen
Druck und Bindung: GGP Media GmbH, Pößneck
ISBN: 978-3-570-30945-2
Printed in Germany

www.cbt-buecher.de

*Für Trav, der immer an die Schönheit
meiner Träume geglaubt hat.*

*In liebevoller Erinnerung an Josh Lloyd.
Er ist zwar unserem Blick entschwunden,
aber nicht unseren Herzen.*

Rückblick

*D*AS PRASSELN UND Zischen der Flammen, die unser Haus verschlangen, konnte die markerschütternden Schreie und das Wehklagen jener, die noch am Leben waren, nicht übertönen. Meiner Freunde, der Kinder und der Babys. Der Waisen. Die meisten Männer waren tot. Auch wenn wir nur noch wenige waren, verstreut in unserem ehemaligen Dorf, war der Lärm ohrenbetäubend. Ich stand im feuchten Morast vor unserem Haus, hielt mir die Ohren zu und versuchte, die Geräusche auszuschalten. Ich biss die Zähne zusammen, konnte aber nicht verhindern, dass mir Tränen in die Augen traten und über die Wangen rollten.

»Alexa, beeil dich!« Marcel packte mich am Arm und versuchte, mich wegzuzerren. Doch ich entwand mich seinem Griff.

»Ich kann sie nicht allein lassen.« Ich starrte auf die leiblichen Überreste meiner Eltern und wich dem Blick meines Bruders aus, vermied es, zu beobachten, wie die Flammen weiter unser Haus auffraßen. Ich blickte auch nicht den Feinden nach, die den Rückzug antraten. Nicht einmal die Armee des Königs, die sich am Horizont abzeichnete, erregte meine Aufmerksamkeit. Sie war zu spät aus der Tiefe des Dschungels, der unser Dorf umgab, aufgetaucht, auch wenn sie schließlich die Soldaten von Blevon in die Flucht geschlagen hatte. Zuvor jedoch hatte deren Zauberer ganze Arbeit geleistet.

»Alexa.« Marcels Stimme klang jetzt noch drängender. Er drehte mein Gesicht zu sich, sodass ich den Blick von den beiden leblosen Körpern zu meinen Füßen abwenden musste. Aber ich sah ihn nicht wirklich. Das Bild der verkohlten Leichen auf der Erde vor uns hatte sich in mein Gedächtnis eingebrannt. Obwohl Papa ein erprobter Krieger war, hatte er es nicht mit dem Zauberer aufnehmen können – niemand konnte etwas gegen das teuflische Feuer ausrichten, das der Zauberer entfacht hatte.

Ich erschauerte bei der Erinnerung an die übermächtige Magie, die alles zu beherrschen schien, als der Zauberer durch einen Feuerstrahl, der aus seinen Händen hervorbrach, Mama und Papa tötete.

Der Geruch nach verbranntem Fleisch und der Anblick ihrer Leichen war zu viel für mich. Ich fiel auf die Knie und erbrach mich in das dichte Gestrüpp, das den Grund und Boden neben unserem Haus überwucherte.

Papa hatte uns das Versprechen abgenommen, uns zu verstecken, als wir die Soldaten von Blevon entdeckten, die auf unser Dorf zumarschierten. Doch dann wurden er und Mama brutal umgebracht – und ich hatte nichts unternommen, um dem Einhalt zu gebieten.

»Alexa, die Armee ist im Anmarsch. Wir müssen es jetzt tun.« Marcel kniete nieder und hielt mein Haar nach hinten, während ich mir mit dem Ärmel über den Mund wischte. Mein Magen rebellierte immer noch. »Wenn sie mitkriegen, dass ich dein Haar abschneide, werden sie dich gefangen nehmen – und ins Bruthaus stecken.«

Ich sah zu ihm hoch, Angst schnürte mir die Kehle zu. Der Blick seiner haselnussbraunen Augen, das Spiegelbild meiner eigenen, war trostlos.

Dann ließ ich meinen Blick über den gewundenen Pfad schweifen, der in den Dschungel führte – und uns nach Tubatse, zu König Hektors Palast, führen würde. Und zu seinem Bruthaus. Die Armee rückte immer näher, war jetzt schon ganz nah.

»Vielleicht lassen sie mich, statt mich ins Bruthaus zu stecken, ja auch in die Armee eintreten, wenn ich ihnen beweise, wie gut ich kämpfen kann.« Die Panik in meiner Stimme wurde noch verstärkt durch meinen beschleunigten Pulsschlag.

Marcel schüttelte den Kopf. Der Wind drehte sich und einen Moment lang wehte uns der Rauch ins Gesicht, brannte mir in der Nase und verschleierte die Sicht auf Marcel. Sein Griff um mein Haar, das er immer noch nach hinten hielt, verstärkte sich.

»Na schön«, sagte ich. »Lass es uns tun. Beeil dich«, fügte ich hinzu, spuckte ein letztes Mal in den Morast und versuchte, den bitteren Geschmack in meinem Mund loszuwerden. Als ich mich erhob, hatte ich immer noch weiche Knie. Marcel griff nach der Schere, die er hatte retten können, bevor das Feuer um sich griff, und stellte sich hinter mich.

Als die Schere in meinem Haar wütete und die ersten langen, dunklen Strähnen auf dem Boden vor meinen Füßen landeten, musste ich ein Schluchzen unterdrücken. Es war töricht und egoistisch, aber mein Haar war das Einzige, was ich wirklich *mein* nennen konnte. Als Kind hatte ich es lustig gefunden, meinem Zwillingsbruder so sehr zu ähneln, doch als wir älter wurden, fand ich es eher lästig. Mein Kiefer war zu kantig, ich war für ein Mädchen viel zu groß und hatte bis jetzt noch nicht einmal Brüste. Wäre da nicht mein Haar gewesen, hätte man mich für einen Jungen halten können.

Aber nun würden mich ausgerechnet jene Merkmale, die mich immer frustriert hatten, hoffentlich retten.

Als die letzte Locke abgeschnitten war, fühlte sich mein Kopf leichter und kühler an, nackt. Mit zitternden Fingern tastete ich hinauf, schaffte es aber nicht, ihn zu berühren.

»Wie sehe ich aus?« Meine Stimme vibrierte, doch ich beherrschte mich und brach nicht erneut in Tränen aus, denn die Armee würde jeden Augenblick hier sein.

»Wie ich«, erwiderte Marcel.

Gemeinsam klaubten wir eilig das Haar auf und warfen es in die Flammen, die gerade die Reste unseres Heims verzehrten. Die langen Haarsträhnen, das Ergebnis vieler Jahre, rollten sich zusammen und waren innerhalb eines Augenblicks verbrannt. Für immer verschwunden. Wie meine Eltern. Wie mein Zuhause. Alles hinweggerafft, dem Feuer preisgegeben, niedergewalzt, in Asche verwandelt.

Eins

Gegenwart

MARCEL STÜRZTE SICH blitzschnell auf mich. Doch mein Block war noch schneller. Unsere Übungsschwerter prallten aufeinander, sodass mein Arm einen heftigen Stoß abbekam. Wir kämpften schon eine ganze Weile, aber keiner von uns beiden war bereit nachzugeben. Ich stieß erneut zu, verfehlte ihn aber um Haaresbreite, als ich Prinz Damian entdeckte, der außerhalb des Übungsrings hinter den anderen Mitgliedern seiner Wache stand und uns beobachtete. Marcel nutzte die Chance meiner vorübergehenden Zerstreutheit und versetzte mir einen Schlag gegen die Schulter. Ich brummte, verärgert über mich selbst, fasste mich aber schnell wieder und wandte mich von ihm ebenso wie von Prinz Damians unverwandtem Blick ab. Die Schadenfreude in Marcels Gesicht war jedoch nur von kurzer Dauer, denn ich wirbelte erneut herum, und noch bevor er meinen Stoß abwehren konnte, traf ich seinen Brustkorb.

Ein tödlicher Treffer.

Marcel warf seine Waffe auf den Boden, zog eine Grimasse und rieb sich die Rippen. Mein Holzschwert würde vermutlich trotz der Polsterung, die wir beide trugen, eine Prellung hinterlassen.

»Ich hätte dir nie beibringen sollen, mich zu schlagen«, grollte Marcel, während die meisten unserer Zuschauer außerhalb des Übungsrings johlten und schrien.

»Ich würde dich jederzeit wieder schlagen, außer ich wüsste, dass du es nicht ernst meinst.« Ich bückte mich, hob sein Schwert auf und wagte einen flüchtigen Blick, um zu sehen, ob der Prinz immer noch da war. Er hatte mich schon des Öfteren beim Üben beobachtet, schien sich aber immer in dem Moment zurückzuziehen, in dem ich meinen Kampf beendete. Doch dieses Mal nicht. Er stand immer noch da und das Licht der Sonne verfing sich in seinem dunklen Haar. Ich hätte schwören können, dass seine Miene Bewunderung ausdrückte – Bewunderung und noch etwas, das ich nicht in Worte fassen konnte. Im nächsten Moment jedoch zeigte er schon wieder seinen üblichen sarkastischen Gesichtsausdruck.

Prinz Damian klatschte zweimal langsam in die Hände, sodass ein paar Wachen vor ihm zusammenzuckten und herumwirbelten. Als sie den Prinzen erblickten, nahmen sie Haltung an.

»Ein beeindruckendes Schauspiel, Alex, aber nächstes Mal musst du mehr auf der Hut sein. Es zahlt sich nie aus, sich ablenken zu lassen«, bemerkte Prinz Damian. Ich musste die Zähne zusammenbeißen, um bei seinem herablassenden Tonfall nicht zu erröten. Ein Teil von mir sehnte sich danach, ihn herauszufordern, ihn aufzufordern, sich mir zu stellen, und zu prüfen, wie lange er durchhalten würde. Doch ich nickte ihm lediglich steif zu. Er betrachtete mich noch einen Moment lang mit undurchdringlichem Blick, dann machte er auf dem Absatz kehrt und zog sich zurück.

Ich stand im Ring, umklammerte Marcels und mein Schwert und war über alle Maßen wütend.

»Gib es mir.« Marcel entwand mir sein Schwert und warf einen verstohlenen Blick auf die anderen Mitglieder der Leibwache des Prinzen. Aber sie hatten uns den Rücken zugekehrt, immer noch alle auf den Prinzen konzentriert. »Du brauchst mein Schwert nicht für mich zu tragen.«

Ich blinzelte, als er davonstürmte. Ich wusste, dass er nicht wirklich böse war. Als wir noch klein gewesen waren und täglich stundenlang mit Stöcken anstelle von Schwertern geübt hatten, war der Tod nichts weiter als ein Spiel für uns gewesen. Damals, als ich noch Alexa war und nicht Alex, Marcels Zwillings*bruder* und Mitglied von Prinz Damians Leibwache, war Marcel für gewöhnlich so wütend auf mich, wenn ich ihn besiegt hatte, dass er den Rest des Tages kein Wort mehr mit mir wechselte.

Doch das war, bevor unsere Eltern getötet wurden und der Tod plötzlich bittere Wahrheit für uns war.

Seitdem wurde Marcel nicht mehr böse, wenn ich ihn besiegte.

»Gut gemacht, Alex. Hör nicht auf den Prinzen. Wir alle wissen, dass er sich nicht mit dem Schwert verteidigen könnte, wenn sein Leben davon abhinge.« Rylan lächelte mir anerkennend zu, als ich mich ihm und den anderen Männern näherte, die uns bei unserem Kampf zugesehen hatten.

Ich lachte und verstellte dabei meine Stimme so, dass sie so unweiblich wie möglich klang. Ich tat das jetzt schon so lange, dass ich nicht einmal mehr darüber nachdenken musste. Es war mir zur zweiten Natur geworden, wie ein Junge zu sprechen. »Wann hätte es mir schon jemals etwas ausgemacht, was der Prinz denkt? Der Tag, an dem ich mir von ihm Kampfratschläge erteilen lasse, wird der Tag sein, an dem Marcel mich schließlich besiegen wird.«

Rylan lachte. »Ganz richtig. Ich schätze, Marcel wird deinen Schlag noch ein paar Tage spüren.«

»Nun«, erwiderte ich, »es ist immer gut, ihn daran zu erinnern, warum ich ihn eines Tages beim Kampf um die Stellung des Hauptmanns schlagen werde.« Ich schleuderte mein Schwert in die Luft, und Asher fing es in letzter Sekunde auf, bevor es ihm in die Brust dringen konnte. Er und Deron waren die Nächsten im Ring.

»Was nicht so schnell geschehen wird«, sagte Deron, der derzeitige Hauptmann, als er an uns vorüberging.

Während ich mich von meiner Polsterung befreite, beobachtete ich, wie Asher den Ring betrat. Die drückende Hitze verhieß ein Gewitter, die Luft war dampfig und schwül, als würde die Erde selbst genauso heftig schwitzen wie ich. Mein Hemd klebte mir am Leib, doch zum Glück verbarg mein Lederwams die Bandagen, die ich heute Morgen um meine Brust gewickelt hatte. Ich blickte zum wolkenlos blauen Himmel empor, der sich über dem Palast und dem uns umgebenden Dschungel wölbte, und überlegte, wann sich die Feuchtigkeit zu einer dunklen Masse bedrohlicher Gewitterwolken zusammenballen würde.

»Los, Hauptmann, gehen wir's an«, rief Asher von der Mitte des Rings aus. Die Sonne ließ sein rotes Haar buchstäblich glühen oder vielleicht war es auch die Spiegelung seiner Haut. Noch nie in meinem Leben hatte ich einen Menschen mit einem solch weißen Teint gesehen. Die meisten Bewohner von Antion hatten wenigstens einen leicht olivfarbenen Hautton oder sogar noch dunklere Schattierungen. Aber Asher stammte aus Dansii, dem Land, das sich nördlich von unserem befand, wo fast jedermann solch alabasterfarbene Haut hatte – zumindest behauptete das Asher. Allerdings stammte König Hektor ebenfalls aus

Dansii, und er war zwar blass, aber nicht durchsichtig wie Porzellan.

Im Vergleich dazu schien Derons dunkle Haut das Licht zu absorbieren. Ich kannte Deron jetzt schon so lange, dass er mich nicht mehr einzuschüchtern vermochte, aber ich zuckte immer noch zusammen, wenn er sein Schwert hob und in die Arena marschierte, um Asher gegenüberzutreten, der zehn Jahre jünger war und mindestens fünfzig Pfund leichter. Deron war der kräftigste Mann der Leibwache und mit 36 auch der älteste. Aber das war nicht der Grund, weshalb er der Hauptmann war – niemand hatte ihn je bei einem Kampf geschlagen. Nun, niemand außer mir.

Doch als ich ihn vor einem Jahr beim Kampf um die Aufnahme in die Leibwache besiegte, war ich zu neu und zu jung gewesen, um Hauptmann zu werden. Mein Sieg war also bedeutungslos.

Marcel kehrte mit zwei großen Bechern zurück, einen in jeder Hand. »Wasser?«, fragte ich und streckte begierig die Finger danach aus.

»Ja«, erwiderte er, trat jedoch einen Schritt zurück und hielt die Becher außerhalb meiner Reichweite. Dann führte er einen an den Mund und nahm einen großen Schluck.

»Hast du vor, das Wasser mit mir zu teilen, oder muss ich mich dafür entschuldigen, dass ich dich geschlagen habe?«

»Nein. Keine Entschuldigung nötig. Du sollst bekommen, was du verdienst.«

Bevor ich reagieren konnte, schüttete mir Marcel den Inhalt des zweiten Bechers ins Gesicht, sodass ich völlig durchnässt war. Im ersten Moment starrte ich ihn nur schockiert an. Dann fing ich an zu lachen. Es fühlte sich gut an, wie das kühle

Wasser mir über Nase und Kinn rann und von meinem kurzen Haar auf mein Hemd tropfte.

»Tja, auch eine Art zuzugeben, dass du ein schlechter Verlierer bist.« Ich fuhr mit der Hand durch mein nasses Haar und schüttelte das überschüssige Wasser ab.

»Ihr zwei könnt es wohl nicht lassen, was?« Rylan grinste ironisch und entblößte dabei seine geraden weißen Zähne. Seine Haut war cremefarben, vermischt mit einem Hauch geschmolzener Schokolade.

»Ich muss im Palast nach dem Rechten sehen«, sagte ich und zwang mich, den Blick von seinen warmen braunen Augen abzuwenden. Es stand mir nicht zu, sein Lächeln, seine Zähne oder seinen schokofarbenen Teint und den Ton seiner Augen wahrzunehmen. »Am besten, du verlierst keine weiteren Übungs-Wettkämpfe mehr«, wandte ich mich an Marcel. »Ich bezweifele nämlich, dass sich allzu viele Möchtegernmörder durch einen Becher Wasser ins Gesicht abschrecken lassen werden.«

»Zu Befehl, Sir.« Marcel salutierte mit dem leeren Becher.

Mit einem Seufzen und einem unterdrückten Lächeln kehrte ich meinem Bruder den Rücken und schlenderte über den Hof, wobei ich ganz bewusst weit ausholende Schritte machte.

❧ Zwei ❧

DER SPEISESAAL WURDE von Hunderten von Kerzen erhellt. Der Geruch von heißem Wachs und zu aufdringlichem Parfüm verursachte mir Kopfschmerzen. Ich stand stramm und in angemessenem Abstand zu Prinz Damian, der sein Abendessen mit dem üblichen gelangweilten Gesichtsausdruck einnahm. Die Damen links und rechts von ihm wetteiferten um seine Aufmerksamkeit, eine auffälliger als die andere. Sie beugten sich nach vorn und schoben ihre sowieso schon unübersehbaren Brüste noch weiter aus dem Ausschnitt. Doch der Prinz hob lediglich eine dunkle Augenbraue und führte einen Löffel voll gekühlter Birnensuppe zum Mund.

Ich hätte den Damen am liebsten gesagt, dass es keinen Zweck hatte. Prinz Damian nahm nie eine von ihnen mit in seine Gemächer, und als Mitglied seiner Leibwache war ich mir sicher, dass er auch nicht die Gemächer der Damen aufsuchte. Was meiner Meinung nach daran lag, dass derartige Aktivitäten einen gewissen Aufwand bedeutet hätten – und wenn es etwas gab, in dem der Prinz alle übertraf, dann war es Faulheit.

Ich wandte den Blick von der langen Tafel mit den prachtvoll gekleideten Damen und Herren ab und ließ ihn durch den Saal schweifen. Marcel befand sich wenige Meter von mir entfernt, auf der anderen Seite von Prinz Damian. Rylan und sein Bruder Jude hielten sich in der Nähe der Tür auf.

Als der nächste Gang aufgetragen wurde, wandte sich die Konversation, wie es fast immer der Fall war, dem Krieg zu. Nach wenigen Minuten stöhnte Prinz Damian.

»Müssen wir uns denn immer über dieses langweilige Thema unterhalten?« Er führte das Weinglas an die Lippen. König Hektor hatte Wein und Champagner aus Dansii einführen lassen, aber nur die königliche Familie und deren Lieblingsgäste kamen in den regelmäßigen Genuss dieser Getränke. Die übrigen Gäste mussten mit einheimischen Säften aus Antion – Mango und Papaya – vorliebnehmen.

»Aber *Ihr* findet das Thema doch gewiss nicht langweilig, Hoheit?«, fragte eine junge Frau, die ich vorher noch nie gesehen hatte, mit überraschtem Gesichtsausdruck. »Natürlich verursacht dieser Krieg atemberaubende Kosten. Aber ich nehme doch an, dass allen voran *Ihr* von dem Erfolg begeistert seid, den die Armee jüngst errungen hat, als es ihr gelang, den Zauberern von Blevon Einhalt zu gebieten.«

Aha, darauf läuft es raus, stöhnte ich innerlich.

»Sollte ich?«, fragte der Prinz mit trügerisch sanfter Stimme. »Warum vermutet Ihr, dass mich das besonders erfreuen würde?«

Die junge Frau – sicherlich nicht älter als fünfzehn oder sechzehn, wahrscheinlich erst vor Kurzem bei Hof eingeführt – beugte sich eifrig vor, hocherfreut, dass sie die Aufmerksamkeit des Prinzen erregt hatte.

»Nun, aufgrund dessen, was der Königin zugestoßen ist. Ich bin sicher, Ihr seid genauso daran interessiert wie der König, ihren Mord zu rächen, nicht wahr?«

Der ganze Saal schien zu erstarren. Stille breitete sich aus, als der Prinz sie mit seinem Blick durchbohrte. Von meiner Position aus konnte ich seine Augen nicht sehen, aber ich kannte Prinz Damian gut genug, um mir den eisigen Blick, mit dem er sie bedachte, vorzustellen, seine kalten, unglaublich blauen Augen. Zuerst wich jegliche Farbe aus dem Gesicht des Mädchens, dann wurde sie von einer Röte überzogen, bis hinab zu ihrem Hals.

»Ich finde ... dieses Mahl ... ist ... unappetitlich geworden«, sagte Prinz Damian schließlich und erhob sich von seinem Stuhl. Alle Gäste taten es ihm nach. »Bitte, bleibt und genießt das Dinner. Feiert die Siege der Armee gebührend.«

Das Mädchen blickte gedemütigt auf seinen Teller, alle Lebhaftigkeit war verschwunden. Sie sah aus, als müsste sie sich jeden Augenblick über dem Tisch erbrechen.

»Wache«, signalisierte uns Prinz Damian mit einem Fingerschnippen. Wir eskortierten den Prinzen, als er den Saal verließ, Rylan und Jude vor ihm, Marcel und ich hinter ihm. Nachdem wir die Tafel und die peinliche Unterhaltung weit zurückgelassen hatten, blieb Prinz Damian stehen.

»Alex«, sagte er. Er wandte sich um und sah mir direkt ins Gesicht.

»Hoheit?« Ich stand stramm.

»Ich weiß nichts von diesem angeblichen Sieg.« Er starrte mich an, als sei es meine Schuld. »Ich schätze es nicht, wenn ich überrumpelt werde, nicht informiert bin. Du suchst sofort Nolen auf und sagst ihm, dass ich künftig immer das Neueste über die Kriegsanstrengungen zu erfahren wünsche und die Nachrichten persönlich überbracht haben möchte.«

»Nolen hat sich den Abend frei genommen, Hoheit, um seine Schwester in Tubatse zu besuchen«, erklärte Marcel hinter mir.

Prinz Damians Blick wanderte an mir vorbei zu meinem Bruder. »Ah ja.« Verärgert kniff er die Lippen zusammen. »Dann such Iker auf und übermittele ihm diese Botschaft. Er ist vermutlich sowieso besser informiert als Nolen.«

Ich nickte. Iker – der engste Berater des Königs – wusste wahrscheinlich tatsächlich mehr als Nolen, Prinz Damians »Betreuer«, wie wir ihn nannten. Aber ich hasste es, mit Iker zu tun zu haben, und wünschte mir, Nolen hätte sich nicht gerade den heutigen Abend für den Besuch bei seiner Schwester ausgesucht. »Wünschen Hoheit, dass ich oder Marcel gehen soll?«

»Ich nehme an, eure Schichten enden bald?«, erkundigte er sich.

»Jawohl, Hoheit«, bestätigte Marcel.

»Dann geht beide und überbringt mir seine Antwort, bevor ihr euch für die Nacht zurückzieht.« Mit diesen Worten gab er uns einen Wink und Marcel und ich pressten die rechte Faust gegen die linke Schulter und verneigten uns.

Die Gemächer des Königs befanden sich in einem völlig anderen Flügel des ausgedehnten gewaltigen Palasts. Also mussten wir den ganzen Weg, den wir gekommen waren, wieder zurückgehen, um zu Ikers Gemach zu gelangen, welches sich neben den Privatgemächern von König Hektor befand.

Sobald wir außerhalb Prinz Damians Hörweite waren, verlangsamten Marcel und ich unsere Schritte. Mein Bruder schien sich vor dem Gespräch mit Iker genauso zu fürchten wie ich.

»Hast du in letzter Zeit von irgendwelchen Siegen gehört?«, fragte mich Marcel, als wir die Treppe zum zweiten Stock hinaufgingen.

Ich schüttelte den Kopf. »Nein. Und ich habe auch dieses Mädchen noch nie zuvor gesehen. Ich frage mich, ob sie wirklich so dumm ist oder ob jemand sie zu dem Versuch angestiftet hat, dem Prinzen eine Reaktion zu entlocken.«

»Wenn ja, dann ist sie eine ausgezeichnete Schauspielerin. Ich war sicher, sie würde sich jeden Moment übergeben, als Damian aufstand, um sich zurückzuziehen.«

Ich musste Marcel zustimmen, sie hatte tatsächlich sehr überzeugend gewirkt. Vielleicht gab es einen Siegesbericht, von dem wir noch nichts mitbekommen hatten. Aber selbst wenn ein solcher existierte, konnte ich einfach nicht fassen, dass sie so dreist gewesen war, die Ermordung von Prinz Damians Mutter beim Essen zu erwähnen. Es spielte keine Rolle, ob das der Grund war, weshalb König Hektor Blevon den Krieg erklärt hatte – es war auf jeden Fall kein Thema, über das man sich bei gekühlter Suppe und pochiertem Fisch unterhielt.

Als wir vor Ikers Tür standen, war diese einen Spalt geöffnet. Marcel klopfte leicht dagegen. Wir warteten, aber es tat sich nichts.

»Sollten wir hineingehen?«

Aus irgendeinem Grund musste ich ein Schaudern unterdrücken. Ich mochte Iker nicht, diesen schmalbrüstigen Mann, an dem alles eckig und scharf war – seine Hakennase, sein Kinn, sein Haupt, das nur noch spärlich von seinem öligen schwarzen Haar bedeckt wurde. Ich verspürte nicht den geringsten Wunsch, sein Gemach zu betreten, aber es blieb uns nichts anderes übrig. Wir mussten ihn aufsuchen. »Müssen wir wohl. Prinz Damian bekommt einen Wutanfall, wenn wir ohne ein mit Blut signiertes Dokument zurückkehren, in dem Iker den Schwur leistet, ihm jegliche Siegesnachricht zu überbringen, sobald er davon erfährt.«

Marcel tat den ersten Schritt und stieß die Tür ein wenig

weiter auf. Der Raum war in Dunkelheit gehüllt, mit Ausnahme der hinteren Ecke, wo sich eine hochgewachsene Gestalt über einen Tisch beugte. Der matte Schein der schwachen Flammen von der Feuerstelle neben ihm ließ Ikers knochige Gestalt erkennen. Ein leichter Dunst erfüllte den Raum und ein bitterer kupferartiger Geruch drehte mir den Magen um.

Als wir eintraten, versteifte Iker sich, wirbelte zu uns herum und versperrte uns die Sicht auf das, was auf dem Tisch lag. »Wie könnt ihr es wagen, ohne Erlaubnis in mein Privatgemach einzudringen?«, herrschte er uns wutschnaubend an. In einer Hand hielt er ein kleines Messer.

»Prinz Damian schickt uns, und Eure Tür stand offen...« Marcel deutete hinter uns.

»Verlasst sofort mein Gemach.« Iker sah uns finster an. Das schwache Licht des Feuers erhellte nur dürftig seine Gesichtszüge und ließ seinen Blick düster und wild erscheinen. Die Luft war zum Schneiden, sie schnürte mir den Atem ab. Hier stimmte etwas nicht, und ich war nur allzu bereit, seinem Befehl Folge zu leisten. Ich machte auf dem Absatz kehrt und ging hinaus. Doch Marcel zögerte. Ich wandte mich um. Er stand immer noch im Türrahmen und hielt Ikers Blick stand.

»Iker, fiel heute irgendein Wort über einen Sieg, von dem Prinz Damian nichts weiß?« Marcel verschränkte die Arme vor der Brust und ich stöhnte. Ich kannte diese Haltung nur zu gut. Er würde keinen Rückzieher machen oder sich von Iker einschüchtern lassen. Normalerweise würde ich das auch nicht, aber in diesem Fall wollte ich nicht nur Iker unbedingt entkommen. Sondern auch seinem Gemach, dem Geruch, dem kleinen Messer in seiner Hand, das mit etwas befleckt war, was stark an Blut erinnerte, der Dunkelheit, die irgendwie undurchdringlicher schien als gewöhnlich. Ich konnte mir nicht vorstellen, was er hier tat, und war überrascht, dass Marcel nicht genauso schnell von hier wegkommen wollte wie ich.

»Ich sagte, verlasst mein Gemach.« Als Iker auf uns zukam, war seine Stimme leise und bedrohlich. Immerhin besaß Marcel jetzt so viel gesunden Menschenverstand, um zurückzuweichen. Zwar hätte es jeder von uns mit dem schmierhaarigen, älteren Mann aufnehmen können, ohne auch nur ins Schwitzen zu geraten. Aber er war unser Vorgesetzter – fast genauso mächtig wie der König selbst –, und es war nicht gerade empfehlenswert, ihn zu erzürnen.

Iker zog die Tür hinter sich ins Schloss und deutete mit dem Messer auf uns. »Ihr könnt eurem Prinzen sagen, dass ich ihn nach Gutdünken des Königs über alle Siege, die über Blevon errungen werden, unterrichte. Und was euch beide angeht: Da ihr offensichtlich nichts Besseres zu tun habt, als in die Privatgemächer anderer Leute einzudringen, benötige ich jetzt eure Dienste.«

Selbst bei geschlossener Tür stieg mir dieser Geruch noch in die Nase. Ich betrachtete sein Messer und versuchte, trotz meiner Übelkeit eine neutrale Miene aufzusetzen.

»Wir müssen eine neue Schar von Waisen unterbringen«, sagte Iker, »und die königliche Garde umfasst zurzeit aufgrund von Krankheitsfällen nur wenige Männer. Ich glaube, die Mädchen werden in Kürze durch das Westtor eintreffen. Niemand scheint Gefallen daran zu finden, sie ins Bruthaus zu bringen, aber ich bin mir sicher, euch beiden macht es nichts aus.« Seine Finger umklammerten den Griff des Messers. »Habe ich recht?«

Mir drehte sich der Magen um. Bisher war ich nur einmal gezwungen gewesen, das Bruthaus zu betreten. Obwohl ich mich nur wenige Minuten im Inneren aufgehalten hatte, verursachte mir diese Stätte immer noch Albträume. Der Gestank ungepflegter Körper und ungewaschener Laken. Der Widerhall von Schreien, das verzweifelte Schluchzen hinter verschlossenen Türen. Die Hitze. Die Angst, die die Luft wie Rauch verpestete. Der leere Blick der Mädchen. Die Wölbungen ihrer Körper. Mein Mund fühlte sich gallenbitter an, Panik erfasste mich. Ich konnte nicht dorthin zurückkehren – und andere Mädchen diesem grausamen Schicksal ausliefern.

Iker sah mir direkt in die Augen. Ein grausames Lächeln umspielte seine schmalen Lippen. Er wiederholte: »Habe ich recht?«

»Jawohl, Sir«, stieß Marcel schließlich hervor und antwortete damit für uns beide. »Wir begeben uns sofort dorthin.«

»Vielleicht denkt ihr das nächste Mal besser nach, bevor ihr mich stört.« Iker bedachte mich mit einem letzten finsteren Blick, bevor er sich in sein Gemach zurückzog – und die Tür nachdrücklich hinter sich schloss.

Drei

DIE UNERTRÄGLICHE HITZE, die in dieser Nacht herrschte, ließ meine Uniform an meiner feuchten Haut kleben, als Marcel und ich schweigsam über das Palastgelände gingen. Ein Stück entfernt vom Haupteingang des Palasts sahen wir, wie eine große Menschengruppe von einer der königlichen Wachen durch das Seitentor geschleust wurde. Es kostete mich meine ganze Selbstbeherrschung, um meine undurchdringliche Miene zu wahren und die in mir aufsteigende Panik niederzuringen, als ich nah genug war, um ihre Gesichter zu erkennen – das Entsetzen im Blick der Mädchen. Es waren acht Jungen und zwölf Mädchen. Die jüngste war sicher nicht älter als fünf. Sie umklammerte die Hand eines größeren Jungen. Im schwachen Schein der Mondsichel wirkte ihr Gesicht aschfahl.

Denk nicht darüber nach, denk nicht darüber nach, bläute ich mir ein, schluckte schwer und biss die Zähne zusammen.

»Was tut ihr denn hier?«, fragte einer der Männer, als wir nur noch wenige Schritte von ihm entfernt waren.

»Ihr wollt doch nicht etwa helfen?«, schnarrte ein anderer. »Die Leibwache des Prinzen ist doch gar nicht Manns genug für diese Art von Arbeit.«

Ich spürte, wie zwischen meinen Brüsten der Schweiß bis zu meinem Bauch perlte. Ich tastete nach meinem Schwertgriff. Irgendwie beruhigte mich das. »Braucht ihr Hilfe oder nicht?«, fragte ich. »Wir werden uns nämlich zurückziehen, wenn ihr euch nicht ordentlich benehmt.« Ich war dankbar, dass meine Stimme schneidend klang. Mein Magen rebellierte, und mein Herz pochte zum Zerspringen, als ich mich zwang, den Mann anzusehen und den Blick auf die Waisen zu vermeiden.

»Wir nehmen die Hilfe an«, erwiderte der Anführer der Wache brummend. Er begann, Befehle zu brüllen, und forderte die anderen drei Männer auf, die Jungen von den Mädchen zu trennen. »Ihr beide könnt mir helfen, die Mädchen zu ihrem neuen Heim zu geleiten«, sagte er und deutete mit einer Bewegung seines Kinns zum Bruthaus. »Ihr drei« – er erhob die Stimme in Richtung der anderen Wachen, die dabei waren, die Jungen und Mädchen in getrennten Reihen aufstellen zu lassen – »führt die Jungen zu den Baracken und teilt sie unterschiedlichen Bataillonen zu.«

Hilflos beobachtete ich, wie die Mädchen von den Wachen geschubst und angebrüllt wurden, die meisten von ihnen schienen sich ihrem Schicksal resigniert zu ergeben. Das hätte genauso gut ich sein können, verdammt zu einem Leben dauerhafter Vergewaltigung, um so viele Soldaten wie möglich für die königliche Armee zur Welt zu bringen, bis mein Körper verbraucht gewesen wäre.

»Tief durchatmen«, murmelte Marcel neben mir.

Doch ich umklammerte mein Schwert so krampfhaft, dass meine Knöchel weiß hervortraten und mir das Atmen schwerfiel. Ich musste mich unbedingt beherrschen, denn ich konnte dem Geschehen hier durch nichts Einhalt gebieten – ich konnte nichts tun, um den Mädchen ihr Schicksal zu ersparen, auch wenn ich es mir noch so innig wünschte.

Als die Wachen beim kleinsten Mädchen angelangt waren, wollte ihr Bruder ihre Hand nicht loslassen.

»Ihr könnt sie nicht mitnehmen«, sagte er bestimmt und stellte sich vor sie. Er war sicher nicht älter als zehn.

»Junge, tritt zur Seite«, herrschte ihn die Wache an.

»Nein, ihr könnt sie nicht haben!«, wiederholte er heftiger, wandte sich um und schlang die Arme um seine kleine Schwester, deren Körper bebte. Bittere Tränen rollten ihr über die Wangen. Sie hielt sich an ihrem Bruder fest, umklammerte mit ihren kleinen Fingern sein Hemd.

»Du nimmst das Mädchen, ich kümmere mich um den Jungen«, sagte der Mann zu einem seiner Kameraden. Dieser packte daraufhin die Arme des Mädchens und zerrte an ihr, während der erste Mann den Jungen von seiner Schwester wegriss. Sie heulte auf, stieß ein verzweifeltes Schluchzen aus und reckte die Arme nach ihrem Bruder.

»*Kalen!* Nein! Lasst sie in Ruhe!«, rief der Junge und schlug um sich, aber vergeblich.

Unwillkürlich bewegte ich mich auf den Jungen zu, doch Marcel packte mich am Arm und zwang mich, stehen zu bleiben. Meine Brust brannte, ich zitterte am ganzen Körper vor Entsetzen, vor Wut.

»Kommt, bringen wir die Mädchen von hier fort, bevor sie zu viel Aufmerksamkeit erregen. Wir wollen den König nicht beunruhigen«, ordnete der Anführer der Wache an und ging auf das erste Mädchen in der Reihe zu. »Ihr beide kümmert euch um die hintere Reihe und behaltet besonders die da hier im Auge, denn sie wollte uns schon einmal entwischen.« Er deutete auf ein hochgewachsenes Mädchen in der Mitte, die ihn herausfordernd anblickte.

Die anderen Wachen scheuchten die Jungen in die entgegengesetzte Richtung und ließen uns mit den Mädchen allein.

»Folgt mir«, befahl der Anführer den verängstigten Mädchen, »und denkt nicht einmal daran, wegzulaufen, sonst werdet ihr erschossen, bevor ihr auch nur ein paar Schritte getan habt.« Er warf ihnen einen letzten Blick zu, machte auf dem Absatz kehrt und steuerte das Bruthaus an. Die Mädchen folgten ihm zögerlich, auch Kalen, die immer noch still vor sich hin schluchzte. Ein älteres Mädchen hatte jetzt ihre Hand ergriffen und sprach besänftigend auf sie ein.

»Ich kann das nicht«, flüsterte ich Marcel zu. Mein Atem ging stoßweise.

»Aber wir müssen.« Er erwiderte meinen panischen Blick mit düsterer Miene. »Ich geh als Erster, du kommst hinterher.«

Er wandte sich um und marschierte hinter den Mädchen los. Ich zwang mich, ihm zu folgen und alle Gedanken auszuschalten. Ich konzentrierte mich auf das Gebäude vor uns, statt auf die Mädchen zu starren. Schließlich hämmerte der Anführer der Wache gegen eine Holztür.

Kurz darauf öffnete sie sich und im Türrahmen stand ein älterer Mann mit schütterem Haar und kleinen wässerigen Augen. »Habt mir wieder neue Mädchen gebracht, he? Wir sind fast voll belegt, wird Zeit, dass der Anbau fertig wird, aber 'n paar Räume haben wir noch. Tut denen ja bestimmt nicht weh, sich die zu teilen.« Seine Wangen waren gerötet und auf seiner dicken Oberlippe glänzte Schweiß.

»Ist gut, Horace«, sagte die Wache.

Horace riss die Tür noch weiter auf und bedeutete den Mädchen, einzutreten. »Los, beeilt euch, ich hab nicht alle Zeit der Welt. Da wartet noch Arbeit auf mich.« Er zwinkerte der Wache zu, und ich schluckte die Galle, die mir in die Kehle stieg, heftig hinunter.

Der Mann ging den Mädchen voraus, die ihm langsam folgten. Einige von ihnen schritten aufrecht und stolz, andere mit hängenden Schultern. Als Kalen eintrat, die immer noch die Hand des anderen Mädchens hielt, pfiff Horace durch die Zähne. »Mein Gott, bist du ein hübsches junges Ding. Mach dir keine Sorgen, du kannst noch 'ne Weile bei deiner Freundin bleiben, denn du nützt uns noch nichts, zumindest nicht die nächsten Jahre.« Er kicherte.

Ich ballte die Hände zu Fäusten, doch Marcel warf mir über die Schulter einen warnenden Blick zu, als könne er meine Gedanken lesen. Oder vielleicht dachte er auch dasselbe, aber er wusste, dass wir keine Möglichkeit hatten, einzuschreiten. Es handelte sich um die Befehle des Königs, und niemand konnte sich ihnen entgegenstellen, schon gar nicht Marcel und ich.

Als das letzte Mädchen das schwach beleuchtete Bruthaus betreten hatte, rief Horace: »Marie, wir haben wieder Neue. Komm runter und hilf mir, Platz für sie zu finden.«

Ich stand etwas hinter Marcel auf der Türschwelle und hoffte, dass unsere Aufgabe erledigt sei. Ich musste meine ganze Kraft aufwenden, um nicht vor dem Geruch, der mir entgegenwaberte, zurückzuschrecken, einer Mischung aus Schweiß, Angst und Fäulnis.

Die Wache bemerkte, dass ich einen Schritt zurückwich, und winkte uns zu sich heran. »Kommt rein und helft mir, dafür zu sorgen, dass sie alle irgendwo eingeschlossen werden. Dann könnt ihr gehen.«

Das schmale Foyer wurde von ein paar Öllampen beleuchtet, die sich auf zwei kleinen Tischen zu beiden Seiten des Eingangs befanden. Das flackernde Licht enthüllte einen schäbigen Anblick. In den Ecken und auf den Tischen hatte sich Staub gesammelt. Die Steine unter unseren Füßen starrten vor Schmutz. Die Mädchen mussten sich an einer Wand links von der Tür aufstellen. Direkt vor uns befand sich eine schmale Treppe. Ein erschreckend mageres Mädchen in meinem Alter kam langsam die Stufen herunter, mit einer Hand hielt sie ihren gewölbten schwangeren Leib und mit der anderen eine Laterne. Sie hatte eingefallene Wangen, sodass ihre großen Augen in dem ausgemergelten Gesicht riesig wirkten.

»Ah, da bist du ja, Marie«, sagte Horace und gab ihr zu verstehen, dass sie ganz nach unten kommen solle. »Hilfst du mir, die Neuen einzuquartieren? Muss mich beeilen und wieder hinaufgehen.« Ein lüsternes Grinsen huschte über sein schweißnasses Gesicht.

»Wir haben nur noch vier Räume, die Mansarde mit eingeschlossen«, sagte Marie mit tonloser Stimme.

Horace warf einen Blick auf die Reihe der Mädchen. »Wie viele von euch haben bereits ihre Monatsblutung?«

Bei dieser intimen Frage zuckte ich zusammen. Fünf Mädchen hoben die Hand.

»Und du wohl nicht, he? Kannst mir nichts vormachen.« Horace trat auf eines der Mädchen zu, bei dem sich feste runde Brüste unter dem Gewand abzeichneten. Sie hatte sich nicht gemeldet. »Wenn du's mir verschweigst, wird es noch schlimmer für dich kommen. Meine Männer und ich müssen dann die verlorene Zeit aufholen.« Er grinste das Mädchen anzüglich an. Sie begann, heftig zu zittern, und ihre Augen füllten sich mit Tränen.

Langsam hob sie die Hand. Horace grinste und zeigte seine schiefen, gelben Zähne.

»Schaff alle Mädchen, die noch zu jung sind, in die Mansarde und bring die übrigen in den anderen Räumen unter.«

Am Ende des Flurs ging eine Tür auf, und ein weiterer Mann trat heraus, der sich gerade die Hose zuknöpfte. Bevor die Tür wieder hinter ihm ins Schloss fiel, erhaschte ich einen flüchtigen Blick auf ein Mädchen, das reglos auf einem zerwühlten Bett lag. Sie blickte zu einem kleinen Fenster hinaus, wo eine Mondsichel am schwarzen Nachthimmel sichtbar war.

Ich trat einen Schritt zurück und stieß gegen die Eingangstür hinter mir. Meine Hände zitterten und mein Herz schlug mir bis zum Hals. Ich hielt es keinen Augenblick länger hier aus, sonst würde ich Horace oder den Mann, der auf uns zuschlenderte – immer noch damit beschäftigt, nach verrichteter »Arbeit« sein Hemd in die Hose zu stecken –, umbringen.

Ich griff nach der Türklinke und riss die Tür auf.

»Wohin will er denn?«, hörte ich jemanden fragen, doch ich war bereits im Begriff, von diesem Ort zu fliehen. Vor dem Ekel, dem Entsetzen und der Wut, die mich fast dazu getrieben hätten, etwas zu tun, was meinem eigenen Leben ein Ende gesetzt hätte.

»Marcel!« Ich hörte, wie mein Zwillingsbruder nach mir rief, aber ich wandte mich nicht um, nicht einmal nach ihm. Nicht einmal, um zu erfahren, weshalb er nicht meinen Namen, sondern seinen gerufen hatte. Ich rannte mir die Seele aus dem Leib, quer über das Gelände, durch den Palast, wich Bediensteten und Möbeln aus und raste die Treppe hoch zu meinem Zimmer. Als ich die Tür hinter mir geschlossen hatte, ließ ich mich zu Boden gleiten, vergrub den Kopf in den Händen und schluchzte.

Marcel kam ungefähr zwanzig Minuten später nach, als ich mich endlich wieder unter Kontrolle hatte. Doch noch bevor er auch nur ein Wort zu mir sagen konnte, riss ein Mitglied der königlichen Leibwache die Tür auf. Ich wandte den Kopf ab, um mein tränenüberströmtes Gesicht zu verbergen.

»Marcel?«, bellte er.

»Ja?«, erwiderte mein Zwillingsbruder.

»Du kommst mit mir«, befahl der Mann.

Ich hatte keine Gelegenheit zu fragen, was los war, denn schon war Marcel der Aufforderung der Wache gefolgt. Besorgt starrte ich auf die Tür, die hinter ihm ins Schloss fiel.

Er blieb über eine Stunde lang weg. Während des Wartens wurde mir klar, wie töricht ich gewesen war. In welche Schwierigkeiten ich uns gebracht hatte. Ich war vor meiner Pflicht davongerannt, hatte einem Vorgesetzten gegenüber den Gehorsam verweigert. Noch nie zuvor hatte ich einen so groben Fehler begangen. Ich war stets fähig gewesen, die Kontrolle zu behalten. Ruhig zu bleiben – ja, sogar stoisch –, egal was geschah. Aber das Bruthaus war zu viel für mich gewesen – *Horace* war zu viel für mich gewesen. Nach wie vor wünschte ich mir nichts sehnlicher, als ihm mein Schwert in seinen fetten Wanst zu stoßen.

Als Marcel schließlich zurückkehrte, blass und abgespannt, stand ich neben dem Feuer und schlang die Arme um den Körper, um Haltung zu bewahren.

»Marcel, es tut mir ja so leid«, begann ich, aber er schüttelte den Kopf und schleppte sich zu seinem Bett.

»Du brauchst dich nicht zu entschuldigen. Ich hatte genauso wie du das Bedürfnis, wegzurennen, aber ich bin sicher, für dich war es noch schlimmer.«

Ich setzte mich neben ihn aufs Bett. Er nahm meine Hand in seine und umklammerte sie. Ich starrte auf unsere verflochtenen Finger, dankbar, ich selbst sein zu können, wenn ich mit Marcel allein in unserem Zimmer war. Meine Schwäche zeigen zu dürfen, meine Angst.

»Wie groß sind die Schwierigkeiten, in die ich uns gebracht habe?«

»Es gibt keine, dafür habe ich gesorgt.« Er seufzte und verzog plötzlich das Gesicht.

»Waren sie nicht wütend?«

»Oh doch, das waren sie. Aber ich sagte dir ja, ich habe mich darum gekümmert.«

»Marcel, was hast du getan?«, fragte ich ruhig, befürchtete aber, dass ich es bereits wusste.

Er versuchte, sich von mir abzuwenden, stöhnte aber mit einem Mal auf. Da bemerkte ich, wie auf seinem Rücken Blut durch das Hemd sickerte.

»*Marcel – nein!* Du hast für mich die Bestrafung auf dich genommen!«

Er leugnete es nicht und mein Herz wurde schwer.

»Was haben sie mit dir gemacht?«

»Zehn Peitschenhiebe«, murmelte er mit vor Schmerz gepresster Stimme.

Meine Augen füllten sich mit Tränen, als ich ihm behutsam half, sein zerrissenes Gewand abzustreifen. Ich versuchte, einen Schreckenslaut zu unterdrücken, als ich die blutigen Striemen auf seinem Rücken entdeckte. »Du hättest das nicht tun sollen«, flüsterte ich. »Es war meine Schuld, ich hätte es verdient, bestraft zu werden.«

»Und als Mädchen entlarvt zu werden? Wie du weißt, reißen

sie dir das Hemd vom Leib, wenn sie dich auspeitschen.« Er sah mich an, das Gesicht schmerzverzerrt, doch sein Blick war liebevoll, als er feststellte, wie beschämt ich dreinblickte.

»Die Leibwache des Königs kennt uns nicht gut genug, um uns auseinanderzuhalten. Ich musste an deine Stelle treten, um dich zu beschützen.«

Ich schüttelte den Kopf, fand keine Worte.

Er griff erneut nach meiner Hand und drückte sie. »Ich bin froh, dass ich es war und nicht du. Hilf mir jetzt bitte, die Wunden zu verbinden, und dann lass uns schlafen gehen. Es ist spät geworden.«

Schweigsam tat ich, worum er mich gebeten hatte, reinigte seine Wunden und umwickelte seinen Oberkörper behutsam mit den Bandagen, die ich sonst dazu benutzte, meine Brüste abzubinden. Als ich damit fertig war und ihm half, ein sauberes Hemd überzustreifen, sagte ich schließlich: »Es ist unglaublich, wie schnell du reagiert und deinen eigenen Namen gerufen hast.«

Er zuckte die Schultern und stöhnte gleich darauf qualvoll. »Vielleicht bist du die bessere Kämpferin, aber ich war immer der Schlauere von uns beiden.«

Ich verkniff mir das Lachen, denn er hatte recht. Sein schnelles Reaktionsvermögen hatte mich jetzt bereits zum zweiten Mal vor der Entdeckung und dem Bruthaus bewahrt.

»Kann ich noch etwas für dich tun?«

»Nein«, erwiderte er. »Aber morgen früh lasse ich *dich* mit Prinz Damian verhandeln.«

Ich zog eine Grimasse. »Natürlich."

Mit schmerzverzerrtem Gesicht ließ er sich aufs Bett nieder. »Lieber lasse ich mir zehn Peitschenhiebe verpassen, als Prinz Damians Tobsuchtsanfälle ertragen zu müssen.«

Ich schüttelte kleinlaut den Kopf. »Danke, Marcel.«

»Ich werde niemals diesen kleinen Jungen vergessen, der versuchte, seine Schwester zu beschützen«, bemerkte Marcel plötzlich. »Ich habe getan, was ich tun musste."

Ich wartete, bis sein Atem tief und regelmäßig ging, bevor ich selbst ins Bett schlüpfte. Trotz meiner Erschöpfung fand ich stundenlang keinen Schlaf. Ich musste ständig an das denken, was Marcel getan hatte, und an das Grauen des Bruthauses. An Kalen, die jetzt in der Mansarde untergebracht war und vermutlich immer noch mit den anderen Mädchen bittere Tränen vergoss. An das Mädchen, das ich auf dem Bett gesehen hatte, das Gesicht dem Mond zugewandt.

Kurz bevor ich endlich einschlief, kam mir noch einmal Iker in den Sinn, wie er über den Tisch in seinem Raum gebeugt war und mit einem Messer, das nach Blut und Feuer roch, an etwas herumhantierte. Etwas, das er um jeden Preis vor uns verbergen wollte, sodass er uns noch härter bestrafte, als er vermutlich vorgehabt hatte.

Mehr denn je hasste ich ihn und den König, der all das unserem Volk antat.

Vier

Am nächsten Abend war die Luft nach einem abflauenden Gewitter immer noch feucht, was sich vermutlich auch in den kommenden Stunden nicht ändern würde. Die Dunkelheit war so undurchdringlich, dass sie regelrecht lebendig wirkte, so als würde sie an mir saugen, meine Lider herunterziehen und meine Glieder schwer werden lassen. Anlässlich König Hektors Abendgesellschaft war die reguläre Grenzwache in den Ballsaal beordert worden, während Prinz Damians Leibwache bis zum Ende des Festmahls die Außentore zum Hauptpalast kontrollieren sollte.

»Diesen Kontrollgang übernehme ich«, verkündete ich und riss mich von der Wand los. Die stickige Hitze des Dschungels war heute Nacht zu viel für mich. Wenn ich mich nicht in Bewegung setzte, würde ich mich nicht mehr lange wach halten können.

Marcel warf mir von seinem Posten auf der anderen Seite des Tors einen Blick zu. »Soll ich dich begleiten?«

»Es ist ein ruhiger Abend. Bleib hier und erhol dich«, erwiderte ich, als ich seine schweißglänzende Stirn und den Schmerz in seinem Blick sah. »Ich nehme für alle Fälle die Pfeife mit.«

Auf dem Gelände des Palasts herrschte weitgehend Ruhe, doch im Inneren war das Dinner noch im vollen Gange und hatte sich offensichtlich in ein spontanes Tanzfest verwandelt. Als ich mich dem Fenster des Festsaals näherte, drangen Melodien an mein Ohr. Ich erhaschte einen Blick auf Prinz Damian, der mit einer hübschen jungen Frau im Walzerschritt über die Tanzfläche glitt. In seiner kostbaren Abendrobe und dem warmen Kerzenlicht, das seine Gesichtszüge – ganz ohne sein übliches spöttisches Lächeln – weich erscheinen ließ, sah er atemberaubend gut aus. Sein dunkles Haar, seine olivfarbene Haut – die so sehr meiner glich, da wir beide zur Hälfte Blevoneser waren – und seine hellblauen Augen bildeten eine faszinierende Kombination. Ich musste zugeben, dass er attraktiv war, verdammt attraktiv.

Als ich ihm zum ersten Mal begegnet war, hatte ich mir einen Augenblick lang gewünscht, meine Weiblichkeit nicht verbergen zu müssen. Aber kaum hatte er angefangen zu sprechen, begann ich auch schon, ihn zu verabscheuen.

Erst jetzt bemerkte ich, dass ich den Prinzen anstarrte. Ich straffte die Schultern und ärgerte mich über mich selbst. Die Hitze stieg mir wohl zu Kopf. Das war alles. Mit einem Nicken in Richtung eines anderen Mitglieds der Wache, einem der Männer des Königs, setzte ich meine Patrouille fort. Während ich an den geöffneten Fenstern vorbeiging und den Blick über den Hof schweifen ließ, hörte ich Gelächter und lallende Stimmen.

Ich war fast am Ende des Speisesaals angelangt, als ich den dumpfen Aufschlag eines Körpers vernahm. Instinktiv ließ ich mich auf den Boden fallen und wirbelte gleichzeitig herum. Ein Pfeil surrte durch die Luft und traf genau die Stelle, wo eben noch mein Kopf gewesen war. Vor mir lag eine der Wachen des Königs, ein Pfeil ragte aus einem seiner Augäpfel.

Ich zog mein Schwert aus der Scheide und kehrte dem Gemäuer den Rücken, um dem unbekannten Feind ins Auge zu sehen. Mein Herz raste. Wie viele waren es? Zumindest einer davon war ein ausgezeichneter Schütze. Wenn sie die äußere Mauer geräuschlos bewältigt hatten, konnten es nicht sehr viele sein. Nein, es war eine kleine Gruppe – vielleicht sogar nur ein einzelner Attentäter.

Ich spitzte die Ohren und vernahm kaum das Surren eines zweiten Pfeils, bevor ich wieder herumschnellte und mein Schwert auf Gesichtshöhe hielt. Der Pfeil prallte wenige Zentimeter neben meiner Wange von der Wand ab.

Ich konnte nichts erkennen. Wie eine Zielscheibe hockte ich im Licht, das aus den festlich erleuchteten Fenstern flutete, und starrte in die schwarze Nacht hinaus. Ich führte die Pfeife zum Mund und sprang gleichzeitig durch ein offenes Fenster, während ich dreimal durchdringend pfiff. Es war eine Spezialpfeife mit einem so ohrenbetäubenden Klang, dass nicht nur Marcel sie hören würde, sondern auch die restliche Leibwache, die entweder bereits im Bett war oder Dienst auf den Fluren hatte.

Die Menschen um mich herum schrien entsetzt auf, als ich durchs Fenster hechtete, den schrillen Ton meiner Pfeife immer noch im Ohr. Ich warf einen flüchtigen Blick auf den König, der auf seinem Thron saß und die Gäste mit seinen kalten hellen Augen beobachtete. Ein Bediensteter prallte gegen mich und das Tablett mit Weingläsern in seiner Hand fiel krachend zu Boden. Die bauchigen Gläser mit der purpurroten Flüssigkeit zerbarsten in tausend Splitter. Die Musik verstummte.

»Attacke! Wachen, räumt den Saal!«, brüllte ich in die plötzlich entstandene Stille.

Sofort traten die regulären Grenzwachen der äußeren Mauer, die königliche Leibwache und Rylan, der bei diesem Fest speziell Prinz Damian zugeteilt war, in Aktion und scheuchten die königliche Familie sowie ihren Hofstaat aus dem Saal.

Prinz Damian warf mir einen unergründlichen Blick zu. Dann wandte er sich um und geleitete seine in Seide gehüllte und mit Diamanten geschmückte Begleiterin zur Tür hinaus. Iker drängte den König hinter den Thron, wo sich ein geheimer Durchgang befand.

»Rylan, komm mit mir!«, rief ich, bevor ich mich von dem Anblick der funkelnden Diamanten und des glitzernden Seidengewands losriss, um in die Dunkelheit außerhalb des Palasts einzutauchen, wo der unbekannte Schütze lauerte.

Marcel war bereits in Position, den Bogen in der Hand. »Ich habe den Mann erwischt, der die Wache des Königs ermordet hat.« Mit einer Kopfbewegung deutete er hinter sich, wo die Wache auf dem Boden hingestreckt lag, den Kopf in einer Blutlache. »Aber da war noch jemand. Er ist die Mauer hochgeklettert, bevor ich einen weiteren Pfeil abschießen konnte.«

»Außerhalb der Mauern könnten noch weitere auf der Lauer liegen. Lass uns nachsehen!« Ich rannte los, steckte das Schwert zurück in die Scheide, holte einen Pfeil aus dem Köcher und hielt den Bogen bereit. Die für das Westtor eingeteilten Wachen waren nirgendwo zu sehen. Vermutlich ebenfalls niedergestreckt. Bis wir den hinter einem losen Stein verborgenen Schlüsselring fanden, um das Tor aufzuschließen, hatten wir kostbare Zeit verloren. Als endlich der Dschungel vor uns lag, war auch die restliche Leibwache des Prinzen eingetroffen.

»Kein einziges Mitglied der königlichen Leibwache hat seine Hilfe angeboten, oder?«, bemerkte Asher hinter uns.

»Typisch«, murmelte Jerrod. Seine auffallend hellblauen Augen wirkten in der Dunkelheit geisterhaft. »Vermutlich sind sie alle damit beschäftigt, sich im Bruthaus anzustellen.«

»Schwärmt aus«, flüsterte Deron barsch, ohne auf die beiden zu achten, und deutete auf den Dschungel. »Sie haben sich bestimmt nicht in die Stadt geflüchtet, sie müssen irgendwo da draußen sein. Wenn die Attentäter aus Blevon sind, werden sie sich im Dschungel nicht zurechtfinden. Nutzt eure Sinne, spürt sie auf.«

Die Männer nickten, und wir begannen lautlos, paarweise auszuschwärmen. Ich schulterte den Bogen, damit ich mich besser zwischen den Bäumen hindurch bewegen konnte, und hielt Ausschau nach irgendwelchen Hinweisen auf die Männer, die den Palast angegriffen hatten. Die Blätter und Schlingpflanzen des Dschungels hingen immer noch schwer von den Regentropfen herab, und der Boden zu meinen Füßen war matschig, als ich vorwärtsschlich. Mein Herz hämmerte in meiner Brust, doch ich biss die Zähne zusammen und marschierte entschlossen weiter. Ich durfte keine Zeit mit meiner Angst vor dem Dschungel vergeuden.

Ich deutete zu Boden und Marcel nickte. Seine Stirn war feucht, seine Augen blickten voller Schmerz, aber er folgte mir mutig und ohne ein Wort der Klage ins Dickicht. Direkt vor uns lag ein abgerissenes Blatt und wir entdeckten eine frische Fußspur. Wir waren jemandem auf den Fersen.

Die Dunkelheit umschloss uns, und die Schatten um mich herum schienen Gestalt anzunehmen, als wir tiefer und tiefer in den Regenwald vordrangen. Meine Fantasie zauberte Feinde aus dem feuchten Dunst. Während ich mich wie ein Raubtier durch den Dschungel schlich, musste ich mich zusammenreißen, um zwischen Realität und Einbildung zu unterscheiden. Bäume, Schlingpflanzen, Felsen – alles wirkte bedrohlich in dieser dunstigen Nacht. Doch meine Beute war schlau, bei weitem schlauer als jegliche Beute eines Jaguars – und ein besserer Schütze. Der durchdringende Geruch feuchter Erde stieg mir in die Nase. Schwere nasse Blätter schlugen mir ins Gesicht. Die Luft war wie ein feuchtes Netz, das sich um meine Haut legte.

Da entdeckte ich einen Schatten vor mir, definitiv keiner unserer Männer. Er versuchte, sich dem Dschungel anzupassen, aber man sah ihm an, dass er im Unterschied zu uns hier fremd war. Obwohl ich Angst vor dem Dschungel hatte, verstand ich ihn – ich *kannte* ihn und wusste, wie ich mich zu verhalten hatte. Ich blieb stehen, eine Faust schweigend erhoben. Ich kniff die Augen zusammen, um die Einzelheiten besser erkennen zu können, während der Attentäter von Baum zu Baum huschte und sich zu verbergen versuchte. Geräuschlos hob ich den Pfeil, den ich die ganze Zeit in der Hand gehalten hatte, und fühlte das glatte Holz, das Kitzeln der Federn an meinen Fingern.

Er erstarrte. Spürte vermutlich meinen Blick auf sich ruhen. Erkannte, dass er in der Falle saß. Würde er sich auf einen Kampf einlassen oder einen Fluchtversuch unternehmen?

Mit einer geschmeidigen Bewegung, die so schnell war, dass – wenn überhaupt – es nur wenige mit mir aufnehmen konnten, nahm ich den Bogen von der Schulter, spannte den Pfeil und schoss ihn ab. Nur das leise Surren der Sehne war zu hören, als der Pfeil durch die feuchte Luft auf den Feind zuschwirrte.

Ein Schmerzenslaut ertönte und der Schatten fiel zu Boden. Getroffen. Ich hatte noch nie mein Ziel verfehlt.

Rechts von mir tauchte eine Gestalt auf. Ohne hinzusehen, spürte ich, dass es mein Bruder war. Marcel war immer in meiner Nähe, versuchte stets, mich zu beschützen.

»Ist da nur...?«

Mit einer Kopfbewegung versuchte ich, ihn zum Schweigen zu bringen, aber es war zu spät. Ich hörte das flüsternde Zischen des Pfeils, bevor er tief in Marcels Brust eindrang. Er schrie auf und rang nach Atem. Ein exakter Treffer, genau wie zuvor. Marcel fiel auf die Knie, die Augen weit aufgerissen, und starrte zu mir hoch. Ich konnte erkennen, wie seine Lippen meinen Namen formten, meinen echten Namen.

Alexa.

Aber es war nichts weiter als ein gurgelnder Laut, da sich sein Mund mit Blut füllte und er zusammenbrach.

Die Schwärze der Nacht war wie ein lebendes Wesen, atmete Hoffnung ein und Entsetzen aus. Als ich neben ihm stand, nahm die Dunkelheit die Form des Todes an und streckte die Arme nach ihm aus. Ich konnte nicht verhindern, dass er mich verließ.

Jetzt war die Nacht grellrot, von meiner Wut, von seinem Blut. In der Nähe des ersten Attentäters, den ich tödlich getroffen hatte, hörte ich das Knacken eines Zweigs. Ich griff nach einem Pfeil und schoss ihn ab, ohne genau zu zielen. Der zweite Angreifer – derjenige, den Marcel nicht gesehen und der ihn tödlich getroffen hatte – fiel neben meinem ersten Opfer zu Boden. Aber das war nicht mehr genug. Denn ich war nicht schnell genug gewesen.

Davon überzeugt, dass es keine weiteren Mörder gab, die uns auflauerten, kniete ich neben Marcel nieder. Meine Finger klammerten sich an seinem blutgetränkten Hemd fest. Ich betete im

Stillen, Gott möge meinen Bruder irgendwie retten, doch bevor das Gebet über meine Lippen kam, hob sich seine Brust und senkte sich dann zum letzten Mal. Eine Träne löste sich von meinem Kinn und tropfte auf sein regloses Gesicht. Seine vertrauten Züge wirkten bereits fremd, jetzt, da er tatsächlich tot war. Würde ich auch so aussehen, wenn ich starb? Seine olivgrüne Haut begann, wächsern zu werden, seine einst vollen Lippen blutleer. Behutsam schloss ich seine haselnussbraunen Augen. Ich strich ihm das volle, rabenschwarze Haar zurück und drückte einen Kuss auf seine immer noch warme Stirn. Tränen rollten mir über die Wangen, brannten heiß auf meiner Haut.

Marcel durfte nicht tot sein. Er war mein Zwillingsbruder, meine zweite Hälfte.

»Nein, Marcel, nein«, schluchzte ich, beugte mich über ihn und presste meine Stirn gegen seine. Meine Finger umklammerten noch immer sein blutiges Hemd. »Verlass mich nicht, lass mich nicht allein hier zurück...«

»Alex? Wo bist du?«

»Hier«, zwang ich mich zu antworten und erinnerte mich zu spät daran, meine Stimme zu senken. Zum Glück bemerkte im Aufruhr der Jagd niemand meine höhere Tonlage. Oder vielleicht schrieben sie es meinem Kummer zu.

»Hier drüben«, versuchte ich es erneut und unterdrückte meine Tränen. Ein Mitglied von Prinz Damians Leibwache weinte nicht. Nicht einmal um den eigenen Bruder.

»Marcel ist tot.«

Schweigsam kehrten wir mit Marcels Leiche durch das Tor zurück. Wegen dieses verdammten königlichen Festmahls war die reguläre Grenzwache zu Prinz Damians persönlicher Elite-

Leibwache abgeordnet worden. Wegen dieses verdammten Festmahls war sie nicht auf ihrem normalen Posten gewesen und hatte sich uns nicht bei der Verfolgung der Männer angeschlossen. Ich zwang mich, eine neutrale Miene aufzusetzen und den Schmerz, der in mir wütete und mich innerlich zu zerreißen drohte, zu verbergen. Marcel war nach der Ermordung unserer Eltern mein einziger Halt gewesen. Er hatte mich überredet, gegenüber der Armee zu behaupten, ich sei sein Zwillingsbruder. Er hatte mich auch letzte Nacht wieder gerettet, die für mich bestimmten Peitschenhiebe auf sich genommen. Er hatte mich schon zigmal gerettet und jetzt war er tot.

Und ich hatte ihn im Stich gelassen.

Nach Marcels Verlust waren wir nur noch acht. Ich blickte in die vertrauten Gesichter, als wir Marcel behutsam auf einen der vielen Scheiterhaufen betteten, die stets bereitstanden. Ein anderer brannte bereits – vermutlich für die Wache des Königs. An Leichen, die verbrannt werden sollten, mangelte es nie, dank König Hektors Krieg gegen das Reich von König Osgand. Deron, unser Hauptmann, sah mich mit seinen dunklen Augen besorgt an. Jerrod, der neben ihm stand, starrte mit steinerner Miene vor sich hin.

Jemand reichte Rylan eine Fackel. Er stand links von mir, so nah, dass das Feuer mein Gesicht erhitzte. Er räusperte sich. »Marcel war einer unserer Besten. Tapfer, stark und loyal.« Da versagte ihm die Stimme. Er verstummte und versuchte, sich zusammenzureißen. Schließlich flüsterte er: »Geh in Frieden, Bruder.«

»Geh in Frieden«, stimmten die anderen ein.

Ich brachte kein Wort hervor und bemühte mich verzweifelt, nicht laut zu schluchzen.

Rylan blickte mich an, und da wurde mir bewusst, dass sie warteten. Darauf warteten, dass ich das Signal gab. Als Marcels Bruder musste ich entweder selbst den Scheiterhaufen anzünden oder Rylan grünes Licht dafür geben. Ich konnte mich nicht überwinden, es eigenhändig zu tun. Also nickte ich knapp, woraufhin Rylan langsam die Fackel sinken ließ. Das trockene Holz fing sofort Feuer und schuf für Marcel ein leuchtend orangefarbenes Grab aus Hitze und Rauch.

Der Schein der Flammen spiegelte sich in den Gesichtern der übrigen Wachen. Derons Haut war so dunkel, dass sie fast mit der finsteren Nacht verschmolz, aber das flackernde Licht enthüllte den Kummer auf seinem Gesicht. Jerrod, Asher, Jude, Kai, Antonio und Rylan neben mir, alle starrten sie in die Flammen und verfolgten, wie der Leichnam meines Bruders verschlungen wurde.

Schließlich konnte ich es nicht länger ertragen. Ich wandte mich ab und entfernte mich und ließ das letzte Mitglied meiner Familie zurück.

Fünf

AM NÄCHSTEN MORGEN erwachte ich in den Kleidern, die ich schon am Abend zuvor getragen hatte. Ich hatte mich auf mein Bett geworfen und stundenlang geweint, tief vergraben in mein Kissen, um die Geräusche zu dämpfen. Irgendwann war ich dann eingeschlafen. Als ich mich jetzt zur Seite drehte, sah ich Marcels leeres Bett, und der Schmerz erfasste mich erneut mit voller Wucht. Ich krümmte mich, die Hand gegen meinen Magen gepresst, um den qualvollen Schmerz zu unterdrücken.

Der Geruch des Feuers hing noch immer in meinen Haaren, in meinem Hemd, klebte an meiner Haut. Der Geruch von Marcels Tod.

Ich riss mir die Kleider vom Leib und warf sie in die glühenden Kohlen der Feuerstelle. Dann schrubbte ich meinen Körper mit Wasser und Seife, versuchte, den Rauch, den Schweiß, die Tränen und die Schuldgefühle wegzuschrubben.

Man hielt mich für den Besten. Ich war der Schnellste, der Geschickteste im Bogenschießen und unübertroffen mit dem Schwert. Und doch hatte ich es nicht verhindern können, dass mein Bruder direkt neben mir tödlich getroffen wurde. Mein hartes Training, alles, was ich gelernt hatte, derjenige, zu dem ich geworden war – *alles* war mit einem Schlag sinnlos.

Schließlich fingen meine Kleidungsstücke Feuer. Dichte schwarze Rauchschwaden erfüllten die Luft und wurden dann vom Kamin geschluckt.

Von der anderen Seite der Wand hörte ich die üblichen gedämpften Geräusche. Mein Zimmer lag direkt neben dem Gemach von Prinz Damian. Alle Zimmer der Leibwache des Prinzen, mit Ausnahme von Derons, grenzten an die Prinzen-Gemächer. Zwei Wachen pro Zimmer, zwei Zimmer auf jeder Seite seiner Gemächer, damit wir auch nachts in seiner Nähe waren. Ich wusste, ich würde nach seinem Erwachen sofort zu ihm bestellt werden. Er würde einen Bericht über unsere Verfolgung der Angreifer gestern Abend erwarten – und zwar speziell von mir, da ich die Feinde mit meinen Pfeilen tödlich getroffen hatte. Und weil mein Bruder gestorben war.

Ich fuhr mir mit den Händen durchs Haar. Es war fast trocken, einer der Vorteile, wenn man es kurz trug. Nachdem Marcel es abgeschnitten hatte, hatte ich meinen langen Haaren ein Jahr lang nachgetrauert. Jetzt, nach drei Jahren, war ich an den Kurzhaarschnitt gewöhnt. Allerdings wünschte ich mir nach wie vor, die Dinge lägen anders. Ich wünschte mir, ein Mitglied der Leibwache *und* ein Mädchen sein zu können.

Stattdessen stand ich vor dem Spiegel und betrachtete meinen verräterischen Körper. In Bezug auf unser Alter hatten wir bei unserem Eintritt in die Armee gelogen, hatten behauptet, siebzehn zu sein, aus Angst vor dem, was sie mit uns anstellen würden, wenn sie merkten, dass wir tatsächlich erst vierzehn waren. Nun glaubten also alle, ich sei zwanzig, obwohl ich erst jetzt siebzehn war. Mein Körper hatte sich im letzten Jahr deutlich verändert, nachdem ich die Position in der Leibwache bekommen und das gewöhnliche Heer hinter mir gelassen hatte. Doch statt Freude zu empfinden – und anlässlich meines beginnenden Frauseins ein Fest mit meiner Mutter und meinen Freundinnen zu planen –, starrte ich angstvoll auf meine Brüste, die in den vergangenen Monaten um das Doppelte gewachsen waren. Gemessen an der allgemeinen Norm waren sie immer noch klein, aber für einen Jungen war selbst der *geringste Ansatz* von weiblicher Brust zu viel.

Ich nahm eine lange Stoffbandage und wickelte sie so fest wie möglich um meinen Oberkörper. Es tat weh, aber ich hatte keine Wahl. Ich konnte jetzt weniger denn je riskieren, aufzufliegen.

Kaum hatte ich mir ein Hemd übergestreift, da klopfte es an die Tür, die nach kurzem Zögern geöffnet wurde.

»Prinz Damian möchte dich sehen«, verkündete Rylan.

Ich steckte das Hemd in meine lange Hose und wandte mich ihm zu. Für ein Mädchen war ich zum Glück recht hochgewachsen, doch Rylan überragte mich, wie fast alle Mitglieder der Leibwache. Doch das gereichte mir oft zum Vorteil. Niemand machte sich Sorgen, die kleinere Wache könne es mit ihm aufnehmen – bis es zu spät war.

Ich nickte und bückte mich, um in meine Stiefel zu schlüpfen.

»Alex, alles in Ordnung mit dir?«

Ich erhob mich, dankbar, dass meine Tränen getrocknet und die roten Flecken, die mich verraten hätten, verschwunden waren. »Mir geht's gut«, erwiderte ich etwas ruppig. Ich hatte lange um die Achtung dieser Männer kämpfen müssen und konnte es mir nicht leisten, Schwäche zu zeigen, nicht einmal, wenn es um meinen Bruder ging. Ich wollte aus dem Raum stürmen, doch Rylan griff nach meinem Arm. Sofort verkrampfte ich mich und versuchte, ihm auszuweichen.

»Du weißt, niemand würde es dir zum Vorwurf machen, wenn du trauerst, er war schließlich dein Bruder. Das verstehen wir.« Ich erwiderte seinen Blick und stellte fest, dass auch seine Augenfarbe an geschmolzene Schokolade erinnerte, mit kleinen Goldsprenkeln im Morgenlicht. *Das* würde bestimmt keiner der übrigen Mitglieder der Leibwache je bemerken.

Ich biss die Zähne zusammen und sah ihn ernst an. »Ich habe dir doch gesagt, es geht mir gut.« Ich überkreuzte die Arme vor der Brust und nahm eine lockere Haltung ein.

»Gut.« Er hob entschuldigend die Hände. »Dann willst du nach wie vor heute Morgen trainieren?«

»Natürlich.« Mit einem knappen Nicken verließ ich das Zimmer.

»Ich sorge dafür, dass alles bereit ist«, sagte er.

Ich hob eine Hand zum Dank, jedoch ohne mich noch einmal umzudrehen. Prinz Damian schätzte es nicht, warten zu müssen. Und ich war im Augenblick viel zu verletzlich, um mich gerade jetzt allein mit Rylan in einem Zimmer aufzuhalten – nach Marcels Tod fühlte ich mich wieder allzu sehr wie ein Mädchen.

Ich straffte die Schultern, holte tief Luft und öffnete die Tür zum Vorraum von Prinz Damians Gemächern.

»Da ist er ja«, brummte Nolen. »Alex, komm her, bevor...«

»Alex!«, hörte ich es aus Damians Schlafgemach brüllen. Der Prinz schien kurz vor einem weiteren Tobsuchtsanfall zu stehen. Ich hatte bereits gestern einen erlebt, als er wissen wollte, warum Marcel und ich ihm nicht wie befohlen Ikers

Antwort gemeldet hatten. Kaum vorstellbar, dass dies knapp vierundzwanzig Stunden zurücklag.

»Seine Hoheit ist heute Morgen recht ungnädig.« Nolen schürzte die schmalen Lippen. Er war ein kleiner Mann, etwa zweieinhalb Zentimeter kleiner als ich, mit schlaksigen Gliedern, die für seinen Körper viel zu lang erschienen. Im Vergleich zu ihm wirkte ich fast stämmig.

»Das habe ich bereits vermutet«, erwiderte ich und zog eine Grimasse.

»*Alex!*«

»Du solltest dich jetzt beeilen. Viel Glück.« Nolen nahm wieder hinter dem Schreibtisch Platz, um die Korrespondenz des Prinzen zu sichten und lediglich die wichtigsten und dringlichsten Schreiben herauszupicken, um sie Seiner Hoheit vorzulegen.

Ich hielt mich mit meinen ein Meter achtundsiebzig so aufrecht wie möglich, als ich nun Damians Gemach betrat.

»Endlich!« Der Prinz stand am Fenster und blickte mir erwartungsvoll entgegen. Schwere blutrote Samtvorhänge umrahmten die riesigen Fensterscheiben. Sein Gemach war luxuriös ausgestattet mit Pelz, Samt, Seide und allen möglichen anderen kostbaren Stoffen. Ein riesiges Himmelbett beherrschte die eine Seite des Gemachs, aber heute stand Damian auf der anderen neben seinem Mahagonischreibtisch. Der Prinz war hochgewachsen, mit breiten Schultern und schmaler Taille. Trotz seiner perfekten Haltung strahlte er eine gewisse Trägheit aus. Sein dunkles Haar war entsprechend der derzeitigen Mode perfekt pomadisiert und von der breiten Stirn nach hinten gekämmt, was seine Adlernase betonte – die Nase seines Vaters. Aber die olivfarbene Haut hatte er von seiner aus Blevon stammenden Mutter.

Manchmal konnte man wirklich den Eindruck gewinnen, dass ausgerechnet Menschen von niederträchtigstem Charakter mit einem besonders guten Aussehen gesegnet waren.

»Hoheit«, sagte ich, die Hand aufs Herz gepresst, und verbeugte mich tief.

»Ja, ja, schon gut.« Der gelangweilte Ton in seiner Stimme zerrte an meinen Nerven. Er schien anzunehmen, die Loyalität seiner Wache zu gewinnen, wenn er so tat, als sei die höfische Etikette eine Plage. Mich jedoch ärgerte dieses Gehabe maßlos. Er wusste, dass ich in die Knie gehen und strammstehen *musste*, sobald er es befahl – obwohl er mit seinen dreiundzwanzig lediglich sechs Jahre älter war als ich. So zu tun, als sei das alles nur Schau und würde ihm keineswegs gefallen, war einfach lächerlich. Nur allzu oft hatte ich diesen hämischen Ausdruck auf seinem Gesicht entdeckt, der verriet, dass er die Unterwürfigkeit seiner Untergebenen genoss.

Ich erhob mich und stand wieder stramm. Aber am meisten hasste ich es, wenn er mich mit seinen blauen Augen so ansah wie jetzt: kalt und abschätzend. Seine Wimpern waren dunkel und seine Augen leicht mandelförmig, was ihm ein exotisches Aussehen verlieh. Aber die Iris seiner Augen war von einem so kristallklaren Blau, das mich bei der ersten Begegnung mit ihm völlig verblüfft hatte. Trotz seiner Nörgelei, seiner Wutausbrüche und anderer schlechter Gewohnheiten verrieten seine Augen Intelligenz und Klugheit. Der Blick, mit dem er mich gerade durchbohrte, ging mir durch und durch. Ich überlegte, was er wohl denken mochte. Was sah er, wenn er mich so anblickte, wie es gerade jetzt der Fall war?

Ich hatte jahrelang geübt, meine Gefühle zu verbergen und auch unter Druck ruhig zu bleiben. Selbst dieser stechende

Blick des Prinzen konnte mich nicht aus der Fassung bringen. Zumindest nicht sichtbar. Doch trotz all meiner Beherrschtheit raste mein Puls.

»Man berichtete mir, dass es bei der nächtlichen Verfolgungsjagd einen Toten gab«, bemerkte Prinz Damian und neigte den Kopf.

»Ja, Hoheit.«

»Ein Mitglied meiner Leibwache?«

»Ja, Hoheit.«

»Jemand, der dir wichtig ist, Alex?« Er hob die Hand und studierte seine perfekt manikürten Nägel. Diese Hände hatten noch nie irgendeine Arbeit verrichtet, noch nie ein Schwert umfasst oder einen Pfeil abgeschossen. Er besaß wohl eine athletische Figur, war hochgewachsen und schlank, doch das war bei ihm reine Verschwendung.

»Mein Bruder, Hoheit.« Ich biss die Zähne zusammen und starrte in dem verzweifelten Versuch, Haltung zu bewahren, zu Boden.

»Dein Zwillingsbruder, wenn ich mich recht erinnere?«

»Ja, Hoheit.« Versuchte er etwa, in meinem Schmerz zu wühlen? »Die Angreifer wurden alle eliminiert, Hoheit.« Ich hatte mir zwar angewöhnt, mit tiefer Stimme zu sprechen, aber in Drucksituationen wie dieser fiel es mir zunehmend schwerer, sie natürlich klingen zu lassen.

»Sehr gut.« Er schwieg einen Moment lang. »Bei dir steht immer die Pflicht an erster Stelle, nicht wahr, Alex?«

»Hoheit?« Ich konnte es mir nicht verkneifen, ihm einen flüchtigen Blick zuzuwerfen. Im selben Moment sah auch er hoch und unsere Blicke trafen sich. Etwas tief in seinen Augen – ein Echo meines eigenen Kummers, ein unerwartetes Mitgefühl – verschlug mir den Atem. Die Intensität dieses Blicks – so pflegte ein Prinz ein gewöhnliches Mitglied seiner Leibwache nicht anzusehen.

»Ich hatte auch einen Bruder«, sagte er, ohne mich aus den Augen zu lassen, mit ungewohnt weicher Stimme. Sein Gesicht verriet eindeutig tiefen Schmerz. »Als er starb, hielt ich meine Gefühle ebenfalls unter Kontrolle. Ich bin … ich bin beeindruckt von deiner Loyalität und deiner Sorge um meine Sicherheit.«

»Das ist meine Pflicht, Hoheit«, erwiderte ich mit brüchiger Stimme und schloss schnell wieder den Mund. Seit ich in seiner Leibwache diente, hatte er nie ein Wort über seinen Bruder verloren. Sein unerwartetes Geständnis brachte meinen eigenen Kummer viel zu nah an die Oberfläche. Ich benötigte meine ganze Willenskraft, um meine Gefühle im Zaum zu halten, mich zu beherrschen.

Prinz Damian beobachtete stillschweigend, wie ich mit mir rang. »Alex.« Zögernd trat er einen Schritt auf mich zu. »Musst du denn stets etwas vortäuschen – selbst mir gegenüber?«

Trotz meiner jahrelangen Übung spürte ich, wie ich erstarrte und die Angst in mir hochkroch. Er streckte die Hand nach mir aus, hielt aber plötzlich mitten in der Bewegung inne. Mein Herz hämmerte so laut in meinen Ohren, dass ich befürchtete, er könne es ebenfalls hören. Was meinte er damit? Er konnte doch unmöglich mein Geheimnis kennen – oder doch? Panik erfasste mich. Vermutlich spielte er nur darauf an, dass ich versucht hatte, meinen Kummer über Marcels Tod zu verheimlichen, nichts weiter. Ich musste ruhig bleiben, tief ein- und ausatmen.

Plötzlich schüttelte Prinz Damian den Kopf und wedelte mit der Hand in der Luft. In Sekundenschnelle zeigte sein Gesicht wieder den üblichen trägen Ausdruck. »Nun, wie du ganz richtig gesagt hast, ist es deine Pflicht, für meine Sicherheit zu sorgen. Welch ein Glück, einen so ergebenen Soldaten in meiner Leibwache zu haben.« Er schwieg und der Knoten in meiner Brust löste sich langsam. Gott sei Dank, er warf mir nicht vor, ein Mädchen zu sein – ich würde also nicht ins Bruthaus verbannt werden. Prinz Damian runzelte die Stirn. »Ich wünschte jedoch«, sagte er so herablassend wie stets, »du hättest die Angreifer nicht getötet. Vielleicht hätten sie wichtige Informationen für uns gehabt. Nächstes Mal schießt du sie einfach zu Krüppeln.«

Das Blut brodelte in meinen Adern, als ich mich dazu zwang, ihm kurz zuzunicken. Diese merkwürdige Unterhaltung, sein Blick, all das war wohl auf Marcels Tod zurückzuführen. Ich hatte keine Ahnung, was sich da gerade abgespielt hatte – hatte es sich überhaupt abgespielt, oder bildete ich mir das nur ein? Der Prinz, der Mitgefühl zeigte, der sich so verhielt, als berühre es ihn? Einen kurzen Moment lang überlegte ich, ob auch Damian eine Rolle spielte. Noch nie zuvor war es mir in den Sinn gekommen, dass er vielleicht genauso in der Falle saß wie ich. Diese Vorstellung verursachte mir Gänsehaut. Ich konnte es mir nicht leisten, derart lächerlichen Gedanken nachzuhängen. Nicht über ihn.

»Nolen.« Prinz Damian hob plötzlich die Stimme.

»Ihr habt gerufen, Hoheit?« Nolen tauchte sofort im Türrahmen auf, eine Pergamentrolle in der rechten Hand.

»Ich befürchte, der gescheiterte Angriff dieser Attentäter wird nicht der letzte Versuch gewesen sein, in den Palast einzudringen. Wir müssen vorsichtiger sein denn je. Die nächsten Wochen sind entscheidend für den Krieg gegen König Osgands

Reich. *Ganz offensichtlich* gab es in letzter Zeit ein paar Siege, über die ich nicht unterrichtet worden bin. Somit wendet sich das Schicksal zu unseren Gunsten.« Seine heruntergezogenen Mundwinkel verrieten Verärgerung. Ich überlegte, wer ihm schließlich die Neuigkeiten überbracht haben mochte. Ich war es jedenfalls nicht gewesen. »Wir müssen damit rechnen, dass es von nun an noch mehr Versuche geben wird, den Palast zu stürmen. Wenn die Wachen Doppelschichten einlegen müssen, soll es so sein. Alex, sag dem Hauptmann, ich erwarte, dass mindestens die Hälfte meiner persönlichen Leibwache ständig im Einsatz ist, sogar bei Nacht. Ist das klar?«

»Ganz wie Ihr wünscht, Hoheit.« Erneut verbeugte ich mich.

»Das ist alles. Ihr könnt jetzt gehen.« Er wandte sich dem Fenster zu und wir waren entlassen.

Ich stolzierte aus dem Raum und schäumte ob seiner Anspielung, dass wir nicht eifrig genug seien. Dass er in Gefahr schwebe. Wie töricht von mir anzunehmen, dass vielleicht mehr in ihm steckte als ein arroganter, verwöhnter Prinz, der nach Aufmerksamkeit heischte und nach Reaktionen gierte. Ich hoffte, Rylan hatte unsere Übungsausrüstung bereitgelegt, denn jetzt war mir wirklich nach Kämpfen zumute.

Sechs

SCHWEISSPERLEN RANNEN ÜBER meinen Rücken und unter den Bandagen um meine Brust entlang. Die Luft war schwer von feuchter Schwüle, das blendende Licht der Sonne fast unerträglich. Meine Lungen schmerzten, aber ich achtete nicht auf den Schmerz, die Hitze oder die Schwielen an meinen Händen, während ich mein Schwert schwang, um Rylans Angriffe abzuwehren. Voller Wehmut erinnerte ich mich daran, dass ich noch vor zwei Tagen mit Marcel in eben diesem Ring gekämpft hatte.

Rylans rechte Seite war ungeschützt. Ich versetzte ihm einen schnellen, harten Hieb. Mein Holzschwert prallte mit einem dumpfen Schlag gegen seine Rippen und er ging zu Boden. Wäre es ein richtiges Schwert gewesen, wäre er jetzt tot.

Mein Sieg wurde mit Applaus belohnt.

»Wenn Alex traurig ist, dürft ihr nie mit ihm kämpfen«, hörte ich Asher sagen.

»Im Ernst. *Ich* versuche, nicht mit ihm zu kämpfen, wenn er *glücklich* ist«, konterte Jude.

Ich stand keuchend da, das Schwert noch immer in der einen

Hand, und streckte die andere aus, um Ryan hochzuhelfen. »Guter Kampf.«

»Von meiner Warte aus nicht«, brummelte er.

Ich wischte mir den Schweiß von der Stirn, wirbelte herum und sah die anderen an, die außerhalb des Rings standen und uns beobachteten. »Noch jemand?«

Jerrod, Kai und Antonio hatten gerade Dienst und kümmerten sich um den Prinzen. Deron, Jude und Asher hatten frei, schüttelten aber abwehrend den Kopf.

»Alex, du musst eine Pause machen. Und wir alle brauchen etwas zu essen«, sagte Deron.

»Ich habe keinen großen Hunger, aber geht schon mal vor, ich komme nach.« Mit einer Handbewegung forderte ich sie auf, sich in Bewegung zu setzen.

Jude, Asher und Rylan machten sich auf den Weg, doch Deron blieb zurück.

»Was ist los?«, fragte ich, als ich seine nachdenkliche Miene sah.

»Du weißt, wie traurig wir alle über den Verlust von Marcel sind.«

Ich schwieg und biss die Zähne zusammen. Ich wollte nicht darüber sprechen, aber er war mein Hauptmann.

Er verlagerte das Gewicht und blickte auf mich herunter. »Leider müssen wir ihn bald ersetzen. Wir können es uns nicht leisten, auf einen Mann zu verzichten.«

»Glaubst du, das wüsste ich nicht? Aber kann ich wenigstens noch einen Tag um meinen Bruder trauern, bevor wir so tun, als habe er nie existiert?«

»Das habe ich nicht gemeint und das weißt du.« Die Warnung in Derons Stimme war nicht zu überhören.

Ich hielt mein Übungsschwert hoch und ließ es durch die Luft sausen. »Entweder bleibst du hier zu einem Übungskampf oder du gehst.«

Deron warf mir einen finsteren Blick zu. »Es war ein schrecklicher Schlag für dich, deinen Bruder zu verlieren, aber das gibt dir nicht das Recht, es an den anderen Mitgliedern der Leibwache auszulassen. Hüte deine Zunge mir gegenüber und versuch, deine Sparringpartner nicht so hart zu schlagen.«

Ich biss die Zähne noch fester zusammen und ignorierte die unangenehmen Schuldgefühle, die in mir aufstiegen.

»Ich gebe dir den Tag frei, damit du um Marcel trauern kannst. Aber ich muss die Nachricht verbreiten, dass morgen Nachmittag die Bewerbung um seinen Posten stattfindet.« Deron schwieg und sein Gesichtsausdruck wurde wieder weicher. »Du weißt, wie leid es uns allen tut.«

Dann machte Deron auf dem Absatz kehrt und zog sich zurück.

Obwohl meine Muskeln vor Erschöpfung brannten, zwang ich mich, das Schwert hochzuheben und noch einmal die einzelnen Schritte zu üben. Zustoßen, stechen, parieren, herumwirbeln und angreifen. Ich war deshalb der Beste, weil ich unermüdlich übte. Und weil ich, wenn ich Marcel Glauben schenken konnte, mit Talent gesegnet war. Ich hatte ihn immer damit geneckt, das sei einfach seine Ausrede dafür, dass er mir stets unterliege.

Aber die Dorfbewohner hatten ihm geglaubt. Als der Krieg begann, hatten wir aufgrund der Tatsache, dass wir zur Hälfte Blevoneser waren, nicht gerade viele Freunde. Ich hörte die Leute munkeln, dass wir mit dem Feind sympathisierten. Doch nicht Blevon galt meine Liebe, sondern lediglich meiner Familie.

Es spielte für mich keine Rolle, wo meine Eltern zur Welt gekommen waren. Doch nachdem ein Zauberer aus Blevon sie mir genommen hatte, verwandelte sich jegliche Verbundenheit zu meiner Herkunft in Hass, der genauso stark war wie der aller anderen.

Die Erinnerungen überfluteten mich, als ich durch den Ring wirbelte, ausholte, mich duckte und gegen eine ganze Horde fiktiver Feinde und Geister der Vergangenheit kämpfte. Ich erinnerte mich an die Nacht, als ich fünf war und ein Gespräch meiner Eltern über den König und seinen Krieg belauschte. Wir lebten in der Nähe der Grenze zwischen Antion, König Hektors Königreich, und Blevon, dem Herrschaftsgebiet von König Osgand. Die Gefahr einer kriegerischen Auseinandersetzung war stets sehr groß. Als Papa damit begann, Marcel in die Kampfkunst einzuweihen, bat ich darum, ihnen zuschauen zu dürfen. Ich studierte sie, prägte mir ihre Bewegungen ein. Papa beim Üben zu beobachten, faszinierte mich auf eine Art und Weise, die ich damals noch nicht verstehen konnte. Ich wusste lediglich, dass ich es ebenfalls lernen musste – ich *musste* lernen, mich so zu bewegen, herumzuwirbeln, auszuholen, mein Schwert zum verlängerten Arm zu machen. Wunderschön und tödlich, der berauschendste Tanz, den ich je gesehen hatte.

Als ich sechs war, bat ich sie, an den Übungskämpfen teilnehmen zu dürfen. Mama protestierte, aber Papa dachte, ich wolle das nur zum Spaß tun. Er amüsierte sich über mein Interesse – zunächst. In den ersten paar Monaten hielt ich mich zurück, aus Angst, sie wären wütend, wenn ich mich als gute Kämpferin erweisen würde.

Während ich jetzt mein Training fortsetzte, schienen mich

die Geister meiner Familie zu umgeben. Ich stellte mir vor, dass ich mit Papa übte, während Mama uns mit verschleiertem Blick beobachtete. Ich habe nie erfahren, ob sie stolz auf meine Entwicklung war oder sich schämte.

Papa nannte mich seine *zhànshì nánwū*. Obwohl ich ihn angebettelt hatte, mir zu verraten, was das bedeutet, habe ich es nie erfahren. Es war die Sprache von Blevon, nicht von Antion. Seine Eltern stammten aus Blevon; sie waren nach Antion gezogen, als zwischen unseren Ländern noch Frieden herrschte. Bevor Hektor mit seiner Dansiianischen Armee anrückte, Antion unterwarf und sich zum König ausrief. Bevor er das Bündnis, das einst zwischen den beiden Ländern geherrscht hatte, zerstörte, indem er nach dem Tod der Königin Blevon den Krieg erklärte. Ich wagte es auch nicht, jemand anderen zu fragen, was *zhànshì nánwū* bedeutete. In Antion wurde es nicht gern gesehen, dass man sich Blevon verbunden fühlte – schon gar nicht innerhalb von König Hektors Palast.

Ich fuhr mir mit der Zunge über die Lippen und kostete den Salzgeschmack meines eigenen Schweißes und meiner Tränen. Ich hoffte, dass die weitere Nässe auf meinem Gesicht, sofern mich noch immer jemand beobachtete, nicht von dem Schweiß zu unterscheiden sein würde, der mir den Nacken hinunterlief. Meine Muskeln brannten, mein ganzer Körper ächzte unter der Anstrengung, aber es genügte nicht, um den Schmerz aus meinem Herzen zu verbannen.

Ich hatte mir gerade ein Handtuch geschnappt und trocknete damit mein Gesicht, als eine Stimme quer über den Hof brüllte: »Alex, komm! Schnell!«

Ich wandte mich um und sah, wie Asher auf mich zugerannt kam. Das Sonnenlicht auf seinem roten Haar erweckte den Anschein, als stehe sein Kopf in Flammen. Ich griff nach meinem echten Schwert.

»Was ist los?«

Auf halbem Weg zu mir hielt er inne. Instinktiv umschloss meine Hand den Schwertgriff fester. »Die Wache wurde zusammengetrommelt. Man hat versucht, Prinz Damian nach dem Leben zu trachten.«

Sieben

In Prinz Damians Gemächern herrschte Aufruhr, als ich um die Ecke bog und durch die Tür stürmte, mit gezücktem Schwert, angriffsbereit – für alle Fälle.

»Alex, geh und hilf Nolen. Asher, komm hierher«, brüllte Deron.

Die gesamte Leibwache hatte sich, das Schwert in der Hand, im Vorraum eingefunden. Auch einige von König Hektors Männern hatten sich neben der geschlossenen Tür zu Prinz Damians Gemächern postiert. Ich eilte zu Nolen hinüber, der hinter seinem Schreibtisch stand.

Auf dem Rückweg hatte mir Asher berichtet, dass der Attentäter ein Mädchen gewesen sei, das sich als Bedienstete verkleidet und dem Prinzen das Mittagessen gebracht habe. Es war ungewöhnlich, dass er sich zum Mittagessen in seinen Gemächern aufhielt. Im Allgemeinen nahm er das Mittag- und Abendessen zusammen mit seinem Vater und dem Hofstaat ein. Nachdem das Mädchen den Servierwagen in sein Gemach geschoben hatte, hatte sie ein Messer hervorgeholt und damit den Prinzen angegriffen. Antonio hatte sie gerade noch rechtzeitig aufhalten können. Vermutlich wurde sie jetzt verhört, um vor ihrer Hinrichtung noch Informationen aus ihr herauszubekommen.

»Wo ist der Prinz?«, erkundigte ich mich, als ich nah genug war, um leise mit Nolen reden zu können.

»In seinem Gemach. Es war sicher ein großer Schock für ihn. Er ist es nicht gewöhnt, dass Frauen versuchen, ihn zu ermorden.« Schweiß bedeckte Nolens Stirn. Mit einem bereits vielfach benutzten Taschentuch wischte er ihn sich weg. Ich hatte den Eindruck, dass er selbst einen gewaltigen Schock erlitten hatte.

»Wo ist das Mädchen jetzt?«

»Da drüben.« Nolen deutete auf die andere Seite des Raums, und erst da merkte ich, dass die Männer des Königs nicht etwa die Tür bewachten, wie ich zuerst vermutet hatte, sondern sich um einen Stuhl neben der Tür geschart hatten.

Nolen fuhr fort, mir ins Ohr zu flüstern, aber ich hörte ihm nicht mehr zu, als einer der größten Männer das Gewicht verlagerte und zur Seite trat, sodass ich einen Blick auf die Attentäterin werfen konnte. Sie war an den Stuhl gefesselt und hatte einen Knebel im Mund. Als sich unsere Blicke trafen, riss sie die Augen auf.

»Asheshka!«

Sie rutschte auf ihrem Stuhl hin und her und versuchte, ein Wort herauszubringen. Panik erfasste mich. Was um Himmels willen tat *Tanoori* hier? Wann hatte sie unser Dorf verlassen und war zu einer *Attentäterin* geworden?

»Warum hat man sie noch nicht ins Verlies geworfen?«, brüllte ich, um ihre Versuche zu übertönen, meinen Namen auszusprechen. »Schafft sie sofort weg aus den Gemächern des Prinzen. Und sorgt dafür, dass sie gefesselt und geknebelt bleibt.«

Die anderen Wachen schauten zu Deron hin. Seine dunklen Augen blickten mich fragend an, doch dann nickte er. »Tut, wie Alex euch geheißen. Einer von uns wird sie dann so bald wie möglich unten verhören. Und bis dahin spricht niemand mit ihr, verstanden?«

»Ja, Sir«, sagte der größte der Männer. »Ihr habt gehört, wie der Befehl lautet. Schafft sie hinunter in die Dunkelheit, wo sie hingehört.«

Ich beobachtete, wie ein paar der Männer des Königs sie hinausführten. Sie versuchte immer noch verzweifelt, gegen den Knebel anzusprechen. Mit einem, wie ich hoffte, unmerklichen Zittern wandte ich mich ab und zwang mich, meine Gefühle unter Kontrolle zu halten. Kühl und gefasst zu bleiben.

»Asher, geh mit Jerrod und Kai hinaus auf den Flur«, bellte Deron. »Niemand betritt oder verlässt diese Räume, ohne durchsucht zu werden – verstanden? Niemand!«

»Jawohl, Sir«, erwiderte Kai als Erster. Jerrod und Asher nickten, als sie den Raum verließen.

»Alex, du bleibst mit Rylan und Jude hier bei mir vor dem Schlafgemach des Prinzen. Die anderen können gehen. Wir haben alles unter Kontrolle.«

»Da bin ich mir nicht so sicher. Ich weiß nicht, ob wir wirklich gehen sollten. Der König wird einen Bericht verlangen, wie so etwas passieren konnte«, erwiderte der größte von König Hektors Männern.

»Ich bin derjenige, der für die Sicherheit des Prinzen verantwortlich ist«, sagte Deron. »Wenn du ein Problem damit hast, kannst du es gerne vortragen, aber nicht gerade jetzt. Im Augenblick müssen wir dafür sorgen, dass er in Sicherheit ist.« Deron begegnete dem Blick des Mannes, ohne mit der Wimper zu zucken. Und ohne seinen Blick abzuwenden, fuhr er fort: »Alex, geh zum Prinzen und überzeuge dich, dass alles in Ordnung ist.«

»Jawohl, Sir«, erwiderte ich. Mein Herz setzte einen Schlag aus, als ich mich umwandte und die Tür des Schlafgemachs von Prinz Damian ansteuerte. Ich hoffte, dass er dieses Mal kein außergewöhnliches Verhalten an den Tag legen würde. Für heute hatte ich genug an Überraschungen.

Ich klopfte. Als ich keine Antwort erhielt, öffnete ich langsam die Tür. »Hoheit?«

Der Raum war abgedunkelt, die Vorhänge zugezogen. Anfangs konnte ich nichts sehen, doch dann gewöhnten sich meine Augen an die undurchdringliche Dunkelheit. Der Prinz saß in seinem Schreibtischsessel, den Kopf in den Händen vergraben, die Ellbogen auf die Tischplatte gestützt. Seine sonst so perfekt pomadisierten Haare waren zerzaust. Im Raum hing eine erdrückende Schwere, so als habe die Luft das Gewicht von etwas Unsichtbarem angenommen.

»Hoheit?«, wiederholte ich. Mein Magen verkrampfte sich, als er nicht antwortete.

Prinz Damian hob den Kopf und sah mich mit seinen stahlblauen Augen an. Sein Blick verriet eine solch große Traurigkeit, dass mir ganz schwer ums Herz wurde.

»Alex«, sagte er leise in einem Ton, den ich noch nie zuvor bei ihm vernommen hatte.

»Hoheit?« Ich trat einen halben Schritt auf ihn zu.

Plötzlich erhob sich der Prinz, wandte mir den Rücken zu und ich hielt inne. Eine seltsame, ungewohnte Stille breitete sich aus.

»Hoheit... ist alles in Ordnung mit Euch?« Mein Herz hämmerte in meiner Brust.

Er tat einen tiefen Atemzug und ich zuckte zusammen. War meine Frage zu weiblich gewesen? Hätte sich ein Mann nicht nach seinem persönlichen Wohlergehen erkundigt? Ich war ein Mitglied seiner persönlichen Leibwache – war es da nicht normal, besorgt zu sein, wenn er … neben sich zu stehen schien? Es war jetzt bereits das zweite Mal, dass ich eine ganz neue Seite an ihm entdeckte. Ich schwankte, als ob der Boden unter mir plötzlich ins Wanken geraten wäre.

»Das Mädchen – wo ist es?«

»Sie ist unten im Verlies, um verhört zu werden, Hoheit.«

»Sehr gut.« Als er mich erneut ansah, war seine Traurigkeit, dieses *Etwas* in seinem Blick, verschwunden. Das hier war wieder der Prinz, den ich kannte. Mit geübten, fast trägen Bewegungen strich er sich das Haar zurück. Er runzelte die Stirn und verzog den Mund zu einem Grinsen. »Ich nehme an, du wirst dafür sorgen, dass sie dem Gesetz entsprechend die volle Strafe erhält? Du, derjenige, für den stets die Pflicht an erster Stelle steht.«

Ich war mir nicht sicher, was er eigentlich von mir erwartete. Ich hatte das Gefühl, dass sich eine unterschwellige Frage, eine geheime Botschaft hinter seiner affektierten Stimme verbarg. Mit einem Gähnen verurteilte er Tanoori zum Tod.

»Sie wird sicherlich dem Gesetz entsprechend ihre Strafe erhalten, Hoheit, denn Eure Sicherheit hat höchste Priorität.«

»Das sollte sie auch. Das sollte sie auch.« Er nahm etwas von seinem Schreibtisch und rieb es zwischen Daumen und Zeigefinger. Es sah aus wie ein Schmuckstück. Plötzlich ließ er es in seiner Faust verschwinden, und ich hörte, wie es leicht gegen seinen Siegelring klirrte.

»Mir geht es gut. Natürlich war es ein Schock, als die Bedienstete mit dem Messer auf mich losging. Aber ich habe die besten Männer in meiner Leibwache, die sie rechtzeitig aufhielten.« Er betrachtete den Gegenstand in seiner Hand mit einem seltsamen Gesichtsausdruck – es war derselbe kummervolle Ausdruck, den ich schon heute Morgen an ihm wahrgenommen hatte, als er kurz seinen Bruder erwähnte. »Doch wenn es ihr gelungen wäre, glaubst du, jemand würde meinen Tod betrauern?«

Ich erstarrte. »Hoheit?«

Prinz Damian schaute zu mir hoch, sein Blick verschleiert. »Meine Mutter ist tot. Mein Bruder ist tot. Mein Vater nimmt kaum wahr, dass es mich gibt. Wenn ich heute gestorben wäre, glaubst du, jemand hätte bei meiner Bestattung Tränen vergossen?«

Ich starrte den Prinzen an, völlig unfähig, Worte zu finden. Meine Handflächen waren schweißbedeckt. »Hoheit, ich ... ich glaube, es gäbe viele, die ...«

»Hätte es *dir* etwas ausgemacht?«, fiel er mir ins Wort. »Alex, wenn du vom Übungsring zurückgekommen wärst und mich tot hier vorgefunden hättest – hättest du dann um mich geweint?«

»H-Hoheit, wie könnt Ihr mich so etwas fragen?«, stammelte ich und stellte zu spät fest, dass meine Stimme viel zu hoch war, zu weiblich, aber er zuckte nicht mal mit der Wimper.

»Ich nehme an, das ist die Antwort.« Damian legte das Schmuckstück auf den Schreibtisch zurück und bedeutete mir mit einer Geste: »Du kannst gehen.«

Ich nickte und bewegte mich rückwärts zur Tür. »Jawohl, Hoheit.«

Irgendwie hatte ich ihn enttäuscht und wusste nicht, wie

ich es wieder gutmachen könnte. Oder warum ich es überhaupt versuchen wollte. Ich war froh, dass er mich entlassen hatte, dankbar, die unerwartete Sorge um einen Prinzen, den ich schon seit Langem für genauso korrupt hielt wie seinen Vater, hinter mir zu lassen.

Die Tür öffnete sich lautlos – die Scharniere waren gut geölt. Stattdessen schlugen mir erregte Stimmen entgegen. Deron, Rylan und Jude standen vor der Tür, ihre Haltung war angespannt. Ihnen gegenüber drei Männer der königlichen Leibwache und Iker.

»Hauptmann, ich muss mit Euch und Prinz Damian reden«, erklärte Iker gerade. Sein fettiges Haar glänzte noch mehr als gewöhnlich, und sein Gewand war voller Flecken und Knitterfalten, so als hätte er darin geschlafen. Es war mir ein Rätsel, wie er es geschafft hatte, sich beim König derart einzuschmeicheln, dass er dessen persönlicher Berater geworden war.

»Der Prinz ist indisponiert und benötigt etwas Zeit, sich zu erholen.« Deron warf mir einen Blick zu, als ich zu ihnen trat.

Iker schürzte die Lippen. »Der König macht sich Sorgen um das Wohlergehen seines Sohnes, und ich bin hier, um sicherzustellen, dass spezielle Maßnahmen ergriffen werden, um seine Unversehrtheit zu garantieren.«

»Ich versichere Euch, dass wir alles unter Kontrolle haben und dass der Prinz noch stärker bewacht wird als ...«

»Das reicht nicht.« Iker schnitt Deron das Wort ab. »Auf Befehl von König Hektor wird einer von euch nachts hierbleiben. Die Tür des prinzlichen Schlafgemachs muss rund um die Uhr bewacht werden. Er muss Tag und Nacht jemanden bei sich haben. Wir können kein Risiko eingehen, was das Leben des Thronerben betrifft.«

Deron schwieg einen Moment lang. An seinem Kiefer zuckte ein Muskel. Schließlich nickte er knapp. »Der Wunsch des Königs wird erfüllt. Alex ist unser bester Mann. Ich werde ihn dazu beordern, die Tür des Prinzen zu bewachen.«

Ich starrte Deron fassungslos an »Du willst, dass ich *hier* schlafe?«

»Was hat das zu bedeuten?« Prinz Damians Stimme ließ mich zusammenzucken.

Iker verneigte sich vor dem Prinzen. Dann lächelte er – ein Lächeln, das genauso ölig war wie sein Haar. »Euer Vater ist um Eure Sicherheit besorgt. Wir ergreifen noch mehr Schutzmaßnahmen für Euer ungetrübtes Wohlbefinden.«

»Indem ich der Gefangene meiner eigenen Wache bin?«

Ich trat zur Seite, als Prinz Damian auf Iker zuging. Damians Gesichtsausdruck war voller Sarkasmus, seine Stimme anmaßend. Und doch war seine Anspannung mit Händen zu greifen.

»Kein *Gefangener* – was für ein Gedanke.« Iker lachte in sich hinein. »Ihr hattet schon immer eine lebhafte Fantasie. Aber nein, Ihr könnt Euer Leben fortführen, wie es Euch beliebt, jedoch werden Hauptmann D'agnen oder Mitglieder seiner Garde immer bei Euch sein, um dafür zu sorgen, dass Euch nie wieder jemand nahe genug kommt, um Euch zu bedrohen.«

»Ich verstehe.« Die Anmaßung war aus Prinz Damians Stimme verschwunden und hatte einer Eiseskälte Platz gemacht, die mich erschauern ließ.

»Hauptmann D'agnen hat Alex dazu bestimmt, hier zu schlafen, im Vorraum, um Eure Tür vor Eindringlingen zu schützen.«

»*Alex* soll hier vor meiner Tür schlafen?« Prinz Damian wirkte eine Spur verwirrt. Er betrachtete mich mit hochgezogenen Augenbrauen. Ich kämpfte gegen die aus irgendeinem unbegreiflichen Grund aufsteigende Röte. Mitglieder der prinzlichen Leibwache erröteten nicht.

»Wie der Hauptmann erklärte«, mit einem geheimnisvollen Glitzern in den Augen drehte Iker sich zu mir um, »sind Eure Männer gut, aber Alex ist erstaunlicherweise der beste.«

Mein Mund war trocken, und ich zwang mich, angesichts seines zweifelhaften Kompliments den Kopf zu senken.

Iker wandte sich wieder Prinz Damian zu. »Wenn die Sicherheit seines Sohnes gewährleistet ist, findet auch unser König seinen Seelenfrieden wieder.«

»Als ob meine Sicherheit die größte Sorge des Königs wäre.« Prinz Damians Stimme klang schneidend.

»In der Tat, Hoheit«, erwiderte Iker. »Ihr seid ja sein Erbe.«

»Richtet ihm meinen Dank für seine Sorge um mich aus.«

Prinz Damian machte auf dem Absatz kehrt, um sich in seine Gemächer zurückzuziehen, doch dann blieb er unvermittelt stehen. »Ich möchte mich hinlegen und ruhen, vielleicht sogar meinen Nachttopf benutzen. Müssen Hauptmann D'agnen oder Alex dabei meine Hand halten? Dafür sorgen, dass niemand in meiner Nähe niest, solange ich mich erleichtere?«

Ich rang verzweifelt um meine Selbstbeherrschung, bemühte mich, ungerührt dreinzuschauen. Ich musste an mich halten, um nicht lauthals in Gelächter auszubrechen, und bemerkte, dass es den anderen Männern genauso erging.

Ikers Gesichtsfarbe hatte sich in ein hässliches Puterrot verwandelt. »Wollt Ihr etwa den Mordversuch *herunterspielen?*« Seine Stimme hatte einen seltsamen Unterton, den ich nicht einordnen konnte. Sie klang fast spöttisch.

»Keineswegs«, erwiderte der Prinz. »Ich versuche lediglich

herauszufinden, inwieweit Ihr – ich meine *Vater* – auf die persönliche Überwachung durch Hauptmann D'agnen besteht.«

Iker erwiderte Prinz Damians eiskalten Blick. »So weit, wie es erforderlich ist, um Euch vor Schaden zu bewahren.«

»Nun, da ich sehe, dass sich niemand mit einem Schwert in meinem Bett versteckt hat oder mit einer Axt über meinem Nachttopf thront, darf ich mich wohl zurückziehen. Es war, gelinde gesagt, ein anstrengender Morgen.«

Wie zum Beweis gähnte Prinz Damian herzhaft, betrat dann seine Gemächer und schlug die Tür hinter sich ins Schloss.

»Hauptmann D'agnen, Ihr fügt Euch doch dem Wunsch des Königs, nicht wahr?« Ikers Blick verweilte auf mir, bevor er Deron förmlich durchbohrte. Ikers Augen waren von einem so dunklen Grau, dass sie fast schwarz wirkten, und seine Haut war aschfahl. Ich hatte mich in seiner Gegenwart noch nie wohl gefühlt, doch seit ich ihn neulich nachts in seinem Zimmer beobachtet hatte und nach dem, was er uns mit den Mädchen anstellen ließ, lief es mir bei seinem Anblick eiskalt den Rücken hinunter.

»Ja, wir werden alles tun, was man von uns verlangt, um unseren Prinzen zu beschützen.«

Ebenso wie die anderen Männer drückte ich die Faust aufs Herz und wir alle verneigten uns vor Iker. Auch wenn ich innerlich völlig aufgewühlt war, musste ich nach außen hin gefasst erscheinen. Warum sollte Alex Hollen, der lediglich dem Hauptmann der Leibwache des Prinzen unterstand, ein Problem damit haben, in der Nähe seines Lehnsherrn zu schlafen? Alex hatte nichts zu verbergen. Aber *Alexa* sehr wohl, und ich hatte keine Vorstellung davon, was dies für meine Tarnung bedeutete.

»Ausgezeichnet. Das ist alles.« Iker ließ den Blick über die anderen Männer gleiten, wandte sich um und rauschte aus dem Raum, die Leibwache des Königs im Schlepptau.

Ich starrte ihnen nach, mein Gesicht eine Maske, welche die Furcht, die in mir hochstieg, verbarg. Ich musste jetzt sofort zu den Verliesen hinunter, bevor Tanoori mein Geheimnis enthüllte und Marcels Opfer, mich zu beschützen, zunichtemachte.

Acht

MEINE SCHRITTE HALLTEN auf der Steintreppe wider, die zu den Verliesen führte. Meine Aufmachung sollte einschüchternd wirken: hohe, schwere Stiefel, feste Handschuhe mit Metallknöcheln, das Schwert am Gurt. Ich *musste* einschüchternd wirken, um Tanoori davon abzuhalten, meine wahre Identität preiszugeben. Ich hatte Deron überredet, sie verhören zu dürfen. Mein Geheimnis hing davon ab, dass sie Schweigen bewahrte.

Als ich in die Tiefen des Palasts hinunterstieg, spürte ich die Feuchtigkeit der Verliese, die dumpfe, abgestandene Luft. Ich hatte immer angenommen, hier unten sei es kühler, aber die Verliese befanden sich über der Schmiede, und die Hitze der Dauerfeuer drang durch den Boden in die dunklen Zellen. Es wäre ein freundlicher Akt, Tanooris Hinrichtung rasch zu vollziehen. Es war besser, schnell zu sterben, als hier unten dahinzuvegetieren, in der Dunkelheit, im Schmutz und im Gestank langsam die eigene Identität zu verlieren, etwas, das allen Gefangenen schließlich drohte.

»Wo ist die Gefangene?«, fragte ich Jaerom, den Wärter, der die Schlüssel hatte. Er war Derons Cousin. Deron überragte ihn zwar, aber Jaerom war schwerer, seine Arme hatten den Durchmesser kleiner Baumstämme. Sein Teint war etwas heller als Derons, erinnerte eher an die Farbe von Kaffee als an die Dunkelheit des Nachthimmels.

»Sie ist dort drüben«, sagte Jaerom, griff nach seinen Schlüsseln und einer Fackel, die er mir reichte. Ich folgte ihm zu einer der Zellen und holte tief Luft. »Der Hauptmann will, dass du das Verhör führst, was, kleiner Meister?«

»Ja.« Ich starrte auf die Tür, die mich von meiner möglichen Enttarnung trennte. Jaerom fand es lustig, dass ich in dem Entscheidungskampf um die Aufnahme in die Leibwache seinen riesigen Cousin geschlagen hatte. Und da Deron trotzdem Hauptmann geblieben war, nannte mich Jaerom seither *kleiner Meister*. »Ich möchte sie gern allein verhören. Sorg dafür, dass uns niemand stört.«

»Willst sie wohl in Sicherheit wiegen und ihr dann an die Gurgel gehen, he?« Jaerom bedachte mich mit einem schiefen Grinsen, während er an seinem Schlüsselring herumfingerte.

»Du kennst mich wirklich gut«, erwiderte ich und beobachtete, wie er den richtigen Schlüssel auswählte und ins Schloss steckte. Der Bolzen schnappte zurück und man hörte das Knirschen von Metall.

»Sie gehört dir, viel Vergnügen.« Schwungvoll öffnete Jaerom die Tür und ich ging an ihm vorbei in die Zelle.

Ich wartete, bis die Tür hinter mir ins Schloss fiel und seine Schritte sich entfernten, bevor ich die Fackel in eine Halterung an der Wand steckte und mich Tanoori zuwandte.

Sie war immer noch an einen Stuhl gefesselt, und der Knebel steckte noch in ihrem Mund wie vor einer Stunde, doch inzwischen schien sie jegliche Kraft verlassen zu haben. Reglos blickte sie zu mir hoch.

»Du wirst vor Gericht gestellt und wegen deines Mordversuchs an unserem Prinzen für schuldig befunden werden.« Ich ging auf sie zu, den Schwertknauf mit einer Hand umklammert. »Kennst du die Strafe für versuchten Mord?«

Sie starrte zu mir hoch.

»Antworte«, brüllte ich, zückte mein Schwert und führte es mit einer schnellen Bewegung an ihre Kehle.

Sie rang nach Luft und wich instinktiv zurück.

»Kennst du die Strafe?«, wiederholte ich eindringlich.

Schließlich nickte Tanoori und Tränen traten ihr in die Augen. Sie versuchte zu sprechen, aber die Worte wurden durch den Knebel erstickt. Ich hielt ihr das Schwert ans Gesicht und sie riss entsetzt die Augen auf. Doch statt ihr das Gesicht aufzuschlitzen oder das Urteil vorzeitig zu vollstrecken, was sie sicherlich befürchtete, benutzte ich die scharfe Schwertspitze, um den Knebel herauszuziehen.

»Was hast du gesagt?«, fragte ich und berührte mit dem Schwert ihre Wange.

»Tod«, flüsterte sie und zitterte.

»Ja, Tod.«

»Was ist mit dir *geschehen*, Ale…«

»Warum hast du versucht, den Prinzen zu ermorden?«, fiel ich ihr barsch ins Wort.

»Es gibt keinen anderen Weg.«

Ich starrte Tanoori ungläubig an. Was konnte ein Mädchen dazu bewogen haben? Ein Mädchen, das – als ich sie das letzte Mal sah – Angst vor ihrem eigenen Schatten hatte? Ich hatte sie nur flüchtig gekannt, aber ich hätte sie nie für eine Attentäterin gehalten. »Es gibt keinen anderen Weg, wohin? Zu deinem eigenen Todesurteil?«

»Ich weiß, dass du mich erkennst. Wir haben uns alle gefragt, was nach dem Tod eurer Eltern mit euch geschehen ist. Jemand behauptete, Marcel und ein anderer Junge seien in die Armee aufgenommen worden. Und dieser Junge warst du, nicht wahr?«

Als ich Marcels Namen hörte, hatte ich das Gefühl, mein Herz werde durchbohrt. Ich drückte die Schwertspitze fester gegen ihre Wange, nicht so fest, um sie zu verletzen, aber fest genug, um sie vom Reden abzuhalten. »Ich habe keine Ahnung, wovon du sprichst, und wenn du weißt, was am besten für dich ist, dann wirst du ab jetzt nur noch den Mund öffnen, um ein Geständnis abzulegen und eine Erklärung für den Mordversuch an Prinz Damian zu geben.« Angesichts der Angst in Tanooris Augen wurde mir schwer ums Herz und bittere Selbstverachtung erfüllte mich. Aber mein Leben hing davon ab, sie zum Schweigen zu bringen. Ich wünschte, ich könnte es ändern, aber Tanooris Leben war bereits verwirkt. »Warum hast du es getan?«

»Sein Tod würde den Krieg beenden, König Hektor in die Knie zwingen. Sein Tod würde ein normales Leben für uns alle bedeuten.« Ein dunkler Schatten huschte über Tanooris Gesicht, als sie das Kinn hob und sich die Wange an der Schwertspitze aufritzte. Damit bewies sie zumindest Rückgrat, und zum ersten Mal konnte ich mir vorstellen, dass sie tatsächlich mit einem Dolch auf den Prinzen losgegangen war.

»Wie könnte der Tod des Prinzen den König in die Knie zwingen? Sein Tod hätte nur zur Folge, dass ein ferner Verwandter den Thron und den Krieg erben würde.«

»Ich kann nicht von dir erwarten, dass du das verstehst, da du offensichtlich einer der vertrauten *Männer* des Prinzen bist.«

Tanooris Augen funkelten in dem schwachen Licht und ihr Ton war abfällig.

»Allein deine Worte bedeuten schon Verrat, worauf die Todesstrafe steht. Wer hat dir eingeredet, dass die Ermordung des Prinzen den Krieg beenden würde?«

»Warum, willst du die Aufgabe zu Ende führen?« Sie grinste mich an, wurde immer kühner.

»Ruhe!«, brüllte ich und drückte ihr erneut das Schwert gegen die Kehle. Die heiße, ranzige Luft nahm mir den Atem. Der ekelhafte Geruch ungewaschener Körper und ungeleerter Nachttöpfe brachte mich zum Würgen.

Tanoori lehnte sich so weit vor, wie es ihre Fesseln erlaubten. »Ich habe dich beim Üben mit deinem Bruder beobachtet. Wenn du zu deiner Rettung vorgeben musstest, ein Junge zu sein, hat das offensichtlich gut funktioniert.«

Die Hand um mein Schwert zitterte, und ich blickte ängstlich über die Schulter, weil ich befürchtete, Jaerom könnte lauschen.

»Ich werde dein Geheimnis nicht enthüllen, auch wenn du mich bereits zum Tode verurteilt hast. Ich kannte das Risiko, das ich einging, und du tust lediglich deine Pflicht. So läuft es nun einmal im Leben. Aber wenn du dazu beitragen willst, den Lauf der Dinge zu ändern, wenn du etwas Sinnvolles vollbringen willst, dann musst du nur dem Fluss folgen. Die Antwort liegt für jene, die sie finden wollen, im Herzen der Flüsse.«

»*Ruhe*, habe ich gesagt!«, brüllte ich erneut und versuchte, meinen rasenden Puls zu verbergen, die Angst und Faszination, die mich erfasst hatten.

Tanoori lehnte sich auf ihrem Stuhl zurück und schloss die Augen. Ich steckte mein Schwert in die Scheide und wollte ihr gerade den Knebel in den Mund zurückschieben, als sie die

Augen wieder öffnete und flüsterte: »Bitte, sorg dafür, dass es schnell geschieht.«

Meine Finger zitterten, als ich ihr den Knebel in den Mund zwang, doch dann hielt ich inne. »Du wirst niemandem verraten, wer ich bin?«, flüsterte ich ihr ins Ohr.

Sie schüttelte den Kopf, und in ihrem Blick erkannte ich, dass sie die Wahrheit sagte.

Ich zog den Knebel wieder heraus und warf ihn zu Boden. »Ich werde mein Möglichstes tun.«

»Danke, Alexa«, sagte Tanoori leise.

Ich wandte mich um, griff nach der Fackel und ließ Tanoori in der Dunkelheit zurück. Dann stürmte ich, so schnell ich konnte, aus der Gefängniszelle. Weg von der Hitze, dem Schweiß, dem Geruch, der Angst, die in meinem Mund einen schalen Geschmack hinterließ. Die Tür fiel ins Schloss und ich rief nach Jaerom.

»Fertig?«, fragte er gedehnt und schlenderte den Flur entlang.

»Hab versucht, so viel wie möglich aus ihr rauszukriegen.« Ich drehte den Kopf, sodass mein Nacken knackte. »Wie hältst du nur diese Hitze aus?«

»Ich glaub, ich hab mich mit der Zeit daran gewöhnt, genau wie all die anderen, die hier in der Hölle festsitzen.« Er verschloss die Zelle wieder, und Tanoori war dazu verdammt, auf ihre Hinrichtung zu warten. Während ich davoneilte, versuchte ich, ihre Worte aus meinem Gedächtnis zu verdrängen.

»Vermutlich.« Ich steuerte auf die Treppe zu, konnte es kaum erwarten, von hier wegzukommen, und hoffte zugleich, so gelassen wie möglich zu wirken. Ich hoffte, dass Jaerom nicht bemerkte, wie aufgewühlt ich war, wie sehr mein Puls raste. Ich löschte die Fackel in einem Eimer in der Nähe seines Schreibtisches und steckte sie wieder in die Halterung.

»Bis bald, kleiner Meister«, rief Jaerom mir hinterher, als ich die Treppe hinaufflüchtete. Ich floh vor der Angst, entdeckt zu werden, vor der quälenden Vorstellung, das zu beenden, was Tanoori begonnen hatte – diesen Krieg zu beenden. Wie oft hatte ich davon geträumt? Aber nach zwei Jahren Armeezugehörigkeit und einem Jahr in der Leibwache des Prinzen glaubte ich nicht, dass das irgendjemandem gelingen könnte.

Es war unmöglich. Sie musste von Sinnen sein. Die Ermordung des Prinzen würde König Hektor nur noch mehr in Rage versetzen. Er hatte bereits seinen älteren Sohn verloren, Prinz Damian war sein einziger direkter Nachkomme. Und Tanooris Andeutung ergab keinen Sinn. Dem Fluss folgen? Die Antwort lag im Herzen der Flüsse? Flüsse gab es hier überall. Wir lebten schließlich im *Dschungel*. Nein, ich würde es nicht einmal erwägen. Ich war meinem Prinzen gegenüber verpflichtet, ob ich ihn mochte oder nicht. Ob ich an den Krieg seines Vaters glaubte oder nicht.

Schließlich erreichte ich das Erdgeschoss des Palasts. Ein Fenster war geöffnet und ließ den Duft des Dschungels herein. Den Duft nach grünen Pflanzen und Blumen und Erde und Regen. Dichte Wolken in der Farbe purpurroten Weins zogen über den Himmel auf uns zu, brachten Blitze und Regen. Das Donnergrollen war eine ferne Drohung, gefährlich, aber noch nicht aggressiv.

Es hieß, Blevon, König Osgands Reich, sei deshalb so trocken und voller Gipfel und Schluchten, weil er selbst verflucht sei. Ein mächtiger Zauberer lasse das Wasser tief in der Erde versickern, sodass man danach graben musste, um am Leben zu bleiben. Papa hatte immer gesagt, dies sei nicht wahr, und insgeheim stimmte ich ihm zu. Zu meiner Rechten befand sich das Bruthaus, an dem vorbeizugehen ich um jeden Preis vermied. Als ich zwei Männer der königlichen Wache aus der Tür treten sah und ihr lautes Lachen hörte, konnte ich mir nicht vorstellen, dass es jemanden gab, der es mehr als König Hektor verdient hatte, verflucht zu sein. Und dabei war unser Land fruchtbar und voller Wasser.

Ich musste stehen bleiben, mich abwenden und eine Faust auf den Magen pressen, um die Übelkeit in Schach zu halten, die mich zu erfassen drohte. Ich verspürte einen Brechreiz, als ich mir vorstellte, dass die kleine Kalen irgendwo dort drinnen war und die Zeit fürchtete, wenn sie ihre Monatsblutung bekäme und die Mansarde nicht mehr sicher für sie war. Auf dem Hof übten sich Jungen im Schwertkampf, kaum alt genug, die Waffe zu halten. Sie waren gezwungen, sich der Armee anzuschließen und für einen Krieg zu sterben, dessen Ende nicht abzusehen war.

Zu Beginn hatte es so ausgesehen, als wäre König Hektor im Recht, einen Krieg anzuzetteln, um den Tod seiner Gemahlin zu rächen. Aber nachdem es so viele Tote, so viele Vergewaltigungen und Gräueltaten gegeben hatte, alle unter dem Vorwand, Antions Sieg schneller herbeizuführen, hasste ich sowohl meinen eigenen König als auch den feindlichen. Wie auch immer das Ganze ausging, es würde keine echten Sieger geben.

Tanooris Worte hallten mir durch den Kopf und ich schloss die Augen. Wenn es wirklich einen Weg gab, diesen Krieg zu beenden – König Hektor aufzuhalten –, würde ich dann so mutig sein, es zu versuchen?

Neun

Am Abend trug Rylan eine Pritsche in Damians Vorraum. Sie war für mich bestimmt. Der Palast hallte wider vom Donnergrollen und Regen prasselte auf die Steinmauern und das Dach über uns nieder.

»Alex, wo soll sie hin?«

Ich deutete auf eine Stelle. »Genau hier neben seiner Tür. Ich hoffe, das ist nah genug, um Iker zu beruhigen.« Ich konnte meine Verärgerung nicht ganz verbergen. Stundenlang hatte ich vor Prinz Damians Tür Wache gestanden. Kein Laut war zu mir herausgedrungen, der mir irgendeinen Hinweis darauf gegeben hätte, was er dort drinnen tat. Blitz und Donner waren meine einzigen Gefährten gewesen.

Die anhaltende Stille hatte mir nur allzu viel Zeit gelassen, über Marcel und Tanoori nachzudenken. Über mein Leben, bevor die Armee in unser Dorf einmarschiert war und Marcel und mich mitgenommen hatte. Über den Unterschied zwischen *Übungskämpfen* und der Realität, tatsächlich jemanden zu töten.

Oder mitzuerleben, wie ein geliebter Mensch stirbt.

Der Schmerz über Marcels Verlust überwältigte mich erneut, und ich starrte auf die Pritsche, während ich mich um jeden Preis darum bemühte, Fassung zu bewahren. Ich ballte die Hände zu Fäusten und versuchte, den so plötzlich verzehrenden Kummer zu verdrängen.

Bald würde auch Tanoori sterben.

»Alex?« Rylans Stimme klang besorgt.

Ich biss die Zähne zusammen und spürte, wie die Anspannung immerhin so weit nachließ, dass ich normal atmen konnte, als ich zu ihm hochblickte. »Ich kann nicht darüber reden.«

Er nickte und wandte sich ab, was mir die Möglichkeit gab, mich weiter zu beruhigen. »Brauchst du sonst noch etwas?«

Ich holte tief Luft und sah mich um. Hier war absolut nichts, womit ich mich hätte waschen oder zur Nacht zurechtmachen können. Aber wie sollte ich das überhaupt tun, ohne mein Geheimnis zu enthüllen? Wenn jemand während meines Bads hereinplatzte oder wenn Prinz Damian sein Gemach verließ…

»Nein«, erwiderte ich schließlich. Ich würde mir von einer Dienstmagd eine Schüssel mit Wasser und ein Handtuch bringen lassen. Das musste genügen.

Er wollte sich gerade zurückzuziehen, als mir noch etwas einfiel. »Rylan«, rief ich.

Er blieb stehen und wandte sich um.

»Wann soll die Hinrichtung der Gefangenen, die ich vorhin verhört habe, stattfinden?«

»Ich habe noch nichts gehört, aber ich werde mich kundig machen und dich informieren.«

»Danke.«

Rylan sah mich an, als wolle er noch etwas sagen. Unsere Blicke verfingen sich ineinander. Einen Moment lang überlegte ich, was geschehen würde, wenn er von meinem Geheimnis erfuhr. Wenn er wüsste, dass ich ein *Mädchen* war, das gerade seinen Bruder verloren hatte und gezwungen war, vor den Gemächern des Prinzen sein Lager aufzuschlagen. Würde er mich dann in die Arme nehmen und die Tränen trocknen, die ich den ganzen Tag unterdrückt hatte?

Mir wurde heiß, und ich krächzte: »Das ist alles, Rylan. Was stehst du hier noch herum und starrst mich an?«

»Entschuldigung.« Er schüttelte leicht den Kopf und sah mich mit seltsamer Miene an. Doch bevor ich seine Gedanken erraten konnte, machte er kehrt und ging hinaus.

Als sich die Tür hinter ihm geschlossen hatte, atmete ich tief durch und ließ mich schwerfällig auf die Pritsche plumpsen. Marcels Tod war mehr, als ich ertragen konnte. Er machte mich verletzlich und drohte, das Geheimnis zu enthüllen, das ich jahrelang zu verbergen versucht hatte. Ich musste mich zusammenreißen. Ich konnte es mir nicht leisten, Rylan so anzustarren. Meine einzige Hoffnung war, dass er mein Verhalten meiner Erschöpfung und meinem Kummer zuschrieb. Er schien besorgt zu sein, schien zu wissen, dass ich trauriger war, als ich zugeben mochte.

»Ah, meine Lieblingswache, bereit, mir jeden Wunsch zu erfüllen?«

Die Stimme des Prinzen schreckte mich auf und ich sprang hoch. »Hoheit, ich entschuldige mich für meine Unaufmerksamkeit.« Ich verneigte mich tief und hoffte, er würde die Tränenspuren auf meinen Wangen nicht bemerken. Wie hatte er die Tür nur so geräuschlos öffnen können? Und was meinte er mit »Lieblingswache«?

»Alex, hör auf, dich zu entschuldigen. Da dies jetzt dein Schlafraum ist, versteht es sich von selbst, dass du nicht die ganze Zeit strammstehst. Es sei denn, deine Kraft und dein Training reichen sogar aus, auch dem Schlaf widerstehen zu können.«

Ich erhob mich aus der Verbeugung und presste die Faust aufs Herz. Prinz Damian trug lediglich eine Hose, Stiefel und eine locker sitzende weiße Tunika, die den Blick auf seinen Oberkörper freigab. Seine Brust war muskulöser, als ich erwartet hätte, wenn man seine Faulheit bedachte. Noch nie hatte ich ihn mit irgendeiner Waffe trainieren sehen. Zwar ritt er ziemlich häufig, was allerdings nichts zur Muskelbildung seines Oberkörpers beitrug. Die analytische Seite meines Gehirns überlegte, was er wohl anstellte, um solche Muskeln zu bekommen. Als Mitglied seiner Leibwache bereitete es mir Unbehagen, nichts darüber zu wissen. Aber die andere Seite von mir, die weibliche, spürte plötzlich Schmetterlinge im Bauch.

»Hoheit, habt Ihr einen Wunsch?«

»Alex, ich glaube, ich habe es dir schon mal gesagt, dass du mich nicht die ganze Zeit so förmlich ansprechen sollst. Vor allem nicht jetzt, da wir praktisch Bettgenossen sind.« Er zog eine Augenbraue hoch und warf mir einen ironischen Blick zu. Ich hätte schwören können, dass er ein Grinsen unterdrückte.

Meine Wangen röteten sich, und ich betete innerlich, dass meine olivfarbene Haut die Röte überdeckte. Ein Junge würde doch bei einer solchen Bemerkung nicht rot werden, oder?

»Hoheit, ich würde mich nie erdreisten, Euch gegenüber respektlos zu sein.«

Prinz Damian seufzte und fuhr sich mit der Hand übers Gesicht. »Natürlich nicht. Der Prinz muss immer mit der höchsten Ehrerbietung behandelt werden.« Er klang verärgert – geradezu enttäuscht. Nach den vergangenen zwei Tagen war ich mir plötzlich nicht mehr so sicher, ob es tatsächlich nur Gehabe von ihm war, wie ich immer angenommen hatte.

Ich versuchte, meine Verwirrung zu verbergen, und fragte: »Wobei kann ich Euch behilflich sein, Hoheit?«

Er betrachtete mich mit zusammengekniffenen Augen. »Du scheinst jemand zu sein, dem ich vertrauen kann. Lediglich der Hauptmann meiner Wache, ein loyaler, völlig seiner Pflicht ergebener Mann, kommt noch vor dir.«

»Jawohl, Hoheit«, sagte ich, und mein Puls beschleunigte sich angesichts seines Blickes.

»Falls mir jemand zufällig einen Brief bringen sollte, dann gib ihn mir bitte sofort. Öffne ihn nicht und setze auch Nolen nicht davon in Kenntnis. Kann ich dir vertrauen?«

»Jawohl, Hoheit.« Jetzt war ich noch verwirrter. Ein Geheimbrief? War er deswegen herausgekommen, um mit mir zu reden?

»Ausgezeichnet.« Der Prinz hielt einen Moment lang inne. »Ich *möchte* dir vertrauen, Alex. Ich hoffe, es war eine gute Entscheidung, dich darum zu bitten.« Sein Blick durchbohrte mich, und ich spürte, wie mir plötzlich heiß wurde. »Mein Leben lang wurde mir eingetrichtert, niemandem zu trauen. Als Prinz und Thronerbe muss ich davon ausgehen, dass jeder ein Feind ist. Hältst du diesen Rat für weise? Hältst du es für töricht von mir, dir mein Vertrauen zu schenken?«

Warum beharrte er darauf, mir solche Fragen zu stellen? Noch nie zuvor hatte er den Versuch unternommen, mich für sich einzunehmen. War dies ein neuer Zeitvertreib? Mit den Gefühlen seiner persönlichen Leibwache zu spielen, die gerade seinen Bruder verloren hatte?

»Hoheit, ich hoffe, Ihr werdet erkennen, dass Euer Vertrauen in mich gerechtfertigt ist«, erwiderte ich schließlich mit glühenden Wangen.

»Das ist keine klare Antwort.«

Er trat einen Schritt näher auf mich zu, sodass ich den Kopf etwas in den Nacken legen musste, um zu ihm hochzublicken. Jetzt fühlte ich mich erst recht wie ein Mädchen. »Ja, Hoheit, Ihr könnt mir vertrauen.«

»Alex, hast du viele Freunde?«

»Freunde, Hoheit?«

»Jemanden, mit dem du reden oder lachen kannst. Vielleicht jemanden, dem du all deine Geheimnisse anvertrauen kannst.« Er hob die Augenbrauen. Trotz seines lockeren Tons verriet sein Blick eine Ernsthaftigkeit, die mich erschaudern ließ.

»Ich hatte meinen Bruder, Hoheit.«

»Aber er ist jetzt tot.«

»Ja«, erwiderte ich flüsternd.

»Also bist du ohne Freunde, allein.«

Ein seltsam panikartiges Gefühl erfasste mich. Ich verstand nicht, was er meinte, worauf er hinauswollte. »Es gibt ja auch noch die anderen Mitglieder der Leibwache, Hoheit.«

Prinz Damian schwieg für einen endlosen Augenblick. »Natürlich. Entschuldige, dass ich mich in deine persönlichen Belange einmische.«

Unsere Blicke trafen sich, verflochten sich ineinander. Und plötzlich überlegte ich, ob *er* wohl Freunde hatte? Oder war er ebenfalls mutterseelenallein? Ich stand jetzt seit einem Jahr in seinen Diensten und hatte noch nie darüber nachgedacht, wofür ich mich sehr schämte.

Damian trat einen Schritt zurück, die Miene undurchdringlich. »Ich sollte dich jetzt in Ruhe lassen. Doch ich wäre dir dankbar, wenn du zuerst noch nach der Magd klingeln und mir Beeren mit Sahne bestellen würdest. Nach all den Aufregungen dieses Tages gelüstet es mich nach etwas Süßem.«

»Natürlich, Hoheit.«

Er nickte, wandte sich um und verschwand im Innern seiner Gemächer. Völlig aufgewühlt starrte ich noch eine Ewigkeit auf die Tür, die hinter ihm ins Schloss fiel.

Das Dienstmädchen brachte nicht nur die Süßspeise, sondern auch eine Schüssel mit Wasser, ein Handtuch und ein sauberes Hemd für mich. Ich stellte alles, was für mich bestimmt war, neben meine Pritsche und griff nach der Schale mit Obst und Sahne für den Prinzen. Der Saft der Acai-Beeren, deren sattes Blau fast purpurn wirkte, der zerkleinerten Papaya und Mango vermischte sich mit der Sahne, verlieh ihr Farbe und ließ mir das Wasser im Mund zusammenlaufen. Als ich leise klopfte, rief er: »Herein.«

Ich stieß die Tür auf und betrat den Raum. Die Feuerstelle war dunkel und leer, denn es war zu heiß für ein Feuer. Auf zahlreichen Kandelabern flackerten Kerzen und verlängerten die tanzenden Schatten, die das orangefarbene Licht der Flammen jagten.

»Stell die Schale auf den Schreibtisch. Danke, Alex.«

Schnell durchquerte ich den Raum und tat, wie der Prinz mich geheißen. Als ich mich umwandte, stand er neben seinem Bett. Ohne Hemd. Seine Brust und seine Arme waren von Schweiß benetzt. Seine unglaublich muskulöse Brust, seine starken Arme. Sein Bauch flach, gemeißelt. Er war genauso trainiert wie jedes einzelne Mitglied seiner Leibwache, vielleicht sogar noch mehr als der eine oder andere. Im warmen Schein der Kerzen wirkte Prinz Damian unfassbar anziehend. Plötzlich war mir heiß. Als ob die Hitze des Raums sich in meinem Körper gesammelt hätte. Ein Blitz zuckte auf und tauchte den Raum in gleißendes Licht, sodass ich zusammenzuckte.

»Gibt es sonst noch etwas?«

Plötzlich wurde mir bewusst, dass ich ihn angestarrt hatte. Meine Wangen überzogen sich mit Röte und ich war dankbar für das gedämpfte Kerzenlicht. »Hoheit, Ihr seid schweißbedeckt. Ihr werdet doch nicht krank werden?«, bemerkte ich mit tiefer, rauer Stimme. Männlicher Stimme. Gute Tarnung. Niemand sah so muskulös aus, sofern er nicht trainierte – *viel* trainierte.

»Ich bin kerngesund.« Er bedachte mich mit einem schiefen Grinsen. »Wie du ja wohl bemerkt hast.«

Mein Mund fühlte sich trocken an und mein Gesicht glühte noch stärker. Doch bevor ich darüber nachdenken konnte, mich in das berühmte Mauseloch zu verkriechen, fuhr er fort: »Alex, du kannst jetzt gehen.«

Ich verneigte mich knapp und ging hinaus. Mein Körper brannte vor Verlegenheit – und Neugier. In Prinz Damian verbarg sich entschieden mehr, als mir bewusst gewesen war. Und ich begann, mir Sorgen zu machen, ob er wohl erkannt hatte, dass sich auch in mir mehr verbarg.

Zehn

KAUM WAR ICH auf der Pritsche in einen unruhigen Schlaf gefallen, als ich jemanden durch den Raum schleichen hörte. Ich erstarrte, öffnete jedoch zugleich die Augen und tastete dann nach dem Dolch, den ich selbst nachts um meinen Oberschenkel befestigt hatte.

Es war eine kleine Gestalt, die ein rechteckiges Stück Papier umklammert hielt.

Ich ließ den Dolch los und setzte mich auf. Der Eindringling steuerte auf mich zu und streckte mir einen Umschlag hin. Soweit ich das in der Dunkelheit erkennen konnte, handelte es sich um einen Jungen von neun oder zehn Jahren. Wortlos nahm ich den Brief entgegen. Kaum hatte er ihn mir ausgehändigt, machte er kehrt und eilte auf einen Wandteppich zu, der sich hinter Nolens Schreibtisch befand. Da er keine Schuhe trug, huschte er lautlos über den Steinboden. Er hob den Teppich hoch, man hörte ein leichtes Knacken, und weg war er. Der Wandteppich fiel wieder zurück.

Das erklärte, weshalb die Wachen vor der Tür nichts von seiner Anwesenheit mitbekommen hatten. Von diesem Raum gelangte man in einen Geheimgang! Ich erhob mich und ging ebenso lautlos durch den Raum wie der Junge. Als ich den Wandteppich anhob, konnte ich keine Tür entdecken. Die Wand war holzgetäfelt. Ich tastete über die Balken, suchte nach einem Hebel oder einer sonstigen Vorrichtung, irgendetwas, das mir verriet, warum der Junge so schnell hatte auftauchen und wieder verschwinden können. Aber ich fand nichts.

Enttäuscht und verärgert nahm ich auf dem Stuhl hinter Nolens Schreibtisch Platz. Wie sollte ich den Prinzen beschützen, wenn ich nicht einmal wusste, welche Zugangsmöglichkeiten sich einem Angreifer boten? Warum hatte man mich noch nie darauf hingewiesen?

Ich warf einen Blick auf den Brief. Er war nicht sehr dick, das Kuvert nicht beschriftet. Welchen Inhalts mochte er sein, der so wertvoll war, dass er mitten in der Nacht in aller Heimlichkeit überbracht wurde? Ich umfasste das versiegelte Pergament und überlegte, ob ich das Siegel wohl ohne Wissen des Prinzen öffnen könnte.

Nein, ich hatte ihm mein Wort gegeben. Und ich hatte nicht gelogen, als ich ihm versicherte, vertrauenswürdig zu sein.

Mit einem Seufzer erhob ich mich, durchquerte den Raum und klopfte leise an Prinz Damians Tür. Keine Reaktion. Ich klopfte noch einmal, dieses Mal etwas kräftiger. Immer noch nichts. Würde ich seinen Zorn auf mich laden, wenn ich ohne Erlaubnis sein Gemach betrat? Er schien sehr daran interessiert zu sein, dass niemand sonst von dem Brief erfuhr.

Die Tür öffnete sich geräuschlos und ich schlüpfte in den abgedunkelten Raum. Das Gewitter hatte sich verzogen, jetzt roch es nach Regen, und die Luft war stickig und heiß.

Ich hatte nicht daran gedacht, in meine Stiefel zu schlüpfen, und trug tatsächlich nur ein langes weißes Nachtgewand über der Hose, die ich bereits gestern getragen hatte. Ich wagte es nicht mehr, ohne Hose zu schlafen, und auch meine Brüste waren immer noch abgebunden. Doch ohne mein übliches Wams würde man aus der Nähe vielleicht die Bandage erkennen können. Ich hielt inne und überlegte, wie ich weiter vorgehen sollte.

Plötzlich schrie Prinz Damian auf.

Sofort hatte ich das Gefühl, ihn beschützen zu müssen. Ich holte meinen Dolch hervor und eilte an seine Seite. Das Laken war um seinen Körper und seine Beine geschlungen. Auf seiner Stirn zeigten sich Schweißperlen, sein dunkles Haar war völlig zerzaust. Er verzog das Gesicht zu einer Grimasse, und sein Kopf zuckte zur Seite – und all das im Schlaf. Er murmelte etwas vor sich hin, das ich jedoch nicht verstehen konnte, vielleicht einen Namen. Seine Stimme klang… gequält.

Prinz Damian hatte offensichtlich einen Albtraum. Seinem Gesichtsausdruck und seinen wilden Bewegungen nach zu urteilen einen schrecklichen. In einer Hand hielt ich den Dolch, in der anderen den Brief und starrte ihn an. Sollte ich ihn aufwecken? Oder den Brief auf seinen Nachttisch legen und mich davonstehlen? Am liebsten hätte ich ihm das Haar aus der Stirn gestrichen und seine Wange gestreichelt, um ihn durch meine Berührung zu beruhigen.

Er trug immer noch kein Hemd, und ich konnte nicht anders, als den Anblick seines Körpers ungeniert in mich aufzusaugen, ohne jegliche Gefahr beobachtet zu werden. Nachdem ich in die Armee und später in die prinzliche Leibwache aufgenommen worden war, hatte ich viele Männer mit nacktem Oberkörper gesehen. Aber bei ihm war es etwas anderes. Er war unglaublich attraktiv, selbst in finsterster Nacht. Bei meiner Aufnahme in seine Leibwache hatte ich die Anziehungskraft, die er von Anfang an auf mich ausübte, verdrängt und mir eingeredet, er sei arrogant, verwöhnt, verdorben. Aber vielleicht war er doch nicht so übel, wie ich angenommen hatte, sondern verhielt sich einfach aus irgendwelchen Gründen seltsam?

Er warf sich erneut auf dem Bett hin und her, den Kopf mir zugewandt. Mir stockte der Atem, mein Herzschlag raste, als ich auf ihn herunterstarrte. Sein dunkles Haar fiel ihm in die Stirn und sein Mund war leicht geöffnet. Im Schlaf wirkte er weder arrogant noch verwöhnt. Sondern eher... verloren. Einen unsinnigen Moment lang überlegte ich, wie es wäre, neben ihm zu liegen, ihn wegen der Dämonen, die ihn offensichtlich bei Nacht verfolgten, zu trösten.

Ich überlegte, wie es wäre, mich an ihn zu schmiegen und von seinen starken Armen umfangen zu werden und seine Lippen auf meinen zu spüren.

Was ist denn los mit dir? Ich schüttelte heftig den Kopf, entsetzt über meinen Sinneswandel. Diese Fantasien über den Prinzen wären schon als ganz normales Mädchen schlimm genug, aber als seine Leibwache, die er für einen *Mann* hielt, war es absolut unentschuldbar.

Meine Wangen glühten. Ich beeilte mich, den Brief auf seinen Nachttisch zu legen, und wandte mich zum Gehen. Auf halbem Weg zur Tür knarzte plötzlich der Boden unter meinen Füßen und mir gefror das Blut in den Adern.

Mit einem Schlag war von Prinz Damians gequältem Atem nichts mehr zu hören. Ich blieb wie angewurzelt stehen und hoffte inständig, er würde sich auf die andere Seite legen und weiterschlafen. Stattdessen quietschte das Bett unter ihm, als er sich aufrichtete.

»Wer ist da? Zeig dich auf der Stelle!«

Ich wandte mich um und hob die Hände. Allerdings bemerkte ich zu spät, dass ich immer noch den Dolch in der Hand hielt. Obwohl das Gewitter sich verzogen hatte, war der Mond wolkenverhangen. Das Fenster befand sich hinter mir. Ich konnte nur hoffen, dass er ohne Mondlicht weder die Umrisse meiner Bandage noch meines Körpers erkennen konnte.

»Alex, bist du's?«

»Hoheit, verzeiht, dass ich Euch gestört habe.« Meine Stimme klang gepresst, so verkrampft versuchte ich, meine Verwirrung zu verbergen. »Aber der Brief, den Ihr vorher erwähnt habt...« Ich deutete mit einer Handbewegung zu der Stelle, an der ich den Brief abgelegt hatte.

Er warf einen kurzen Blick darauf, dann wieder auf mich. Sein Blick war unergründlich. Obwohl sich meine Augen inzwischen an die Dunkelheit gewöhnt hatten, konnte ich seine nur mit Mühe erkennen.

»Und warum, frage ich mich, hast du es für nötig befunden, den Brief mit einem Messer in der Hand zu überbringen?« In der Stimme des Prinzen lag eine Mischung aus Neugier und Anklage. Ich hätte schwören können, dass er meinen Körper von oben bis unten musterte, bevor er erneut zu mir aufblickte.

Mit einer geschmeidigen Bewegung verstaute ich den Dolch in der Scheide, die ich an meinem Oberschenkel befestigt hatte. Würde es ihn in Verlegenheit bringen oder vielleicht sogar ärgern, wenn ich den Albtraum, der ihn offensichtlich gequält hatte, erwähnte? Aber auf die Schnelle fiel mir keine Ausrede ein und das Schweigen dehnte sich schon viel zu lange zwischen uns aus. »Hoheit, Ihr habt im Schlaf geschrien. Ich befürchtete, Ihr wärt erneut angegriffen worden.«

»Wenn es jemandem gelungen wäre, an dir vorbeizuschlüpfen und sich in mein Gemach zu schleichen, wäre dies doch wohl einem bedauernswerten Mangel an Achtsamkeit zuschulden gewesen.« Meine Bemerkung, dass er im Schlaf geschrien hatte, ignorierte er völlig.

»Hoheit, der Junge, der den Brief gebracht hat, tauchte aus einem Geheimgang auf, von dem ich bis heute Nacht keine Ahnung hatte. Ich war beunruhigt, es könne noch einen weiteren derartigen Geheimgang in Euer Gemach geben.«

»Höre ich eine Spur von Verärgerung in deiner Stimme, mein Fast-Hauptmann?«

Ich räusperte mich und versuchte, meine offensichtliche Verärgerung unter Kontrolle zu halten. »Hoheit, meine einzige Sorge gilt Eurer Sicherheit. Wenn es Geheimgänge gibt, über die jemand Zugang zu Euch hat und die mir unbekannt sind, könnte dies zur Folge haben, dass ich Euch nicht vor Schaden bewahren kann.«

»Ah, ich verstehe.«

Ich versuchte, den Blick von ihm abzuwenden, als erneut Schweigen herrschte und sich zwischen uns eine seltsame Spannung aufbaute. Er saß in seinem Bett, halb entkleidet, und ich stand mitten im Raum mit nur einem Nachthemd, einer Bandage und einer Hose, um mein Geheimnis zu verbergen. Als Mann wäre es mir ziemlich gleichgültig gewesen, inwieweit wir angekleidet waren oder nicht. Sein durchdringender Blick in der Dunkelheit hätte mich wohl kaum atemlos gemacht. Aber ich war *kein* Mann, und ich musste hier raus, bevor er es bemerkte.

Schließlich legte er sich ohne ein weiteres Wort im Bett zurück, zog das Laken über die Schulter und schloss die Augen.

Offensichtlich hatte er beschlossen, mich zu ignorieren und wieder Schlaf zu suchen. Also eilte ich zur Tür.

Wenn er nicht bereit war, meine Fragen zu beantworten, hatte er wohl etwas zu verbergen. Ich hoffte nur, dass dies nicht in letzter Konsequenz zu seiner Ermordung führen würde. Sollte er sterben, wäre dies auch mein Todesurteil. Denn dann hätte ich meine Pflicht, ihn zu beschützen, nicht erfüllt. Als ich die Tür aufmachte, brummelte ich vor mich hin.

»Dumm, stur ...«

»Gute Nacht, Alex.« Seine Stimme ließ mich zusammenzucken und ich hätte fast laut geröchelt.

»Gute Nacht, Hoheit.« Mit glühenden Wangen schloss ich die Tür hinter mir und flehte innerlich, dass er mich nicht gehört hatte.

Elf

NACHDEM ICH MICH noch vor Sonnenaufgang kurz mit dem Schwamm gewaschen hatte und hoffte, dass niemand sonst so früh auf sein würde, beeilte ich mich, in mein Hemd zu schlüpfen. Ich wagte es nicht, die Bandage um meine Brust zu wechseln, da dies viel zu viel Zeit in Anspruch nehmen würde. Ich konnte es nicht riskieren, dass jemand hier hereinplatzte – vor allem nicht Prinz Damian. Nicht, dass ich damit rechnete, dass er zu dieser Stunde auf den Beinen wäre, aber in letzter Zeit schien er voller Überraschungen zu stecken.

Das Stimmengewirr, das von draußen in den Vorraum drang, warnte mich wenige Augenblicke, bevor die Tür geöffnet wurde. Herein kam Nolen mit Deron und Jerrod im Kielwasser.

»Keine besonderen Vorkommnisse heute Nacht, nehme ich an?« Deron stand mitten im Raum, die Arme über der breiten Brust verschränkt. Er trug die traditionelle Uniform der prinzlichen Leibwache: weiße Tunika, gefüttertes Wams in Dunkelblau mit dem Emblem von Antion auf der rechten Brust – ein angriffsbereiter Jaguar auf einem Ast.

»Ja, Sir«, erwiderte ich und beschloss, den Brief oder den Geheimgang nicht zu erwähnen. Auch nicht die mitternächtliche

Unterhaltung mit dem Prinzen. Eigentlich hatte ich viel mehr Vertrauen zu Deron als zu Prinz Damian, aber ich hatte versprochen, Stillschweigen zu bewahren. Und etwas in mir wollte erst herausfinden, was los war, bevor ich irgendjemanden über die seltsamen nächtlichen Aktivitäten des Prinzen informierte.

»Ausgezeichnet. Ich hoffe, du bist gut ausgeruht. Der Wettkampf beginnt heute um zwölf Uhr.«

»Warum sollte ich dafür ausgeruht sein?« Ich beobachtete, wie Jerrod hinter Deron finster dreinblickte. Für einen flüchtigen Moment sah er mich aus seinen hellen Augen an, dann wandte er den Blick ab.

»Weil die Kandidaten natürlich gegen dich antreten werden.«

»Doch die Tradition sieht vor, dass sie gegen den Hauptmann antreten.«

Deron nickte. »Stimmt. Aber du hast mich geschlagen. Jeder weiß, dass meine Position eigentlich dir gebührt. Und wenn du ein paar Jahre älter wärst, wäre dem auch so. Die Männer werden gegen dich antreten, und wer sich am längsten hält, wird in die Leibwache aufgenommen.«

»Und der Prinz?«

»Während der Kämpfe bleiben Jerrod und Asher bei ihm.«

Jetzt konnte ich mir Jerrods finstere Miene erklären. Alle wussten, dass er nach der Stellung des Hauptmanns strebte. Bevor ich gekommen war, hatte es auch ganz danach ausgesehen, als würde er diesen Posten übernehmen – falls Deron etwas zustieß. Aber dann hatte ich Deron besiegt. Und während Deron seine Niederlage mit Würde hingenommen hatte (wobei ihm sicherlich die Gewissheit half, seinen Posten behalten zu können), hatte Jerrod mich seither mit kaum verhohlener Verachtung behandelt.

Und nun war er zu allem Übel auch noch zum Babysitter zurückgestuft worden, während man mir die Aufgabe erteilte, die vermutlich seiner Meinung nach ihm zustand. Unter den Mitgliedern der Leibwache war er der Einzige, der sich weigerte, mit mir zu üben, weil er nicht verlieren wollte.

»Kai und Jude werden als Erste kämpfen und eine erste Auswahl treffen, und dann wirst du gegen die Besten antreten. Besorg dir etwas zu essen, und hilf dann Rylan, den Ring vorzubereiten und die Ausrüstung bereitzulegen.«

Nachdem ich mein Wams übergestreift und mich mit Schwert und Scheide ausgerüstet hatte, nickte ich Deron zum Abschied zu.

»Alex, da ist noch etwas.«

Ich hatte mich bereits zum Gehen gewandt und hielt jetzt inne.

»Das Mädchen, das gestern Prinz Damian angegriffen hat, soll morgen nach Tagesanbruch hingerichtet werden. Rylan sagte, du wolltest das wissen.«

»Der Prinz wollte sicher sein, dass sie die höchstmögliche Strafe erhält.« Ich hoffte, dass sich die plötzliche Übelkeit, die in mir aufstieg, nicht in meinem Gesicht abzeichnete. »Ich habe ihm versprochen, es herauszufinden.«

»Ich werde dafür sorgen, dass er es erfährt.« Deron bedeutete mir mit einem Wink, mich zurückzuziehen. Also wandte ich mich erneut zum Gehen und dieses Mal rief er mich nicht zurück.

Mühelos fertigte ich die ersten beiden Anwärter ab. Mir brach nicht einmal der Schweiß aus, obwohl es wieder ein brütend heißer Tag war. Die Wolken, die träge über mir dahinzogen, boten hie und da Schutz gegen die unerbittliche Sonne, doch es herrschte hohe Luftfeuchtigkeit. Mit fortschreitendem Nachmittag wurde der Himmel immer düsterer und die Gruppe der Männer, die vor dem Ring wartete, immer kleiner.

Schließlich waren nur noch zwei übrig.

»Nach fünfzehn Minuten Pause kämpfen die letzten beiden Männer um die Aufnahme in die Leibwache des Prinzen«, rief Deron, als ich den zehnten Mann in weniger als drei Minuten besiegt hatte, indem ich ihn mit einem Rückenschlag in die Knie zwang und ihm mein Holzschwert gegen die Kehle presste.

»Verdammt, du bist gut«, murmelte er, als er sich wieder aufrappelte und sich von mir entfernte.

Ich nickte zustimmend und gesellte mich zu Deron, der sich mit Rylan und Kai unterhielt.

Rylan reichte mir ein Handtuch und einen Becher Wasser. Ich leerte den Becher in einem Zug, während Kai eine Geschichte von einem Dienstmädchen, das er offenbar am Abend zuvor verführt hatte, zum Besten gab.

»Ich rackere mich im Ring ab, während du von der neuesten Schürze erzählst, der du nachgejagt bist?«

»Oder von der ich jemanden befreit habe.« Kai grinste ohne schlechtes Gewissen. »Alex, du solltest wirklich nicht immer so hart arbeiten. Du würdest staunen, wie beeindruckend es die Frauen finden, wenn ein Mitglied der prinzlichen Leibwache ihnen seine Aufmerksamkeit schenkt.«

Ich schüttelte nur den Kopf und wischte mir mit dem Tuch den Schweiß von der Stirn. Kai und seine Frauen! Ich mochte ihn gern, aber ich war froh, dass er nicht wusste, dass ich ein Mädchen war. Er war hochgewachsen, attraktiv und hatte sein hellbraunes Haar zu einem Pferdeschwanz zusammengebunden. Aus seinen grünen Augen blitzte stets der Schalk. Doch wenn es um die attraktiven Männer der Leibwache ging, zog ich ganz entschieden Rylans warme braune Augen vor, seinen eher hintergründigen Humor und seine überraschende Sanftmut Kindern wie Tieren gegenüber.

Aber dann wanderten meine Gedanken zur vergangenen Nacht. Hitze stieg in mir auf, als ich mich an ein paar andere Augen erinnerte … stahlblau und …

»Alex?«

Ich zuckte zusammen und blinzelte. »Was ist?« Zum Glück hatte ich ins Leere gestarrt, musste aber dennoch hart gegen die aufsteigende Röte ankämpfen.

»Bist du müde? Brauchst du eine längere Pause?«, fragte Rylan. Ich begegnete seinem besorgten Blick und schaute schnell zur Seite. Was war los mit mir? Ich musste aufhören, über Rylan und den Prinzen nachzudenken.

»Alles in Ordnung.«

»Wenn du willst, können wir etwas länger Pause machen«, stimmte Deron zu.

»Er braucht einfach einen guten …«

»Kai, halt den Mund«, fiel Rylan ihm ins Wort.

»Ich sagte, es ist alles in Ordnung. Bringen wir die Sache hinter uns.« Ich stürmte zurück in den Ring.

Rylan kannte mich besser, als ich zugeben mochte. Er hatte recht, ich war müde. Die schlaflose Nacht zehrte an mir. Aber ich konnte es mir nicht leisten, das nach außen zu tragen. Diese letzten beiden Männer waren die besten aus den vorherigen Runden. Bisher hatte der längste Kampf sechs Minuten gedauert. Einer der beiden musste sich länger halten, um den Posten zu bekommen.

Ich holte tief Luft und gab dann das Signal.

Der vorletzte Mann war lediglich ein paar Zentimeter größer als ich. Er war schlank, sehnig und hielt das Holzschwert locker in der linken Hand. Offensichtlich hatte er es im Unterschied zu den vielen anderen Männern nicht mit eiserner Härte bis hierher geschafft. Er glich wohl eher mir, war schnell und gewandt.

Ein Regentropfen platschte unverhofft auf meine Wange, als wir die Schwerter auf Gesichtshöhe brachten und uns zunickten. Ich blickte hoch und stellte fest, dass sich die Wolken über uns zu einer grauen Masse zusammengeballt hatten. Ein weiterer Tropfen fiel mir auf die Stirn und rann meine Nase entlang, als ich meinen Gegner ins Auge fasste. Über Nase und Mund trug er eine Maske, wodurch die Hälfte seines Gesichts verdeckt war. Außerdem hatte er dichtes, ebenholzfarbenes Haar, fast schwarze Augen und olivfarbene Haut. Für Antion eine ungewöhnliche Kombination. Vermutlich hatte er so wie ich Blevoneser Blut in den Adern. Als ich ihn ansah, lag Spannung in der Luft, und ein Schauer lief mir über den Rücken. Eine besondere Aura umgab ihn, die ich nicht einordnen konnte.

»Stört dich der Staub?«, fragte ich, als wir begannen, uns zu umkreisen.

Er schwieg.

Ich umklammerte mein Schwert noch fester. So würde es also laufen. Ich wollte niemanden mit einer so ablehnenden Haltung in unserer Leibwache und war wild entschlossen, ihn in weniger als sechs Minuten zu erledigen.

Schließlich holte er als Erster aus, ein flüchtiger Schlag, den ich mühelos abwehrte. Anfangs griff er langsam an, wurde dann aber schneller und schneller, während ich parierte und mir seine Bewegungen, seine Methode einprägte. Er war gut, aber nicht herausragend. Anders, als ich erwartet hatte. Ich hatte das seltsame Gefühl, dass er mit mir spielte. Es ärgerte mich, dass mir sein Mund verborgen blieb. Ich konnte seinen Gesichtsausdruck nur anhand seiner dunklen, verwirrenden Augen ergründen.

Während sich die Minuten hinzogen, fielen immer wieder Regentropfen. Ein schneller Blick zu Rylan bestätigte mir, was ich befürchtet hatte: Er hielt vier Finger hoch. Es blieben nur noch zwei Minuten, diesen maskierten Gegner zu schlagen. Gereizt und unsicher griff ich ihn an, statt zu warten, und überfiel ihn mit wilden Schlägen. Ich wirbelte herum, wand und drehte mich und verpasste ihm Hiebe, immer wieder. Mehr als einmal traf ich ihn, aber noch mehr Schläge wehrte er ab, und diejenigen, die ihn trotz seiner Abwehr trafen, zwangen ihn nicht in die Knie. Doch dann enthüllte mein erneuter Angriff eine Schwäche auf seiner rechten Seite. Ich tat so, als fokussiere ich mich auf seine linke Seite, und er schluckte den Köder. Bevor er reagieren konnte, wirbelte ich herum und griff ihn mit voller Wucht rechts an.

Ein mörderischer Schlag. Er riss die Augen auf. Er schaffte es nicht, seinen Arm schnell genug zu bewegen, um meinen Schlag abzublocken. Doch bevor mein Schwert ihn traf, stieß es auf etwas Hartes – so als hätte ich eine Mauer getroffen und nicht einen Menschen aus Fleisch und Blut. Mein Arm zitterte von dem Aufprall und fast hätte ich das Schwert fallen lassen. Doch dann, als ob ich es geahnt hätte, verschwand der unsichtbare Schild, und mein Holzschwert traf seine Rippen. Er stöhnte und fiel zu Boden, als ob nichts Ungewöhnliches geschehen wäre – als ob ich ihn tatsächlich zu Fall gebracht hätte. Ich stand verwirrt und schockiert da, die Waffe lose in meiner Hand. Es war alles so schnell geschehen, dass die Zuschauer vermutlich überhaupt nichts bemerkt hatten. Aber ich wusste, er hatte etwas getan – etwas, damit mein Schlag ihm nicht wehtun konnte. Und dann hatte er vorgegeben, verloren zu haben.

Er erhob sich und klopfte sich den Staub ab.

»Fünf Minuten und zwanzig Sekunden«, rief Deron.

»Schade!«, murmelte mein Gegner, drehte sich um und ging davon. Ich starrte ihm hinterher. Trotz der Hitze und der Gewitterschwüle durchlief es mich eiskalt und ich bekam eine Gänsehaut. Ich ignorierte den letzten Bewerber, der bereits im Ring stand, und trat auf Deron zu. Er versuchte, seine Besorgnis zu verbergen.

»Alex, alles in Ordnung?«

»Wer war dieser Mann?«

Deron warf einen Blick über den Ring. Als ich seinem Blick folgte, stellte ich fest, dass der Maskierte sich bereits entfernt hatte. Er verzichtete darauf, beim letzten Kampf zuzusehen.

»Er sagte, er heiße Eljin.«

»Gehört er einer anderen Palastwache an? Weiß jemand etwas über ihn?«

Deron musterte mich durchdringend. »Vermutlich dient er in der Armee. Du hast ihn besiegt, warum also all die Fragen?«

Ich wusste nicht, ob ich es wagen sollte, meinen Verdacht zu äußern – dass er eine Art Zauberer war. »Ich habe mich gewundert, warum er die Maske trug«, erwiderte ich schließlich und entschied, meine Gedanken für mich zu behalten. Wenn ich mir das irgendwie eingebildet hatte und einen unbekannten Mann der Zauberei bezichtigte, würde dies seinen Tod bedeuten. »Es war verwirrend, und als ich ihn danach fragte, wollte er nicht antworten.«

Ich blickte zu der Stelle, wo der letzte Gegner im Ring stand und auf mich wartete. Eljin war nicht mehr zu sehen.

»Ich weiß auch nichts darüber. Er hat nichts gesagt.«

Ich zuckte die Schultern und wandte mich ab, als plötzlich heftiger Regen niederprasselte. Regen, so warm wie Schweiß, ergoss sich über mich, bedeckte mein Gesicht und durchnässte mein kurzes Haar.

»Alex, bist du sicher, dass das alles ist?«, rief Deron mir nach.

Ich blickte zurück und ging mit einem Nicken über die Besorgnis in seinem Gesicht hinweg.

Als ich endlich dem letzten Anwärter gegenüberstand, schüttelte mir dieser die Hand und stellte sich als Mateo vor. Dann trat er ein paar Schritte zurück und hob sein Schwert ans Gesicht. Er war nicht nur höflich, sondern auch gut. Trotz des strömenden Regens und des schlüpfrigen Morasts unter unseren Füßen war er schnell und stark. Ich benötigte fast sieben Minuten, um ihn zu besiegen. Erst dann gelang es mir, ihm das Schwert aus der Hand zu schlagen und ihm meines auf die Brust zu drücken. Doch statt enttäuscht oder müde auszusehen, lächelte er glücklich durch den Regen, der von seinem braunen Haar tropfte. Dann suchte er Rylans Bestätigung, dass er am Längsten durchgehalten hatte.

»Es war mir eine Ehre, um die Aufnahme in die Leibwache gegen dich anzutreten. Wir haben alle davon gehört, wie gut du bist«, sagte er und schüttelte mir erneut die Hand.

»Auch du bist ein sehr guter Kämpfer. Willkommen in der Leibwache, Mateo.« Ich erwiderte seinen Händedruck, aber ich brachte es nicht fertig, sein Lächeln zu erwidern. Ich stand immer noch unter dem Eindruck meiner Begegnung mit Eljin. Es gab zu viele offene Fragen – Geheimgänge, verschlüsselte

Botschaften von Tanoori, Mordversuche, der Prinz selbst und jetzt Eljin. Ich war mir sicher, dass er meinen Schlag durch Zauberei abgewehrt hatte. Aber mit welchem Ziel? Warum hatte er es überhaupt versucht, wenn er gar nicht gewinnen wollte? Warum offenbarte er seine Fähigkeit, wenn dies doch seinen Tod bedeuten konnte?

Ich mochte keine offenen Fragen.

Zwölf

DIE ÜBRIGEN MITGLIEDER der prinzlichen Leibwache waren in ausgelassener Stimmung. Jene, die später keinen Dienst mehr hatten, sprachen hemmungslos dem Alkohol zu. Kai hatte gleich zwei Frauen auf dem Schoß, eine auf jedem Schenkel. Und sogar Jerrod grinste, als Asher eine Geschichte zum Besten gab. Doch ich bekam kaum einen Bissen hinunter. Mateo passte gut in die Leibwache, aber seine Anwesenheit erinnerte mich umso stärker daran, dass Marcel tot war.

Und morgen würde Tanoori ebenfalls sterben.

Es war alles zu viel für mich. Mein Magen rebellierte und drohte, das wenige, das ich hinuntergewürgt hatte, wieder von sich zu geben.

»Sieben Minuten lang gegen Alex durchzuhalten, ist sehr beeindruckend.« Jude deutete auf Mateo. »Außer für meinen Bruder. Er ist der Einzige, der länger als zehn Minuten durchhalten kann.«

Marcel konnte es ebenfalls, dachte ich, behielt es aber für mich.

»Ich versuche immer noch, mir alle Namen zu merken«, gab Mateo zu. »Wer ist noch mal dein Bruder?«

»Rylan, da neben Alex.« Jude deutete mit der Gabel auf ihn, wobei er Jerrod mit Kartoffelbrei bekleckerte. »Er ist ein meisterhafter Schwertkämpfer.«

»Pass auf, was du mit deiner Gabel treibst«, brummte Jerrod. Plötzlich tauchte Prinz Damian auf, Antonio im Schlepptau.

Wir erhoben uns alle gleichzeitig. Als er an mir vorbeiging, ohne mich eines Blickes zu würdigen, verkrampfte sich mein Magen. Ich hatte den Prinzen seit der gestrigen Nacht nicht mehr gesehen, und die Erinnerung an all das, was zwischen uns passiert war, trieb mir die Röte in die Wangen. Zum Glück würden es alle, die es bemerkten, auf den schwülen Abend zurückführen.

»Wie ich hörte, werde ich heute Abend das neueste Mitglied meiner Leibwache kennenlernen.« Er ging um den Tisch herum und nahm den Platz am oberen Kopfende ein. Nachdem er sich gesetzt hatte, setzten auch wir uns wieder, mit Ausnahme von Mateo.

»Mein Prinz, es ist mir eine Ehre, in Eure geschätzte Leibwache aufgenommen zu werden.« Mateo verneigte sich, die rechte Faust gegen die linke Schulter gepresst.

»Schon gut, du kannst dich setzen«, bedeutete ihm Prinz Damian mit einer Handbewegung und schnappte sich eine Keule von der Platte vor ihm. »Wie heißt du?«

»Mateo, Hoheit«, erwiderte er, als er wieder Platz nahm.

»Willkommen, Mateo. Und jetzt lasst uns das Mahl genießen, bevor es kalt wird.«

Und damit widmeten sich alle erneut ihrem Essen. Die Gespräche kamen wieder in Gang, und es entstand ein Stimmengewirr, das mir Kopfschmerzen verursachte, die jedes Mal, wenn ich Prinz Damian ansah, noch schlimmer wurden. Kein einziges Mal erwiderte er meinen Blick. Hatte er mich letzte Nacht tatsächlich anders behandelt oder hatte ich mir das nur eingebildet? Ich zwang mich, etwas Macaw, gebraten in Pfefferminzblättern, zu kosten, aber das frisch gewürzte Fleisch fühlte sich in meinem Mund fettig und kalt an. Ich brachte es kaum hinunter. Ich sehnte mich nach der Einsamkeit und Ruhe meines Zimmers – bis ich mich daran erinnerte, dass ich ja kein eigenes Zimmer mehr hatte.

Ich wusste nicht, wie viel Zeit verstrichen war, doch inzwischen war das Pochen in meinem Kopf fast unerträglich geworden, als der Prinz plötzlich seinen Stuhl zurückschob und sich erhob. Wir anderen sprangen ebenfalls auf und standen stramm.

»Geschäfte erwarten mich, sodass ich mich, wenn auch ungern, zurückziehen muss.«

»Ähm.« Nolen räusperte sich. Er war so ruhig gewesen, dass ich seine Anwesenheit fast vergessen hatte. »Denkt bitte an die Wünsche Eures Vaters.«

Prinz Damians Miene verdüsterte sich, aber er nickte knapp. »Natürlich. Wir wollen ja meinen Vater nicht verärgern.« Er ließ den Blick über den Tisch wandern und das erste Mal heute Abend auf mir ruhen. »Alex, du begleitest mich. Und den Übrigen wünsche ich noch einen schönen Abend. Nochmals willkommen bei uns, Mateo. Mögest du mir gut dienen.« Der Prinz nickte Mateo zu, der sich tief verneigte. Dann ging Damian schnellen Schrittes am Tisch vorbei und verließ den Raum. Ich beeilte mich, ihm zu folgen. Bei jedem Schritt schlug meine Schwertscheide gegen mein Bein, und ich versuchte, meinen rasenden Herzschlag zu ignorieren.

Er ging den Flur hinunter, ohne sich umzusehen oder die

Bediensteten oder Gäste, an denen er vorbeieilte, zu grüßen. Ich musste ihm im Laufschritt folgen, um mit ihm mithalten zu können. In gleichbleibendem Tempo marschierte er am Festsaal vorbei und dann die Treppe hoch, die zu seinen Gemächern führte.

Der Palast war ein beeindruckendes Sammelsurium aus jahrhundertealten Anbauten, welche die Könige und Königinnen in dem Versuch, ihre Vorgänger zu übertrumpfen, hatten errichten lassen. Die neueren Gebäudeflügel waren offener, opulenter. Aber aus irgendeinem Grund ließ Prinz Damian sie alle hinter sich, bog um zahlreiche Ecken, bis wir im Südwestflügel waren, in dem die Monarchen vor langer Zeit gelebt hatten. Ich kannte diesen Flügel nicht sehr gut. Er war fast immer leer, geradezu verwaist. Als wir durch die dunklen Flure gingen, konnte ich ein Frösteln nicht unterdrücken.

Schließlich hielt Prinz Damian vor einer unauffälligen Tür. »Alex, warte hier. Ich brauche nur einen Moment.«

»Hoheit, ich will Euch nicht zu nahe treten, aber die Befehle des Königs lauten …«

»Alex, arbeitest du für den König oder für mich?« Prinz Damians Miene wirkte kühl, im schwachen Licht des kargen Flurs fast einschüchternd.

»Natürlich für Euch, mein Prinz.«

»Dann bleib hier.«

Er öffnete die Tür und schlüpfte so schnell hindurch, dass ich auf nichts weiter einen Blick erhaschen konnte als auf ein leeres Bett.

Ausnahmsweise war es hier nicht schwül, ich spürte sogar eine leichte Brise in meinem Nacken. Trotz der kühleren Temperatur war meine Haut noch immer schweißbedeckt und meine Hände waren feucht. Was tat er nur in diesem Raum? Wenn ihm etwas zustieß, war ich so gut wie tot. Was sollte ich König Hektor sagen, wenn Prinz Damian ermordet wurde? Die Tatsache, dass ich ihn nicht begleiten durfte, würde nicht ausreichen, um meinen Kopf aus der Schlinge zu ziehen.

Verdammter Prinz mit seinen verdammten Geheimnissen! Unruhig ging ich auf und ab. Jedes Mal, wenn ich an der Tür vorbeikam, die fest geschlossen blieb, wurde mein Schritt schwerer. Der schwache Lichtschein, der sich durch die einzige Buntglasscheibe im Flur gestohlen hatte, war längst verschwunden, sodass der Flügel in völliger Dunkelheit lag.

Ich mochte die Dunkelheit nicht. Tatsächlich hatte ich vor ihr – zumindest laut Marcel – die größte Angst. Neben Schlangen. Ich versuchte, meine Angst unter Kontrolle zu halten. Doch während ich meine Patrouille vor der Tür fortsetzte, hatte ich plötzlich das Gefühl, beobachtet zu werden. Ich zwang mich, noch ein paar Mal auf und ab zu gehen, aber ich verlangsamte meinen Schritt, um weniger Geräusche zu verursachen. Ich blickte nach links und nach rechts, versuchte herauszufinden, wer sich in der Dunkelheit verbergen mochte. Ein Freund oder ein Feind?

Unwillkürlich dachte ich an meinen Kampf mit Eljin zurück. Plötzlich hatte ich Angst, dass es die falsche Entscheidung gewesen war, meinen Verdacht nicht sofort zu melden. Obwohl mein ganzer Körper angespannt war, ließ ich die Hand scheinbar lässig zu meinem Schwertgriff gleiten. Ich musste meinen Fehler sobald wie möglich korrigieren und Deron informieren. Sofern Eljin nicht bereits am anderen Ende des Flurs lauerte. Ich konnte jeden schlagen – jeden Mann und jede Frau aus Fleisch und Blut. Aber gegen Magie kam ich nicht an, niemand konnte das.

Nicht einmal Papa, und er war der beste Kämpfer, den ich je erlebt hatte. Aber Schwerter konnten nichts gegen das Feuer ausrichten, das Zauberer entfachten.

Mein Puls raste. Ich verkrampfte mich, wartete auf den Schlag, den ich kommen spürte.

Plötzlich wurde die Tür aufgerissen und ich erstarrte. Prinz Damian erschien mit einer kleinen Fackel in der Hand. Licht stahl sich in den Flur und löste die Schatten neben uns auf. Ich wirbelte herum, um dem unbekannten Angreifer entgegenzutreten, das Schwert fest im Griff – aber der Flur war leer.

»Gehen wir«, sagte Prinz Damian und stürmte an mir vorbei. Die Tür war bereits wieder geschlossen. In meinem Versuch zu erkennen, ob sich wirklich jemand auf dem Korridor versteckte, hatte ich die Chance verpasst, einen Blick in den Raum zu werfen, in dem sich der Prinz so lange aufgehalten hatte.

Enttäuscht und immer noch verwirrt, folgte ich ihm. Im gesamten südwestlichen Flügel war weit und breit niemand zu sehen. Aber ich vertraute meinem Instinkt. Wir waren nicht allein gewesen.

Dreizehn

TROTZ MEINER ERSCHÖPFUNG konnte ich nicht einschlafen, als ich endlich auf der Pritsche im Vorraum von Prinz Damians Gemach ruhte. Jetzt, da Mateo offiziell zur Leibwache gehörte und Marcels leeres Bett belegte, war ich dankbar für meine Aufgabe, Prinz Damians Tür zu bewachen. Ich lag unter dem Laken und trug noch immer dieselbe Bandage und dasselbe Hemd, da ich es wieder nur gewagt hatte, mich schnell mit einem feuchten Tuch zu waschen.

Ich drehte mich auf den Rücken und blickte in das Licht des Vollmonds, das durch das Oberlicht hereinfiel. In meinem Kopf wirbelten tausend Gedanken. Als Damian und ich wiedergekommen waren, war es schon so spät gewesen, dass Deron sich bereits zur Nachtruhe in sein Zimmer zurückgezogen hatte. Ich hatte also noch keine Gelegenheit, ihn wegen Eljin zu warnen.

Was hatte Eljin vor – warum war er hier? Warum war er gegen mich angetreten und hatte absichtlich verloren? Und worin war der Prinz verwickelt? Warum band er mich jetzt ein?

Ich sehnte mich nach Marcel. Noch vor wenigen Nächten hatte er gesagt, ich sei zwar die bessere Kämpferin, er aber wäre der Schlauere von uns beiden. Er hätte mir sagen können, was zu tun war. Er hätte herausgefunden, was los war. Meine Augen brannten. Ich schloss sie und presste die Handballen darauf, um mein Gefühle zu verdrängen. Ich versuchte, mich zu zwingen, nicht über Marcels Tod nachzudenken, keine Sehnsucht nach ihm zu haben, denn ich konnte ihn nicht wieder lebendig machen. Der Tod war endgültig. Das wusste ich nur allzu gut.

Und nun würde Tanoori, die einst so brave Tochter eines Webers, ebenfalls sterben.

Mein Magen rebellierte, sodass ich aus dem Bett springen und in die Ecke des Raums eilen musste. Ich schaffte es gerade noch, mich über dem dunklen Nachttopf zu übergeben, immer wieder, bis ich nur noch den bitteren Geschmack von Galle im Mund spürte. Tränen rannen mir über die Wangen, ich war fix und fertig. Zitternd legte ich den Deckel auf den Topf, um den Geruch zu dämpfen, bis ich genug Kraft haben würde, ihn zu leeren.

Da hörte ich, wie hinter mir die Tür aufging und der Prinz fragte: »Alex? Was im Namen von Antion tust du da auf dem Boden?«

Ich sprang hoch, stellte mich vor den Nachttopf und presste die Faust gegen die Brust. »Mein Prinz, warum seid Ihr auf? Benötigt Ihr etwas?«

Wir blickten uns an, das fahle Mondlicht umhüllte ihn und verwandelte ihn in einen Geist, der mich hier heimsuchte.

»Ich muss mit dir reden«, sagte Prinz Damian. »Leider wage ich nur mitten in der Nacht, dieses Thema anzuschneiden, wenn ich weiß, dass keine unerwünschten Ohren zuhören. Aber da es dir offensichtlich nicht gut geht, sollte ich es vielleicht auf ein andermal verschieben.«

»Nein, natürlich nicht, Hoheit. Ich stehe wie immer ganz zu Euren Diensten.«

»Alex, dir ist schlecht.«

»Nein, Hoheit. Ich war unpässlich... emotional aufgewühlt, aber jetzt geht's mir besser.« Ich betete, dass er das Zittern meiner Hände im schwachen Mondlicht nicht sah.

»Unpässlich... emotional aufgewühlt?«, wiederholte Prinz Damian und krauste die Stirn. »Fühlst du dich mir gegenüber so unbehaglich, dass du glaubst, verbergen zu müssen, dass dir der Tod deines Bruders nahegeht?«

Ich schwieg und starrte auf sein Kinn.

Er deutete mit einer Geste auf die Pritsche. »Alex, komm setz dich. Du brauchst jetzt nicht strammzustehen.«

Zögerlich ging ich auf die Pritsche zu, brachte es aber nicht fertig, mich zu setzen, solange er vor mir stand.

»Bitte, setz dich. Wir brauchen nicht immer so förmlich zu sein, erst recht nicht, wenn du dich nicht wohlfühlst und es mitten in der Nacht ist.«

Wir standen schweigend da, während ich mit mir kämpfte. Ich musste immer wieder an seinen Albtraum denken und daran, wie ich ihn angestarrt und mir vorgestellt hatte, dass er mich in den Armen hielt. Mir vorgestellt hatte, dass ich ihn küsste. Wir bewegten uns auf gefährlichem Terrain. Je näher wir uns kamen, desto schwerer würde es mir fallen, die Wahrheit vor ihm zu verbergen. Aber was auch immer geschah: Er durfte mein Geheimnis nie erfahren.

Noch bevor ich entschieden hatte, was ich tun sollte, nahm er seufzend auf der Pritsche Platz. Er stützte die Ellbogen auf die Knie und vergrub den Kopf in seinen Händen. »Ich hatte dir erzählt, dass ich nach dem Tod meines Bruders meine Gefühle verborgen habe, aber das war nicht die ganze Wahrheit.«

Ich starrte auf seinen gebeugten Kopf und mein Herzschlag

beschleunigte sich. Ich hatte alles Mögliche von ihm erwartet, aber nicht, dass er über den Tod seines Bruders mit mir reden wollte.

»Wann bist du in den Palast gekommen – vor drei oder vier Jahren?«

Ich nickte, aber er blickte nicht auf. »Vor etwas mehr als drei Jahren, Hoheit, in die Armeebaracken.«

»Dann hast du Victor nicht mehr kennengelernt. Er war älter als ich und der rechtmäßige Erbe.«

Ich ließ mich so langsam neben ihm nieder, dass mein Kniegelenk aus Protest knackte.

Damian wandte den Kopf und blickte mich an. Seine Miene verriet solch unverhüllte Qual, dass mir der Atem stockte. »Ich liebte meinen Bruder. Er wurde ermordet – durch einen angeheuerten Zauberer. Ich war kurz vor seinem Tod noch bei ihm, aber als wir das Geräusch eines Kampfs vernahmen, drängte er mich zum Aufbruch. Es gab einen Geheimgang zwischen seinem Gemach und meinem. Niemand wusste davon. Er bat mich zu gehen und ich sah ihn nie wieder.«

Ich bemühte mich, Haltung zu bewahren, aber es war ein aussichtsloses Unterfangen. »Hoheit, warum erzählt Ihr mir das?«

»Weil du es von allen am besten verstehst. Weil mir seit einiger Zeit klar ist, dass du derjenige meiner Leibwache bist, dem ich vertrauen kann. Ich würde mich freuen, Alex, wenn du nicht weiter versuchen würdest, mir etwas vorzumachen. Ich erzähle dir das, damit du weißt, dass du nicht der Einzige bist, der allen etwas vorgaukelt. Du bist nicht der Einzige, der eine Rolle spielt.«

Mein Herz verkrampfte sich. Als ich Damians durchdringendem Blick begegnete, hatte ich das Gefühl, keine Luft mehr zu bekommen. Mein Verdacht in Bezug auf ihn stimmte also – er war nicht der Mann, der zu sein er nach außen hin vorgab. Aber versuchte er mir damit etwa auch zu sagen, dass er *mein* Geheimnis kannte?

»Die Tatsache, dass du dich so verhältst, als könne dich nichts erschüttern, obwohl der Tod deines Bruders offensichtlich ein großer Schlag für dich ist, beweist, wie ähnlich wir uns sind.«

Ich atmete langsam durch, der Druck auf meinen Lungen ließ nach. Er glaubte also, dass ich die Rolle der ergebenen Wache spielte, unberührt durch den Verlust meines Bruders. Aber vermutete er auch, dass ich noch mehr verbarg? »Warum musstet Ihr so tun, als ob Euch der Tod Eures Bruders nicht berührte?«, fragte ich ihn, um zu verbergen, wie verstört ich war.

»Weil ein Prinz von Antion es sich nicht leisten kann, Gefühle wie Liebe, Sorge oder Kummer zu zeigen. Nicht, wenn er nicht will, dass sie gegen ihn verwendet werden.«

Unbehagliches Schweigen erfüllte den Raum und ich starrte auf meine nackten Füße. Erneut wurde mir klar, wie wenig ich über den Prinzen wusste, obwohl ich ihm im letzten Jahr Tag und Nacht gedient hatte. Noch vor wenigen Tagen hätte ich nie geglaubt, dass dieser hochnäsige, verwöhnte Prinz, den ich nicht mochte, lediglich eine Rolle spielte. Aber ich begriff immer noch nicht, *warum*. Warum unternahm er so große Anstrengungen, dass ihn sein eigenes Volk verachtete? Der Mann, der neben mir saß und über den Tod seines Bruders redete, war durchaus ein Mann, den man respektieren, ja, mögen konnte.

»Alex, ich brauche jemanden, dem ich genau jetzt vertrauen kann. Und ich hoffe, ich habe mit dir die richtige Wahl getroffen.«

»Natürlich, Hoheit.«

»Wenn wir allein sind, kannst du mich ruhig Damian nennen. Ich bin es leid, mir ständig diese offiziellen Hoheitstitel anhören zu müssen.« Er seufzte und ich warf ihm einen Blick zu. Nichts an seinem Gesichtsausdruck erinnerte an den spöttischen Thronerben, den er sonst zu spielen pflegte. Stattdessen sah ich eine große Müdigkeit, die ihn älter erscheinen ließ, als er war. Während ich im Mondschein neben ihm saß, überwältigte mich die Erkenntnis, wie jung er noch war – und gleichzeitig doch so alt.

»Hoheit… hm, Damian.« Zögerlich nannte ich ihn bei seinem Vornamen, wobei mir das Herz bis zum Hals klopfte. »Ich verstehe nicht ganz, wofür Ihr mich braucht. Wenn Ihr wollt, dass ich Euch vertraue, muss ich über Eure nächtlichen Aktivitäten im Bilde sein, die Geheimgänge, Briefe und Sonstiges.«

Damians Gesichtsausdruck war im fahlen Mondlicht nicht zu deuten, aber seine hellen Augen fixierten mich. »Wenn du zu gegebener Zeit deine Vertrauenswürdigkeit unter Beweis stellst, werde ich dir hoffentlich deine Fragen beantworten können. Aber im Augenblick muss ich dich bitten, etwas für mich zu erledigen.«

»Ganz zu Diensten, Hoheit.«

»Ah, dann sind wir also wieder bei den Förmlichkeiten? Ich wollte dich nicht kränken.« Damian schwieg und schüttelte den Kopf. »Ich hasse diese Geheimniskrämerei, aber ich habe keine andere Wahl. Die Hälfte meiner Familie wurde bereits ermordet. Und obwohl ich davon überzeugt bin, mit dir den Richtigen gewählt zu haben, muss ich absolut sicher sein, bevor ich noch mehr verrate. Ich hoffe, du kannst das verstehen.«

Ich schwieg einen Moment lang. Er tat gut daran, so vorsichtig zu sein. Es war vermessen von mir, ihn um eine Erklärung zu bitten. Ich hatte Glück, dass er mich nicht wegen meiner Dreistigkeit bestrafte. Meine Erschöpfung, mein Gemütszustand, das Mondlicht auf seinem Gesicht, seine sanfte Stimme – all das hatte mich ermutigt, so nachlässig zu werden.

Aber er hatte recht. Wir waren uns ähnlicher, als ich gedacht hätte. Nur dass meine *beiden* Elternteile ermordet worden waren, nicht nur eines.

»Ich verstehe«, sagte ich und spürte, wie er sich neben mir leicht entspannte, so als habe ihn die Möglichkeit, ich könnte verärgert sein, beunruhigt.

»Ich hoffe wirklich, dir bald mehr sagen zu können. Es wäre eine ... Erleichterung, jemandem alles anvertrauen zu können.« Damian warf mir einen Blick zu. »Denkst du nicht auch?«

Jetzt war es an mir, zu erstarren. »Was möchtet Ihr von mir erledigt wissen?« Ich überging seine Frage. Vermutlich sah man meiner Halsschlagader an, wie sehr mein Puls raste.

Damian betrachtete mich unendlich lange, seine Miene undurchdringlich. »Das Mädchen, das mich angegriffen hat«, sagte er schließlich, »und morgen hingerichtet wird, gehört zu der Gruppe, die für die Ermordung meines Bruders verantwortlich war. Es ist eine Rebellengruppe, die zu glauben scheint, dass die Ermordung von uns Brüdern meinen Vater brechen und diesen Krieg beenden würde. Leider haben sie unrecht, wenn sie annehmen, der Verlust beider Söhne könnte meinem Vater Einhalt gebieten. Ich glaube, ich habe herausgefunden, wo sie ihr Hauptquartier haben, und du sollst ihrem Anführer eine Nachricht von mir überbringen.«

»Ihr wollt den Menschen, die Euch tot sehen wollen, eine Nachricht zukommen lassen, und ich soll sie aushändigen?«

»Ja. Ängstigt dich das?« Er schürzte die Lippen und versuchte, ein Lächeln zu unterdrücken.

»Natürlich nicht. Ich verstehe nur nicht, was Ihr damit erreichen wollt.«

»Wenn du dich als vertrauenswürdig erweist, werde ich versuchen, dir alles zu erklären. Aber nicht jetzt. Denn falls sie dir Fragen stellen, kannst du ehrlich antworten, du habest keine Ahnung, warum ich dich schicke. Das Pergament, das du von mir bekommen wirst, wird mit meinem offiziellen Siegel versehen sein.«

Einen Augenblick lang betrachtete ich ihn schweigend. Er konnte nicht wissen, dass Tanoori mir bereits von diesen Plänen berichtet hatte, dass sie versucht hatte, mich zu überreden, die Aufgabe für sie zu Ende zu führen. Und nun bat mich Prinz Damian, diese Rebellengruppe in seinem Auftrag aufzusuchen.

»Wohin soll ich gehen?«

»Ich besorge dir eine kleine Karte mit genauen Angaben. Es handelt sich um ein Netzwerk von Höhlen, ungefähr eine halbe Tagesreise von hier im Nordosten. Sie nennen diesen Ort das Herz der Flüsse, weil in der Nähe des Eingangs zu ihrem Schlupfwinkel drei Flüsse zusammenfließen.«

»Soll ich allein in den Dschungel gehen?«

Damian legte den Kopf leicht schräg und musterte mich. »Du *hast* Angst, aber das ist gut«, fuhr er fort, als ich versuchte, zu protestieren. »Wer im Dschungel zu großspurig ist, verliert sein Leben.« Er legte einen schlanken Finger an die Lippen. »Gibt es jemanden in der Leibwache, dem du blind vertraust? Jemanden, den du mitnehmen könntest, ohne dass er Fragen stellt? Denn du darfst kein Wort darüber verlieren, weder über den Brief noch sonst etwas.«

Ich dachte sofort an Rylan. »Es gibt da jemanden, dem ich wie meinem Bruder vertraue. Aber was soll ich ihm sagen?«

»Sag ihm, ich habe dich gebeten, eine Nachricht für mich zu überbringen. Aber du weißt nicht, um welche Art von Leuten es sich handelt oder warum die Nachricht übermittelt werden soll, über deren Inhalt du ebenfalls nichts weißt. Da alle glauben, ich sei ein egozentrischer, verwöhnter Prinz, der andere zwingt, sich seinem Willen zu beugen, selbst wenn es sich nur um eine Laune handelt, wird er dir ohne Weiteres glauben.«

Ich blickte Damian an und war selbst überrascht davon, dass ich Respekt für ihn empfand, ja, Bedauern für das Leben, das er führte. In sachlichem Ton und ohne Selbstmitleid schilderte er die Meinung der anderen über ihn. Doch auch wenn seine Stimme und sein Gesichtsausdruck keine Gefühle verrieten, lag Traurigkeit in seinem Blick, als er mich ansah.

Er muss sehr, sehr einsam sein. Ich hätte nie gedacht, dass jemand, der Bedienstete und Wachen zur Verfügung hatte, der jeden Abend feiern konnte, dem sich die Frauen an den Hals warfen, so einsam sein könnte.

»Rylan wird keine Fragen stellen«, beeilte ich mich, ihm zu versichern, um meine Verwirrung zu verbergen. »Und ich würde mich sicherer fühlen, wenn er mich begleitet.«

»Dann hast du meine Erlaubnis, ihn zu fragen.« Damian wandte den Blick ab und der Vorhang schloss sich wieder über seiner wahren Identität.

»Aber wie steht es mit dem Befehl des Königs, dass immer jemand bei Euch sein muss – und Hauptmann D'agnens Befehl, dass ich derjenige sein soll, der nachts Euer Gemach bewacht?«

»Wenn du im Morgengrauen aufbrichst, könntest du bei Einbruch der Dunkelheit wieder zurück sein. Ich werde dem

Hauptmann erklären, dass ich dir und Rylan den Befehl erteilt habe, euch auf den Weg zu machen.«

Das Ganze gefiel mir nicht. Selbst wenn ich abends zurück wäre, würde ich einen ganzen Tag abwesend sein, und Deron wusste noch nichts über Eljin. Ich mochte Prinz Damian nicht verlassen, ohne jemanden darüber zu informieren, dass sich vielleicht ein Zauberer im Palast aufhielt. Besonders jetzt, da ich wusste, dass ein Zauberer Damians Bruder getötet hatte. Was, wenn Eljin aus demselben Grund hier war?

Aber warum wartete er dann? Und warum kämpfte er um eine Position in der prinzlichen Leibwache, sodass jeder herausfinden konnte, wer er wirklich war?

»Alex, wirst du das für mich tun?«

Ich zögerte nur einen Moment lang. »Ja, natürlich.«

»Da ist noch etwas. Kennst du dich mit Blutwurz aus?«

»Der Pflanze?«

Damian nickte.

»Ich weiß, wie sie aussieht. Sie wuchs im Garten meines ehemaligen Heims. Warum?«

»Wenn du im Dschungel bist, musst du bitte ein paar für mich pflücken.«

»Habt Ihr für so etwas keine Bediensteten?« Kaum hatte ich die Worte ausgesprochen, bereute ich auch schon, so keck reagiert zu haben. Doch Damian runzelte nur die Stirn.

»Die Bediensteten möchte ich lieber nicht fragen. Und ich bitte dich, auch darüber kein Wort zu verlieren, zu niemandem. Auch nicht zu Rylan.«

»Warum?«

Er blickte mich nur schweigend an.

»In Ordnung, ich werde die Pflanze besorgen«, erklärte ich

mich schließlich einverstanden, auch wenn mich diese seltsame Bitte erneut verwirrte. Blutwurz war kein gewöhnliches Gewächs, aber ich war mir sicher, dass ich es für ihn finden würde. Die Frage war nur, wozu – und warum diese erneute Geheimniskrämerei. So viel ich wusste, diente die Pflanze zermalmt als blutstillendes Mittel.

»Danke.« Damian seufzte tief auf. Dann erhob er sich. »Ich sollte jetzt gehen, damit du noch ein wenig ruhen kannst.«

Ich blickte zum Oberlicht empor, das jetzt immer dunkler wurde. Der Mond war weitergewandert, bald würde es Tag werden. Ich dachte daran, dass ich Tanooris Hinrichtung nicht miterleben würde, wenn ich diesen Auftrag übernahm. Vielleicht war es besser so, denn ich konnte ja doch nichts tun, um sie zu retten. Und der Gedanke, sie sterben zu sehen, war unerträglich.

»Und mach dir keine Sorgen wegen Hauptmann D'agnen«, fügte Damian hinzu. »Wenn du fort bist, werde ich mit ihm reden.«

Ich nickte und erhob mich ebenfalls, sodass wir einander gegenüberstanden. Damian streckte mir die Hand hin. Ich zögerte, meine Hand in seine zu legen. Die Aussicht, ihn zu berühren, erfüllte mich mit seltsamer Nervosität, und meine Gefühle spielten verrückt. Doch als er eine Augenbraue hob und mich fragend ansah, ergriff ich sie und schüttelte sie fest. Wärme strömte meinen Arm hinauf und breitete sich in meinem ganzen Körper aus, als er meine Hand mit seiner starken umfasste. Ich räusperte mich und verstärkte meinen Griff. *Verhalte dich wie ein Mann.*

»Gute Nacht, Alex, ich hoffe, du kannst noch ein wenig schlafen.« Er ließ meine Hand los und zog sich zurück.

»Danke. Gute Nacht ... Damian.«

Er lächelte mich an, ein kurzes, trauriges Lächeln. Dann öffnete er die Tür zu seinem Gemach und verschwand.

Ich starrte ihm eine Ewigkeit hinterher und mein Herz hämmerte wie wild. Er hatte meine Theorie widerlegt. Sein Inneres harmonierte mehr mit seinem Äußeren, als ich vermutet hätte. Fast wünschte ich mir die Zeit zurück, als ich ihn für einen unglaublich attraktiven Mann mit niederträchtigstem Charakter hielt. Denn damals diente ich ihm aus Notwendigkeit, weil ich hart für meine Position gearbeitet hatte und weil meine Sicherheit, meine Wirkung und sogar mein Leben davon abhingen.

Doch wenn ich gestern noch befürchtet hatte, ihn wirklich gern zu haben, so beschlich mich heute Nacht das weitaus gefährlichere Gefühl, noch viel mehr für ihn zu empfinden.

Vierzehn

DER DSCHUNGEL WAR voller Leben – das Säuseln der Blätter in der Brise, das Summen der Insekten, das Gezwitscher der Vögel über uns in den Bäumen. Ich unterdrückte ein Frösteln. Obwohl ich mein ganzes Leben in der Nähe des Regenwalds verbracht hatte, traute ich ihm nicht. Das dichte Laubwerk verbarg zu viele Gefahren. Ich hatte Pfeil und Bogen auf den Rücken geschnallt, das Schwert um die Taille gegurtet – und trotzdem fühlte ich mich verletzlich. Ich wusste, dass die Tiere, die sich im Dschungel versteckt hielten, zu schlau und zu schnell waren, um sie aufzuhalten, falls sie uns angreifen und fressen wollten.

Das Kreischen eines Affen über mir ließ mich zusammenzucken. Ich prallte gegen Rylan, der neben mir ging.

»Du bist aber nervös«, stellte er fest und blickte zu den Bäumen über uns empor. Meine Hände waren schweißnass, als wir weitergingen, Farne und Schlingpflanzen zur Seite schoben und die Karte und den Kompass studierten, die Damian mir gegeben hatte.

»Ich möchte lieber nicht darüber reden«, sagte ich.

Rylan warf mir einen Blick zu, sparte sich aber jeglichen Kommentar.

»Wir müssten bald dort sein. Der Karte nach liegt da vorne ein Fluss, und wenn wir ihm eine Meile lang folgen, sollten wir geradewegs zum Herz der Flüsse gelangen.«

Rylan nickte und wir verfielen wieder in Schweigen. Die Sonne stand schon seit Stunden am Himmel, und ich hatte den größten Teil des Morgens mit dem Versuch verbracht, nicht an Tanooris Hinrichtung zu denken. Ein weiterer Mensch, dem ich nicht hatte helfen können – ein weiteres Versagen auf meiner Liste.

Würde man ihren Leichnam verbrennen oder einfach außerhalb der Mauern streunenden Tieren zum Fraß vorwerfen?

»Ich weiß, ich soll keine Fragen stellen, aber findest du es nicht seltsam, dass Prinz Damian uns damit beauftragt hat?«

»Du kennst den Prinzen«, sagte ich und zwang mich, meine Gedanken an Tanoori zu verdrängen. »Er hat doch immer irgendeinen verrückten Wunsch.«

»Ja, aber das hier ist eine ganz neue Stufe. Er lässt uns durch den Dschungel marschieren, um irgendwelche Leute aufzusuchen und ihnen eine Nachricht auszuhändigen?« Rylan warf mir von der Seite einen Blick zu, aber ich zuckte die Achseln und setzte eine teilnahmslose Miene auf.

»Du hast recht, das ist mehr als verrückt, sogar für ihn«, spielte ich die Ahnungslose. Allerdings war es mir in der Tat immer noch ein Rätsel, was Prinz Damian damit bezwecken wollte. Diese Leute wollten ihn tot sehen. Wieso glaubte er, dass sie auf das, was er ihnen zu sagen hatte, hören würden? Ich hoffte nur, dass sie nicht auf die Idee kämen, den Boten zu ermorden.

Zu unserer Rechten hörten wir das Rauschen von Wasser, das immer lauter wurde, bis wir durch die Bäume brachen und uns an einem Flussufer wiederfanden. Unser Auftauchen schreckte irgendein kleines Tier auf, das gerade am Ufer getrunken hatte. Ich sah nur noch einen langen Schwanz unter einem Busch verschwinden.

»Ich hasse den Dschungel«, flüsterte ich.

»Warum hasst du ihn so sehr?«, wollte Rylan wissen.

Ich zuckte zusammen. Mir war nicht bewusst gewesen, so laut gesprochen zu haben, dass er es hören konnte. »Erinnerst du dich noch an den ersten Marsch nach Tubatse?«

»Natürlich.«

Die Flussufer waren feucht und unsere Stiefel saugten die Flüssigkeit auf. Wir gingen an den Bäumen vorbei, blieben dicht am Wasser und hielten Ausschau nach den Grenzsteinen, die uns ins Herz der Flüsse führen würden.

»Als ich noch klein war, fand ich den Dschungel von Antion wundervoll, aber nach diesem Marsch begann ich, ihn zu *hassen*.«

»Ich kann mich aber gar nicht an irgendwelche unangenehmen Vorkommnisse erinnern«, sagte Rylan.

»Nun, das liegt daran, dass Marcel so nett war, niemandem davon zu erzählen. Sagen wir mal so, ich hatte eine Begegnung mit einer Schlange, die ohne Marcels Hilfe nicht gut geendet hätte.«

Rylan lachte. »Also hast du *doch* einen Schwachpunkt! Allerdings hätte ich nie vermutet, dass es um Schlangen geht.«

Ich schubste ihn so heftig, dass er alle Mühe hatte, das Gleichgewicht zu halten und nicht in den Fluss zu fallen. »Wenn du es jemandem verrätst, werde ich dir, ohne zu zögern, in den Mund schießen.«

»Wow.« Er hob die Hände, als würde er sich ergeben. »Du

hast mein Wort. Ich werde nie wieder deine tödliche Angst vor Schlangen erwähnen.«

»Danke.«

Der Fluss, an dem wir entlanggingen, breitete seine Wasserarme immer weiter aus, und schon bald konnten wir durch die Bäume hindurch ein gewaltiges Gewässer erkennen.

»Ich vermisse ihn ebenfalls sehr«, sagte Rylan schließlich zögernd. »Ich weiß, du willst nicht darüber reden, aber seit unserem gemeinsamen Eintritt in die Armee wart ihr beide stets meine engsten Freunde.«

»Immerhin hast *du* deinen Bruder noch«, erwiderte ich schnippisch und beschleunigte mein Tempo. Als ich mich umblickte, um mich zu vergewissern, dass er nicht stehen geblieben war, befand er sich direkt hinter mir. Mit düsterer Miene. Schuldgefühle nagten an mir. Er hatte recht, natürlich vermisste er Marcel. Und jetzt war er mein einziger Freund. Da kam mir die seltsame Unterhaltung mit Prinz Damian heute Nacht wieder in den Sinn. Es erschien mir fast unwirklich, dass er tatsächlich neben mir auf der Pritsche gesessen und mir von seinem Kummer berichtet hatte. Trotzdem – und auch wenn Damian den Eindruck erweckt hatte, dass er sich dies wünschte – konnte ich ihn nicht als Freund bezeichnen. Er war mein Prinz und das durfte ich nie vergessen.

Seufzend blieb ich stehen und wandte mich um, um mich bei Rylan zu entschuldigen. Aber da war niemand mehr. Mir gefror das Blut in den Adern und ich zückte mein Schwert. Zu spät, denn schon spürte ich einen Stich am Hals. Ich verfluchte meine Unaufmerksamkeit und versuchte, gegen den mich erfassenden Schwindel anzukämpfen, aber meine Knie knickten ein. Ich fiel zu Boden und alles um mich herum wurde schwarz.

Fünfzehn

Als erstes nahm ich das Plätschern des Wassers wahr. Es war überall, hallte wider, ein dumpfes Dröhnen in meinem Kopf. Ich versuchte, die Augen zu öffnen, aber meine Lider fühlten sich so schwer an, als hätte ich Drogen genommen. Ich biss die Zähne zusammen und zwang mich, sie zu öffnen. Ich lag auf dem Rücken in irgendeiner Höhle. Die Decke über mir sah feucht aus, und die Luft, die ich einatmete, war erfüllt vom Geruch nach Erde, Wasser und Menschen.

»Er ist wach«, sagte jemand neben mir.

»Das ging aber schnell.«

Ich wandte mich um und entdeckte zwei Männer, die über mir thronten, ihre Schwerter auf meinen Hals und meinen Leib gerichtet. Alles drehte sich um mich, als ich mich mühselig aufrichtete, unfähig, meine Hände zu benutzen, weil sie hinter meinem Rücken gefesselt waren.

»Wenn ich du wäre, würde ich es nicht mal versuchen.«

Aber ich beachtete sie gar nicht, sondern blieb einfach sitzen.

»Okay, wie du willst.« Der erste Mann drückte jetzt sein Schwert gegen mein Schlüsselbein und brüllte über seine Schulter hinweg: »Er ist bereit zu reden.«

»Sagt mir zuerst, wo mein Gefährte ist.« Die Worte klangen in meinen eigenen Ohren seltsam, als ob ich getrunken hätte, unfähig, die Konsonanten und Vokale deutlich auszusprechen.

»Er lebt und diese Auskunft muss dir genügen.«

Ein dritter Mann kam auf mich zu, eine Frau im Schlepptau. Er war kleiner als ich, doch seine Arme waren dafür umso muskelbepackter. Die Frau hinter ihm war größer und erschreckend mager, mit ihrer Hakennase und den eng beieinanderstehenden Augen erinnerte sie an einen Vogel. »Wenn du am Leben bleiben willst, beantwortest du all meine Fragen wahrheitsgemäß. Wenn dein Partner aufwacht, stellen wir ihm dieselben Fragen, um zu prüfen, ob eure Aussagen übereinstimmen«, sagte der Mann unvermittelt. »Als Erstes will ich wissen, woher du diese Karte hast.«

»Ich bin der zweite Mann in der prinzlichen Leibwache. Wir sind im Auftrag von Prinz Damian hier. Er gab mir die Karte mit dem Befehl, eurem Anführer eine Nachricht zu überbringen.«

Der Mann riss die Augen auf und die Frau hinter ihm erstarrte. »Willst du damit sagen, dass der Prinz die Kühnheit besitzt, mit uns in Verbindung zu treten?«

»So scheint es.«

Das Paar tauschte einen Blick. Dann streckte der Mann die Hand aus. »Gib mir die Nachricht.«

»Erst musst du deine Handlanger anweisen, meine Fesseln zu lösen.«

Er nickte und einer der Männer kniete sich hinter mich und durchschnitt mit dem Schwert die Fesseln um meine Handgelenke.

»Eine falsche Bewegung und wir verpassen dir den nächsten

Pfeil. Drei Männer, die du nicht sehen kannst, warten nur auf mein Signal. Wenn sie alle gleichzeitig auf dich losgehen, wirst du nicht vor Freitag aufwachen, sofern du überhaupt noch aufwachst.«

Ich betrachtete ihn stirnrunzelnd, griff wortlos in mein Wams und holte das Pergament heraus, das die Nachricht enthielt und mit dem persönlichen Wachssiegel des Prinzen verschlossen war. Er riss es mir aus der Hand und schickte sich an, das Siegel zu brechen.

»Warte! Borracio wird das Siegel sehen wollen. Er wird wissen, ob es echt ist.« Die Frau streckte die Hand aus und griff nach dem Pergament. Das Paar machte auf dem Absatz kehrt und entfernte sich. Offensichtlich hatten sie mich für den Augenblick vergessen.

Die Droge, mit der ihr Pfeil präpariert gewesen war, verlor schnell an Wirkung, und ich hätte die beiden Männer, die mich bewachten, mühelos entwaffnen können. Aber ich rührte mich nicht und zog es vor abzuwarten, was geschehen würde.

Während ich dasaß, musterte ich verstohlen meine Umgebung. Wir befanden uns tatsächlich in einer Art Höhlennetzwerk, dessen Tunnels in drei unterschiedliche Richtungen führten. Wo war Rylan? Wie groß war dieses Gebiet hier? Und wie groß war diese Rebellengruppe?

Die Minuten verstrichen, ohne dass sich das Paar wieder blicken ließ. Ich überlegte, wie viel Uhr es wohl sein mochte, wie lange ich ohne Bewusstsein gewesen war. Prinz Damian erwartete mich heute Abend zurück – ebenso Deron. Was würden sie tun, wenn wir nicht auftauchten?

Als schließlich vom langen Sitzen auf dem harten Boden mein Rücken zu schmerzen begann, sah ich einen anderen Mann aus einem der Tunnels auf mich zusteuern. Er hatte olivfarbene Haut, dunkle Haare und Augen und bewegte sich mit raubtierhafter Geschmeidigkeit. Sofort erkannte ich in ihm einen geborenen Kämpfer.

»Du bist also derjenige, der den Brief im Auftrag von Prinz Damian überbracht hat?« Er klang wie ein Blevoneser.

»Ja«, erwiderte ich mit undurchdringlicher Miene. »Bist du Borracio?«

Er ignorierte meine Frage. »Kennst du seinen Inhalt?«

»Leider nicht. Es ist uns nicht erlaubt, dem Prinzen Fragen zu stellen, wenn er uns Befehle erteilt.«

Er starrte mich an. Seine Augen waren wie Feuerstein, hart und kalt. Er hatte etwas Seltsames an sich... etwas Unnatürliches. Als er den Blick nicht abwandte, verknotete sich mein Magen. Plötzlich jedoch veränderte sich sein Gesichtsausdruck und er furchte die Stirn. »Diese... Wache... sagt die Wahrheit.« Die Art, wie er *Wache* aussprach, machte mich nervös. Und wie konnte er so genau wissen, dass ich die Wahrheit sagte?

»Richte deinem Prinzen aus, dass mit uns nicht zu spaßen ist und dass wir erwarten, dass er zu seinem Wort steht.« Er trat näher auf mich zu und beugte sich zu mir herunter, bis seine Lippen mein Ohr berührten. Ich erstarrte. »Ich kenne dein Geheimnis«, flüsterte er. Ein kalter Schauer lief mir über den Rücken.

Er richtete sich wieder auf und durchbohrte mich mit seinem Blick, aber ich hob das Kinn, entschlossen, ihm nicht zu zeigen, wie erschrocken ich war. Wer war dieser Mann, und wie kam es, dass er mein Geheimnis kannte? Ich ballte die Fäuste, damit meine Hände nicht zitterten. Er nickte meinen beiden Wächtern zu. »Ihr könnt beide *Männer* hinausbegleiten. Ich habe nichts weiter mit ihnen zu besprechen. Führt sie aber auf jeden Fall hinten hinaus.«

Dann drehte er sich um und marschierte davon. Der Mann zu meiner Rechten riss mich hoch. Ich entzog mich seinem Griff und unterdrückte nur mühsam mein Verlangen, ihn niederzuschlagen. »Ich brauche keine Hilfe.« Meine Stimme war eiskalt, doch der Mann zuckte nur die Schultern. Offensichtlich unterschätzte er aufgrund meiner Größe meine Kämpferqualitäten. Wie gern hätte ich ihm diesen selbstgefälligen Ausdruck vom Gesicht gewischt.

Aber ich beherrschte mich. Der andere Mann nahm eine brennende Fackel aus der Halterung an der Mauer und setzte sich in Bewegung. Das Wichtigste war jetzt, aus dieser Höhle zu kommen, meine Waffen wiederzuerlangen, Rylan zu finden und vor Einbruch der Nacht in den Palast zurückzukehren. Ich wollte so viel Abstand wie möglich zwischen Borracio und mir bringen.

»Wo sind mein Schwert und mein Bogen?«, fragte ich, als ich hinter den Männern einen Tunnel durchquerte.

»Die wirst du dort finden, wo wir dich aufgespürt haben. Sofern sie nicht inzwischen gestohlen wurden.« Der Mann prustete und sein Begleiter brüllte los vor Lachen.

Es war völlig aussichtslos, unbewaffnet in den Dschungel zurückzukehren. Ich blickte sie aus dem Augenwinkel an. Sie hatten keine Bogen, aber ganz brauchbare Schwerter. Immerhin besser als nichts. Ich folgte ihnen widerstandslos auf einem gewundenen Pfad durch mehrere Tunnels hindurch. Das Licht der Fackel vertrieb zumindest ein wenig die Dunkelheit. Manchmal wateten wir durch Wasser, manchmal tröpfelte es auf unsere Köpfe. Ich versuchte, mir gar nicht erst vorzustellen, was hier noch alles herumlungerte. Ratten, Fledermäuse. Schlangen.

Ich fröstelte.

Endlich erblickte ich Tageslicht. Mein erleichterter Seufzer war so laut, dass einer der Männer wieder losprustete. Doch das war mir egal. Bald würde ihnen das Lachen vergehen. Um aus dem Tunnel herauszukommen, mussten wir über einen riesigen Felsblock klettern. Dann standen wir endlich auf trockenem Boden, lediglich den Himmel über uns – der leider dunkler war, als ich gehofft hatte. Sonst war niemand zu sehen.

»Wo ist Rylan?«, fragte ich mürrisch.

»Woher sollen wir das wissen. Wir waren ja mit dir beschäftigt. Bestimmt ist er hier irgendwo.« Der Kleinere der beiden grinste. Er war mindestens dreißig Pfund schwerer als ich. Ich hatte beobachtet, wie er sich bewegte, und festgestellt, dass er ein wenig hinkte, vermutlich infolge einer vor kurzem verheilten Wunde.

Ohne Vorwarnung versetzte ich ihm einen Tritt gegen das Schienbein. Sein Bein knickte ein, genau wie ich es erwartet hatte, und er fiel mit einem Schrei zu Boden. Noch bevor ihm bewusst wurde, wie ihm geschah, hatte ich bereits sein Handgelenk gepackt und drehte es mit einer blitzschnellen Bewegung so brutal herum, dass ich hören konnte, wie seine Knochen knackten. Mit meiner freien Hand fing ich sein Schwert auf, gerade noch rechtzeitig, um herumzuwirbeln und den Schlag abzuwehren, zu dem sein Partner eben ausgeholt hatte. In weniger als einer Minute hatte ich ihn ebenfalls entwaffnet, sodass sie jetzt beide am Boden lagen. Der Kerl mit dem gebrochenen Handgelenk machte keine Anstalten, mich erneut anzugreifen, also überließ ich ihn seinem Schicksal. Aber sein Partner versuchte, sich aufzurappeln, daher versetzte ich ihm mit einem der Schwertgriffe einen so harten Schlag gegen den Hinterkopf, dass er das Bewusstsein verlor. Abgesehen von rasenden Kopfschmerzen und verletztem Stolz jedoch würde er völlig unversehrt wieder aufwachen.

»Richte Borracio aus, dass ich seine Nachricht laut und deutlich vernommen habe«, sagte ich, als ich dem Bewusstlosen die Schwertscheide abnahm und mir um die Taille gurtete. Ich wählte das schönere Schwert und schleuderte das andere in den Fluss, der neben der Höhlenöffnung floss, durch die wir geklettert waren.

»Was *bist* du?«, fragte der Mann, der noch bei Bewusstsein war.

»Ein sehr guter Kämpfer«, erwiderte ich und stürmte in den Dschungel, über den gerade die Dämmerung hereinbrach.

Sechzehn

*D*IE KLEINEN FLAMMEN vor mir zischten und prasselten wie ein Leuchtfeuer, das jedem Lebewesen, das hinter den dunklen Bäumen lauerte – ob Mensch oder Tier –, meine Anwesenheit verkündete. Im Schein der hellen Flammen, die die Luft mit Licht und Rauch erfüllten, fühlte ich mich ungeschützt. Aber noch schlimmer wäre gewesen, ohne sie in dieser dunstigen dunklen Nacht auskommen zu müssen.

Mein Magen schmerzte vor Hunger. Und vor Angst. Weit und breit immer noch kein Zeichen von Rylan. Dabei hatte ich insgeheim gehofft, er werde mein Feuer entdecken und mich finden. Wenn Deron und die anderen Mitglieder der Leibwache mich jetzt sehen könnten, würde es keine Rolle mehr spielen, wie viele Kämpfe ich gewonnen hatte. Überwältigt von meiner Angst vor der Dunkelheit und vor Schlangen. Ein schmachvoller Abgang. Mein Körper kämpfte gegen das Adrenalin der Angst, gegen die Erschöpfung und das Bedürfnis nach Schlaf, das meine Glieder und Augenlider schwer machte.

Plötzlich hörte ich ein Knacken im Gebüsch hinter mir.

Ich war sofort hellwach, hielt den Atem an und tastete nach dem Schwert, das auf meinem Schoß lag. Ich glaubte nicht, dass ein Jaguar oder eine Schlange ein solches Geräusch beim Heranpirschen verursachen würde. Konnte es Rylan sein?

Ich schaute mich um, und im selben Moment sah ich aus dem Augenwinkel, wie sich etwas bewegte. Ich wirbelte wieder herum, als ein gewaltiger schwarzer Körper aus dem Busch auf mich zustürzte. Ich fand gerade noch Zeit, zu schreien und mein Schwert schützend hochzureißen, bevor das Geschöpf über mir war und nach meiner Halsschlagader schnappte. Seine Klauen und Zähne blitzten im Feuerschein. Ich verlagerte das Gewicht nach hinten und versuchte, den Jaguar mit dem Schwert aufzuspießen, als seine Krallen durch mein Hemd drangen und mich zu Boden drückten. Mein Körper und mein Arm brannten höllisch, und ich wusste unterschwellig, dass dieses Gefühl Schmerz war. Doch ich hatte nicht die Zeit zu überprüfen, inwiefern ich verletzt war, denn dem Tier gelang es immer noch, dem Schwert auszuweichen. Meine Schwertspitze streifte meinen Kiefer, aber ich achtete nicht darauf. Es war die einzige Möglichkeit, das Raubtier davon abzuhalten, mir die Kehle aufzureißen.

Ich versuchte es erneut, und diesmal mit Erfolg, ich traf das Tier mit der Klinge an der Kehle. Es jaulte schmerzvoll auf und versetzte meinem Kopf einen kräftigen Prankenhieb. Mein Kopf explodierte und ich sah Sterne. Mein Griff um das Schwert lockerte sich.

Plötzlich stieß der Jaguar ein solches Geheul des Schmerzes und der Wut aus, dass ich fast taub wurde. Ein Schwert hatte sich in seine Brust gegraben. Heißes rotes Blut strömte aus der Wunde auf meinen Körper. Das Raubtier rollte noch einmal die Augen, dann brach es auf mir zusammen und nahm mir jegliche Luft zum Atmen. Gerade als ich im Begriff war, das Bewusstsein zu verlieren, war es verschwunden. Rylan stand über mir, atmete schwer und hielt ein blutgetränktes Schwert in der Hand.

»Alex! Alles in Ordnung mit dir?«, rief er und fiel neben mir auf die Knie. Das höllische Brennen war jetzt verebbt. Stattdessen empfand ich solch unerträgliche Schmerzen, dass ich es nicht wagte, mich zu rühren, aus Angst, sie noch zu verschlimmern.

Ich war regelrecht in Blut getaucht, in mein eigenes und in das des Jaguars. Meine Rippen, mein linker Arm und meine Schläfen hämmerten. Ich scheute mich, hinunterzusehen und mich zu vergewissern, wie schlimm es war.

»Wir müssen dich säubern und deine Wunden nähen. Zum Glück scheinen sie nur oberflächlich zu sein, aber ich kann es nicht genau sagen. Da ist viel zu viel Blut und es ist zu dunkel.« Während Rylan sein Hemd über den Kopf zog und begann, es in Streifen zu reißen, redete er unaufhörlich. »Leider habe ich weder Nadel noch Faden dabei, also müssen wir die Wunden so gut wie möglich versorgen und so schnell wie möglich zum Palast zurückkehren.«

»Ich kann nicht«, sagte ich schließlich. Meine Stimme war kaum mehr als ein Flüstern. Ich klang wie ein Mädchen – ich schaffte es nicht mehr, männlich forsch zu klingen, was mich im Augenblick aber auch nicht kümmerte. Ich würde sowieso heute Nacht in diesem Dschungel sterben.

»Doch, du kannst. Du bist der härteste Kämpfer im Palast und wirst dich doch nicht von einem kleinen Jaguar fertigmachen lassen, oder?« Rylan hatte sich über mich gebeugt und nestelte jetzt an meinem Hemd herum. Mit einem Schlag wurde mir klar, was er zu tun versuchte. Ich griff nach seinem Handgelenk und hielt es fest.

»Halt.« Es fiel mir schwer zu sprechen, meine Schmerzen waren übermächtig, und ich war immer noch außer Atem. Ich überlegte, ob der Jaguar wohl meine Lunge durchbohrt hatte. »Zerreiß es nicht.«

»Alex, du bist verletzt und blutest. Ich muss die Wunden auswaschen und dann…«

»*Nein.*« Ich verstärkte meinen Griff um sein Handgelenk und versuchte, seine Hand von meinem Hemd wegzustoßen. »Bitte.«

Er starrte auf mich herab, seine Miene war im Schatten, den das Feuer warf, nicht zu erkennen. Da flackerte das Licht in der Brise und beleuchtete kurz sein Gesicht. Und ich entdeckte, wie zerknirscht er wirkte. Mir wurde mulmig zumute. Er dachte wohl, ich würde ebenfalls sterben.

Mit einem tiefen Seufzer legte er seine linke Hand auf meine rechte. »Alexa, ich weiß Bescheid.«

»Du weißt wa…« Mit einem entsetzten Laut hielt ich inne, als mir bewusst wurde, was er gesagt hatte. *Alexa.* Nicht *Alex.* Ein Name, von dem ich geglaubt hatte, dass ich ihn nie wieder hören würde. Ich schüttelte den Kopf und meine Augen füllten sich mit Tränen. Ich öffnete den Mund, doch kein Laut kam heraus.

Als ich infolge der Schmerzen, des Blutverlusts und des Schocks von oben bis unten zu zittern begann, umklammerte er meine Hand fester.

Schließlich flüsterte ich: »*Wie?*«

»Ich habe es von unserer ersten Begegnung an gewusst.« Er blickte auf meinen Mund, mein Kinn, nur nicht in meine Augen.

Die Schmerzen, die meinen Körper quälten, wurden durch

den Schock, der mich durchlief, in den Hintergrund gedrängt. Er *wusste* es? Hatte es von Anfang an *gewusst*?

»Marcel hat sich in meiner Gegenwart versprochen. Er nannte dich Alexa und du hast geantwortet. Er hatte bemerkt, dass ich es gehört hatte, und beschwor mich, es geheim zu halten. Tut mir leid, dass ich es dir nie gesagt habe, aber er hat mich zu absolutem Stillschweigen verpflichtet.«

Die Tränen, die mir in die Augen getreten waren, rannen mir jetzt über beide Wangen, als ich, innerlich und äußerlich gebrochen, am Boden lag. »Du hast es gewusst«, wiederholte ich mit heiserer Stimme.

Rylan nickte und wischte mir mit einer Hand die Tränen aus dem Gesicht. »Lass mich jetzt bitte deine Wunden säubern und überlegen, wie wir dir helfen können.« Seine Finger verweilten an meiner Schläfe.

»Ich glaube, es ist besser, ihr lasst euch von uns helfen, denn sonst wird das Mädchen höchstwahrscheinlich an seinen Verletzungen sterben.«

Die Stimme erklang aus dem Dunkel jenseits des Feuerscheins. Ich zwang mich, den Kopf zu heben, doch der Schmerz wurde unerträglich. Seltsame, helle Lichter flimmerten vor meinen Augen. Ich sah, wie Borracio in den Feuerschein trat.

Und dann sah ich nichts mehr.

Siebzehn

ALS ICH AUFWACHTE, lag ich auf einem Bett aus Fellen, und die Schmerzen waren verschwunden.

Über mir erblickte ich wie beim letzten Mal, als ich die Augen in einer diesen Höhlen aufgeschlagen hatte, eine feuchte Steindecke, aber es war nicht dieselbe. Ein Blick durch den Raum sagte mir, dass es sich um ein Schlafgemach handelte. Ich war allein. Lediglich zwei Fackeln beleuchteten die kleine Höhle. Ich wagte kaum, mich zu rühren, aus Angst davor, wie sich mein Körper anfühlen würde.

»Alex, du bist ja wach«, hörte ich Rylans Stimme. Ich wandte den Kopf und sah, wie er durch die Öffnung auf mich zueilte. »Wie fühlst du dich?« Seine Stimme verriet eine Zärtlichkeit, die ich nie zuvor gehört hatte, und ich erinnerte mich daran, was er mir letzte Nacht, als ich vor ihm auf dem Boden lag, gestanden hatte: dass er bereits seit Jahren wusste, dass ich ein Mädchen war. Ich war erleichtert und verärgert zugleich.

»Weiß nicht«, erwiderte ich mürrisch, als er sich neben mir auf die Knie ließ.

»Eine Heilerin war die ganze Nacht bei dir. Sie ist erst vor einer Stunde von deinem Bett gewichen. Aber sie meinte, du wärest reisebereit, sobald du erwachen würdest.« Rylan streckte die Hand aus, um meinen Kopf zu berühren, doch ich zuckte zurück. Er ließ die Hand sinken und blickte zu Boden. Doch mir entging nicht der verletzte Ausdruck in seinen für gewöhnlich so warmen schokoladebraunen Augen, denen ich in letzter Zeit allzu viel Aufmerksamkeit geschenkt hatte. »Du bist sauer«, sagte er leise.

»Natürlich bin ich sauer«, stieß ich hervor. »Wie konntest du mich die letzten drei Jahre in dem Glauben lassen, du habest keine Ahnung, dass ich ein Mädchen bin?«

»Ich musste Marcel schwören, keinen Ton darüber zu sagen. Er befürchtete, du würdest dich mir gegenüber anders verhalten und dich dann unwillkürlich auch gegenüber den anderen verraten. Du warst mir viel zu wichtig, als dass ich das riskieren wollte.«

Seine Worte verdrängten meinen Ärger und erfüllten mein Herz mit Wärme. Ich spürte, wie sie mich besänftigten.

»Du siehst… wirklich gut aus. Sie hat eine Art Wunder an dir vollbracht. Hast du noch Schmerzen?«

Zögerlich tastete ich nach oben zu meiner Schläfe, wo der Jaguar mich verletzt hatte, und erwartete, eine klaffende Wunde vorzufinden. Stattdessen berührte ich lediglich mein Haar und drei winzige Hauterhebungen, als ob die Wunde bereits verheilt wäre und sich Narben gebildet hätten. »Nein, ich habe keine Schmerzen«, erwiderte ich schließlich leise und fassungslos. »Wer ist sie genau?«

»Borracio wollte es nicht sagen, aber ich hörte jemanden flüstern, sie sei eine Zauberin.«

Eine Zauberin, die heilen konnte? So etwas hatte ich noch

nie gehört. In Antion hatte man uns gelehrt, dass Zauberer böse seien und ihre Magie lediglich den Tod brachte.

Ich krempelte meinen Ärmel hoch und stellte fest, dass die Haut an meinem linken Bizeps völlig verheilt war. Nur vier hellrosa Narben erinnerten daran, dass der Jaguar an dieser Stelle zugebissen hatte.

»Er sagte, wir müssten sofort aufbrechen, sobald du wach seist und dich entsprechend fühlen würdest. Er machte den Eindruck, als könne er es kaum erwarten, uns los zu sein.«

Rylan hockte sich auf die Fersen und beobachtete mich, als ich mich langsam aufsetzte.

»Wenn er uns unbedingt los sein will, warum hat er dann dafür gesorgt, dass seine Heilerin mir hilft?«

»Ich weiß es nicht.«

»Dann lass uns aufbrechen. Wenn wir noch einen Tag später in Antion eintreffen, wird Prinz Damian wahrscheinlich ihre ganze Arbeit zunichtemachen.« Ich erhob mich und winkelte staunend meine linke Hand an, streckte den Hals, drehte den Kopf. Ich konnte es nicht fassen, dass die Schmerzen und der Schock der letzten Nacht Vergangenheit waren. Ich hatte wohl Narben davongetragen, aber es ging mir besser, und das innerhalb einer Nacht. Ich blickte an mir herunter und stellte fest, dass ich saubere Kleidung trug und meine Brust mit einem frischen Tuch abgebunden war. Wer auch immer mich gepflegt haben mochte, war jetzt ebenfalls in mein Geheimnis eingeweiht. Die Zahl der Mitwisser nahm erschreckend schnell zu.

Ich hätte diese Frau gern gefunden, um sie zu fragen, wie sie das angestellt hatte, und mich bei ihr zu bedanken. Und um mich zu vergewissern, dass sie niemandem erzählen würde, dass ich ein Mädchen war. Obwohl Borracio es sowieso schon wusste. Als ich Rylan folgte und wir in einen weiteren feuchten, dunklen Tunnel eintauchten, war jedoch niemand zu sehen.

»Er hat mir erklärt, der Ausgang sei dort.« Rylan deutete auf einen Tunnel, der von unserem abzweigte und nach links führte. Er löste eine zweite um seine Taille befestigte Schwertscheide und reichte sie mir. Ich erkannte sie als meine eigene, die gestern nicht mehr neben dem Fluss gelegen hatte. Mein Bogen und meine Pfeile fehlten immer noch, aber zumindest hatte ich mein Schwert wieder.

»Danke.«

Er nickte und ich folgte ihm durch den linken Tunnel. Einmal blickte ich über die Schulter in der Hoffnung, jemanden zu sehen – irgendjemanden –, aber der Pfad hinter uns war leer. Ich erschauerte und eilte Rylan hinterher.

Als wir endlich ins Sonnenlicht traten, befanden wir uns sogar näher an der Stelle, an der wir ursprünglich von den Pfeilen getroffen worden waren, als dort, wo ich gestern aus den Tunneln herausgekommen war.

»Es muss hier eine Unmenge von Höhlen und Tunnels geben«, bemerkte ich.

Rylan nickte, sagte aber nichts. Dieses Mal übernahm er die Führung, und ich war froh, ihm folgen zu können, obwohl ich immer wieder einen Blick über die Schulter warf. Mein Herz pochte wie verrückt. Um uns herum lastete eine unbehagliche Stille, die noch schwerer wog als die erdrückende Feuchtigkeit, die sich auf meine Haut legte, sodass ich bereits schweißnass war. Rylans Worte hämmerten in meinem Kopf: *Du warst mir viel zu wichtig, als dass ich das riskieren wollte.* Was meinte er damit? Jetzt fühlte ich mich unsicher in seiner Gegenwart, so verletzlich, wie ich mich seit dem Tod meiner Eltern und meiner

Aufnahme in die Armee nicht mehr gefühlt hatte. Ich konnte es einfach nicht glauben, dass er von Anfang an über meine wahre Identität Bescheid gewusst hatte. Irgendwie machte mich das verlegen.

»Rylan, ich...« Ich stolperte über eine Baumwurzel und meine Wangen röteten sich. Normalerweise stolperte ich nicht. Normalerweise errötete ich auch nicht oder überließ jemand anderem die Führung. Es konnte nicht sein, dass die Tatsache, dass er mein Geheimnis kannte, mich veränderte. Und doch war es so. Er hatte mich nie irgendwie anders behandelt, ich hatte keine Ahnung gehabt. Aber jetzt verhielt ich mich wie eine Närrin. »Können wir kurz halten?«

Sofort wandte er sich um. »Geht es dir gut? Hast du Schmerzen?« Sein Blick verriet pure Sorge, was mein Unbehagen noch verstärkte.

»Nein, ich meine, ja, mir geht's gut. Ich habe keine Schmerzen, aber ich wollte dir sagen... ich weiß nicht mehr. Ich nehme an, ich wollte dir sagen, dass es mir leidtut.«

»Was sollte dir leidtun?«

Ich wich seinem Blick aus und schaute über seine Schulter zu den dicht beieinanderstehenden Bäumen und Schlingpflanzen und den erstaunlich üppigen purpurroten Bougainvillea. »Es tut mir leid, dass ich wütend war wegen... du weißt genau, wegen was. Ich müsste dir eigentlich dankbar sein.«

Er schwieg, und ich wagte es, ihn anzusehen. Die Intensität seines Blicks ließ mich erneut erröten. Im hellen Sonnenlicht funkelten goldfarbene Sprenkel in seiner Iris. »Und wofür möchtest du mir danken?«, fragte er schließlich.

Ich räusperte mich und befahl mir, mich zu beruhigen. Vermutlich blickte er mich gar nicht auf besondere Weise an. Die

Hitze, die feuchte Luft, die seltsamen, überwältigenden letzten Tage, all das setzte mir zu. Das und die Tatsache, dass ich nicht einmal mehr wusste, wie man sich als Mädchen verhielt, selbst wenn ich es gewollt hätte. »Ich danke dir, dass du mein Geheimnis für dich behalten hast«, sagte ich schroff und verschränkte die Arme vor der Brust.

»Das ist selbstverständlich«, erwiderte er mit einem Gesichtsausdruck, der verriet, dass er auf der Hut war.

»Nicht einmal Jude weiß es?«

»Nein.«

Ich nickte und ließ dann meinen Blick zum Himmel emporschweifen. Die Sonne stand direkt über uns. »Lass uns weitergehen und hoffen, dass wir auch nach unserer Rückkehr noch unsere Posten in der Leibwache innehaben.« Ich stürmte an ihm vorbei den Pfad entlang, meine Schritte so groß wie möglich, um die Entfernung zwischen mir und dem Palast so schnell wie möglich zu verringern. Ich blickte mich nicht nach Rylan um, fühlte aber seine Anwesenheit hinter mir.

Den restlichen Weg über verzichteten wir auf eine Unterhaltung oder eine Pause. Nur einmal blieb ich stehen, als ich unter einem großen Banyanbaum Blutwurz entdeckte. Rylan beobachtete, wie ich die Pflanzen pflückte, stellte aber keine Fragen, sodass ich mir auch keine Antwort einfallen lassen musste.

Stunden später tauchten vor uns endlich die Palastmauern auf. Dahinter war die Stadt Tubatse erkennbar, die sich im Tal unterhalb des Palasts erstreckte. An den Stadtrand von Tubatse, eng an den Gebäuden und Hütten, drängte sich eine weitere Stadt – eine Zeltstadt, vorübergehender Aufenthaltsort für verschiedene Bataillone der Armee, die auf dem Weg in den Kampf gegen Blevon waren oder von dort zurückkamen. Rauch stieg von den Scheiterhaufen auf, die sich am Südrand der Zeltstadt entlangzogen – Soldaten, die an Infektionen, Verwundungen, Krankheiten oder einer Kombination von allem gestorben waren, wurden vom Schlachtfeld hierhergebracht, um im Schatten des Palasts die ewige Ruhe zu finden.

Wir waren kaum am Seitentor angelangt, als dieses weit aufgerissen wurde und Jude uns entgegeneilte.

»Du lebst!«, rief er und schloss seinen Bruder in die Arme. Ich beobachtete die Szene schweigend.

Dann lösten sie sich voneinander und Jude wandte sich mir zu. »Wir waren davon überzeugt, ihr hättet euch verirrt oder wäret getötet worden. Prinz Damian ist schon den ganzen Tag außer sich. Ihr solltet besser gleich zu ihm gehen, bevor er völlig ausrastet.«

Jude steuerte auf das Palasttor zu, doch Rylan blieb stehen und betrachtete mich prüfend. Ich reckte das Kinn, biss die Zähne fest zusammen, zeigte keine Gefühle oder Schwäche. Schließlich wandte er sich um und folgte seinem Bruder.

Mein Magen verknotete sich, als ich in den Schutz der Palastmauern zurückkehrte und den Dschungel und alles, was mir zugestoßen war, hinter mir ließ – um mich für eine ganz andere Art von Gefahr zu wappnen. Den Wutausbruch meines Prinzen.

◈ Achtzehn ◈

ALS WIR SEIN Gemach betraten, sah mich Prinz Damian nicht einmal an.

»Hoheit, Alex und Rylan sind von der Mission zurückgekehrt, zu der Ihr sie entsandt habt«, verkündete Nolen von der Türschwelle aus.

Betont langsam drehte der Prinz sich zu uns um. Er hob eine Augenbraue und ein spöttisches Lächeln umspielte seine Lippen. »Ich glaube, euch gebeten zu haben, vor Einbruch der Nacht zurückzukehren. *Gestern.*«

Ich presste die Faust auf die Brust und verneigte mich. »Vergebt, Hoheit, aber wir wurden festgehalten.«

»Habt ihr wenigstens meinen Auftrag erfüllt?«

»Jawohl, Hoheit.«

Die Vorhänge in seinem Gemach wurden aufgezogen, sodass die Sonne durch die großen Fenster hereinfluten konnte. Damian blickte mich von der anderen Seite des Raums durchdringend an und nickte knapp. »Gut. Das ist alles. Später erwarte ich einen ausführlichen Bericht, aber nach eurer überlangen Reise seid ihr bestimmt hungrig.«

Ich verneigte mich erneut und wandte mich zum Gehen.

Rylan und Nolan folgten mir. Ich wusste nicht, was ich erwartet hatte, als ich Prinz Damian wiedersah, aber ganz bestimmt nicht diese hochnäsige, herablassende Art. Die mich allerdings nicht hätte überraschen dürfen. Wie er mir selbst erklärt hatte, spielte er eine Rolle. Und zwar ungeheuer überzeugend – fast *zu* überzeugend.

»Warum hast du ihm nicht von dem Jaguarangriff berichtet?«, fragte Rylan, als wir den Vorraum durchquerten, um hinunter zu den Küchen zu gehen.

»Ich weiß nicht«, erwiderte ich ehrlich. »Ich war mir nicht sicher, ob ich es tun sollte. Insbesondere, da mich eine Zauberin geheilt hat.«

Rylan nickte. Wir wussten beide, was König Hektor von Zauberern oder Zauberei hielt. Wenn er herausfand, dass ich auf wundersame Weise geheilt worden war, würde er mich vielleicht schon allein deswegen auf dem Scheiterhaufen verbrennen lassen, weil ich mit einer Zauberin in Berührung gekommen war.

Plötzlich blieb ich stehen, was Rylan zwang, ebenfalls stehen zu bleiben. Fragend sah er mich an.

»Ich muss Deron aufsuchen.« Bei all den Ereignissen hatte ich Eljin ganz vergessen.

»Jetzt gleich?«

»Ja, sofort.« Ich drehte mich um und eilte zurück zu den Gemächern des Prinzen. Als Erstes erblickte ich Jerrod, der an der Tür zu Prinz Damians Vorraum Wache stand.

»Jerrod, wo ist Deron?«

Er blickte mich an und seine Miene zeigte unverhohlene Verärgerung. »Nachdem du dich auf den Weg gemacht hast, stand er die ganze Nacht Wache vor dem prinzlichen Gemach.

Ich vermute, er hat sich in sein Zimmer zurückgezogen, um bis heute Abend noch ein wenig zu schlafen. Wir nahmen an, du seist tot und er müsse deine Aufgaben übernehmen, bis ein Ersatz für dich gefunden wäre.«

»Du warst aufgrund meines angeblichen Todes sicherlich am Boden zerstört, nicht wahr, Jerrod?« Ich konnte der Versuchung nicht widerstehen, ihn zu reizen, bevor ich auf dem Absatz kehrtmachte und Derons Zimmer ansteuerte.

Er murmelte etwas, das sich anhörte wie »Ich solle mich zum Teufel scheren«, aber ich beachtete ihn nicht weiter. Rylan stand etwas weiter unten im Flur und hatte unser Geplänkel stillschweigend beobachtet. Doch ich schenkte auch ihm keine Beachtung, sondern hämmerte an Derons Tür.

In Sekundenschnelle flog sie auf, und unser Hauptmann stand im Türrahmen, lediglich bekleidet mit einer Hose und einem lose sitzenden Hemd. Seine Haare standen auf einer Seite ab und sein dunkler Teint war unter den Augen noch dunkler. Als er mich sah, riss er die Augen auf und zog mich in eine schroffe Umarmung. »Alex, wir dachten, du seist tot.« Er ließ mich los und blickte an mir vorbei zu Rylan. »Ich kann euch gar nicht sagen, wie erleichtert ich bin, dass ihr beide heil und gesund vor mir steht.«

»Ich auch«, erwiderte ich. »Aber ich muss sofort mit dir reden.«

»Natürlich, worum geht's?«

»Es ist privat.«

Deron runzelte die Stirn, trat aber zurück und bedeutete mir mit einer Handbewegung, einzutreten. Als sich die Tür hinter uns geschlossen hatte, berichtete ich ihm, was sich bei der Aufnahmeprüfung im Kampf mit Eljin zugetragen hatte, und verriet ihm meinen Verdacht. Währenddessen wurde sein Gesichtsausdruck immer grimmiger.

»Du hast es wohl noch nicht gehört, oder?«, fragte er, als ich meinen Bericht beendet hatte.

»Was gehört?«

»Das Mädchen, das gestern hätte hingerichtet werden sollen, lebt noch.«

Mein Herz setzte einen Schlag lang aus. »Was ist geschehen?«

»Kurz bevor der Henker sie ins Jenseits befördern wollte, wurde sie gerettet. Von einem Zauberer.«

Neunzehn

*I*CH STAND VOR Prinz Damians Tür, die Hand am Schwertgriff, und versuchte, wachsam zu sein. Deron hatte sich offensichtlich gezwungen, die ganze Nacht über wach zu bleiben, aus Angst, der Zauberer könne wegen Prinz Damian zurückkehren – doch nichts war geschehen. Jetzt ging die Verantwortung an mich über. Aber die Anspannung der letzten Tage zehrte an mir. Obwohl ich wie durch ein Wunder völlig geheilt war, war ich sehr erschöpft, und meine Narben schmerzten. Vielleicht konnte mein Körper es nicht verkraften, erst tödlich verwundet und dann innerhalb weniger Stunden geheilt worden zu sein.

Ich konnte es nicht fassen, dass Tanoori noch am Leben war. Dass ein Zauberer sie gerettet hatte. War es Eljin gewesen? Ich überlegte, ob ich Prinz Damian ebenfalls von Eljin berichten sollte. Aber als ich ihm die Blutwurz aushändigen wollte, war er bereits im Bett und schlief friedlich. Ich legte die Pflanzen auf seinen Nachttisch und schlich mich wieder hinaus.

Eigentlich hatte ich insgeheim gehofft, er würde herauskommen und mich fragen, was geschehen sei, und erneut sein wahres Ich unter Beweis stellen. Doch seine Tür blieb die ganze Zeit, während ich Wache hielt, verschlossen.

Plötzlich leuchtete in dem Oberlicht über mir ein Blitz auf und erhellte den dunklen Vorraum. Es folgte ein kräftiger Donnerschlag. Dann prasselte Regen auf das Dach und wurde immer heftiger, als ein nahendes Gewitter mit voller Wucht auf den Palast zudonnerte. Da blendete mich ein weiterer Blitz. Mitten in der spannungsgeladenen Stille vor dem nächsten Donner flog die Tür zum Flur auf und wurde völlig aus den Angeln gehoben. Mein Blick war durch den Blitz immer noch getrübt, aber ich erkannte Kai, der bewusstlos oder tot auf dem Boden lag.

Ich zog mein Schwert und duckte mich kampfbereit, mein Herz klopfte zum Zerspringen. Furcht ergriff mich, als ein Mann über Kai hinwegstieg und den Vorraum betrat. Der Mann, gegen den ich im Ring gekämpft hatte und der mich hätte schlagen können, wenn er gewollt hätte.

Eljin. Der Zauberer. Das Gesicht nach wie vor hinter einer Maske verborgen.

Ich wartete darauf, dass er sich als Erster bewegte, spürte jedoch, wie mich Panik erfasste. Bei einem normalen Kampf war ich selbstsicher, unerschütterlich. Aber ich wusste, dass ich gegen Eljin kaum eine Chance hatte. Wenn er dasselbe Feuer gegen mich verwendete, das meine Eltern getötet hatte, würde ich nicht überleben. Ich konnte lediglich versuchen, ihn so lange aufzuhalten, bis der Prinz geflüchtet war. Vielleicht gab es noch mehr Geheimgänge, von denen ich nichts wusste. Das war die einzige Möglichkeit für Damian, lebend zu entkommen.

Schließlich griff Eljin mich mit einem heimtückischen Hieb an und ließ sein Schwert auf mich niedersausen, sodass ich keine Zeit mehr hatte, an irgendetwas anderes zu denken als an unseren Kampf. Unsere Schwerter klirrten, als ich seinen

Schlag parierte. Dieses Mal hielt er sich nicht zurück, und ich musste meine ganze Fertigkeit und Erfahrung einsetzen, um ihn abzuwehren. Er hatte mich nicht getroffen, aber es war mir auch nicht gelungen, einen gezielten Gegenstoß zu setzen. Und das, obwohl er bis jetzt noch keinen Zauber angewandt hatte.

Ich war verloren.

Da stürmten zwei weitere Männer herein und schwenkten gefährlich aussehende Waffen.

»Attacke!«, brüllte ich verzweifelt und hoffte, dass irgendjemand in meinem Umkreis noch am Leben war, um mir zu Hilfe zu eilen. Es war zu spät, um meine Pfeife herauszufischen und die anderen Mitglieder der Leibwache zu alarmieren. Ich durfte keine Zeit verlieren.

Trotz der Aussichtslosigkeit meines Unterfangens wollte ich nicht aufgeben. Ich war darauf gefasst, dass Eljin mich ins Jenseits befördern würde, und stürzte mich umso entschlossener auf ihn, meine Hiebe stärker und schneller als zuvor, mein Schwert ein Silberstreif in den Blitzschlägen, die immer noch durch das Oberlicht zuckten.

Überraschenderweise konnte Eljin meinem Angriff nicht standhalten. Es gelang mir tatsächlich, auf seinen Arm einzustechen, bevor derselbe unsichtbare Schild, den ich im Übungsring gespürt hatte, mich davon abhielt, das Schwert an seinem Arm vorbei in seinen Körper zu treiben.

Aus irgendeinem Grund hielten die beiden anderen Eindringlinge sich zurück und beobachteten uns nur, ohne Anstalten zu machen, in den Kampf einzugreifen.

Ich umfasste mein Schwert mit beiden Händen und versuchte, die magische Barriere zu durchdringen, aber ich hatte keine Chance. Eljin vollführte eine Handbewegung, und etwas traf mich so hart auf der Brust, dass ich zu Boden ging und vor Schmerz kaum mehr atmen konnte. Mein Schwert lag einige Zentimeter von mir entfernt. Voller Entsetzen starrte ich zu ihm hoch.

Und dann ging Prinz Damians Tür auf. Er war angekleidet und hielt sein Schwert in der Hand.

»*Nein!* Schnell, geht zurück!«, rief ich ihm zu, rollte mich zur Seite und versuchte, nach meinem Schwert zu greifen.

»Nicht so eilig«, sagte Eljin, und eine weitere Bewegung seiner Hand bewirkte, dass ich durch den Raum geschleudert wurde und gegen die Wand prallte. Mein Kopf schlug gegen die Holzvertäfelung und ich fiel zu Boden.

»Töte ihn nicht«, stieß ich atemlos hervor und versuchte, mich hochzurappeln.

»Das war keineswegs meine Absicht. Lebend ist er für den Mann, dem ich diene, viel mehr wert.«

In diesem Moment tauchte Rylan auf, wirbelte das Schwert durch die Luft und hieb auf einen der Männer ein, der an der Tür stand. Ich wollte ihm zurufen, er solle weglaufen, sich retten, aber zu spät. Der eine, den er getroffen hatte, umklammerte seine blutende Schulter und rief etwas in einer Sprache, die ich nicht verstand, während sich der andere mit erhobener Waffe auf Rylan stürzte. Das Klirren ihrer sich kreuzenden Klingen hallte im Raum wider.

Voller Verzweiflung wandte ich mich um und sah, wie Eljin und Damian mit erhobenen Schwertern einander gegenüberstanden, aber nicht kämpften – noch nicht.

»Wenn Ihr freiwillig mitkommt, wird Euch das viel besser bekommen. Ich habe versprochen, Euch lebend abzuliefern, aber ich habe mich nicht näher darüber ausgelassen, *wie* lebend.«

Langsam und so unauffällig wie möglich kämpfte ich mich hoch, um keine Aufmerksamkeit auf mich zu lenken. Mein Hinterkopf fühlte sich warm an, sicherlich von einer blutenden Wunde. Aber ich wagte nicht, die Hand zu heben, um es zu prüfen.

Bis jetzt schlug Rylan sich tapfer. Ich betete, dass er diesen Kampf irgendwie überleben würde. Ich konnte den Gedanken, ihn zu verlieren, nicht ertragen, die Vorstellung, dass auch noch Jude seinen Bruder beweinen müsste.

Ich war nur wenige Meter von meiner Pritsche und dem neuen Bogen, den ich mir heute Abend samt Pfeilen aus der Waffenkammer geholt hatte, entfernt. Wenn ich es irgendwie schaffte, sie mir unbemerkt zu schnappen, könnte ich vielleicht einen Pfeil platzieren, bevor Eljin reagieren konnte.

Das war alles, was ich brauchte.

»Wenn ich freiwillig mitgehe, lässt du dann meine Männer am Leben?«

Ich rückte noch näher an meine Pritsche heran und hielt den Atem an. Noch einen Schritt und ich könnte nach dem Bogen greifen. Ich war schnell, schneller als jeder normale Gegner, den ich je bekämpft hatte, aber ich wusste nicht, ob ich schneller als ein Zauberer war.

»Um damit Zeugen zurückzulassen, die dem König berichten, wer Euch entführt hat? Eine schlechte Idee. Wir ziehen es vor, ihn im Dunkeln zu lassen, bis der richtige Zeitpunkt für uns gekommen ist, um ihn zu erhellen.«

Noch ein paar Zentimeter. Langsam streckte ich die Hand aus. Ich hatte das Gefühl, die Zeit wäre stehen geblieben. Mein Herz schlug so heftig, dass es wehtat. Endlich berührten meine Finger das weiche Holz des Bogens. Ich nahm einen tiefen

Atemzug durch die Nase, schnappte mir Pfeil und Bogen, hob beide in rasender Geschwindigkeit hoch und schoss.

Ich hatte richtig gezielt – er hätte Eljins Hals durchbohren müssen –, doch stattdessen landete der Pfeil auf dem Boden und zerfiel zu Asche. Mit vor Zorn funkelnden Augen drehte Eljin sich zu mir um.

»Nein, tu ihm nichts...«

Ich hörte noch Prinz Damians Schrei, bevor ich von einer unsichtbaren Kraft gegen die Wand geschleudert wurde. Dann fiel ich zu Boden und sah nur noch Sterne. Ich versuchte, mich auf die Knie zu hieven, brach aber erneut zusammen.

»Nein! Alex!«, vernahm ich wie aus weiter Ferne Rylans Stimme.

Klingen kreuzten sich, ein schmerzvoller Aufschrei folgte. *Bitte, nicht Rylan*, dachte ich, als die Dunkelheit mich zu verschlingen drohte.

Ich hatte meinen Prinzen enttäuscht und ich hatte Rylan im Stich gelassen.

Ich kämpfte gegen die Ohnmacht an, aber es gelang mir nur mühsam. Während ich zwischen Bewusstsein und Bewusstlosigkeit hin und her schwankte, hörte ich weitere Kampfgeräusche. Und dann mit einem Mal nichts mehr. Ich spürte nur noch Schmerz, eingehüllt in Dunkelheit. Eine Stimme neben mir sagte: »Ihn nehme ich nicht mit. Das gehört nicht zum Plan.«

»Jetzt aber schon.« Eine andere Stimme. Beide kamen mir irgendwie bekannt vor, aber ich schaffte es nicht, die Augen zu öffnen. Ich konnte mich nicht rühren. Ich konnte nichts tun.

Zwanzig

DAS DRITTE MAL innerhalb von zwei Tagen starrte ich beim Aufwachen an eine mir unbekannte Decke. Diesmal bestand sie aus Stoff – ich lag in einem Zelt. Mein Kopf schmerzte, mein Körper schmerzte, mein Herz schmerzte. Aber ich war zumindest am Leben.

Ich blinzelte, drehte den Kopf und entdeckte Rylan, der bewusstlos neben mir lag. Eine unbekannte Frau kauerte über ihm und fuhr, mit den Händen in der Luft, über seinen Oberkörper. Dabei hielt sie die Augen geschlossen. Sie hatte dunkles, mit grauen Strähnen durchsetztes Haar, das im Nacken zu einem Knoten zusammengesteckt war. Ihr Teint war olivfarben, wie meiner.

»Du bist also aufgewacht«, sagte sie leise, ohne die Augen zu öffnen. Ich fuhr zusammen.

»Wo bin ich? Wer bist du? Geht es ihm gut?«, stieß ich meine Fragen hervor und klappte dann verlegen den Mund zu.

Sie hielt inne, öffnete die Augen und bedachte mich mit einem unheilvollen Blick. Ohne zu antworten, presste sie behutsam zwei Finger auf Rylans Brustbein und legte den Kopf schräg. Nach einer Ewigkeit nickte sie, als sei sie zufrieden, erhob sich und blickte auf mich herunter. »Er wird jeden Moment aufwachen.«

Daraufhin machte sie kehrt und ließ mich mit Rylan allein im Zelt zurück.

Ich setzte mich auf. Mein Körper war so steif, als hätte ich mich lange nicht bewegt. Ich starrte Rylan an, der im Schlaf so friedlich aussah. Ich konnte keine Wunden entdecken und hoffte, dass er vielleicht irgendwie unverletzt geblieben war. Mein Herz hämmerte in meiner Brust, als ich ihn atmen sah, die weichen Linien seiner gebräunten Gesichtszüge betrachtete, die Art, wie sich sein braunes Haar hinter seinen Ohren lockte. Seine Lippen waren leicht geöffnet und ich starrte unwillkürlich auf seinen wohlgeformten Mund. Ich konnte immer noch nicht glauben, dass er wusste, dass ich ein Mädchen war – es schon immer gewusst hatte. Und dass er mir gestanden hatte, dass er sich etwas aus mir machte.

Er bewegte sich und ich wandte errötend den Blick von ihm und sah mich in dem ansonsten leeren Zelt um. Wo waren wir? Befand sich Prinz Damian in unserer Nähe? Die Erinnerungen der letzten Nacht überwältigten mich. Ich berührte meinen Hinterkopf, in der Erwartung, verkrustetes Blut oder zumindest eine Beule zu spüren, aber ich fand nichts. Dabei erinnerte ich mich genau, wie mein Kopf gegen die Wand geprallt war, an das Geräusch, als mein Schädel Bekanntschaft mit dem Holz gemacht hatte, an das heiße, klebrige Blut, das mir am Hals hinabgelaufen war.

»Alex?« Rylans Stimme klang schwach. Als ich mich wieder zu ihm umdrehte, versuchte er gerade, sich aufzusetzen. Er schwankte, also streckte ich die Hand aus und griff nach seinem Arm, um ihm zu helfen. »Du lebst«, bemerkte er und legte seine Hand auf meine. »Ich hatte schon befürchtet, sie würden dich töten und ich würde dich wieder verlieren.«

»Nein, du hast mich nach wie vor am Hals«, versuchte ich zu scherzen. Doch mein Herz raste bei dem sanften Druck seiner Hand auf meiner.

»Weißt du, ich habe Marcel nicht nur versprochen, dein Geheimnis zu bewahren«, sagte er.

Ich konnte den Blick nicht von ihm wenden, schmolz unter der Glut seiner Augen dahin.

»Ich habe ihm auch versprochen, dich vor allem Unheil zu beschützen.«

»Ich brauche keinen Schutz«, sagte ich leise.

»Seit zwei Tagen schon.«

Er hatte recht. Wenn er mir nicht in jener Nacht im Dschungel zu Hilfe geeilt wäre, hätte mich der Jaguar getötet und verschleppt, um mich zu fressen. Aber gestern Abend war Rylan trotz aller Tapferkeit wohl nicht derjenige gewesen, der mich gerettet hatte. Jemand anderer hatte beschlossen, uns beide am Leben zu lassen.

Ich löste meine Hand aus seiner, lehnte mich etwas zurück und versuchte, meinen rasenden Puls zu beruhigen. »Was ist geschehen?«

»Ich weiß es nicht«, antwortete er. »Das Letzte, woran ich mich erinnere, ist, dass ich einen Schlag von hinten erhalten habe. Und dass mich in diesem Moment der Gedanke durchzuckte, dass sie uns beide töten würden.«

»Wie Kai.« Mir wurde schwer ums Herz, als ich daran dachte, wie er im Türrahmen auf dem Boden gelegen hatte.

Rylan blickte mit grimmiger Miene vor sich hin. »Vielleicht hat er irgendwie überlebt – genau wie wir.«

»Du hast recht. Wir sollten davon ausgehen, dass du recht hast.« Ich dachte auch an Jude. Ich hatte ihn zwar nicht gesehen, aber bedeutete das, dass er heil und sicher im Bett gelegen hatte? Aus Rylans düsterem Blick schloss ich, dass er sich ebenfalls Gedanken über seinen Bruder machte. »Ich bin so froh, dass du lebst«, sagte ich und zwang mich, die unerträgliche Ungewissheit zu verdrängen. »Bevor ich das Bewusstsein verlor, glaubte ich, gehört zu haben, dass du verletzt wurdest.«

»Wurde ich auch – eine dieser Waffen schnitt mir ins Fleisch, aber es tut nicht einmal mehr weh.« Er hob seine Tunika, und ich sah eine dünne rosafarbene Narbe, die quer über seine Rippen verlief und sich in seinem muskulösen Unterleib verlor.

»Das sieht genauso aus wie die Narben, die ich infolge des Jaguarangriffs nach meiner Behandlung durch die Heilerin davongetragen habe.«

Rylan nickte und zupfte seine Tunika wieder zurecht. »Aber warum?«

Ich schüttelte den Kopf. Es ergab keinen Sinn. »Warum greifen sie uns an und drohen, uns zu töten, wenn sie uns dann stattdessen entführen und heilen?«

»Eine ausgezeichnete Frage«, bemerkte eine Stimme außerhalb des Zelts, und die Frau, die eben schon bei uns gewesen war, hob die Klappe hoch und spazierte herein. Dann kam Prinz Damian, die Hände auf dem Rücken gefesselt, gefolgt von Eljin, der ihm das Schwert gegen das Rückgrat presste. Ich sprang hoch, kampfbereit, aber der Blick von Eljin ließ mich erstarren.

»Denk nicht einmal daran, etwas zu unternehmen, oder ich werde dich erneut außer Gefecht setzen. Nehmt Platz«, befahl er Damian und schob ihn weiter vorwärts.

Ich zwang mich dazu, mich ebenfalls wieder hinzusetzen,

obwohl mein ganzer Körper unter höchster Anspannung stand. Ich verspürte das dringende Bedürfnis, etwas zu *tun*. Ich war darauf trainiert worden zu kämpfen, zu verteidigen, zu beschützen. Nicht darauf, müßig herumzusitzen, während der Prinz unsanft behandelt wurde. Er bemerkte meinen schockierten Blick und schüttelte unmerklich den Kopf, als er neben mir Platz nahm. Er trug lediglich ein weißes, offenes Hemd, eine lange Hose und kniehohe Stiefel. Sein Haar war windzerzaust, ganz im Gegensatz zu seiner üblichen pomadisierten Frisur. Er sah anders aus – aber zum Glück nicht verletzt. Wenn überhaupt möglich, sah er besser aus denn je.

»Du kannst seine Fesseln lösen«, wandte sich Eljin an die Frau. Sie tat, wie ihr geheißen, und befreite Prinz Damians Hände.

»Wir übernachten heute hier, werden aber bei Tagesanbruch aufbrechen. Also solltet ihr die Zeit nutzen und euch ausruhen. Meine Männer haben es satt, euch zu tragen. Von jetzt an werdet ihr alle gehen.« Eljin warf uns einen funkelnden Blick zu, dann verließ er das Zelt.

»Seid Ihr verletzt? Konntet Ihr herausfinden, wo wir sind oder wohin wir gehen werden?«, platzte ich heraus, kaum, dass Eljin verschwunden war.

»Nerv ihn nicht mit deinen Fragen«, schalt mich die Frau.

Ich starrte sie an. »Du hilfst bei seiner Entführung, aber du willst nicht, dass ich ihn frage, wie es ihm geht?«

»Kind, ich rate dir, unterlass es, dir eine Meinung über mich bilden zu wollen.«

Ich runzelte die Stirn und fühlte Ärger in mir aufsteigen. »Du erwartest allen Ernstes, dass ich…«

»Alex, es reicht. Sie hat dich geheilt. Du solltest ihr dankbar sein«, fiel mir Prinz Damian ins Wort. Sein Ton war messerscharf.

Ich zuckte zusammen, als ob er mich geschlagen hätte. »Entschuldigt, Hoheit. Es war mir nicht klar, dass Ihr Eure *Entführer* so wertschätzt.« Ich war fassungslos und konnte meine Wut nicht verbergen.

»Aha, dann wären wir also wieder beim Ausgangspunkt, oder, Alex? Dabei hatte ich gehofft, wir seien Freunde.« Er seufzte und rieb sich die Schläfen.

Am liebsten hätte ich etwas Schnippisches darauf erwidert, aber stattdessen presste ich die Lippen zusammen. Rylan beobachtete unser Gespräch wortlos und schien auf der Hut zu sein.

»Könnte mir vielleicht jemand erklären, was hier vor sich geht?«, fragte ich, als ich mich wieder so weit gefangen hatte, um den Tonfall meiner Stimme zu mäßigen.

»Eljin und Lisbet hielten dich und Rylan in einem kontrollierten Zustand der Bewusstlosigkeit, während sie euch beide heilte«, erwiderte Prinz Damian, bevor die Frau antworten konnte.

»Wie lange?«, meldete sich Rylan jetzt zu Wort.

»Vier Tage lang.«

Ich war sprachlos. Doch bevor ich mich von dem Schock erholen konnte, dass ich vier Tage ohne Bewusstsein gewesen war und keine Ahnung hatte, was in dieser Zeitspanne geschehen war, ergriff Prinz Damian erneut das Wort.

»Eljin sagt, er bringe uns zu einem sehr mächtigen Mann, der mich als Druckmittel benutzen will, um diesen Krieg zu beenden.«

»Und Ihr lasst das zu?« Ich blickte zu Lisbet, dann wieder zu Prinz Damian.

»Ich habe keine Wahl. Wie es scheint, besitzt keiner von uns die Fähigkeit, einem Zauberer Einhalt zu gebieten.«

Beschämt wich ich seinem durchdringenden Blick aus. Schuldgefühle quälten mich und ließen das Blut in meinen Adern heftig pochen. Das war ein Seitenhieb gegen mich und er traf mich bis ins Mark. Ich hatte ihn enttäuscht. Wenigstens wollte ihn dieser Zauberer lebendig, im Gegensatz zu dem letzten Zauberer, der einen Prinzen von Antion angegriffen hatte.

Lisbet nahm neben Rylan auf dem Boden Platz. »Was Damian sagt, ist richtig. Und wenn du willst, dass du heil dort ankommst, empfehle ich dir, Eljin nicht mehr zu reizen. Obwohl Ihr klug gewählt habt«, fuhr sie fort, dieses Mal an Damian gewandt. »Auch wenn sie Eljin nicht Einhalt gebieten konnte, hat sie einen ausgezeichneten Kampf geliefert. Mit dem richtigen Training...«

»Es reicht.« Prinz Damian hob die Hand, jetzt aschfahl.

Ich starrte Lisbet voller Entsetzen an, das Blut gefror mir in den Adern.

»Was ist los? Ich nahm an, Ihr wüsstet, dass der beste Kämpfer in Eurer Leibwache ein Mädchen ist«, erwiderte sie mit eigenartigem Gesichtsausdruck. Trotz ihres Versuchs, erstaunt zu wirken, war ich davon überzeugt, dass sie mein Geheimnis ganz bewusst preisgegeben hatte. »Ihr habt es gewusst, nicht wahr?«

Mein Herz klopfte zum Zerspringen, als ich mich zwang, Damian anzublicken. Er erwiderte meinen Blick, durchbohrte mich mit seinen blauen Augen geradezu. Ich fühlte mich völlig benommen, in meinem Kopf drehte sich alles.

»Habt Ihr... habt Ihr...« Meine Stimme zitterte, ich brachte die Frage nicht über meine Lippen.

»Alex«, sagte er ganz leise. Ich hatte erwartet, dass er fassungslos, wütend sei. Doch er blickte mich nur voller Bedauern an. Irgendwie wusste er es bereits. *Er wusste Bescheid.*

Eine eiserne Faust umklammerte mein Herz, ich konnte kaum mehr atmen. Dass Rylan es wusste, war eine Sache – aber dass Prinz Damian es ebenfalls wusste, war etwas ganz anderes. Panik packte mich und ich sprang hoch.

Mit einer geschmeidigen Bewegung erhob Damian sich ebenfalls. Noch nie zuvor hatte ich mich so klein gefühlt – so bloßgestellt. Ich starrte zu ihm hoch, mir war elend zumute.

»Wie lange schon?«, stieß ich schließlich atemlos hervor. Er trat auf mich zu, doch ich erstarrte, und er blieb stehen.

»Schon eine Weile«, antwortete er leise. Für einen Augenblick starrten wir einander an. Plötzlich bekamen die letzten Nächte eine andere Bedeutung für mich. Wenn er die ganze Zeit gewusst hatte, dass ich ein Mädchen war... Ich wusste nicht, ob ich ausrasten oder in Tränen ausbrechen sollte oder beides.

Damian warf Lisbet einen Blick zu, kniff dann die Augen zusammen und wandte sich an Rylan. »Du scheinst von dieser Neuigkeit nicht sehr überrascht zu sein.«

Als ich Rylan ansah, merkte ich, dass er leicht das Gesicht verzog. »Nein, Hoheit.«

»Du hast gewusst, dass Alex ein Mädchen war – ist!«

»Ja, Hoheit. Aber sie wusste nicht, dass ich es wusste. Nun, bis zu dem Zeitpunkt, als sie von dem Jaguar angegriffen wurde.«

»Einem *Jaguar*?« Schockiert wirbelte Damian zu mir herum. »Wie konntest du mir das nur verschweigen?«

Hitze wallte in mir auf. »*Ihr* habt mir ja auch nicht gesagt, dass Ihr wusstet, dass ich ein Mädchen bin!« Ich zwang mich, seinem vorwurfsvollen Blick standzuhalten.

Jetzt war nichts mehr übrig von dem vorgeblich launenhaften Kerl, den ich nach unserer fatalen Reise zum Herz der Flüsse angetroffen hatte. Das hier war der Damian, den ich in jener Nacht im Vorraum zu seinen Gemächern, als er mir von seinem Bruder erzählte, flüchtig kennengelernt hatte. Nun ja, eine viel *wütendere* Version dieses Damian, aber zumindest war derjenige, der zu sein er allen anderen gegenüber vorgab, nicht mehr vorhanden. Er starrte mich an und seine Miene verriet wohl eine ebensolche Fassungslosigkeit wie meine.

»Du wurdest von einem Jaguar angegriffen und kamst nicht auf die Idee, mir davon zu berichten?«

»Ihr wusstet, dass ich ein Mädchen bin, und kamt trotzdem mitten in der Nacht mit nacktem Oberkörper zu mir heraus?«, konterte ich.

»Ihr habt *was* getan?«, mischte sich Rylan jetzt ein.

»Das geht dich nichts an«, wies ihn der Prinz zurecht und trat einen Schritt auf mich zu. »Alex – sofern dies dein richtiger Name ist –, hättest du wirklich gewünscht, dass ich dir sage, dass ich es weiß? Es hätte dich in Gefahr gebracht und es hätte alles verändert.«

Ich starrte ihn an und fühlte mich hundeelend.

»Alexa«, flüsterte ich schließlich.

»Wie?«

»Ich heiße Alexa.«

»Alexa«, wiederholte er langsam. Als Damian meinen Namen aussprach, überflutete mich ein warmer Schauer.

»Da jetzt die Wahrheit heraus ist, habe ich einige Fragen. Wie konnte ein Mädchen es schaffen, der beste Schwertkämpfer und Bogenschütze meiner Leibwache zu werden? Und was hat es mit dem Jaguarangriff auf sich?«

»Ich glaube, ich sollte nachsehen, ob vom Abendessen noch etwas übrig geblieben ist«, bemerkte Lisbet plötzlich und erhob sich. »Ich nehme an, dass ich mich darauf verlassen kann, dass ihr drei das Zelt nicht verlasst? Ich brauche euch wohl nicht davor zu warnen, dass Eljin aus der Ferne genauso viel Schaden anrichten kann wie aus der Nähe, oder?«

Wir blickten sie schweigend an. Dann nickte Damian knapp. Sie machte einen Knicks in seine Richtung – was für eine Entführerin ziemlich seltsam war – und ging dann wortlos hinaus.

Damian wandte sich wieder mir zu. »Ich möchte jetzt Antworten auf meine Fragen.« Das war keine Bitte.

Ich räusperte mich nervös. »Könntet Ihr wenigstens zuerst Platz nehmen?«

Mein Herz verkrampfte sich, als er sich nicht rührte. Ich hatte Angst, zu weit gegangen zu sein. Immerhin war er nach wie vor der Prinz. Aber schließlich setzte er seine langen Beine in Bewegung und ließ sich neben Rylan nieder. Ich setzte mich den beiden gegenüber. Durchdringend blaue und warme braune Augen blickten mich erwartungsvoll an.

Stockend versuchte ich, meine Geschichte darzulegen. »Meine Eltern hatten Angst vor dem Krieg Eures Vaters. Nachts hörte ich oft, wie sie sich darüber unterhielten. Meine Mutter hatte Angst, dass sie mich als Mädchen nicht würden beschützen können.«

»Sie hatten Angst, man würde dich ins Bruthaus stecken?«, bemerkte Damian mit finsterem Blick, und der Ton seiner Stimme jagte mir einen erneuten Schauer über den Rücken.

»Ja.«

In seinem Kiefer zuckte ein Muskel. »Erzähl weiter.«

Ich berichtete, wie ich darum gebeten hatte, mit meinem

Bruder trainieren zu dürfen, und wie ich mich zu einem besseren Kämpfer gemausert hatte als er. Dass ich besser gewesen war als irgendjemand sonst im Dorf, obwohl ich, als unsere Eltern getötet wurden, erst vierzehn war. Ich erzählte, wie Marcel und ich den verzweifelten Entschluss gefasst hatten, unser wahres Alter zu verschweigen, mein Haar abzuschneiden und vorzugeben, ich sei sein Zwillingsbruder, damit mir das Bruthaus des Königs erspart bliebe. Damit mir das Schicksal jener Mädchen dort erspart bliebe – nämlich fortwährende Vergewaltigungen, bis sie schwanger wurden, nur um ihnen die Babys gleich nach der Geburt wegzunehmen und zu Soldaten zu erziehen, die in die Armee eintraten, sobald sie alt genug waren, ein Schwert zu halten, oder sie ins Bruthaus zu stecken, sobald die Mädchen ihre Monatsblutung bekamen. Ich versuchte, nicht an Kalen oder Horace zu denken oder an das Mädchen auf dem Bett oder an alles andere, was ich in jener schrecklichen Nacht gesehen hatte und was mir nach wie vor Übelkeit bereitete.

»Wenn ich einst König bin, werde ich diese armen Mädchen freilassen und das Gebäude in Schutt und Asche legen.« Die kalte Wut in Damians Stimme ließ mich hoffen, dass er es ernst meinte – und dass er es in absehbarer Zeit würde verwirklichen können. Aber welche Aussicht bestand? König Hektor war noch nicht alt und würde bestimmt nicht so bald das Zeitliche segnen. Es sei denn, es stieß ihm etwas zu.

Ich schüttelte den Kopf, um die verräterischen Gedanken abzuschütteln, und fuhr mit meinem Bericht fort. Ich erzählte, dass niemand mir oder Marcel Fragen gestellt hatte, als wir uns für die Armee meldeten, besonders nicht, nachdem man mich kämpfen gesehen hatte. Und dann hatte es kein Zurück mehr gegeben.

»Du bist also in Wahrheit erst siebzehn?«, fragte er. »Du hast dein Alter falsch angegeben?«

Ich nickte.

»Ein siebzehnjähriges Mädchen.« Prinz Damian schüttelte den Kopf.

»Und wie hast du es herausgefunden?«, fragte er jetzt Rylan.

»An dem Tag, als sie und Marcel in die Armee eintraten, nannte er sie aus Versehen Alexa. Er bemerkte, dass ich es gehört hatte, und beschwor mich, es geheim zu halten.«

»Aber du hast nicht gewusst, dass er Bescheid wusste?«, fragte Damian mich.

Ich schüttelte den Kopf. »Nein.«

»Und seither hast du vorgegeben, ein Junge zu sein.«

»Tut mir leid, dass ich Euch getäuscht habe.« Ich hob das Kinn und begegnete seinem prüfenden Blick. »Als meine Eltern tot waren, wussten wir nicht, was wir sonst hätten tun können. Aber ich bereue es nicht. Wie Ihr wisst, bin ich sehr gut in dem, was ich tue.«

»Es sei denn, du wirst mit einem Zauberer konfrontiert«, bemerkte er, was mir sofort den Mund verschloss. Sein Gesichtsausdruck war fast berechnend, als er mich ansah. Ich konnte mir nicht vorstellen, was in seinem Kopf vor sich ging.

»Ich kenne keinen menschlichen Kämpfer, der es mit einem Zauberer aufnehmen könnte«, eilte mir Rylan zu Hilfe und fügte etwas verspätet ein »Hoheit« hinzu.

»Du brauchst mich nicht so anzureden. Wir sitzen mitten im Dschungel in einem Zelt, und ein Zauberer ist jederzeit bereit, uns außer Gefecht zu setzen, sofern wir ihm einen schrägen Blick zuwerfen. Ich denke, es wäre besser für dich, wenn du mich in dieser Situation einfach Damian nennen würdest.«

Aber während er sprach, blickte er mich an, und mein Magen zog sich zusammen. »Ich muss dir jedoch widersprechen. Es gibt wohl *wenige*, die einen Zauberer besiegen können, aber es gibt sie.«

»Wollt Ihr damit sagen, dass ich in der Lage hätte sein sollen, Eljin aufzuhalten, ihn zu besiegen?«, fragte ich.

»In deiner jetzigen Verfassung? Nein. Wie du selbst gesagt hast, bist du sehr gut, ja vielleicht sogar bemerkenswert. Aber du wärst bestimmt nicht fähig, Eljin aufzuhalten – wie wir neulich nachts gesehen haben.«

Rylan ließ den Blick unsicher zwischen Damian und mir hin und her wandern.

»Und doch erwartet Ihr von mir, dass ich glaube, es sei tatsächlich möglich, ihn zu schlagen, und zwar ohne Magie?« Ich biss die Zähne zusammen. Er musste mich wohl unbedingt wieder und wieder an mein Versagen erinnern. »Und wenn er mit Feuer auf mich losgegangen wäre? Wollt Ihr mir einreden, dass ich mich auch dagegen hätte verteidigen können?« Wie konnte er es wagen, mir gegenüber zu behaupten, dass mein Vater nicht hätte sterben müssen! Wenn *er* sich nicht gegen das Feuer eines Zauberers hatte wehren können, konnte es niemand.

Damian hob eine Augenbraue und bedachte mich mit einem forschenden Blick.

»Eljin benutzt keine schwarze Magie. Er kann kein Feuer herbeirufen.« Er schwieg eine Weile, dann fuhr er fort: »Hast du geglaubt, er könne es?«

Ich warf Rylan, der mit gefurchter Stirn unser Gespräch verfolgte, einen Blick zu. Dann sagte ich an den Prinzen gewandt: »Der Zauberer, der meine Eltern tötete, tat dies mit einem Feuerstrahl. Mein Vater war der beste Kämpfer, den ich je kannte, aber er hatte keine Chance. Der Zauberer verwandelte ihn und meine Mutter innerhalb von Sekunden in Asche.« Ich starrte Damian an. »Und Ihr wollt mir einreden, dass mein Vater hätte in der Lage sein können, sich gegen ihn zu wehren?«

»Ein Zauberer der *schwarzen* Magie hat deine Eltern getötet?« Damian sah mich erstaunt an. »War er allein?«

»Nein«, erwiderte ich mit zusammengebissenen Zähnen. »Er kam mit der Armee von Blevon. Aber was meint Ihr überhaupt mit *schwarzer Magie*?« Ich hatte nicht gewusst, dass es verschiedene Arten gab – und dass nicht alle Feuer als Waffe einsetzen konnten.

»Ein Zauberer der schwarzen Magie mit der Armee von Blevon«, wiederholte Damian, statt meine Frage zu beantworten, und reizte mich damit noch mehr. Doch sein Blick ruhte nicht mehr auf mir, sondern ging an mir vorbei. Nach langem Schweigen schüttelte er leicht den Kopf, seine Miene wirkte grimmig. »Zauberer der schwarzen Magie sind... selten. Und sie sind die Einzigen, die Feuer entfachen können.«

Unser Feind verfügte also über verschiedene Arten von Zauberern, die gegen uns kämpften. Das waren keine guten Nachrichten. »Und doch seid Ihr der Meinung, ich könnte einen Zauberer im Kampf besiegen?«, fragte ich Damian mit gepresster Stimme. »Sogar einen solchen *schwarzen* Zauberer?«

»Nun, der Kampf gegen schwarze Magie wäre natürlich viel schwieriger, aber solche Kämpfe gab es bereits.« Jetzt starrte Damian mich unverhohlen an. »Ein solch hoher Grad an Können ist äußerst selten zu finden, aber es gibt ihn. Natürlich verbunden mit außergewöhnlich hartem Training – was in Antion nicht angeboten wird, da mein Vater die Zauberei mehr als alles andere verachtet.« In seinen Worten schwang ein seltsam verächtlicher Unterton. Ich hatte das Gefühl, dass sie mehr ausdrückten, als ich verstand.

»Nun, es tut mir sehr leid, dass ich selbst nicht fähig war, diesen hohen Grad an Können zu erreichen. Schade, dass Euer Vater kein Vertrauen in diese Art Training hat. Vielleicht wären wir anderenfalls nicht in diese Lage geraten.« Meine ohnehin düstere Stimmung verdunkelte sich rapide.

»Ja, das ist wirklich ein Jammer.« Damian ließ mich nicht aus den Augen.

Da bemerkte Rylan unvermittelt: »Glaubt Ihr nicht, wir sollten, solange wir hier allein sind, einen Fluchtplan entwerfen, um zum Palast zurückzukehren? Habt Ihr eine Ahnung, in welche Richtung wir uns bewegt haben, während Alex und ich bewusstlos waren?«

»Wir werden keinen Fluchtversuch unternehmen«, erwiderte Damian.

»Aber, Hoheit – ich meine, Damian«, verbesserte sich Rylan schnell. »Ich verstehe nicht …«

»Sie haben mich nicht davon in Kenntnis gesetzt, welchen Weg wir genommen haben, aber ich bin mir ziemlich sicher, dass wir uns in Richtung Blevon bewegen. Ich habe beschlossen, abzuwarten, was geschieht. Wir werden uns weiterhin an ihre Anweisungen halten, bis wir herausfinden, wer hinter all dem steckt. Dann können wir einen Plan entwerfen.«

Ich starrte ihn an. »Für einen Prinzen, der gerade aus dem Palast entführt und durch sein Land, ja womöglich dem Tod entgegengeschleppt wurde, wirkt Ihr erstaunlich gelassen.«

»Mein Entschluss steht fest und daran lässt sich nicht rütteln.« Mit einem Mal war jeder Anflug von Freundlichkeit verflogen. Jetzt war er wieder der Prinz, der uns einen Befehl erteilte, den wir zu akzeptieren hatten.

»Natürlich, Hoheit«, erwiderte ich. »Ganz wie Ihr wünscht.«

Bei der erneuten Nennung seines Titels furchte er die Stirn, unterließ es aber, mich darauf anzusprechen. Stattdessen erhob er sich und marschierte wortlos aus dem Zelt.

»Hat diese Frau nicht uns allen eingebläut, hier zu bleiben, wenn wir nicht erneut außer Gefecht gesetzt werden wollen?«, fragte Rylan.

»Offenbar glaubt er nicht, dass sich diese Drohung auch auf ihn bezog.«

Allerdings hörte man keine Kampfgeräusche von draußen, keinen bewusstlos zu Boden fallenden Körper. Prinz Damian schien sich tatsächlich nicht geirrt zu haben.

»Hast du auch das Gefühl, dass hier etwas Seltsames vor sich geht?«, fragte ich Rylan.

»Ja, aber ich habe keine Ahnung, was es sein könnte.«

Ich seufzte. »Ich leider auch nicht.«

Einundzwanzig

In jener Nacht lag ich auf dem Rücken, starrte zur Zeltdecke empor und versuchte vergeblich, Schlaf zu finden. Obwohl die Sonne schon vor Stunden untergegangen war, hing immer noch eine schwüle Feuchtigkeit in der Luft. Plötzlich hörte ich ein Rascheln am Zelteingang. Mit einem Schlag war ich hellwach, setzte mich auf dem harten Boden aufrecht hin und bemühte mich, etwas in der Dunkelheit zu erkennen. Rylan neben mir schlief tief und fest.

Es waren weder Eljin noch Lisbet. Vielmehr zeichnete sich Prinz Damians hohe Silhouette verschwommen in der Dunkelheit ab. Ein heißer Schauer durchlief mich, als er mich ansah und mir mit einer Geste zu verstehen gab, ich solle ihm aus dem Zelt folgen. Das letzte Mal, dass er mich nachts aufgesucht hatte, war ich noch davon ausgegangen, dass er mich für einen Jungen hielt. Er hatte recht: Wenn erst mal die Wahrheit ans Licht kam, war alles anders. Mein Puls raste, als ich mich erhob und hinter ihm aus dem Zelt schlich.

Im Lager schienen alle zu schlafen, mit Ausnahme von zwei Männern, die am Lagerfeuer Wache hielten. Die Flammen, die im dunklen Schatten des Dschungels flackerten, erinnerten mich an den Angriff des Jaguars, und mich fröstelte. Damian legte einen Finger an die Lippen und ging schweigend zwischen den Zelten hindurch zu einer Baumgruppe hinter der kleinen Lichtung, wo unsere Entführer lagerten.

Hatte er es sich anders überlegt? Aber wir konnten Rylan auf keinen Fall im Stich lassen. Und ich wollte auch nicht unbewaffnet in den Dschungel eintauchen.

Schließlich blieb Damian stehen und blickte sich nach dem Lager um. Niemand folgte uns. Es war uns tatsächlich gelungen, uns unbemerkt davonzuschleichen. Über uns kreischte ein Vogel und ich zuckte zusammen.

Der Duft von Pflanzen, Erde und sogar Blumen hüllte uns ein. Meine Haut klebte von der Feuchtigkeit und ich strich mir das nasse Haar aus der Stirn.

»Was ist los – was wollt Ihr?«, fragte ich endlich, als Damian nach wie vor schwieg. Nie zuvor hätte ich diese Kühnheit besessen, aber ich war erschöpft, verwirrt und enttäuscht. Vor allem von ihm. Seit er unser Zelt an diesem Abend verlassen hatte, war er nicht mehr aufgetaucht. Ich hatte mir Sorgen gemacht und war zugleich wütend gewesen, dass er nicht eingeschüchtert ins Zelt zurückgeschickt worden war. So viel zu Lisbets Drohung.

»Ich muss unbedingt mit dir reden«, sagte er leise. »Zuerst möchte ich mich entschuldigen. *Es tut mir leid*, dass ich dich verärgert habe. Aber wie hätte ich dir erklären sollen, dass ich wusste, dass meine beste Wache – der unbesiegbare Alex – ein *Mädchen* ist?« Er blickte mich so eindringlich an, dass eine heiße Flamme in mir auflodert.

»Seit wann wisst Ihr es schon?« Mein Körper zitterte vor Anspannung.

Langsam hob er eine Hand und ich erstarrte. Er nahm eine meiner kurzen Locken und rieb sie behutsam zwischen den Fingern. »Ich habe es immer gewusst.«

»Immer?«, wiederholte ich stumpfsinnig. Unter seinem Blick fiel es mir schwer, mich zu konzentrieren.

»Ich weiß, dass du mich für verwöhnt hieltest, für arrogant. Aber das bedeutet nicht, dass ich nicht wachsam gewesen wäre – sogar mehr als manch anderer. Ich habe jeden Einzelnen von euch beobachtet. Musste euch beobachten. Wie ich dir bereits erklärt habe, bin ich dazu erzogen worden, niemandem zu trauen.« Er schwieg und studierte mein Gesicht. Ich erinnerte mich an die Nacht, in der er mir erzählt hatte, wie er aufgewachsen war, und mir erklärte, er wolle mir vertrauen. Die Nacht, in der er mich gefragt hatte, ob ich Freunde habe, denen ich vertrauen könne. »Von dem Augenblick an, als du Mitglied meiner Leibwache wurdest, wusste ich, dass etwas an dir anders war. Meine scheinbare Selbstvergessenheit bedeutet nicht, dass ich tatsächlich hartherzig und gleichgültig wäre. Dass ich *dich* nicht gesehen hätte.«

Ich starrte Damian an, mein Mund war wie ausgetrocknet. »Ich... ich...«

»Erzähl mir von dem Angriff des Jaguars«, forderte er mich unvermittelt auf, ließ die Hand sinken und trat einen Schritt zurück. »Was ist geschehen – weshalb warst du fast zwei Tage unterwegs?«

Erleichtert, mich wieder auf sicherem Terrain zu bewegen, erzählte ich ihm bereitwillig alles, was sich abgespielt hatte, auch Borracios geheimnisvolle Botschaft an ihn. Er lauschte aufmerksam und nachdenklich. Als ich fertig war, seufzte er.

»Wenn sie dich nicht rechtzeitig gefunden hätten...« Ein

Schatten fiel auf sein Gesicht, und er fuhr fort, jetzt noch leiser. »Ich bin über alle Maßen erleichtert, dass man dich heilen konnte. Ich ... ich brauche dich, Alex – *Alexa*.«

Als er meinen Namen aussprach, überlief mich eine Gänsehaut. Mein Herz raste. Der Prinz – *Damian* – brauchte mich? Meine Lippen öffneten sich, ohne einen Laut von sich zu geben. Schließlich würgte ich hervor: »Warum?«

Zögernd trat er auf mich zu. In der Dunkelheit streiften seine Finger meine und ließen meinen Arm erglühen. Ich konnte mich nicht bewegen, selbst wenn ich es gewollt hätte. »Weil du mich verstehst. Mehr als irgendjemand sonst. Weil du weißt, wie es ist, keinem trauen zu können – völlig allein zu sein, damit beschäftigt, der Welt etwas vorzugaukeln. Weil ... weil ich schon seit einiger Zeit ...«

»Keine Bewegung!«, schrie plötzlich eine Frau.

Ich wirbelte herum und entdeckte, dass ein Pfeil direkt auf meine Brust gerichtet war. Zuerst konnte ich es kaum glauben, doch als die Gestalt näher kam, bestand kein Zweifel mehr, um wen es sich handelte. Was tat sie hier? Mein Herz hämmerte zum Zerspringen, und ich wünschte, die Zeit zurückdrehen zu können, sie daran zu hindern, uns zu unterbrechen. Damian wollte mir gerade etwas gestehen ...

»Ich hab sie gefunden«, rief Tanoori über die Schulter und erwiderte dann meinen ungläubigen Blick. »Hallo *Alex*, so sieht man sich wieder.«

»Tanoori?«

»Du kennst sie?« Damian blickte mich erschrocken an.

»Wir sind im selben Dorf aufgewachsen«, erklärte ich ihm.

»Seltsam, wie schnell sich die Dinge ändern können, nicht wahr? Gerade noch bedrohst du mich und wartest auf meine

Hinrichtung. Und dann wendet sich das Blatt, und plötzlich bin ich diejenige, die dich vielleicht vom Leben in den Tod befördert.« Tanoori starrte mich in der Dunkelheit an. Verschwunden war das zitternde, an einen Stuhl gefesselte Mädchen. Diese Tanoori hier schien sehr wohl fähig zu sein, einen Mord zu begehen.

»Keine Sekunde lang wollte ich deinen Tod«, sagte ich leise.

Tanoori spannte ihren Bogen noch stärker, und ich hielt die Luft an, wartete darauf, dass mich der Pfeil durchbohrte.

»Du wirst ihr nichts tun«, befahl Damian.

Tanoori runzelte die Stirn. »Soll ich stattdessen das zu Ende führen, was ich bereits letzte Woche versucht habe?« Und damit richtete sie den Pfeil auf ihn. Mir stockte der Atem. »Ich bin immer noch nicht davon überzeugt, dass es das Richtige ist, Euch am Leben zu lassen.«

»Heute Nacht wirst du überhaupt niemanden töten«, erklang eine andere Stimme in der Dunkelheit. Zum ersten Mal seit unserer Bekanntschaft empfand ich Eljins Auftauchen als Erleichterung. »Du kannst gehen.«

Tanoori starrte uns einen Moment lang an, ihre Miene hasserfüllt.

»Sofort«, befahl Eljin.

Schnaubend senkte sie den Bogen und trollte sich.

Offensichtlich musste ich künftig darauf achten, dass Tanoori mir nicht von hinten einen Pfeil durchs Herz schoss.

»Ich schlage vor, ihr kehrt zu eurem Zelt zurück«, meinte Eljin. »Ich will meinen Beschluss, euch nicht gefesselt zu halten, nicht bereuen müssen.«

»Ich bin in der Tat sehr müde«, sagte Prinz Damian. »Im Übrigen solltest du deine kleine Rebellengruppe hier besser im

Blick haben, Eljin.« Nach diesen Worten kehrte er dem Zauberer und mir den Rücken und ging davon.

Einen Augenblick lang starrte ich Damian mit offenem Mund hinterher. Dann klappte ich meinen Mund zu. Eljin stand reglos neben mir. Statt darauf zu warten, dass er es sich doch anders überlegte und beschloss, mich zu bestrafen, eilte ich schnurstracks zu meinem Zelt zurück. Dieser unerträglich arrogante Prinz... Egal, wie anziehend er war und wie sehr er meinen Pulsschlag beschleunigte: Wenn er mich das nächste Mal mitten in der Nacht aus dem Zelt locken wollte, würde ich mich zur Seite drehen und ihn einfach ignorieren.

Trotz meiner Erschöpfung war es eine lange, schlaflose Nacht. Als ich endlich doch eindöste, hatte ich schreckliche Albträume. Ein Jaguar sprang mich an, seine Augen funkelten in der Dunkelheit, als er seine Krallen ausfuhr und mich am Kopf traf, an der Kehle, am Herzen, und sich in mein Fleisch krallte. Und dann war es kein Jaguar mehr. Es war Eljin, der mir ein Schwert durch den Leib trieb, aber er besaß Damians stahlblaue Augen, als er triumphierend über mir thronte. Ich krümmte mich, wandte mich um und entdeckte Marcel, der neben mir lag, mit starrem Blick. An seiner Seite Rylan und Jude, beide tot. Ich versuchte zu schreien, aber Blut drang mir in die Kehle, den Mund, die Nase...

Im grauen Licht der Morgendämmerung setzte ich mich mit einem Ruck in meinem Schlafsack auf und schnappte nach Luft. Ich wusste nicht mehr, wo ich war und warum. Ich drehte mich um, in der Erwartung, meinen Bruder schlafend neben mir zu finden. Erst als ich stattdessen Rylan erblickte, kehrte ich in die Realität zurück.

Jetzt gab ich den Gedanken an Schlaf endgültig auf. Ich erhob mich und schlich zum Zelteingang, während ich versuchte, meine Nervosität zu bezähmen und die Erinnerung an den Albtraum zu verdrängen. Als ich die Zeltklappe hochschlug, war ich überrascht, Damian beim längst verloschenen Feuer vorzufinden. Er hatte die Arme über der Brust verschränkt und starrte in den Dschungel. Nebel hatte sich über das ganze Lager gelegt und waberte über den Boden. Auch er war in Nebel gehüllt, sodass er wie ein Gespenst wirkte. Ohne die Pomade wellte sich sein dichtes Haar in der Feuchtigkeit. Unwillkürlich beschleunigte sich mein Herzschlag.

Ich erinnerte mich daran, dass er mich in der Nacht zuvor Eljin schutzlos ausgeliefert hatte, und hätte fast die Zeltklappe wieder fallen lassen. Doch das Verhalten, das ich mir in den letzten Jahren meines harten Trainings anerzogen hatte, war mir in Fleisch und Blut übergegangen. Nur deshalb trat ich aus dem Zelt und durchquerte das Lager bis zu der Stelle, an der er sich befand. Zumindest versuchte ich, mir das einzureden.

In sicherer Entfernung blieb ich stehen.

»Es ist wunderschön, nicht wahr?«, bemerkte er leise, ohne mir das Gesicht zuzuwenden.

»Der Dschungel?«

»Mein Land – das Land von Antion. Es ist wunderschön. Und tödlich. Aber die Menschen hier sind stark. *Mein* Volk ist stark. Die Menschen überleben – man könnte sogar sagen, vielen von ihnen geht es trotz der Gefahren *gut*.«

Als er sprach, studierte ich ihn von der Seite, sein kantiges Gesicht, die Wölbung seiner Lippen. »Ja, das Volk von Antion ist stark. Wir geben nie auf – auch wenn uns unser eigener König genauso viel Leid zufügt wie unser Feind.« Entsetzt, dass ich so zum Sohn des Königs gesprochen hatte, schloss ich schnell den Mund.

Doch statt mich zurechtzuweisen, nickte er leicht. »Doch wie lange kann das so weitergehen? Wie du ganz richtig gesagt hast, treibt der König mein Volk mit diesem endlosen Krieg in den Tod.« Endlich blickte er mich an. Als das sanfte Licht der Morgendämmerung sein Gesicht liebkoste, kam mir unwillkürlich der Gedanke, dass das Schönste an Antion *er* war. »Wenn es für mich irgendeine Möglichkeit gäbe, den Krieg zu beenden, all dem Leid ein Ende zu setzen, würdest du dann billigen, dass ich es tue?«

»Natürlich«, erwiderte ich ohne Zögern. Nie zuvor hatte ich ihn so reden gehört. Es war faszinierend und zugleich etwas nervenaufreibend, zu erkennen, wie sehr er sein Königreich liebte.

»Was immer es auch wäre?«

Sein Blick suchte meinen, und mir war nur allzu klar, dass er wusste, dass ich ein Mädchen war und dass uns nur wenige Meter trennten.

»Ohne zu wissen, um welchen Preis, kann ich das nicht sagen«, erwiderte ich schließlich und fiel in meine alte Gewohnheit zurück, meine Stimme barsch klingen zu lassen, um zu übertünchen, wie durcheinander ich war. Das Atmen fiel mir schwer. Warum nur empfand ich so für ihn? Er war schließlich der *Prinz*.

»Hast du je von der Theorie gehört, dass es besser ist, wenn ein Einzelner stirbt, als wenn eine ganze Nation leiden muss? Glaubst du, dass das stimmt? Ist es richtig, einen Menschen über die Klinge springen zu lassen, um das Leben anderer zu retten?« Er trat näher an mich heran, sodass ich meinen Kopf in den Nacken legen musste, um zu ihm hochzublicken. Nie zuvor war mir bewusst gewesen, *wie* gross er war.

»Ich glaube schon.« Ich wusste nicht, wie ich mich verhalten sollte, als er so nah vor mir stand – so nah, dass ich die Wärme seines Körpers spüren konnte. Mein Herz schlug wie wild und aus irgendeinem Grund kribbelte es in meinen Fingern. Ich zwang mich, eine reglose Miene aufzusetzen. Es bedurfte all meiner Erfahrung, die ich über die Jahre hinweg gesammelt hatte, in denen ich vorgab, ein Junge zu sein, um Haltung zu bewahren. Mit festerer, tieferer Stimme sagte ich: »Wessen Leben wollt Ihr opfern?«

»Tu das nicht«, sagte er. Der Blick, mit dem er mich bedachte, verriet so etwas wie Sehnsucht. »Wir sind uns viel zu ähnlich, um einander etwas vorzumachen. Lass uns, wenn wir allein sind, so sein, wie wir wirklich sind.« Die Intensität seines Blicks liess mich fast erzittern.

Niemand ausser Marcel kannte mich so, wie ich wirklich war. Und Marcel war tot.

Aber hier stand Damian, der unglaublich attraktive, manchmal launenhafte, manchmal liebenswürdige Prinz von Antion, der mich bat, hinter die Fassade blicken zu dürfen, die ich seit dem Tod meiner Eltern allen gegenüber aufrechterhalten hatte. Wie konnte ich das zulassen, wo ich doch seit Langem nichts anderes tat, als dafür zu trainieren, ihn beschützen zu können, und dafür zu sorgen, dass er nie bemerkte, dass sein bester Kämpfer nichts anderes als ein verängstigtes Mädchen war?

Unschlüssig hob er die Hand, als ob er mein Gesicht streicheln wolle. Seine Finger schwebten in der Luft, in der Nähe meiner Wange. Ich hielt den Atem an, erwartete seine Berührung, sehnte mich danach und hatte gleichzeitig Angst, was sie bedeuten könnte…

Ein Schrei von der anderen Seite des Lagers schreckte uns auf und ich wich zurück. Furcht schnürte mir die Kehle zu. Damian starrte mich immer noch reglos an. Dieses Mal war ich diejenige, die sich umwandte und die Flucht ergriff.

Zweiundzwanzig

*D*IE SONNE WAR noch nicht über den Bäumen aufgegangen, die Hitze jedoch bereits deutlich spürbar, als Rylan und ich unser Bündel schulterten und den anderen hinterhermarschierten. Direkt vor uns ging Lisbet mit einem Jungen, vermutlich ihrem Sohn, hinter uns war einer der Männer, mit einer Sense in der Hand. Der Junge sprang hin und her, voller Energie, die nie zu versiegen schien. Wie es aussah, hielt er das alles für ein großes Abenteuer und nicht für einen mühsamen Marsch durch den Dschungel.

Es war eine ziemlich große Gruppe, so groß, dass ich weder den Anfang noch das Ende der Schlange von Menschen sehen konnte, die Eljins Befehl unterstanden. Den restlichen Morgen über bekam ich den Prinzen nicht mehr zu Gesicht. Erst, als wir eine Mittagspause einlegten, entdeckte ich ihn in der Ferne. Auch Tanoori war nirgends zu sehen, obwohl ich versuchte, sie im Auge zu behalten – ich konnte nicht vergessen, welch glühender Hass in ihren Augen gelodert hatte.

Ständig musste ich an Prinz Damian denken. An seinen Blick, an seine Worte – selbst an jene vor unserer Entführung. Wie er behauptet hatte, wir seien uns ähnlich. Es erschreckte mich selbst, dass ich ihm gegenüber so unachtsam geworden war – dass es keine Rolle mehr spielte, ob er wusste, dass ich ein Mädchen war. Und dass ich mir eingestehen musste, mich immer stärker zu ihm hingezogen zu fühlen. Ein absolutes Tabu für ein Mitglied seiner *Leibwache*.

Rylan marschierte neben mir, aber wir schwiegen die meiste Zeit aufgrund der vielen Lauscher um uns herum. Ohne weitere Pausen ging es stundenlang über matschigen Boden und durchs Unterholz, wir wichen Wurzeln und Ästen aus und zogen den Kopf ein, wenn Affen über uns kreischten. Einmal bewegte sich ein Busch neben mir, und ich sprang abrupt zur Seite, da mich meine Begegnungen mit der Schlange und dem Jaguar auf Schritt und Tritt verfolgten.

»Alles in Ordnung?«, erkundigte sich Rylan und berührte meinen Ellbogen.

»Mir geht's *gut*«, erwiderte ich und entzog ihm meinen Arm. »Nur weil du zugegeben hast, dass du weißt, dass ich ein Mädchen bin, brauchst du mich nicht wie eins zu behandeln.«

Die Besorgnis auf seinem Gesicht verschwand sofort und machte einer Maske der Gleichgültigkeit Platz. Er nickte und wandte sich wortlos ab. Den restlichen Nachmittag sagte er keinen Ton mehr zu mir. Ich verstand selbst nicht, warum ich so schnippisch reagiert hatte. Ich war verwirrt und enttäuscht von mir selbst. Nachdem ich so viele Jahre damit zugebracht hatte, mich bloß nicht zu verraten – wie konnte man da jetzt von mir erwarten, dass ich mich wie das Mädchen verhielt, über das plötzlich jeder Bescheid wusste? Mit jedem qualvollen Schritt fühlte ich mich noch schlechter. Dass mir heiß war, ich schweißnass und erschöpft war, machte die Sache nicht gerade besser.

Als die Sonne langsam unterging, begann die Begeisterung des Jungen allmählich zu schwinden. Er fing an zu quengeln, und Lisbet musste ständig nach ihm rufen und ihn ermahnen, sich zu beeilen, da er immer weiter zurückfiel.

»Jax, los«, sagte sie zum zehnten Mal innerhalb einer Stunde.

»Aber ich bin *müde*«, maulte er und ließ sich auf die Erde fallen. Lisbet packte seinen Arm und versuchte, ihn hochzuzerren, aber er entzog sich ihrem Griff. »Nein, ich stehe nicht auf, ich will nicht mehr weitergehen.«

Rylan und ich hielten inne, sodass der Mann dahinter gegen uns prallte.

»Geht weiter«, brüllte er, aber ich ignorierte ihn, besorgt um Lisbet und ihren Sohn.

Gerade als ich etwas zu dem Jungen sagen wollte, um ihn zum Aufstehen zu bewegen, hörte ich von hinten Prinz Damians vertraute Stimme.

»Jax, los, steh auf. Wenn du so müde bist, trage ich dich auf den Schultern, in Ordnung?"

»Das braucht Ihr nicht«, erwiderte Lisbet, doch ihr Blick verriet ihre Dankbarkeit, als Jax erwartungsvoll auf die Füße sprang.

»Ehrlich? Das willst du tun?« Jax rannte zu dem Prinzen, der sich ein paar Meter hinter uns befand.

Ich wandte mich um und starrte Damian an. Ich konnte kaum glauben, dass er es ernst meinte.

»Natürlich«, sagte er und lächelte den Jungen an. »Ich biete nichts an, was ich nicht einhalten kann.« Ein solches Lächeln hatte ich noch nie zuvor an ihm gesehen – sanft und liebevoll. Dann kniete er nieder und half Jax, seinen Rücken hochzuklettern, bis er schließlich auf Prinz Damians Schultern saß.

»Du bist *so* groß«, stellte Jax überrascht fest, als Damian sich wieder erhob. »Ich kann meilenweit sehen.«

»Was soll diese Verzögerung?«, brüllte Eljin von vorn und stürmte auf uns zu.

»Kein Grund zur Aufregung, jetzt ist alles geregelt«, erwiderte Damian und setzte sich mit Jax auf den Schultern in Bewegung.

Eljin starrte die beiden völlig verblüfft an. Lisbet eilte an Damians Seite, sichtlich erleichtert, dass ihr die Sorge um Jax abgenommen worden war.

Rylan und ich folgten ihnen. Von Zeit zu Zeit schnappte ich Fetzen des Gesprächs zwischen Damian und Jax auf, ja, hörte sie sogar lachen. Ich war mir nicht sicher, ob ich Damian je hatte lachen sehen. Während ich ihn so zusammen mit Jax beobachtete, fühlte ich einen Schmerz in meiner Brust – ich vermisste Marcel. Und aus irgendeinem Grund dachte ich an den heutigen Morgen, an den Moment, als Damian die Hand ausgestreckt hatte, um mein Gesicht zu berühren.

Als schließlich die Sonne hinter der Baumgrenze untergegangen war, machte die Gruppe Halt, und Damian setzte Jax behutsam ab.

»Kannst du mich morgen wieder tragen?«, fragte der Junge eifrig.

Damians Antwort hörte ich nicht, da die Wachen neben uns so laut brüllten, als sie uns anwiesen, wo wir unsere Zelte aufzustellen hatten. Diesmal gab es keine Lichtung für unser Lager, es galt, die wenigen freien Plätze zu nutzen. Der Dschungel war erschreckend nahe, fast erdrückend. Dunkelheit breitete sich aus.

Nachdem Rylan dazu abgeordnet worden war, trockenes Holz

für das Feuer zu sammeln, saß ich allein in unserem Zelt. Ich blickte nicht auf, als die Klappe hochgehoben wurde, denn ich rechnete mit Rylans Rückkehr.

»Ich hätte nie gedacht, dass du der Typ bist, der herumsitzt und Trübsal bläst«, hörte ich zu meiner Überraschung Tanooris Stimme.

Ich sprang auf, bereit zu kämpfen, falls sie gekommen war, um sich an mir zu rächen. Aber sie blieb am Zelteingang stehen und hielt die Hände hoch. Als ich sah, dass sie unbewaffnet war, entspannte ich mich etwas. »Von Trübsal kann keine Rede sein«, widersprach ich.

»Komm schon.« Ohne zu fragen, trat sie ein und setzte sich auf meinen Schlafsack. »Wir waren vielleicht keine Freundinnen, aber ich kannte dich doch viele Jahre lang, Alexa. Und auch wenn du dein Haar abgeschnitten hast und dich wie ein Junge kleidest, weiß ich doch, wenn du den Kopf hängen lässt. Setz dich bitte und rede mit mir darüber.«

Ich starrte sie an, doch dann siegte meine Erschöpfung über meinen Stolz, und ich ließ mich auf dem Boden nieder, allerdings so weit wie möglich von ihr entfernt. »Warum sollte ich mit dir darüber reden? Gestern Nacht hast du mir gedroht, mich zu töten.«

»Ach das.« Sie machte eine wegwerfende Handbewegung und lachte nervös. »Ich hätte dich schon nicht mit dem Pfeil durchbohrt. Aber ich war immer noch sauer auf dich wegen dieses ziemlich *unangenehmen* Verhörs und weil du zugelassen hast, dass ich zum Tode verurteilt wurde.«

»Und jetzt bist du nicht mehr sauer?«

»Na ja, eigentlich schon, aber immerhin bin ich nicht gestorben, also... Und du hast ja nur deine Pflicht getan.« Sie blickte auf die Hände in ihrem Schoß. »Nichts hat sich so entwickelt, wie ich es mir vorgestellt hatte. Außerdem gehören nicht sonderlich viele junge Leute zu den Insurgi.«

»Ist das der Name der Gruppe, für die du arbeitest – die ihr Versteck in der Nähe des Herzens der Flüsse hat?«

Tanoori sah zu mir hoch, der Blick ihrer braunen Augen war düster. »Ich hätte nie gedacht, dass sie von mir verlangen würden, jemanden zu töten. Aber wenn es das Ende des Kriegs bedeuten würde, würde ich es noch einmal versuchen.«

»Ich werde nie zulassen, dass du ihn tötest«, sagte ich. »Egal, ob du der Meinung bist, dies würde den Krieg beenden oder nicht.«

»Du magst ihn, nicht wahr?« Tanooris Gesichtsausdruck war arglos, neugierig. Aber ich spürte den unterschwelligen Nachdruck ihrer Frage. War es ihr eigener Wunsch, das herauszufinden, oder war sie von jemandem damit beauftragt worden?

»Bis vor Kurzem konnte ich ihn nicht ausstehen.«

»Aber jetzt haben sich die Dinge geändert?«

»Ich ... ich weiß nicht. Er ist nicht der Mann, den ich in ihm gesehen hatte. Ich weiß nicht mehr, was ich denken soll. Aber es spielt keine Rolle, ob ich ihn respektiere oder verachte. Ich bin ein Mitglied seiner Leibwache. Und ich werde nicht zulassen, dass du ihm wehtust.« Ich war nicht bereit, mit ihr meine zwiespältigen Gefühle gegenüber dem Prinzen zu diskutieren. Ich vertraute ihr so wenig wie dem Dschungel bei Nacht.

»Da bist du nicht die Einzige. Auch der Zauberer scheint jetzt die Absicht zu haben, den Prinzen am Leben zu lassen.«

»Eljin arbeitet also nicht mit euch – mit den Insurgi – zusammen?«

Sie schüttelte den Kopf. »Ich sah ihn zum ersten Mal in meinem Leben, als er mich rettete.«

Das überraschte mich. Wenn sie nicht zusammenarbeiteten, warum hatte er ihr dann das Leben gerettet?

Wir schwiegen einen Moment lang, und ich nutzte die Gelegenheit, sie zu mustern. Ihr Haar war dünner als früher. Sie war ganz offensichtlich unterernährt. Ich konnte sehen, wie sich ihre Rippen unter ihrem Hemd abzeichneten und ihre Ellbogen sich spitz abhoben, als sie die Arme über der Brust kreuzte. Ich überlegte, was passiert sein mochte, was sie wohl dazu getrieben hatte, sich einer Rebellengruppe anzuschließen und zu diesem geheimnisvollen, undurchschaubaren Mädchen zu werden.

»Du hast dich also den Insurgi angeschlossen, und jetzt bist du hier mit dieser Gruppe – wer auch immer sie sein mag. Aber *du* hast versucht, Prinz Damian zu töten, und diese Leute wollen ihn am Leben halten. Warum bist du hier? Und was wollen sie von ihm?« Ich beobachtete sie aufmerksam.

»Ich weiß nicht, welche Absichten sie verfolgen. Als Eljin mich rettete, brachte er mich zu Lisbet, und sie führte mich zu dieser Gruppe. Ich hatte keine Chance, zu den Insurgi zurückzukehren. Und keiner erklärt mir, was sie vorhaben.«

Sie schien nicht zu lügen, aber statt mich anzublicken, starrte sie auf ihre Hände.

Die Klappe des Zelts wurde erneut angehoben und diesmal kam Rylan herein. Ich bemerkte, wie Tanoori ihn nervös musterte und ihn nicht aus den Augen ließ.

»Ich habe ein Feuer in Gang gebracht, und Lisbet sagte, in Kürze gebe es etwas zu essen«, verkündete er und warf seinen Schlafsack auf die harte Erde. Dann wandte er sich Tanoori zu. »Was tust du denn hier? Solltest du nicht bei der Essenszubereitung helfen oder dergleichen?«

Sie sprang auf und nickte. »Entschuldigung, ich gehe jetzt wohl besser.«

Ich war mir nicht ganz sicher, bei wem sie sich entschuldigte und wofür, aber da war sie auch schon aus dem Zelt und ließ mich allein mit Rylan zurück.

»Ist sie diejenige, die versucht hat, Prinz Damian umzubringen?«

Ich nickte stumm.

Er blickte ihr nach, dann schüttelte er den Kopf. »Wenn sie wollen, dass er am Leben bleibt, warum retteten sie dann ausgerechnet das Mädchen, das versucht hat, ihn zu töten, und bringen es auch noch hierher?«

»Ich weiß es nicht.«

Unsere Blicke verfingen sich. Die ganze Spannung dieses Tages, an dem Schweigen zwischen uns geherrscht hatte, wallte wieder auf.

»Ich habe es satt, schon wieder *Es tut mir leid* sagen zu müssen«, bemerkte ich.

»Dann tu einfach nichts mehr, was du später bereust«, erwiderte er. Aber er schien ein Lächeln zu unterdrücken.

Ich erhob mich und ging im Zelt auf und ab. »Ich weiß überhaupt nicht mehr, wie ich mich verhalten soll. Was ich tun soll.« Rylan beobachtete mich stillschweigend. »Mit einem Mal wissen so viele Menschen, dass ich ein Mädchen bin, dass es mir lächerlich vorkommt, weiterhin so zu tun, als sei ich ein Junge. Aber drei Jahre lang habe ich nichts anderes getan.«

»Sei einfach du selbst«, schlug er vor.

»Ich weiß nicht mal mehr, was das bedeutet. Ich bin die, die ich sein musste, um zu überleben. Und wenn Iker und der König je herausfinden … oder Deron …« Ich schwieg und starrte zu

Boden. Angst schnürte mir die Kehle zu. Wenn König Hektor oder Iker es herausfanden, würden mich der Tod oder noch Schlimmeres erwarten, das wussten wir beide. Und ich hatte keine Ahnung, wie Deron sich verhalten würde.

Schließlich trat Rylan auf mich zu und umfasste meine Arme. Sein Blick war so voller Zärtlichkeit, dass mir eng ums Herz wurde. »Alexa, alles wird gut werden. Ich werde nicht zulassen, dass dir irgendjemand wehtut, das verspreche ich. Nicht einmal der König.«

Nervös blickte ich zu ihm auf. Was um alles in der Welt stimmte nicht mit mir? Noch vor einer Woche hätte ich nicht einmal mir selbst eingestanden, irgendeinen Mann attraktiv zu finden. Und nun schien mein Herz völlig vergessen zu haben, wie es normal schlagen sollte, sobald ich in Rylans oder Damians Nähe war – oder wenn mich einer von ihnen berührte, wie gerade jetzt.

»Wollt ihr beide auch etwas zu essen haben?«

Rylan zuckte zurück, als habe er sich verbrannt, und ich wirbelte herum und sah, wie Tanoori die Klappe unseres Zelts hochhielt. In der Dunkelheit konnte ich ihren Gesichtsausdruck nicht erkennen.

»Ja, Entschuldigung, wir kommen.« Rylan fasste sich als Erster. Er verließ das Zelt und begab sich zum Feuer, wo Lisbet und Prinz Damian bereits auf einem Baumstamm saßen.

Als ich an Tanoori vorbeigehen wollte, zupfte sie mich am Ärmel. »Dafür, dass du gerade erst zugegeben hast, ein Mädchen zu sein, findest du dich erstaunlich schnell zurecht«, flüsterte sie mir leise ins Ohr, sodass nur ich sie hören konnte.

Ich blieb stehen und starrte sie an, aber sie erwiderte meinen Blick in aller Unschuld und lächelte herzlich.

»Hungrig?«, fragte sie mich freundlich. »Ich glaube, dein Prinz hat dir etwas Essen aufgehoben.«

Und damit verschwand sie in der Dunkelheit hinter unserem Feuer.

Ich blickte zu den knisternden Flammen, wo Rylan, Damian und Lisbet saßen, mich beobachteten und darauf warteten, dass ich mich zu ihnen gesellte. Und plötzlich wurde mir alles zu viel. Ich konnte ihnen nicht gegenübertreten. Oder vielleicht konnte ich mir selbst nicht gegenübertreten.

Tanooris Worte hallten in meinem Ohr nach und trieben mir die Röte in die Wangen. Ich war nicht hübsch, das wusste ich. Vielleicht, wenn ich mir die Haare wachsen ließ und mich wie ein Mädchen kleidete. Vielleicht, wenn meine Hände nicht durch das Training mit dem Schwert voller Schwielen gewesen wären und ich weniger muskulöse Arme und Schultern gehabt hätte. Nichts an mir war weich. Ich war nicht weiblich. Ich wusste nicht einmal mehr, wie man als Mädchen redete, nachdem ich jahrelang meine Stimme verstellt hatte.

Und doch: Wenn Damian oder Rylan mich ansahen, hatte ich das Gefühl, dass sie mich so anblickten, wie ein Mann eine Frau eben ansah, die er attraktiv fand. Es war faszinierend – und verwirrend zugleich.

Ich machte auf dem Absatz kehrt, marschierte ins Zelt zurück, legte mich auf meinen Schlafsack und rollte mich zusammen. Ich starrte auf Rylans leeren Platz neben mir und plötzlich traten mir Tränen in die Augen. Ich sehnte mich nach Marcel, meinem Bruder, wünschte, er wäre hier bei mir. Und noch unmöglicher: Ich wünschte, Mama wäre noch am Leben. Wenn meine Eltern nicht umgebracht worden wären, wäre all das hier nicht geschehen, und ich hätte einfach irgendeinen Jungen kennengelernt, dem meine haselnussbraunen Augen oder mein langes dunkles Haar gefielen. Es war so dick und glänzend gewesen – das einzig wirklich Schöne an mir. Ich wollte in mein kurzes Haar fassen, aber dann erinnerte ich mich daran, dass Damian dasselbe getan hatte, und klemmte meine Hand unter meine Achsel.

Als ich hörte, wie sich jemand dem Zelt näherte, drehte ich mich auf die andere Seite. Die Zeltklappe wurde hochgehoben und ich spürte, dass dort jemand stand und mich beobachtete. Doch ich verhielt mich ganz ruhig und atmete gleichmäßig.

Nach einer Weile schloss die Person – wer immer sie auch sein mochte – das Zelt wieder und ließ mich allein mit meinem Kummer, meinen unmöglichen Wünschen und meinem törichten Herzen.

Dreiundzwanzig

TAG FÜR TAG verstrich auf dieselbe Weise. Jeden Morgen mussten wir bereits in der Dämmerung aufstehen, das wenige an trockenem, geschmacklosem Essen hinunterwürgen, das unsere Entführer uns gaben, unsere Zelte und Schlafsäcke verstauen und uns marschbereit machen, bevor die Sonne über den Bäumen stand. Da wir keine Lasttiere hatten, mussten wir die Zeltstangen in die Zelte einrollen und dann alles auf unserem Rücken festzurren. Rylan und ich wechselten uns mit dem Schleppen der Zelte ab. Am liebsten hätte er diese Aufgabe allein übernommen. Aber als ich erneut mit ihm schimpfte, weil er mich behandelte, als sei ich schwach, gab er nach.

Ich erwähnte Lisbet gegenüber, dass ich meinen Busen jetzt nicht mehr abzubinden brauchte, da ja sowieso jeder wusste, dass ich ein Mädchen war. Doch das lehnte sie kategorisch ab. »Du musst auf jeden Fall weiterhin so tun, als seiest du ein Junge, wegen all der verborgenen Blicke, die auf dich gerichtet sind.« Ich verstand nicht, was sie damit meinte, aber ihre blitzenden Augen ließen mich erschaudern. Also trug ich die Bandage weiter.

Wir hatten keinerlei Waffen, aber mit mindestens einem

mächtigen Zauberer in der Nähe hielt sich meine Angst vor dem Dschungel in Grenzen. Ich war mir *ziemlich* sicher, dass er mich retten würde, sollte irgendein Dschungeltier mich angreifen.

Prinz Damian ging entweder neben Lisbet und Jax her oder hielt sich im vorderen Bereich unserer Karawane auf, wo ich ihn nicht sehen konnte. Ein- oder zweimal leistete er uns beim Essen Gesellschaft. Obwohl er Rylan und mir gegenüber herzlich und Lisbet und Jax gegenüber erstaunlich freundlich war, versuchte er nicht mehr, unter vier Augen mit mir zu sprechen. Ich verdrängte meine Enttäuschung und redete mir ein, dass es mir nichts ausmache. Doch in meinem tiefsten Inneren wusste ich, dass ich mich selbst belog, hatte ich doch gerade angefangen zu glauben, dass ihm etwas an mir liege.

Meistens war Lisbet in unserer Nähe. Oft ertappte ich sie dabei, wie sie mich verstohlen betrachtete, und das machte mich nervös. Als ich sie einmal auf ihre Fähigkeit zu heilen ansprach, ignorierte sie mich einfach und ließ sich dann für eine Weile hinter mich zurückfallen. Jax hatte beschlossen, mich zu mögen, und hielt sich, wenn Damian weiter vorn ging, oft an meiner Seite auf, um mit mir über die verschiedenen Pflanzen und Tiere zu plaudern, die wir unterwegs sahen. Ich musste zum Glück nicht viel sagen, um ihn bei Gehlaune zu halten. Er plapperte und plapperte, und es reichte, wenn ich nickte und ihm von Zeit zu Zeit zustimmte. Auch Rylan meldete sich ab und zu zu Wort.

Das größte Glück jedoch war, dass Tanoori Abstand hielt. Ich war erleichtert, nicht ständig damit rechnen zu müssen, dass sie wie aus dem Nichts auftauchte und mich im einen Moment mit einem Pfeil bedrohte, im nächsten versuchte, mit mir zu plaudern, um mich kurz danach als Dirne hinzustellen.

Auf diese Weise zog es sich über eine Woche dahin. Ich wurde von Tag zu Tag müder, erschöpfter, besorgter. Wir kämpften uns durch Regen, Hitze, Morast und Feuchtigkeit. Jetzt war eindeutig, dass wir uns auf dem Weg nach Blevon befanden. Wir waren schon so lange unterwegs, dass es nur noch ein bis zwei Tage dauern konnte, bis wir das Tiefland erreichten, an der Grenze angelangt wären und Antion hinter uns ließen.

Am achten Tag unseres Fußmarsches kündigte der bewölkte Himmel über uns Regen an. Inzwischen schätzte ich die Regenschauer. Nach der ständig drückenden Hitze der schwülen Tage empfand ich es als Erleichterung, wenn die Wasserflut den Schweiß und den Schmutz der langen Wanderung durch den Regenwald abwusch.

Rylan und Jax gingen neben mir her, als wir einen Hügel hinuntertrotteten, auf einen kleinen Fluss zusteuerten und uns über verschiedene Affenarten unterhielten. Von unserem Aussichtspunkt auf dem Hügel entdeckte ich Prinz Damian, der bereits fast am Fluss angelangt war. Ich sah, wie er seinen Schlafsack auf dem Rücken zurechtzog, damit er die Arme strecken konnte. Während ich ihn beobachtete, schlug mein Herz schneller. Noch vor zwei Wochen hatte ich ihn gehasst, was mir jetzt unvorstellbar erschien, ohne genau zu wissen, was ich stattdessen empfand. Ich hatte angenommen, zwischen uns habe sich etwas angebahnt, aber nun fürchtete ich, mich geirrt zu haben. Ich erinnerte mich daran, wie er Jax angelächelt hatte, wie sie zusammen gelacht hatten, als Damian ihn auf dem Rücken trug. Mein Magen verkrampfte sich. Würde er mich je so anlächeln?

»Willst du den ganzen Tag hier stehen bleiben?«

Ich schüttelte meine Gedanken ab und sah, dass Rylan und

Jax bereits etwas unterhalb von mir standen und warteten. Ich kämpfte gegen die aufsteigende Röte an und wollte ihnen gerade folgen, als etwas meine Aufmerksamkeit erregte. Ich erstarrte und kniff die Augen zusammen, um sicher zu sein, dass ich keine Gespenster sah. Und dann rannte ich los.

»*Damian!*«, schrie ich, als ich den Hügel hinunter auf den Prinzen zustürmte.

Mit einem Mal schien sich alles tausendfach verlangsamt abzuspielen. Wie er sich nach mir umwandte und die Augen aufriss. Wie ich erneut seinen Namen schrie und auf die Bäume auf der anderen Seite des Flusses deutete. Wie die Bogenschützen, die im Schatten kauerten, ihre Bogen spannten, während ich alle warnte, in Deckung zu gehen. Und dann ging alles ganz schnell. Als ich beinahe unten angelangt war, prasselte ein Pfeilhagel aus Richtung der Bäume auf unsere Gruppe zu.

Ich schrie noch einmal Damians Namen und sprang mit voller Wucht auf ihn zu. Eine Sekunde später und der Pfeil hätte ihn getroffen. Mein Aufprall war so stark, dass wir beide zu Boden taumelten. Er landete flach auf dem Rücken, ich auf ihm, unsere Gesichter nur Zentimeter voneinander entfernt. Unsere Körper berührten sich. Entsetzt starrte er zu mir hoch. Dann stieß er mich von sich, ging mit unglaublicher Anmut in Kauerstellung und zückte das Schwert eines Mannes, der weniger Glück gehabt hatte als er. Ein Pfeil ragte aus dem Hals des Toten und unter seinem Kopf hatte sich eine Blutlache gebildet.

Ich hatte nicht die Zeit, mich über seine Beweglichkeit zu wundern oder über die Selbstverständlichkeit, mit der er das Schwert handhabte. Die Männer, die uns aufgelauert hatten, eilten jetzt mit hocherhobenen Schwertern durch den Fluss auf uns zu. Sie trugen die zerrissene Uniform der Armee von

Antion, die unwissentlich ihren eigenen Prinzen angriff. Wir befanden uns weit weg vom Königreich, zu weit, als dass sie von Damians Entführung erfahren hätten. Und außerhalb des Palasts wussten nur wenige, wie er aussah. Es bestand also keine Hoffnung, dass sie ihn erkennen und sich zurückziehen würden. Wenn wir überleben wollten, mussten wir gegen unsere eigenen Leute kämpfen.

»Außer Gefecht setzen, aber nicht töten!«, rief Damian, als ich aufsprang und mich verzweifelt nach einer Waffe umsah. Aber ich hatte keine Chance, zu einem der Toten zu gelangen, die auf der Erde verstreut lagen, um mir eine Waffe zu schnappen. Ich war dem Feind hilflos ausgeliefert.

Wo war Eljin? Wo war seine Macht, wenn wir sie benötigten?

Jene, die eine Waffe besaßen, eilten den Soldaten entgegen, und das Klirren der aufeinanderprallenden Schwerter hallte durch den Wald.

Da stürmte ein Mann mit erhobenem Schwert auf mich zu. Ich wollte gerade um mein Leben rennen, als ich mit jemandem zusammenstieß – einem hochgewachsenen, attraktiven Prinzen, der gar nicht hätte hier sein sollen.

»Alex, hinter mich. *Sofort!*«, befahl mir Damian, während ich voller Panik die Augen aufriss. Warum war er nicht in Deckung gegangen?

»Gebt mir Euer Schwert!«, schrie ich über das Waffengeklirr hinweg.

Doch statt auf mich zu hören, schob er mich entschlossen hinter sich und gebot dem Angriff des Soldaten gerade in dem Moment Einhalt, als dieser mich mit seiner Waffe durchbohren wollte.

Ich taumelte rückwärts und beobachtete – zuerst voller Entsetzen, dann mit zunehmendem Erstaunen –, wie Damian nicht nur den Angriff abwehrte, sondern dem Mann mit erstaunlicher Geschicklichkeit die Stirn bot.

»Alex!«

Als ich meinen Namen hörte, wandte ich mich um, gerade rechtzeitig, um die Hand zu heben und das Schwert aufzufangen, das Rylan mir zuwarf. Als ich endlich eine Waffe in der Hand hielt, lösten Ruhe und Entschlossenheit meine Angst auf. *Das hier* war ich – *das hier* war das, wovon ich etwas verstand. Ich war eine Kämpferin.

Damian hatte den Soldaten, der sich auf mich stürzen wollte, entwaffnet und seinen Schwertarm außer Gefecht gesetzt, sodass er nicht mehr in der Lage war, nach seiner Waffe zu greifen. Dann stürzte der Prinz sich ins Kampfgetümmel. Ich folgte ihm, hieb mein Schwert durch die Luft und bahnte mir einen Weg durch die ahnungslosen Soldaten. Ich hielt mich an Damians Anweisung und achtete darauf, dass meine Schwerthiebe lediglich Wunden zufügten. Der Gedanke, dass das unsere eigenen Leute waren, gegen die wir kämpften, verursachte mir Übelkeit, aber unser Leben hing davon ab. Sie glaubten anscheinend, wir seien Rebellen oder ein Teil der Armee von Blevon, und schlugen eine tödliche Schlacht.

Ich blieb so nah wie möglich bei Damian, falls er meine Hilfe brauchte. Aber schon bald stellte sich nur allzu deutlich heraus, dass das nicht der Fall war. Er war ein hervorragender Schwertkämpfer.

Er drehte und wand sich, wirbelte herum und parierte, als ob er mit einem Schwert in der Hand auf die Welt gekommen wäre. Doch ich musste weiterkämpfen, durfte nicht innehalten und ihn beobachten.

Und dann trat plötzlich Eljin in Erscheinung.

»Es reicht!«, dröhnte er und schwang die Faust durch die Luft, als versuche er, etwas zu zerschmettern. Plötzlich drang ein Grollen durch den Wald und die Erde begann zu beben. »Wenn ihr am Leben bleiben wollt, dann tretet sofort den Rückzug an!« Seine Stimme übertönte das Beben der Erde, die unter unseren Füßen einzubrechen drohte.

Wir erstarrten alle gleichermaßen, die Armee von Antion ebenso wie Eljins Leute.

»Ein Zauberer«, rief jemand aus der Armee angstvoll.

»Zieht euch zurück!«

Der Befehl wurde wiederholt, und alle Soldaten, die unverwundet geblieben waren, wichen über den Fluss zurück und verschwanden im Wald, aus dem sie erst vor wenigen Minuten aufgetaucht waren.

Eljin öffnete die Faust und das Beben ließ nach.

Ich atmete schwer, und mein Puls raste immer noch wie verrückt, als ich bestürzt auf die Leichen um mich herum blickte. Die Toten stammten sowohl aus Eljins Gruppe als auch aus der Armee von Ation. Doch die meisten Soldaten waren gemäß Damians Anordnung lediglich verletzt. Ich wunderte mich, dass Eljins Männer sich seinem Befehl untergeordnet hatten, da der Prinz doch ihr Gefangener war.

Damian stand nur wenige Meter von mir entfernt, das Schwert lose in der Hand. Ich starrte ihn an, schwankte zwischen Überraschung und Ärger.

»Ihr seid ein guter Kämpfer«, stieß ich schließlich hervor.

Er betrachtete mich schweigend und ich konnte meinen Blick nicht von ihm wenden. Warum hatte er das seiner Leibwache – *mir* – verschwiegen? Ich erinnerte mich, wie ich ihn in seinem

Gemach gesehen hatte, verwundert darüber, dass sein muskulöser Körper schweißbedeckt war. Ich biss mir auf die Zunge, um die Worte, die ich gerne geäußert hätte, hinunterzuschlucken. Ich war wütend. Wütend, verwirrt und erstaunt. *Er* hatte *mir* das Leben gerettet.

»Alex! Komm bitte her.«

Ich wirbelte herum und sah, wie Rylan neben einer Gestalt kauerte, die auf dem Boden lag. Ich konnte lediglich die Beine der Person sehen, die zu einem kleineren Körper gehörten. Keiner von Eljins Männern. Mein Herz blieb fast stehen, als ich an seine Seite eilte und ein Stoßgebet gen Himmel schickte, dass es nicht Jax sein möge.

Als ich Rylan erreichte, trat er zur Seite, und ich sah, dass mein Gebet erhört worden war. Es war nicht Jax.

Es war Tanoori, die in einer Blutlache lag. Aus ihrer Brust ragte ein Pfeil.

Vierundzwanzig

»Ist sie tot?«, fragte ich und ging neben Rylan in die Knie.

»Noch nicht. Sie atmet noch.« Er hatte die Hand auf die Wunde gepresst und versuchte, die Blutung zu stoppen. »Wir müssen den Pfeil herausziehen.«

Der Pfeil steckte auf der rechten Seite ihres Brustkorbs, in größerer Nähe zur Schulter als zum Bauch. Wir konnten nur hoffen, dass er nicht ihre Lunge getroffen hatte. Zumindest war er weit entfernt vom Herzen.

»Aus dem Weg.« Plötzlich stand Lisbet da und stieß Rylan und mich zur Seite. Sie hielt die Hand über die Wunde, schloss die Augen und konzentrierte sich. Schließlich blickte sie zu uns hoch. »Nachdem wir den Pfeil entfernt haben, werde ich mich einige Zeit um sie kümmern müssen, aber sie sollte es eigentlich überleben.«

Ich spürte Erleichterung. Auch wenn ich nicht mehr genau wusste, wie ich zu Tanoori stand, wollte ich nicht, dass sie starb.

»Da, nimm das, um die Blutung zu stillen, wenn wir ihn rausziehen.« Rylan zog sich das Hemd über den Kopf und reichte es Lisbet.

Dann kniete er sich wieder neben uns, und ich zwang mich,

den Blick von seinem schlanken, muskulösen Oberkörper abzuwenden. Ich half Lisbet, Tanoori auf die Seite zu legen, damit wir uns davon überzeugen konnten, dass der Pfeil ihren Körper nicht vollständig durchbohrt hatte.

»Wir können den Pfeil nicht hier herausziehen, sie würde verbluten. Wir müssen ihn abbrechen und ihn entfernen, wenn ich die Zeit habe, mich um sie zu kümmern«, sagte Lisbet.

Wir hielten Tanoori fest, während Rylan den Schaft umfasste. Er atmete tief durch, dann brach er ihn so nah wie möglich an ihrem Körper ab.

Lisbet nahm sofort Rylans Hemd und presste es auf die Wunde.

Genau in diesem Moment entlud sich das Gewitter, das den ganzen Tag über uns gehangen hatte. Regentropfen färbten den Boden unter uns dunkel. Lisbeth kauerte über Tanoori. Mit einer Hand drückte sie das Hemd auf die Brust, mit der anderen vollführte sie zitternde Bewegungen in der Luft.

»Wir müssen aufbrechen, bevor sie mit Verstärkung zurückkehren. Wir haben jetzt keine Zeit mehr, etwas für sie zu tun.«

Ich blickte hoch und sah, dass Eljin mit undurchdringlichem Blick auf Tanoori herabstarrte. Wie immer war die Hälfte seines Gesichts hinter der Maske verborgen.

»Wenn sie nicht gehen kann, muss sie zurückbleiben.« Eljin machte auf dem Absatz kehrt und entfernte sich. Wir starrten ihm ungläubig hinterher.

»Wir können sie hier nicht ihrem sicheren Tod überlassen«, sagte ich zu Rylan, aber seine Miene war grimmig.

»Er hat recht, wir müssen aufbrechen, sonst sterben wir *alle*.«

»Sie hatten Angst vor Eljin, sie werden es nicht wagen, zurückzukommen«, wandte ich ein.

»Aber offensichtlich will er das nicht riskieren.«

»Wie schnell kannst du sie heilen?«, fragte ich Lisbet.

»Nicht schnell genug. Die Wunde ist gefährlich – und dabei haben wir noch nicht einmal den Pfeil entfernt.«

Wut und Verzweiflung quälten mich. War dies der Lauf der Dinge? Dass sie der Schlinge des Henkers nur entkommen war, um dann im Dschungel von ihren eigenen Leuten mit dem Pfeil getötet zu werden?

»Ich lasse sie nicht hier zurück, notfalls trage ich sie auf dem Rücken.« Ich beugte mich über Tanoori und nestelte an ihrer Tunika.

»Alex, was tust du da?«, hörte ich Damians Stimme, achtete aber nicht auf ihn, sondern zerrte weiter an dem Stoff, bis ich einen langen Streifen hatte, um ihre Wunde zu verbinden. »Was tut sie denn da?«

»Offensichtlich versucht sie auf eigene Faust, das Mädchen zu retten, das Euch töten wollte, Hoheit«, erwiderte Rylan.

»Wenn ich mich nicht irre, hat dieses Mädchen neulich nachts auch versucht, Alex umzubringen.«

Einer der beiden Männer seufzte tief, aber ich blickte nicht hoch, um zu erkennen, welcher. Ich nahm den Streifen und band ihn um ihre Schulter und die Wunde und fixierte damit Rylans Hemd. Lisbet beobachtete mich schweigend.

Als ich mit dem notdürftigen Verband fertig war, richtete ich Tanoori behutsam auf. Sie war bleischwer, und ich stöhnte unter der Anstrengung, sie aufrecht zu halten. Der Regen prasselte jetzt unerbittlich auf uns herab und machte alles nur noch schwieriger.

»Wir können sie nicht auf dem Rücken tragen«, sagte Rylan, als er in die Hocke ging, um mir zu helfen.

»Was sollen wir denn dann tun?«, rief ich. »Sie hier sterben lassen, den Tieren zum Fraß vorwerfen?«

»Wenn wir eine Schlinge oder eine Art Bahre herstellen, könnten wir sie gemeinsam tragen«, sagte Damian.

Ich blickte überrascht zu ihm auf. Seine Miene war unergründlich, und ich konnte mir nicht vorstellen, was ihn dazu bewog, dem Mädchen zu helfen, das ihn hatte umbringen wollen.

»Wenn ihr wollt, dass sie am Leben bleibt, muss sie so ruhig wie möglich gehalten werden, damit sie nicht noch mehr Blut verliert. Selbst wenn ihr es schafft, sie bis zu unserem nächsten Lagerplatz zu schleppen, hält sie vielleicht nicht so lange durch, dass ich sie heilen kann.« Bei diesen Worten blickte Lisbet mich durchdringend an.

»Wir müssen es zumindest versuchen«, erwiderte ich.

Lisbet nickte und erhob sich dann. »Gebt mir einen eurer Schlafsäcke. Wenn wir die Zeltstangen benutzen, können wir eine Trage bilden, um sie zu transportieren.«

Damian schüttelte das Bündel mit seinem Schlafsack von der Schulter und reichte den Schlafsack Lisbet. Rylan kramte in seinem eigenen Bündel, das unser aufgerolltes Zelt und die abgebauten Zeltstangen enthielt, die leicht waren und zum Transport auseinander genommen werden konnten. Ich hoffte, sie würden Tanooris Gewicht aushalten.

»Was um Himmels willen *tut* ihr da?« Ich blickte hoch und sah, wie Eljin auf uns zustürmte. Seine Augen blitzten wütend. »Ich habe euch doch gesagt, dass wir sofort aufbrechen müssen. Wenn ihr nicht auf der Stelle kommt, werde ich euch alle töten.«

Lisbet beachtete ihn gar nicht, sondern arbeitete weiter daran, den Schlafsack an den Stangen festzuzurren, die wir in einem Rechteck ausgelegt hatten.

»Heute wird niemand mehr sterben«, sagte Damian mit kühler Stimme. »Entweder hilfst du uns oder du gehst weiter. Wir kommen dann nach.«

»Ihr erwartet, dass ich euch hier zurücklasse?«, fragte Eljin mit gerunzelter Stirn. »Und ich soll glauben, dass ihr nachkommt und nicht etwa umdreht und die Flucht ergreift?«

»Wir haben keine Vorräte, keine Karte. Wir würden vermutlich umkommen, wenn wir auf eigene Faust versuchen sollten, in den Palast zurückzukehren.« Damian erhob sich und verschränkte die Arme vor der Brust.

Während sie weiter diskutierten, stellten wir die Bahre fertig, und Rylan und ich wandten uns Tanoori zu.

»Ich zähle bis drei, dann heben wir sie an«, sagte er.

Ich nickte.

»Eins, zwei, *drei*.«

Wir hievten Tanoori hoch und betteten sie auf die Trage.

»Da, siehst du? Wir sind schon so weit.« Damian deutete mit einer Handbewegung auf Tanoori, die jetzt auf dem Schlafsack ruhte, totenblass und durchnässt. Der Regen, der an ihr herabrann, war rot von ihrem Blut.

»Wenn sie euch aufhält, wird mir nichts anderes übrig bleiben, als euch zu zwingen, sie zurückzulassen.«

»Das wird sie nicht«, erwiderte ich und blickte Eljin entschlossen in die Augen.

Er schüttelte den Kopf und wandte sich ab.

Wir packten die Trage, jeder an einer Seite, und setzten uns in Bewegung, Rylan mir gegenüber, Damian und Lisbet vorn. Lisbet war nicht im Entferntesten so stark wie ich, geschweige denn wie die beiden Männer. Ich befürchtete, sie würde bald ermüden, sodass Damian die doppelte Last würde schultern müssen.

Es goss wie aus Kübeln, als wir durch den Fluss wateten und in den Wald marschierten, aus dem die Soldaten gestürmt gekommen waren. Außer uns, Eljin und seinen Männern war niemand sonst zu sehen.

»Ich hoffe, du weißt es zu schätzen, was wir für dich tun«, murmelte ich vor mich hin, während über uns der Donner grollte.

Als wir endlich haltmachten, um das Nachtlager aufzuschlagen, hatte sich das Gewitter gelegt, doch die Wolken hingen noch immer düster und erschreckend nahe über uns und umhüllten die Wipfel der Bäume.

Ich spürte jeden einzelnen Knochen, als wir die Trage absetzten. Mein Rücken schmerzte von oben bis unten und mein rechter Arm war nach dem stundenlangen Schleppen völlig verkrampft. Jax hatte sich weiter vorn herumgetrieben und zusammen mit ein paar Männern bereits Lisbets Zelt errichtet. Wir brachten Tanoori hinein und Lisbet begann sofort mit ihrer Heilbehandlung.

Damian, Rylan und ich standen um sie herum und beobachteten sie, bis sie innehielt und zu uns hochblickte. »Das hier wird sehr lange dauern, insbesondere, da die Blutwurz noch nicht völlig aus meinem Kreislauf herausgeschwemmt ist. Ihr solltet zusehen, dass ihr euch etwas zu essen besorgt und euch um eine Schlafstatt kümmert. Morgen früh werden wir wissen, ob sie durchkommt.«

Ich starrte sie verwirrt an. »Was soll das heißen, die Blutwurz ist noch nicht aus *deinem Kreislauf* herausgeschwemmt? Was hat das mit ihrer Heilung zu tun?«

Aber Lisbet ignorierte mich und widmete sich wieder Tanoori. Ich wandte mich an Damian. »Wisst Ihr, was sie meint?«

Er zuckte die Schultern. Im schwachen Lichtschein war sein Blick unergründlich. »Wir sollten uns jetzt zurückziehen, damit sie ihre Arbeit tun kann«, schlug er vor.

Ich blickte auf Tanoori herab. Sie wirkte so friedlich, als schlafe sie, abgesehen von der Leichenblässe ihres Gesichts.

»Komm, er hat recht, gehen wir«, bemerkte Rylan und schubste mich behutsam aus dem Zelt. Durch mein durchnässtes Hemd hindurch spürte ich die Wärme seiner Finger.

»Wo werdet ihr schlafen?«, fragte Damian und sah zu der Stelle, an der immer noch Rylans Hand ruhte. Dann ließ er den Blick zu meinem Gesicht wandern. »Ich glaube, wir haben eure Zeltstangen für die Trage verwendet.«

Rylan ließ mich los und seufzte. »Darüber habe ich mir auch schon Gedanken gemacht. Es tut mir leid, Alex, aber ich glaube, wir müssen von nun an im Freien lagern.«

»Ihr könnt in meinem Zelt unterkommen«, bot Damian sofort an, während er zuerst Rylan, dann mich ansah. »Es wird etwas eng werden, aber besser als nichts, oder?«

Ohne eine Antwort abzuwarten, drehte er sich um und ließ uns allein zurück.

»Das ist aber sehr freundlich von ihm«, bemerkte Rylan. »Er scheint mit einem Mal ein völlig anderer Mensch zu sein, ich kann es kaum fassen."

Ich zuckte die Schultern. »Ich nehme an, wir haben alle unsere Geheimnisse.«

Rylan warf mir einen seltsamen Blick zu. Er trug immer

noch kein Hemd, und ich war mir seiner Nähe nur allzu sehr bewusst – und seiner Nacktheit. Sein Körperbau unterschied sich von Damians. Während der Prinz schlank und muskulös war, war Rylan kompakter, die Arme kräftiger, seine Brust breiter. Nach all den Jahren, in denen ich mit ihm trainierte, wusste ich genau, wie stark er war. Doch noch nie zuvor hatte ich seinen Körper so intensiv wahrgenommen wie jetzt. Allerdings hatte er mich auch noch nie zuvor so angeblickt wie jetzt.

Ich kämpfte gegen die aufsteigende Röte auf meinen Wangen an und sagte: »Du solltest dir ein Hemd besorgen und ich organisiere uns etwas zu essen. Und dann machen wir uns wohl besser auf die Suche nach Damians Zelt.«

Rylan schwieg, stand einfach da und blickte mich an.

»Alex, magst du ihn?«, fragte er schließlich mit unnatürlich gepresster Stimme.

Mein Herz tat einen Sprung. »Den Prinzen? Nun, ich würde sagen, ich hasse ihn nicht mehr. Er ist jetzt anders, wie du selbst bemerkt hast. Und es ist einfacher, einen Prinzen zu bewachen, den man respektieren kann, als den verwöhnten, nutzlosen Kerl, der er vorher war.« Ich lächelte in dem Versuch, unbeschwert zu erscheinen, aber Rylan runzelte die Stirn.

»Das war keine Antwort auf meine Frage.«

Mein Lächeln erstarb und ich trat unbehaglich von einem Fuß auf den anderen.

»Ich hab doch gesehen, wie du ihn anschaust. Ich will nicht, dass du verletzt wirst. Er mag sich im Augenblick freundlich uns gegenüber verhalten, er fordert uns auf, ihn beim Vornamen zu nennen, lädt uns in sein Zelt ein, aber er ist ein *Prinz*, Alex, und das wird sich nie ändern.«

»Denkst du, ich weiß das nicht? Ich bin doch kein Dummkopf, Rylan.«

»Das habe ich auch nicht gemeint ...«

»Und es spielt auch keine Rolle, denn ich betrachte ihn genauso wie ihr anderen. Ich weiß, dass er unser Prinz ist. Und ich bin ein Mitglied seiner Leibwache, erinnerst du dich? Nur weil ihr beide jetzt wisst, dass ich ein Mädchen bin, ändert sich nichts.«

»Ich habe deinem Bruder versprochen, auf dich aufzupassen.« Rylan hob die Hand, um mir eine Locke aus dem Gesicht zu streichen. Ohne auf die Wärme seiner Berührung zu achten, trat ich einen Schritt zurück.

»Du bist nicht mein Bruder, also hör auf, dich so zu benehmen.«

Rylan biss die Zähne zusammen. »Ich versuche nicht, mich wie dein *Bruder* zu verhalten, Alexa. Ist dir noch nie der Gedanke gekommen, dass mir etwas an dir liegen könnte? Dass ich vielleicht gegen eine Zuneigung zu dir ankämpfe, von der ich niemandem erzählen konnte, am wenigsten dir, und das seit *Jahren*? Ich musste mich stets zurückhalten, darauf achten, dass ich dich nicht zu lange anblickte oder dich berührte, auch wenn ich es mir wünschte. Und das so viele unzählige Male.«

Mein Puls raste, vor Schock war ich wie benommen. Rylans Augen glänzten in der Dunkelheit fast wie im Fieber.

»Hast du eine Vorstellung, wie schwer es mir fiel, meine wahren Gefühle zu verbergen, da ich wusste, dass ich nichts tun konnte, ohne dich in Gefahr zu bringen? Und jetzt habe ich endlich die Möglichkeit, dich so zu behandeln, wie du es verdienst – dich so zu verehren, wie ein Mann das tun sollte, der eine Frau liebt. Und du hast nur Augen für den Prinzen.«

»Rylan…« Ich war tief erschüttert. Meine Augen brannten und meine Kehle war wie ausgetrocknet. Er hatte unrecht, ich hatte nicht nur Augen für Damian. Bevor ich die andere Seite von Damian entdeckte, hatte es für mich nur Rylan gegeben. Aber jetzt war ich mir meiner Empfindungen nicht mehr sicher. Alles veränderte sich so schnell, dass ich den Boden unter den Füßen verlor. Ich hatte das Gefühl, auf einen Abgrund zuzurasen.

»Vergiss, was ich gesagt habe«. Er trat einen Schritt zurück. »Ich hätte es nicht tun sollen, aber es hat sich so lange in mir aufgestaut, und nachdem du heute fast getötet worden wärst… konnte ich es nicht mehr für mich behalten.«

»Ich wäre fast getötet worden?«

»*Prinz* Damian hat dich gerettet, schon vergessen? Ich war nicht schnell genug. Großartig, wie er bisher vor uns geheim gehalten hat, dass er ein ausgezeichneter Schwertkämpfer ist.«

»Ach ja«, erwiderte ich müde. Ich hatte tatsächlich vergessen, was geschehen war. Aber jetzt kehrte die Erinnerung daran zurück, das Erstaunen über Damians Beweglichkeit und seine Geschicklichkeit mit dem Schwert.

»Ich sollte mich jetzt wirklich nach einem Hemd umsehen«, sagte Rylan und wandte sich um.

»Rylan, warte!«

Aber er reagierte nicht und marschierte einfach davon.

⸘ Fünfundzwanzig ⸘

*O*BWOHL ICH TODMÜDE war, zögerte ich das Zubettgehen so lange wie möglich hinaus. Die Aussicht, Rylan oder *Prinz Damian* oder gar beiden gegenüberzutreten, brachte mich auf den Gedanken, ob es nicht vielleicht besser wäre, unter einem Baum zu schlafen. Ich ging wieder zu Lisbet, um nach Tanoori zu sehen, doch Lisbet wimmelte mich ab, ohne mich über Tanooris Zustand aufzuklären. Es blieb mir also nichts anderes übrig, als mich langsam zu Prinz Damians Zelt aufzumachen.

In der Dunkelheit wand sich der Nebel über dem Boden, schlängelte sich an Baumstämmen und Büschen entlang, bis sich seine durchsichtigen Finger zu beiden Seiten des Zelts ausstreckten. Während ich davorstand, versuchte ich, all meinen Mut zusammenzunehmen. Damian hatte recht, wenn er sagte, Antion sei wunderschön. Wunderschön und tödlich. Doch im Vergleich zu dem, was mich im Inneren des Zelts erwartete, schien der Dschungel die sicherere Wahl zu sein.

Hör auf damit. Du wirst nicht die ganze Nacht hier draußen stehen, nur weil du völlig überreagierst, sagte ich mir nachdrücklich. *Reiß dich zusammen und geh hinein, damit du wenigstens etwas Schlaf findest.*

Es herrschte absolute Stille, vielleicht schliefen beide ja bereits. Ich holte tief Luft und schlug die Klappe zurück.

Prinz Damian und Rylan saßen einander hellwach gegenüber. Der Raum zwischen ihnen – vermutlich für mich gedacht – war gerade groß genug für einen Jungen wie Jax. Fast hätte ich kehrtgemacht, um es mit Schlangen und Jaguaren aufzunehmen, als Damian sich erhob.

»Soll ich dir mit deinem Schlafsack helfen?«

»Nein, danke, *Hoheit*«, erwiderte ich und blickte demonstrativ in Rylans Richtung.

Doch er mied meinen Blick, und mein Magen verkrampfte sich, während Damian mir direkt in die Augen sah und verwirrt, ja gekränkt wirkte.

Es war eine Katastrophe.

Ich beeilte mich, meinen Schlafsack auszurollen, mich hinzulegen und so klein wie möglich zu machen. Rylan streckte sich auf seiner Seite neben mir aus. Er rückte zum äußersten Ende seines Schlafsacks und presste sich gegen die Zeltwand. Aber es nutzte nichts, der Zwischenraum war so gering, dass wir nur wenige Zentimeter voneinander entfernt lagen. Ich rutschte etwas zur Seite, damit er mehr Platz hatte. Doch dann legte sich Damian auf den Schlafsack, den er für sich organisiert hatte, und unsere Körper berührten sich. Etwas tief in meinem Inneren reagierte sofort auf diese Berührung. Obwohl ich wusste, dass ich eigentlich wegrücken müsste, tat ich es nicht. Mit geradezu schmerzhaftem Bewusstsein spürte ich seinen Arm an meinem, sein Bein an meinem. Würden sich auch unsere Lippen berühren, wenn ich den Kopf drehte?

Voller Herzklopfen verlagerte ich mein Körpergewicht in die Mitte meines Schlafsacks. Ich lag flach auf dem Rücken, die Arme über der Brust gefaltet, und starrte zur Zeltdecke hoch.

»Alex«, sagte Damian leise.

Zaghaft wandte ich ihm den Kopf zu. Obwohl ich bereits in die Mitte gerückt war, war sein Gesicht so nah, dass mir der Atem stockte. Einen Moment lang sah er mir bekümmert in die Augen, dann ließ er seinen Blick zu Rylan schweifen, der uns den Rücken zugekehrt hatte. Schließlich sah er mich wieder an und sagte: »Danke, dass du mir heute das Leben gerettet hast.«

Ich schluckte, darum bemüht, nicht in seinen blauen Augen zu versinken. »Ihr habt mich ja ebenfalls gerettet.«

Damians Blick haftete weiterhin auf mir. »Ja, das stimmt.«

Ich spürte seinen warmen Atem auf meinen Lippen und mein ganzer Körper war von einer seltsamen Energie erfüllt. Erfüllt von ... *etwas*. Ich wusste nicht, wovon. Aber ich wusste, dass Rylan sich kein Wort entgehen ließ. Ich fühlte mich wie eine gespannte Bogensehne, die beim geringsten Druck zu zerreißen drohte. »Warum habt Ihr mir nicht erzählt, dass Ihr zu kämpfen versteht?« Ich konnte es nicht vermeiden, dass meine Stimme gekränkt klang.

Damian hob zögerlich die Hand und strich mit den Fingern über meine Wange. »Ich musste es geheim halten und hatte auch nicht vor, es jemals preiszugeben. Aber als ich sah, wie der Soldat auf dich losstürmte...« Sein Daumen fuhr leicht über meine geöffneten Lippen und sein Blick verweilte auf meinem Mund.

Ich bekam keine Luft mehr. Ich wünschte, er würde mich weiter berühren, wollte erneut seinen Körper an meinem spüren. Aber Rylan war auch hier, Rylan hörte uns zu, Rylan, der schon so lange in mich verliebt war.

»Danke«, sagte ich mit brüchiger Stimme. Irgendwie gelang es mir, mich von seiner Berührung loszueisen, erneut auf den Rücken zu drehen und zur Decke zu starren. Rylan hatte mir noch immer den Rücken zugekehrt, aber ich konnte erkennen, wie verkrampft er war, als stünde jeder Muskel seines Körpers unter Anspannung.

»Ich hoffe, du kannst gut schlafen, Alex«, sagte Damian.

»Ihr auch«, erwiderte ich und schloss die Augen, um so zu tun, als wolle ich tatsächlich schlafen, während ich insgeheim dachte: *Gut schlafen? Das kann nicht sein Ernst sein.*

Es würde eine lange Nacht werden.

Kurz vor Tagesanbruch weckte mich der Schrei eines Vogels und ich schreckte hoch. Nachdem ich stundenlang kaum zu atmen gewagt hatte, geschweige denn, mich zu bewegen, war ich schließlich doch eingeschlafen. Ich hatte mich auf die Seite gerollt, das Gesicht Rylan zugewandt. Auch er hatte sich im Schlaf gedreht und sein Arm berührte meinen. Seine Lippen waren leicht geöffnet, sein Gesicht entspannt. Auf den Wangen zeigten sich Bartstoppeln.

Auf der anderen Seite spürte ich Damian. Ich drehte mich zu ihm um und sah, dass er auf dem Bauch lag. Sein Arm und sein Bein nur Zentimeter von mir entfernt, sein Kopf mir zugewandt. Auch seine Wangen zeigten einen Siebentagebart. Sein Gesicht wirkte friedlich, die Anspannung um seine Augen und Lippen war verschwunden. Im Schlaf sah er viel jünger aus. Während ich ihn beobachtete, schlug mein Herz schneller. Ich spürte, dass ich rot wurde, als ich mir einen Moment lang vorstellte, wie es sein würde, wenn seine Lippen meine berührten. Dann erinnerte ich mich daran, was Rylan am Abend zuvor gesagt hatte.

Warum ließ ich diese Vorstellung, wie ich den Prinzen berührte oder küsste, überhaupt zu? Es war töricht und dumm. Ich würde nie seine Königin werden. Schließlich konnte ich nicht einfach in ein Kleid schlüpfen und hoffen, dass er mir den Hof machen würde. Mein Leben hing auch weiterhin davon ab, erfolgreich vorzutäuschen, dass ich ein Junge sei – gesetzt den Fall, dass wir es je bis zum Palast schafften.

Aber vielleicht schafft ihr es nicht, hörte ich eine andere Stimme in meinem Inneren. *Vielleicht schafft ihr es nie, und dies ist deine letzte Chance, wie ein Mädchen zu fühlen und einen Mann zu küssen. Und nicht irgendeinen Mann, sondern den Prinzen.*

Und dann hätte ich mir am liebsten eine Ohrfeige verpasst. Tanoori hatte recht: Ich *war* eine Dirne.

Ich bewegte mich so langsam und lautlos wie möglich, als ich zur Zeltklappe schlich. Ich musste das Zelt unbedingt verlassen, bevor einer der beiden Männer aufwachte.

Als ich schließlich in die schwüle Morgenluft trat und die graue Morgendämmerung über dem Dschungel hereinbrach, hatte ich das Gefühl, das erste Mal seit Stunden wieder richtig atmen zu können. Mit einem Nicken in Richtung der wenigen Männer, die bereits wach waren und unser dürftiges Frühstück zubereiteten, bevor wir das Lager abbrechen und weitermarschieren würden, steuerte ich auf Lisbets Zelt zu. Als ich Eljin bemerkte, der – in ein Gespräch mit zwei Männern vertieft – neben einem größeren Zelt stand, beschleunigte ich meinen Schritt. Ich wollte ihm nicht begegnen.

Vor Lisbets Zelt stocherte Jax bereits mit einem Stock in der Erde herum. Als er mich entdeckte, sprang er auf, eilte auf mich zu und warf sich stürmisch an meine Brust.

Überrascht und unbeholfen erwiderte ich seine Umarmung.

»Ich bin ja so froh, dass du gestern nicht gestorben bist«, sagte er, trat zurück und blickte zu mir hoch. Er hatte wunderschöne blaue Augen, ganz anders als Lisbets. Ich überlegte, wo sein Vater sein mochte, *wer* sein Vater war. Ich fragte mich, weshalb Lisbet überhaupt bei uns war. Es gab so viele unbeantwortete Fragen, die mich quälten.

»Ich war nicht in Lebensgefahr. Wer hat dir das erzählt?«

»Niemand. Ich hatte mich zwischen den Bäumen versteckt, wie Mama es mir befohlen hatte, und alles beobachtet.« Mit dem Fuß wirbelte er etwas Erde auf. »Ich hab gesehen, wie Damian dich gerettet hat. Und Mama sagte, er habe sein Geheimnis verraten, weil du ihm so viel bedeutest und er dich nicht sterben lassen wollte. Sie sagte, die Liebe könne einen Menschen entweder stärker oder schwächer machen, und sie weiß noch nicht, ob er stärker oder schwächer geworden ist.«

Betroffen starrte ich Jax an. Die Art, wie er mich ansah, wie sein Blick mich durchbohrte, obwohl er noch ein Kind war, kam mir irgendwie vertraut vor.

»Ich ... ich ... äh ...«

»Jax.« Lisbet hob die Zeltklappe und ersparte mir eine Antwort. »Los, geh und besorg uns etwas zum Frühstück, bevor wir uns wieder auf den Weg machen müssen.«

»Ja, Mama.« Er betrachtete mich stirnrunzelnd, dann stürmte er davon.

Während die Sonne langsam hinter uns aufging, verschränkte Lisbet die Arme vor der Brust und musterte mich. Der Blick ihrer dunklen Augen war verhalten.

»Du hast Prinz Damians Geheimnis gekannt?«, fragte ich schließlich. »Du hast gewusst, dass er kämpfen kann?«

Sie schwieg.

»Woher? Woher kennst du ihn? Warum bist du hier bei uns und was haben sie mit ihm vor?«

Sie kniff die Augen zusammen. Ich hatte das Gefühl, als wolle sie mich mit ihrem Blick erforschen. »Bist du hier, um dich nach Tanoori zu erkundigen?«, erwiderte sie schließlich und hob erneut die Zeltklappe.

Enttäuscht folgte ich ihr ins Zelt. Tanoori lag auf dem Boden, immer noch sehr blass, Gesicht und Brust schweißnass.

»Warum sieht sie immer noch so ... krank aus?«

Lisbet kniete neben Tanoori nieder und betupfte ihre Stirn mit einem feuchten Tuch. »Das Heilen ist eine sehr schwierige und aufreibende Art der Zauberei. Einen Großteil meiner Kraft habe ich für die Heilung von dir und Rylan aufgebraucht und ich bin erschöpft von dieser Reise. Und wie ich bereits erwähnte, habe ich immer noch Blutwurz in meinem Körper. Ich tue mein Möglichstes für sie, aber ich weiß nicht, ob es reichen wird.«

»Wird Blutwurz nicht für die Behandlung von Wunden verwendet? Was hat diese Pflanze mit deiner Fähigkeit zu tun, sie zu heilen?«

Lisbet schüttelte traurig den Kopf. »Es gibt leider so vieles, worüber die Bewohner von Antion nicht Bescheid wissen.«

Ich blickte sie bestürzt an. Gerade als ich sie auffordern wollte, mir eine genauere Antwort zu geben, fuhr sie fort. »Ja, Blutwurz kann dazu verwendet werden, die Blutung einer Wunde zu stillen. Aber wenn sie von einer Zauberin geschluckt wird, setzt sie deren Magie außer Kraft. Als ich in Antion war, musste ich sie eine Zeit lang einnehmen, um mich zu schützen.«

»Also *bist* du eine Zauberin. Ich wusste es.« Sollte ich ihretwegen in Damians Auftrag Blutwurz pflücken? Die beiden schienen sich zu kennen – und doch fragte ich mich, woher.

Lisbet warf mir einen scharfen Blick zu. »In dieser Welt gibt es alle möglichen Arten von Zauber. Du tätest gut daran, dir das zu merken.«

»Ich teile die Meinung des Königs nicht«, versicherte ich ihr eilig. »Ich glaube nicht, dass jede Art von Zauber böse ist.« In den meisten Fällen zwar schon, aber nicht immer. Wie auch, da ich allein wegen einer Zauberin wie ihr noch am Leben war.

»Dann scheinst du klüger zu sein als er. Aber unterschätz ihn nicht – und glaub nicht alles, was du hörst, egal, woher es kommt.«

»Sprichst du immer in Rätseln?« Ich ließ mich gegenüber von Lisbet nieder und nahm das Tuch, um Tanooris fiebrige Stirn erneut zu betupfen.

Plötzlich lachte Lisbet, aber es war ein unfrohes Lachen. »Nein, nicht immer. Aber im Lauf der Jahre musste ich einige Tricks lernen, um mich nicht in Gefahr zu bringen.«

Ich schwieg, dann sah ich wieder zu ihr auf. »Woher kennst du Damian?«

Sie warf mir einen prüfenden Blick zu. »Ich glaube, du hast eine neue Seite an ihm entdeckt, habe ich recht?«

Ich verdrehte die Augen, weil sie einer Antwort einmal mehr ausgewichen war, nickte aber.

»Alexa, er sieht dich jetzt mit anderen Augen. Er hat viel riskiert, sich selbst *preisgegeben* – deinetwegen. Er ist ein mächtiger Mann, das Gewicht eines ganzen Landes lastet auf ihm. Er darf sich nur wegen eines hübschen Gesichts keine Fehler erlauben.«

»Willst du damit sagen, dass es ein Fehler war, dass er mich gerettet hat?«

Lisbet schwieg.

»Nun, dann brauchst du dir keine Sorgen zu machen, denn ich habe kein hübsches Gesicht. Fast alle, außer Damian, gehen davon aus, dass ich ein *Junge* bin.« Ich tauchte das Tuch in eine Schüssel lauwarmen Wassers und drückte es viel zu stark aus.

Lisbet beobachtete mich. »Wir alle sehen das, was wir sehen wollen. Die Menschen halten dich für einen Jungen, weil ihnen das gesagt wurde. Mit einer Handbewegung tun sie ab, warum du so viel weiblicher aussiehst, als dies bei deinem Bruder der Fall war. Du bist eine erfahrene Schwertkämpferin und mit dem Bogen geradezu unschlagbar...«

»Woher weißt du über meinen Bruder Bescheid?«, fiel ich ihr ins Wort. Ich spürte, wie die Wut in mir hochkochte, und ich bemühte mich, die Fassung zu bewahren. Ich hasste offene Fragen, doch sie schien nicht bereit, auch nur irgendeine zu beantworten.

»Du hast nicht mehr viel Zeit, um dein Geheimnis zu hüten.« Lisbet ignorierte natürlich auch diese Frage. »Kein Bartwuchs wird die Haut deines Gesichts je verändern. Dein Körper hat sich zu dem einer Frau entwickelt. Was willst du tun, wenn du nicht länger vorgeben kannst, ein Junge zu sein?«

Ich starrte sie an. Ihre scharfsinnigen Beobachtungen machten mich wütend. »Solange du meine Fragen nicht beantwortest, beantworte ich auch nicht deine.«

»Was ist hier los?«

Wir wirbelten beide herum und entdeckten Damian.

»Ich habe gerade erklärt, dass ich nicht stark genug bin, dieses Mädchen auf der Stelle völlig zu heilen. Also müssen wir sie entweder zurücklassen oder sie einen weiteren Tag lang tragen«, sagte Lisbeth und erhob sich geschmeidig.

Mein Herz schmerzte vor Ärger und Enttäuschung, die in mir brodelten. Warum wusste sie über meinen Bruder Bescheid? In welcher Beziehung stand sie zum Prinzen? Und warum brannten ihre Worte, ihre Warnung, wie Säure in mir und erinnerten mich daran, wie ungewiss meine Zukunft war?

»Wie lange wird es noch dauern, bis die Wirkung der Blutwurz völlig verschwunden ist?«, wollte Damian wissen und sah Lisbet an.

»Nicht mehr lange, aber es ist trotzdem deprimierend, da sie meine Hilfe *jetzt* braucht.«

»Du tust ja dein Möglichstes.« Damian lächelte sie an. Es war dasselbe sanfte Lächeln, mit dem er Jax bedacht hatte, als er ihn auf seinen Schultern trug. Als ich diesen liebevollen Blick sah, hörte, mit welcher Hochachtung er zu ihr sprach, nachdem sie nicht bereit gewesen war, mir irgendetwas zu erklären, auch nur eine Frage zu beantworten, platzte mir der Kragen. Die Wut, die ich bis dahin noch unterdrückt hatte, brach sich Bahn. Sie arbeitete mit unseren Entführern zusammen, und doch schien Damian ihr zu vertrauen – mehr als mir. Und dabei setzte ich als Mitglied seiner Leibwache täglich mein Leben für ihn aufs Spiel!

Ich sprang auf und stürmte an Damian vorbei aus dem Zelt. Rylan stand nur wenige Meter entfernt, die Arme über der Brust gekreuzt, mit stillem Vorwurf im Blick.

Der Druck kam jetzt von allen Seiten. Lisbets Warnungen, meine völlig absurde Zuneigung für einen Prinzen – etwas, das ich niemals hätte zulassen dürfen –, Rylans Gefühle, die mich noch mehr verwirrten. Ich wollte nur noch weg – ich *musste* das alles hinter mir lassen.

»Alex, geht es dir gut?« Damian folgte mir.

Da nahm ich erst recht meine Beine in die Hand und rannte los. Es war mir egal, wohin, es war mir egal, was mit mir geschehen würde, es war mir egal, ob Eljin mich danach fesseln würde. Ich wollte einfach nur weg. Ich konnte das alles nicht mehr ertragen. Ich rannte und rannte, tauchte in den Wald ein, pflügte mich durch die riesigen Blätter, ich rannte vor Lisbet und ihren Worten davon, vor Rylan und Damian. Vor allem.

Sechsundzwanzig

WÄHREND ICH MICH durch das Laubwerk zu einer kleinen Lichtung kämpfte, scheuchte ich einen Schwarm Aras auf. In einem farbprächtigen Wirbel aus Rot, Blau und Gelb flatterten sie in die Höhe. Meine Augen brannten, und ich wischte die dummen Tränen, die mir über die Wangen rollten, mit einer Handbewegung weg.

Ich fand kaum Zeit, Atem zu holen, als ich hörte, wie jemand hinter mir durchs Unterholz brach. Als ich mich umdrehte, sah ich, dass es Damian war, der vor Anstrengung keuchte.

»Was ist denn los? Was ist passiert?«

»Ihr hättet mir nicht folgen sollen«, erwiderte ich. »Nun werden wir beide Probleme bekommen.«

»Das ist mir egal.« Schnell trat er auf mich zu, und ich musste den Kopf in den Nacken legen, um in seine Augen zu blicken. In seine Augen, die so schön waren wie die Aras, die gerade in den Tiefen des Dschungels verschwunden waren. *Seinem* Dschungel. »Warum bist du weggerannt?«

»Es war ein Fehler, dass Ihr mich gerettet habt, denn dafür musstet Ihr Euer Geheimnis preisgeben«, sagte ich mit gepresster Stimme. »Aus welchen Gründen auch immer Ihr dieses Geheimnis Euer Leben lang für Euch behalten habt – jetzt kennt es jeder hier, und ich weiß nicht, warum Ihr das für mich getan habt. Ihr hättet mich sterben lassen sollen, wenn es so wichtig ist, dass niemand davon erfährt.«

»Hat Lisbet dir das gesagt?« Der Blick seiner Augen brachte mein Herz zum Rasen.

»Ja, *Lisbet*«, stieß ich hervor. Ich war immer noch gereizt und verletzt, weil er ihr so viel Vertrauen zu schenken schien.

Er trat noch näher. Mir stockte der Atem. Mit beiden Händen strich er mir das Haar aus der Stirn. »Und du hast ihr geglaubt?«

Ich biss die Zähne zusammen, wollte nicht antworten, aus Angst, dass all die Gefühle, gegen die ich so verzweifelt ankämpfte, sich in meiner Stimme Bahn brechen würden.

»Es war kein Fehler, dir das Leben zu retten«, sagte er leise und machte noch einen letzten Schritt auf mich zu, sodass sich unsere Körper berührten. Jetzt spürte ich ihn überall – unsere Beine, unsere Hüften, unsere Leiber. »Ich habe so viele Fehler gemacht, dass ich sie gar nicht mehr zählen kann. Aber deine Rettung war *keiner* davon.« Seine Daumen strichen über meine Wangen. Ich blickte ihm in die Augen, ohne mich zu rühren. Einen endlosen Moment lang gab es keine Zeit und keinen Raum, nur noch die Berührung seines Körpers, seine Hände auf meinem Gesicht. Mehr als alles auf der Welt wünschte ich mir, er möge mich küssen, aber jener winzige Teil meines Verstands, der noch funktionierte, wusste, dass dies falsch war, unmöglich.

Ich versuchte, mich ihm zu entziehen, aber er legte einen Arm um mich, drückte mich an sich, ließ nicht zu, dass ich mich entfernte.

»Aber ich bin nicht…«

»Du bist *vollkommen*«, sagte er rau und erstickte meinen Protest. »Und wenn ich noch einmal die Wahl hätte, würde ich dich wieder retten.« Und dann legte sein Mund sich auf meine Lippen, und alles Grübeln, alle Sorgen und Schmerzen, alle Ängste – *alles* löste sich auf. Es gab nur noch Damian. Er zog mich noch enger an sich, während seine andere Hand mit meinem Haar spielte. Ich klammerte mich an ihn, als seine Lippen mich so voller Sehnsucht und Verlangen küssten, dass ich alles um mich herum vergaß.

Mein ganzer Körper glühte, ein Gefühl, das ich nie für möglich gehalten hätte. Ich war eigentlich diejenige, die ihn beschützen sollte, und doch hatte ich mich noch nie so beschützt gefühlt wie in diesem Augenblick, als mich seine starken Arme umfingen und unsere Körper sich aneinanderschmiegten. Ich grub meine Finger in die Muskeln seines Rückens, seiner Schultern, wollte ihn mit jeder Faser meiner selbst spüren.

Seine Lippen wanderten zu meinen Wangen, über meinen Hals und hinterließen eine Feuerspur, als er mein Schlüsselbein küsste. Ich rang nach Luft, verstärkte meinen Griff an seinem Hemd und verfluchte Lisbet dafür, dass sie mich überredet hatte, die Bandage um meine Brust beizubehalten.

»Alexa«, flüsterte er. »Weißt du eigentlich, was du mit mir machst? Noch nie habe ich jemanden so sehr gebraucht wie dich.«

Er löste sich ein wenig von mir. Sein Blick war voller Leidenschaft, als er mich jetzt ansah. Ich fühlte mich schwach in seinen Armen und rang um Atem.

»Nachdem meine Mutter ums Leben gekommen war und dann mein Bruder, schwor ich mir, nie mehr wieder jemanden gern zu haben. Ich schwor mir, nie mehr wieder jemandem so viel Macht zu geben, dass er mich erneut so sehr verletzen könnte. Aber als ich gestern diesen Mann mit erhobenem Schwert auf dich zueilen sah... erkannte ich, dass es zu spät war.«

Mein Herz wurde schwer, als ich den unverhohlenen Schmerz, die Angst und die *Hoffnung* in seinen Augen sah, die im Sonnenlicht wie Juwelen funkelten.

»Zu spät«, wiederholte er fast flüsternd. Und dann beugte er sich erneut zu mir herunter. Dieses Mal war sein Kuss sanfter, zärtlicher, inniger. An der Art, wie er mich in den Armen hielt, wie seine Lippen mit meinen verschmolzen, spürte ich seine Verzweiflung und erwiderte seinen Kuss voller Leidenschaft und Schmerz.

»Alex!«

Ich erstarrte, als jemand hinter uns meinen Namen rief, und wir lösten uns voneinander. Ich trat einen Schritt zurück und berührte meine geschwollenen Lippen.

»Alex!«

Es war Rylan, der mich gleich finden würde – *uns* finden würde. Er würde sofort merken, was los war, und es gäbe kein Zurück mehr, denn er würde mir nie verzeihen.

»Alexa.« Damian blickte mich besorgt an. »Alles in Ordnung?«

Aber ich konnte nicht antworten, schüttelte nur den Kopf. Und dann stürmte auch schon Rylan zwischen den Bäumen hervor und blieb ruckartig stehen, als er Damian und mich so eng zusammen sah. Ich hatte keine Ahnung, wie ich wirkte, welchen Gesichtsausdruck ich zeigte. Aber das, was er sah, reichte auf jeden Fall aus, um die Sorge in seiner Miene in etwas anderes zu verwandeln. Etwas Ungutes.

»Ich habe mir Sorgen um dich gemacht, weil du dich doch so sehr fürch… weil du den Dschungel doch so sehr hasst, aber offensichtlich ist meine Sorge überflüssig.«

Noch nie hatte seine Stimme so kalt geklungen. Die Hitze in meinem Körper verwandelte sich in Eis. Doch trotz seiner Wut hielt er sein Versprechen und verriet meine Angst vor Schlangen nicht. »Wir brechen auf. Lisbet macht gerade Tanoori für den Transport bereit. Ich gehe doch davon aus, dass dir immer noch an ihrer Rettung liegt?«

»Natürlich«, erwiderte ich mit zittriger Stimme.

Seine Wut war förmlich mit Händen zu greifen. »Großartig. Dann mach weiter. Tut mir leid, dass ich gestört habe.« Er drehte sich abrupt um, tauchte wieder in den Dschungel ein und ließ mich mit Damian allein. Ich zitterte wie Espenlaub. Ich fühlte mich erbärmlich.

»Alexa, was ist los?« Damian trat wieder auf mich zu und ergriff meine Hand. Ich starrte auf seine Finger, die mit meinen verschlungen waren, und wäre fast erneut in Tränen ausgebrochen. Ich konnte es nicht mehr leugnen, dass ich mich Hals über Kopf in ihn verliebt hatte – so schnell und so intensiv, dass es mir selbst Angst machte. Aber ich hegte auch Gefühle für Rylan. Er war mein engster Freund im Palast, gleich nach meinem Bruder. Und jetzt hasste er mich.

Ich biss auf die Zähne, um mich zusammenzureißen. Als ich zu Damian aufblickte, sah ich die Besorgnis in seinem Gesicht, den Kummer in seinen Augen.

»War es falsch, dass ich dich geküsst habe?«

Ich schluckte schwer. »Nein«, flüsterte ich. »Ich weiß nur nicht, was jetzt werden soll. Ihr seid ja der *Prinz*.«

»Wir werden eine Lösung finden. Ich werde auf jeden Fall

nicht zulassen, dass irgendjemand dir wehtut – auch nicht mein Vater. Das verspreche ich dir.« Er drückte meine Hand, und ich versuchte, sein Lächeln zu erwidern.

»Wir sollten jetzt lieber zurückgehen, bevor Eljin erneut droht, mich zu töten und dich dazu bringt, dein Versprechen zu brechen«, sagte ich so gefasst wie möglich. Ich wandte mich zum Gehen um, doch Damian griff nach meinem Arm und zog mich erneut behutsam an sich.

»Danke«, sagte er leise und sah mir in die Augen.

»Wofür?«

»Für meine Rettung – und damit meine ich nicht nur die Rettung vor dem Pfeil.« Er lächelte, es war ein sanftes, wehmütiges Lächeln. »Es ging mir immer nur um dich, das weißt du, nicht wahr? Vom ersten Augenblick an war mir klar, dass du ein Mädchen bist – und von da an ging es mir nur um dich.«

Mein Herz pochte, als er seine Lippen noch einmal auf meine drückte. Zweimal, dreimal. Mein Puls begann wieder zu rasen, bis er sich von mir löste. »Na schön, gehen wir.« Er seufzte.

Mit Tränen in den Augen folgte ich ihm.

Siebenundzwanzig

ALS WIR NACH dem längsten Tag meines Lebens das letzte Stück unseres Wegs durch den Dschungel zurückgelegt hatten – mit Tanoori auf der Trage, Damian vor mir, Rylan mir gegenüber –, hielten wir endlich für das Nachtlager an. Wir befanden uns jetzt in der Nähe der Grenze zwischen Antion und Blevon. Es war eine Qual, Damian nach unserem Kuss so nah zu sein, ohne ihn berühren, ja nicht einmal mit ihm reden zu können. Und Tanooris Zustand hatte sich durch unseren Marsch keineswegs verbessert. Ich begann, mir Gedanken zu machen, ob sie es wirklich schaffen würde. Mehrmals am Tag hatte sie sich unruhig auf der Trage hin und her geworfen, was alles nur noch erschwert hatte. Ich war so wund gescheuert, dass ich mich kaum mehr bewegen konnte, als wir sie direkt neben der Stelle absetzten, an der Lisbet ihr Zelt aufbaute.

Eljin befahl uns, unsere Zelte so dicht wie möglich nebeneinander zu platzieren, und wir durften kein Feuer anzünden. Er stand mit dem Rücken zu uns, während wir uns beeilten, ein kaltes Mahl zu uns zu nehmen. Die Gruppe, die einst fast fünfzig Leute umfasst hatte, war nach dem Überfall auf fünfunddreißig geschrumpft. Der Versuch, den Prinzen in feindliches

Gebiet zu entführen, hatte so vielen Menschen das Leben gekostet. Erneut zerbrach ich mir den Kopf darüber, was Eljin und seine Anhänger damit erreichen wollten. Wollten sie von König Hektor Lösegeld für seinen Sohn verlangen?

»Was tut er denn da?«, hörte ich Jax seine Mutter fragen, wobei er auf Eljin deutete. Ich beugte mich vor, um ihre Antwort zu verstehen, als sie gerade ihr Zelt für die Nacht festzurrten.

»Er wird die ganze Nacht Wache halten und uns notfalls beschützen.«

»Für den Fall, dass uns ein anderer Teil der Armee findet?« Jax klang ängstlich.

»Ja, aber du brauchst keine Angst zu haben, Eljin wird dafür sorgen, dass man uns nicht sieht.«

»Aber was ist, wenn er einschläft?«

»Das wird er nicht.«

Ich wandte mich nach Eljin um und überlegte, über welche Fähigkeiten er wohl noch verfügte. Wie konnte er eine Armee davon abhalten, uns zu sehen?

Da bemerkte ich Rylan, der abseits von den Zelten stand, in der Nähe eines Wäldchens. Es war ein seltsames Gefühl, nicht mehr im Dschungel zu sein, die Wiesen zu betrachten, die sich bis zum Tal hin ausbreiteten. Obwohl ich den Dschungel hasste, war ich an ihn gewöhnt und fühlte mich hier sogar eher ungeschützt.

Ich blickte mich um, konnte Damian jedoch nirgendwo entdecken. Jetzt war wohl die beste Gelegenheit, auf Rylan zuzugehen. Morgen würden wir in Blevon sein, und ich hatte keine Ahnung, was uns dort erwartete. Ich sollte jetzt besser mit ihm reden, für den Fall, dass sich keine weitere Chance mehr bot. Ich nahm all meinen Mut zusammen und ging auf ihn zu.

Er spürte mein Kommen, was ich daran erkannte, dass er sich verkrampfte. Aber er sah mich nicht an. Ein paar Schritte von ihm entfernt blieb ich stehen. Als ich seine finstere Miene sah, verließ mich auch der letzte Rest an Mut.

»Alex, was willst du?«

»Rylan, bitte tu das nicht.« Jetzt stellte ich mich direkt vor ihn, sodass er mich anschauen *musste*.

»Was tue ich denn? Ich tue überhaupt nichts und das ist vermutlich mein Problem.«

»Du willst also nicht mehr mit mir reden?« Unsicher fasste ich nach seinem Arm, aber er zog ihn weg.

»Erwartest du von mir, dass ich mich in den Kampf stürze? Möchtest du ein Spiel daraus machen? Und sehen, wer dich zuerst bekommt? Ich gegen einen Prinzen. Ich bin mir ziemlich sicher, wie das ausgehen würde.«

»Nein, das ist ganz und gar nicht meine Absicht«, stammelte ich und spürte, wie mir die Röte in die Wangen stieg. »Rylan, es tut mir leid, dass ich dich so wütend gemacht habe, dich dazu gebracht habe, mich zu hassen. In den letzten drei Jahren warst du, abgesehen von Marcel, mein engster Freund. Seit seinem Tod bist du mein *einziger* Freund. Ich will dich nicht verlieren.«

Zum ersten Mal milderte sich sein Gesichtsausdruck. »Alex, ich hasse dich nicht, und ich bin nicht auf dich wütend, sondern um dich *besorgt*. Und ich traue dem Prinzen nicht.«

»Warum?«

Rylan betrachtete mich einen Moment lang schweigend und schien mit sich zu kämpfen.

»Ich bin mir nicht sicher, was … er vorhat«, sagte er leise und bedächtig. »Ich befürchte, er benutzt dich aus irgendeinem Grund, und ich will nicht, dass er dir wehtut. Aber vor allem bin ich wütend auf mich selbst«, beeilte er sich weiterzusprechen, als ich versuchte, ihm ins Wort zu fallen. »Ich war ein Narr, dass ich dir meine Gefühle nicht in dem Augenblick offenbarte, in dem du entdeckt hast, dass ich Bescheid wusste. Ich habe abgewartet und meine Chance vertan.«

Mein Herz setzte einen Schlag lang aus. »Bitte, sag das nicht.«

Er schüttelte den Kopf und wandte sich ab, den Blick in Richtung Blevon gerichtet. »Ich weiß nicht, was mit uns allen geschehen wird. Ich habe das Gefühl, dass da mehr im Busch ist, als wir ahnen, aber ich habe keine Ahnung, was. Prinz Damian verhält sich nicht wie jemand, der um sein Leben fürchtet. Aber offensichtlich ist er ein sehr guter Schauspieler, also, wer weiß.«

»Ich weiß es auch nicht.«

Für einen Augenblick schwiegen wir.

»Rylan, es tut mir wirklich leid, *alles*. Wenn ich besser, schneller gewesen wäre, wäre vielleicht nichts von alldem geschehen. Ich hätte Eljin Einhalt geboten und wir wären immer noch sicher im Palast.« Ich stellte mich neben ihn und betrachtete die üppige grüne Landschaft vor uns.

»Es ist nicht deine Schuld. Niemand hätte ihn aufhalten können – kein Mensch aus Fleisch und Blut«, fügte er hinzu und warf mir von der Seite einen Blick zu.

»Nicht wenn das, was Damian sagt, stimmt.«

Rylan seufzte, und wir verfielen wieder in Schweigen, beide in unsere Gedanken versunken. Die Sonne ging langsam unter, sandte noch ein letztes Mal rote, orangefarbene, gelbe Strahlen über den Himmel, bevor sie unseren Blicken entschwand.

Schließlich sah ich Rylan an. »Du brauchst dir keine Sorgen zu machen, dass man mir wehtun wird – das verspreche ich dir. Ich weiß, dass ich nirgendwo hingehen kann. Ich weiß...«

Er blickte auf mich herunter, seine Miene war undurchdringlich in der zunehmenden Dunkelheit. Er rückte etwas näher. Nur ein paar Zentimeter und ich hätte ihn berühren können. Unsicher, seltsam benommen sah ich ihn an. Wenn Damian nicht gewesen wäre, hätte ich mich ohne Weiteres in Rylan verliebt. Beinahe hätte ich die Hand nach ihm ausgestreckt – ohne zu wissen, warum –, aber da wandte er sich abrupt ab.

»Wir sollten ein wenig schlafen, morgen wird wieder ein langer Tag.« Ohne mir noch einen Blick zuzuwerfen, entfernte er sich und steuerte auf die Zeltgruppe zu.

Ich sah ihm nach, rührte mich aber nicht von der Stelle. Mein Herzschlag schlug immer noch unregelmäßig, meine Hände fühlten sich seltsam feucht an. Ich beobachtete, wie Damian mit Eljin zusammenstand. Sie schienen in eine heftige Diskussion verwickelt zu sein, aber ich war zu weit entfernt, um das mit Sicherheit behaupten zu können. Damian schüttelte gerade den Kopf, machte kehrt und entfernte sich. Kurz vor den Zelten wanderte sein Blick zu mir. Er hielt inne und sah erst mich, dann Rylan an, der zurück zum Lager ging.

Mit einem tiefen Seufzer folgte ich ihm.

In dieser Nacht lag ich noch lange wach und starrte zur Zeltdecke empor, während Rylans Atem schon längst tief und gleichmäßig ging. Ich war mir fast sicher, dass Damian ebenfalls wach war, aber ich wagte es nicht, mich zu ihm umzudrehen.

Als er meine Hand ergriff, hielt ich den Atem an. Er verflocht seine Finger mit meinen und strich mit dem Daumen über meine Handfläche. Hitze durchströmte meinen Körper und mein Herz hämmerte.

»Damian«, flüsterte ich unsicher, um dem plötzlichen Drang,

mich umzudrehen und mich bis zur Bewusstlosigkeit von ihm küssen zu lassen, zu widerstehen. »War die Blutwurz, die ich besorgen sollte, für Lisbet? Woher kennst du sie?« Ich hatte Rylan erklärt, dass ich es nicht zulassen würde, dass man mir wehtat, doch ich war mir nicht so sicher, ob ich dieses Versprechen auch wirklich halten konnte.

»Du willst dich jetzt aber nicht mit mir über Lisbet unterhalten, oder?« Sein Daumen wanderte zu der zarten Haut auf der Innenseite meines Handgelenks.

»Ich will nur verstehen, was los ist. Ich will wissen, was sie mit dir vorhaben«, hauchte ich, und Röte stieg mir in die Wangen. Ich war dankbar, dass es dunkel war.

»Eljin und seine Männer?«, fragte Damian leise an meinem Ohr.

Ich nickte. Sein Daumen strich erneut über meine Handfläche und ein Schauer rieselte durch meinen Körper.

»Sie bringen mich zu jemandem, der sich davon verspricht, dem Krieg ein Ende zu bereiten.«

»Wie denn? Wollen sie Lösegeld verlangen?«

»Nicht, wenn sie meinen Vater kennen. Er würde nie für mich zahlen. Um ehrlich zu sein, ist er wahrscheinlich sogar froh, dass er mich los ist.«

Endlich wandte ich den Kopf, um ihn anzusehen. Er lag auf der Seite und beobachtete mich, sein Gesicht so nah, dass ich seinen Atem auf meinen Lippen spürte. Doch in der Dunkelheit war es schwierig, seinen Gesichtsausdruck zu ergründen. »Was haben sie denn deiner Meinung nach vor?«

»Ich denke, wir werden es bald herausfinden.« Sein Blick verweilte auf meinem Mund. Ich spürte ein seltsames Gefühl in mir aufsteigen, als ich mich daran erinnerte, wie er mich im

Dschungel geküsst hatte, seine Lippen auf meine gepresst. Ich konnte mich nicht rühren, konnte nicht atmen, als er seine Augen erneut in meinen versenkte. »Aber ich werde nicht zulassen, dass dir etwas geschieht, das verspreche ich dir.«

»Sollte nicht ich diejenige sein, die das zu dir sagt?«, fragte ich mit zittriger Stimme. Damian lachte leise, ein Laut, der mir durch und durch ging. Er ließ meine Hand los, strich mit den Fingern über meinen Arm, meine Schulter, meinen Hals. Ich erzitterte unter seiner Berührung, sehnte mich danach, seinen Mund wieder auf meinem zu spüren. Behutsam griff er in mein Haar, zog mich weiter und weiter zu sich, bis unsere Lippen endlich, *endlich* wieder miteinander verschmolzen. Ein heißer Strom durchlief mich, drängte mich näher an ihn.

Rylan murmelte etwas Unverständliches im Schlaf, und Damian zuckte zurück, sodass mir mit einem Schlag wieder bewusst wurde, dass wir ja nicht allein waren.

»Wir sollten jetzt besser schlafen«, sagte er unvermittelt.

Gerade noch hatte er mich durch seine Berührungen zum Glühen gebracht, und jetzt wollte er, dass ich auf Kommando einschlief? Doch dann entdeckte ich, dass er mich angrinste. »Vielen Dank auch«, erwiderte ich und versuchte, ihn anzufunkeln, was mir aber nicht ganz gelang.

»Süße Träume«, sagte er und schloss – scheinbar völlig entspannt – die Augen.

Ich war mir fast sicher, dass er mich necken wollte, konnte es aber nicht ganz glauben. Der Damian, den ich gekannt hatte, pflegte so etwas nicht zu tun. Er lachte nicht und trug auch keine kleinen Jungs auf den Schultern oder küsste mich und erklärte mir, dass er mich brauche – dass es ihm immer nur um mich gegangen sei.

Doch dieser Damian hier tat es. Und ich erkannte, dass ich trotz meines Versprechens Rylan gegenüber Gefahr lief, mir von diesem Damian das Herz brechen zu lassen.

Achtundzwanzig

AM ERSTEN TAG, an dem unser Weg uns aus Antion herausführte, gab es kein eindeutiges Anzeichen dafür, dass wir unser Heimatland hinter uns ließen. Doch als die Tage verstrichen, begann das üppige Grün allmählich in eine ausgedörrte Landschaft überzugehen. Am Horizont hoben sich steile Klippen von dem zunehmend kargen Land ab.

Da sich Tanooris Zustand nicht verbessert hatte, schleppten wir sie nach wie vor auf der Bahre. Lisbet hatte dunkle Ringe unter den Augen und ihre Wangen waren eingefallen. In den vergangenen drei Tagen schienen sich die grauen Strähnen in ihrem Haar vermehrt zu haben und ihre Schultern sanken immer mehr ein. Sie hatte nicht mehr die Kraft, beim Tragen zu helfen, und Eljin hatte schließlich nachgegeben und einen seiner Männer angewiesen, ihre Stelle einzunehmen. Lisbet ging jetzt neben uns her, mit Jax an der Hand, der ständig besorgt zu seiner Mutter hochblickte.

Ich bemerkte auch, dass Damian sie beobachtete. Auch wenn sein Gesichtsausdruck unbeteiligt wirkte, kannte ich ihn inzwischen gut genug, um die Besorgnis in seinem Blick wahrzunehmen. Aus irgendeinem Grund lag ihm etwas an Lisbet. Aber ich wagte nicht, danach zu fragen, aus Angst, er würde meine Frage auch diesmal nicht beantworten, was es mir nicht leichter machen würde, ihm zu vertrauen.

Ich *wollte* ihm vertrauen, aber ich wusste, dass er so viel vor mir verbarg. Er hatte mir nie verraten, wie seine Nachricht an die Insurgi gelautet oder wann er sich im Schwertkampf geübt hatte – und mit wem. Er hatte mir nicht einmal verraten, wie er meine wahre Identität bemerkt hatte. Allerdings hatten wir auch keinen Augenblick mehr für uns allein gehabt, außer nachts, wenn wir beide versuchten zu verdrängen, wie eng wir beieinanderlagen, da Rylan ja das Zelt mit uns teilte. Vielleicht wartete Damian darauf, dass wir ungestört wären. Zumindest versuchte ich mir das einzureden.

Rylan sah mich zwar nicht mehr mit diesem Ausdruck kalter Wut an, den ich nur schwer hatte ertragen können, doch sein Verhalten mir gegenüber hatte sich verändert. Wenn ich ihn ansah, schlug mein Herz zuweilen immer noch schneller, und ich überlegte unwillkürlich, was unter anderen Umständen wohl geschehen wäre.

Nacht für Nacht lag ich zwischen diesen beiden Männern und hatte das Gefühl, innerlich zerrissen zu werden. Ich fragte mich, wie dunkel wohl *meine* Augenringe sein mochten.

Als wir anhielten, um unser Zelt für die Nacht aufzuschlagen, kam Eljin zu uns.

»Morgen sind wir da. Ihr werdet alle gefesselt werden, damit ihr euch anständig aufführt. Ich habe euch gnädigerweise erlaubt, ungefesselt zu reisen, aber damit ist es nun vorbei.«

»Und was ist mit Tanoori? Wie sollen wir sie mit gefesselten Händen transportieren?«, wollte Rylan wissen.

Im verschwommenen Tageslicht waren Eljins Augen hinter

der Maske unergründlich. »Das werden einige meiner Männer übernehmen.« Seine Stimme verriet, dass ihm das außerordentlich missfiel.

»Danke«, sagte ich und war froh über sein Hilfsangebot, auch wenn er es noch so ungern aussprach.

»Du solltest darauf achten, dass deine Stimme tiefer klingt. In letzter Zeit hörst du dich an wie ein Mädchen«, sagte er und zog sich zurück.

Ich starrte ihm mit offenem Mund hinterher. Hatte ich tatsächlich angefangen, wie ein Mädchen zu handeln, zu reden? Das konnte ich einfach nicht glauben, hatte ich doch tagelang zusammen mit drei Männern Tanoori geschleppt, ohne mich auch nur ein einziges Mal zu beklagen. Ich half beim Auf- und Abbau des Zeltes, ich tat alles, was die anderen Männer hier auch taten.

»Mach dir keine Gedanken über ihn. Ich glaube, er ist einfach nervös und will die Sache mit uns so schnell wie möglich hinter sich bringen.« Rylan streifte mich mit der Schulter, als er an mir vorbeiging, um das Lagerfeuer zu entzünden.

Ich zuckte mit den Achseln, sagte aber nichts. Vielleicht hatte ich mich tatsächlich verraten. Lisbet hatte mich ermahnt, weiterhin den Anschein zu wahren, dass ich ein Junge sei, aber warum? Damit diese Männer nichts davon mitbekamen? Ich verstand nicht, welche Rolle es spielte, ob sie es wussten oder nicht. Vermutlich erwartete mich sowieso der Tod, wo auch immer wir hingingen. Vielleicht wäre es schön, wenigstens als die zu sterben, die ich in Wahrheit war.

Ich schlenderte zu Lisbets Zelt und hob leise die Klappe an. Damian kniete neben Lisbet und hielt ihre Hand mit beiden Händen umfasst. Tanoori lag reglos und immer noch ohne Bewusstsein neben ihnen auf dem Boden. Ich beobachtete die Szene nur einen kurzen Moment lang, aber die Zärtlichkeit, mit der er Lisbet ansah und ihre Hand hielt, versetzte mir einen Stich. Ich ließ die Klappe ebenso leise wieder fallen und zog mich zurück.

Sein Blick war so voller Liebe. Wie der Blick eines Sohnes für seine Mutter.

Ich wollte ihn *verstehen*. Ich wollte, dass er mir vertraute, genauso wie er mich gebeten hatte, ihm zu vertrauen. Ich wollte, dass er mir all seine Geheimnisse verriet. Nicht nur die, die er zwangsläufig preisgeben musste. Aber offensichtlich waren seine Gefühle für mich nicht stark genug, um mir die ganze Wahrheit anzuvertrauen.

»Alex, kann ich mit dir reden?«

Erstaunt stellte ich fest, dass ich mich ein Stück vom Lager entfernt hatte und Rylan mir gefolgt war.

»Natürlich. Entschuldige, ich war ganz in Gedanken versunken.« Ich blieb stehen und wartete, bis er mich einholte.

Unser Lager war zwischen zwei Baumgruppen eingebettet – Bäume, die ich noch nie zuvor gesehen hatte. Lisbet hatte uns erklärt, die einen hießen Kiefern und die anderen Zitterpappeln, da sie zu zittern schienen, wenn der Wind durch sie hindurch fegte. Das Gras hier war dünner, fast gelblich, verglichen mit dem satten Grün in Antion. Auch die Luft war etwas kühler. Hier war ich nicht gleich nach wenigen Schritten schweißgebadet wie im Dschungel.

Rylan bedeutete mir mit einer Handbewegung, ihm zu folgen, als er weiter in den Schutz der Bäume vordrang, weg vom Lager.

»Was passiert, wenn Eljin uns vermisst?«, fragte ich.

»Das ist mir egal. Ich weiß nicht, was uns morgen erwartet, und ich will mir nicht die vielleicht letzte Chance entgehen lassen, mit dir allein zu reden.« Er verstummte und wandte sich dann mir zu.

»Was willst du damit sagen?« Er war nicht so hochgewachsen wie Damian, aber ich musste dennoch den Kopf zurücklegen, um ihm in die Augen sehen zu können, als er näher trat. »Rylan?«

»Ich werde dich nicht kampflos gehen lassen, möglicherweise in den Tod«, sagte er und strich mit dem Handrücken über meine Wange. Als er mir in die Augen schaute, verriet sein Blick solch unverhohlene Sehnsucht, dass es mir in der Seele wehtat. Aber es war anders, als wenn Damian mich berührte. Wenn Damian mir nahe war, schlug mein Herz wie wild, und das Verlangen nach ihm raubte mir den Atem.

Während Rylan mich ansah, wurde mir klar, dass meine Gefühle für ihn anders waren als die für Damian. Rylans Berührung erzeugte Wärme und Wohlbehagen in mir. Aber ich begehrte ihn nicht, wie ich Damian begehrte.

Ich ging nicht weiter auf ihn zu, wich aber auch nicht zurück. Er umfasste mit der Hand meinen Hinterkopf, seine Finger glitten durch mein Haar, sein Gesicht war ganz nah. Ich kämpfte mit mir, wäre gern zurückgewichen, hatte jedoch Angst, ihn zu verletzen. Bevor ich entscheiden konnte, was ich tun sollte, beugte er sich zu mir, legte sanft seine Lippen auf meine und küsste mich langsam, zärtlich. Mein Körper entflammte.

Meine Hände lagen auf seiner Brust, meine Finger klammerten sich an sein Hemd. Wenn ich Damian nicht so kennengelernt hätte, wie es der Fall war, hätte ich mich in Rylan verlieben können. Das war ebenso so klar wie die Tatsache, dass es zu spät war. Rylan hielt mich in den Armen und mein Körper reagierte auf seine Berührung. Aber ich dachte nur an den Schmerz, den Damians Blick verraten würde, wenn er nach mir suchte und erlebte, wie Rylan mich küsste. Es spielte keine Rolle, ob er ein Prinz war und wir vielleicht niemals wirklich zusammen sein könnten. Es war zu spät, um etwas zu ändern.

»Warte«, rief ich und entwand mich seinen Armen.

Rylan wich sofort zurück, sein Atem ging schwer.

»Rylan, es tut mir leid, ich ...«

»Sag's nicht«, stieß er hervor. »Ich dachte, ich sollte diese Chance nutzen. Was immer uns morgen auch erwartet, ich hätte mich dafür nicht gewappnet gefühlt, ohne es zumindest versucht zu haben.«

Plötzlich fröstelte ich und schlang die Arme um mich. Die Nächte hier waren ungewohnt frisch. Als der Wind über mich hinwegfegte und die Blätter der Zitterpappel zum Rascheln brachte, war mir eiskalt.

Er betrachtete mich mit einem Blick unerträglicher Sehnsucht. »Alexa, ich liebe dich. Egal, was morgen geschieht oder danach, ich werde dich immer lieben.«

Meine Augen brannten. »Rylan, ich liebe dich auch.«

»Aber das reicht nicht«, sagte er. »Ich war zu spät.«

Ich schüttelte den Kopf, unfähig, etwas zu sagen. Es war nicht gelogen: Ich liebte ihn. Aber ich wusste, dass es nicht die Art von Liebe war, die er sich wünschte. Tränen traten mir in die Augen. Er berührte meine Wange, wischte mit dem Daumen eine Träne weg und küsste mich auf die Stirn. Dann trat er zurück.

»Ich möchte, dass du weißt, dass ich immer für dich da sein werde.« Er schwieg einen Moment lang und fuhr dann fort:

»Wenn der Tag kommt, an dem Prinz Damian dir das Herz bricht und du einen Freund brauchst, werde ich für dich da sein, wie ich es immer gewesen bin.«

Seine Worte waren wie eine kalte Dusche für mich. Erstarrt vor Schock sah ich ihm nach, als er an mir vorbeiging, aus der Lichtung trat und mich allein mit den Bäumen, den Sternen und der kalten Brise zurückließ, die mir einen Schauer über den Rücken jagte.

≈ Neunundzwanzig ≈

NACHDEM WIR TANOORI ungefähr vier Stunden lang getragen hatten, erblickte ich in der Ferne die Häuser einer Stadt. Über den Gebäuden, eingebettet zwischen Hügeln, befand sich ein riesiges, von einer gewaltigen Steinmauer umgebenes Schloss. Aber es war nicht König Osgands Schloss, das sich, wie ich gehört hatte, weiter im Inneren von Blevon befand.

Ich erinnerte mich an die Geschichten meines Vaters über die Gegend, in der seine Eltern aufgewachsen waren, und fragte mich, ob es sich um diese Stadt hier handelte oder um eine ähnliche, irgendwo anders gelegene. Die Ironie des Schicksals, als Kriegsgefangene in dem Land zu sein, aus dem die Hälfte meiner Familie stammte, versetzte mir einen Stich. Wenn Hektor nicht Antion erobert hätte und seine Gemahlin nicht ermordet worden wäre, vielleicht wäre ich dann einmal aus freien Stücken zu einem Familienbesuch gekommen, statt wie jetzt gewaltsam hierher – und möglicherweise in den Tod – geschleppt zu werden.

»Mama, sind wir da?«, fragte Jax Lisbet, die neben uns hertrottete, fahler denn je.

»Ja, mein Sohn, wir sind fast am Ziel.« Die Erleichterung in ihrer Stimme war deutlich spürbar.

Mit dunkler Vorahnung starrte ich auf die massive Festung. Was – oder wer – erwartete uns dort?

»Halt!« Der Befehl zog sich durch die Reihen, bis wir alle stehen blieben.

Rylan, Damian, der Mann, den Eljin zu unserer Hilfe abgestellt hatte, und ich setzten die Trage mit Tanoori behutsam auf dem Boden ab. Ihre Lippen waren blutleer und infolge der halb verheilten Wunde zogen sich übel aussehende rote Streifen über ihre Brust. Ich befürchtete, sie könnte sich eine Infektion zugezogen haben. Vielleicht hatten wir uns die ganze Zeit umsonst abgeschunden, vielleicht würde sie sterben, sobald wir unser Ziel erreicht hätten.

»Sie wird es schaffen«, sagte Lisbet neben mir. »Dort, wo wir hingehen, wird man uns helfen.«

Eljin verteilte Stricke an seine Männer. »Fesselt den Gefangenen die Hände auf dem Rücken und achtet darauf, dass die Stricke nicht zu lose sind.«

Der Mann, der mich fesselte, riss meine Arme unnötig grob nach hinten, sodass meine bereits wunden Muskeln erst recht protestierten. Ich biss auf die Zähne, um nicht laut aufzuschreien. Rylan und Damian standen links und rechts von mir. Auch sie wurden brutal gefesselt. Als Eljins Männer fertig waren, rief uns einer von ihnen etwas in der seltsam fließenden Sprache von Blevon zu.

»Ihr werdet wohl oder übel in unserer Sprache sprechen müssen, sie können euch sonst nicht verstehen«, erwiderte Damian trotz der rauen Behandlung völlig gefasst.

Der Mann schlug Damian mit dem Handrücken auf den

Mund. »Ich entscheide, in welcher Sprache ich spreche, und wenn sie mich nicht verstehen können, dann werden sie bestraft. *Du* hast hier nicht mehr das Sagen, *kleiner Prinz*.«

Mit mörderischer Miene spuckte Damian Blut auf den Boden.

»Nein, *ich* habe hier das Sagen und du wirst nie wieder ohne meine Erlaubnis einen der Gefangenen schlagen.« Eljin hob drohend die Hand gegen den Mann, der Damian misshandelt hatte. Der Mann fiel auf die Knie, und Eljin packte ihn an der Kehle, sodass er zuerst rot und dann blau anlief, bis Eljin ihn losließ. Der Mann fiel nach vorn auf die Handflächen und rang nach Luft.

»Habe ich mich klar genug ausgedrückt?«, wandte sich Eljin an seine anderen Männer, die sich um uns geschart hatten.

Sie nickten, murmelten zustimmend und starrten argwöhnisch auf den Mann, der immer noch am Boden kniete.

»Los jetzt!«, brüllte Eljin. »Keine weiteren Verzögerungen mehr.«

Schnell nahmen alle wieder Aufstellung. Wir Gefangenen marschierten in der Mitte. Bevor Eljin sich in Bewegung setzte, sah er Damian direkt in die Augen. Sein Blick war undurchdringlich. Zwischen den beiden schien stilles Einvernehmen zu herrschen. Dann wandte sich Eljin ab und begab sich an die Spitze des Zugs.

Ich beschleunigte meine Schritte, um Damian einzuholen. »Bei dir alles in Ordnung?«, fragte ich ihn leise.

»Mir geht's gut«, lautete seine ruppige Antwort. Er blickte mich nicht an, und ich hatte das Gefühl, aus einem bestimmten Grund eine Abfuhr bekommen zu haben. Er schlug ein etwas schnelleres Marschtempo an, sodass ich mich entweder beeilen musste, um mit ihm Schritt zu halten, oder zurückfiel. Ich befürchtete, dass er den Abstand zu mir vergrößern wollte.

Er und Rylan waren den ganzen Morgen über sehr schweigsam gewesen. Die Anspannung war ihnen deutlich anzumerken. Ich fühlte mich grauenvoll.

Als ich am Abend zuvor von der Baumgruppe zurückgekehrt war, hatte ich mich ohne Umschweife ins Zelt begeben. Ich mied den Baumstamm, auf dem Rylan Platz genommen hatte, ebenso wie die Vertiefung vor Lisbets Zelt, wo ich Damians Silhouette im Feuerschein erkennen konnte. Der Gedanke, mit einem von ihnen zu reden, war mir unerträglich gewesen, also hatte ich den Weg des geringsten Widerstands gewählt, mich in meinem Schlafsack verkrochen und so getan, als würde ich schlafen.

War er deshalb böse auf mich? Oder wusste er, was zwischen mir und Rylan geschehen war?

Auch Rylan ging nicht neben mir, sondern überließ mich meinen Gedanken, während wir uns der Festung auf dem Hügel näherten. Wir gingen um die Stadt herum, hielten Abstand zu den Häusern und den Bewohnern, auf die ich einen flüchtigen Blick werfen konnte. Viele von ihnen hatten dunkles Haar und einen olivfarbenen Teint. Wie ich. Wie Damian.

Nachdem ich so viele Tage geholfen hatte, Tanooris Trage zu schleppen, war es Erleichterung und Qual zugleich, stattdessen mit auf den Rücken gefesselten Händen zu marschieren. Ich wünschte mir nur, es wäre vorbei.

Schließlich kämpften wir uns den Hügel hinauf, zum Eingangstor in der Mauer, welche die Zitadelle umgab. Sie wurde stark bewacht, doch als die Wachen Eljin erblickten, setzten sie sich in Bewegung, hoben ihre Speere und gaben das Signal, das Tor zu öffnen. Mit einem lauten knirschenden Geräusch schwang das Metallgitter nach oben, und wir traten durch den Torbogen in einen staubigen Hof, in dem mindestens zwanzig Männer mit Schwertern und Speeren standen.

Eljin brüllte etwas in der Sprache von Blevon, und ein Murmeln durchlief die Reihe der Wachen, bis sich alle Prinz Damian zuwandten. Die Sonne brannte uns heiß auf den Rücken, aber es war eine andere Hitze als die, die ich kannte. Trocken und erbarmungslos.

Auf der gegenüberliegenden Seite des Hofes befand sich eine massive Holztür, vermutlich der Haupteingang zum Schloss, das über uns emporragte. Nach einer Weile wurde die Tür geöffnet, und ein hochgewachsener Mann in Militäruniform kam heraus, flankiert von einer Schar bewaffneter Männer.

Die Männer im Hof salutierten, bis er dankend den Arm hob. Als er begann, in der Landessprache zu sprechen, breitete sich Stille aus. Dann wechselte er in unsere Sprache, damit auch wir ihn verstehen konnten.

»Ich bin General Tinso, der höchste General der Armee von Blevon. Ich erkläre Euch, Prinz Damian von Antion, zu unserem Gefangenen. Ihr seid jetzt unserer Gnade ausgeliefert und müsst Euch unseren Wünschen beugen oder die Folgen tragen. Ein dreifaches Hoch auf meinen Sohn und seinen Sieg über unseren Feind.«

Seinen *Sohn*? Eljin war der Sohn des Generals?

Die Männer um uns herum erhoben ihre Stimmen und jubelten. Dann trat Lisbet vor. General Tinso blickte sie erst voller Erstaunen an, bevor er auf sie zueilte und sie in die Arme nahm. Schließlich wandte er sich, einen Arm um ihre Schultern gelegt, erneut uns zu.

»Da wir jetzt den Sohn des Königs, seinen einzigen Erben, in unserer Gewalt haben, lasst uns beten, dass der endgültige Sieg bevorsteht.«

Die Männer brüllten ausgelassen und stampften auf den Boden, einige spuckten sogar in Damians Richtung. Mehr denn je wünschte ich, ungefesselt zu sein, um Pfeil und Bogen auf sie anzulegen.

Dennoch stand Damian aufrecht da, die Schultern gestrafft, das Kinn herausfordernd gereckt. Stolz erfüllte mich in diesem Augenblick, auch wenn ich die Aussichtslosigkeit unserer Situation erkannte. Wir waren dem Untergang geweiht.

Mit den Speerspitzen im Rücken wurden wir ins Schloss geführt, allen voran Damian, dann Rylan und direkt hinter ihm ich. Lisbet war mit Jax und den Männern, die immer noch Tanoori auf der Bahre trugen, bereits im Inneren der Festung verschwunden. Ich fragte mich, in welcher Beziehung sie wohl zu General Tinso stehen mochte.

Trotz ihrer spärlichen Ausstattung wirkte die Große Halle luxuriös. Die Wandteppiche zeigten karge Felswände, die auf wilde, faszinierend schöne Weise dargestellt waren, sowie grüne und goldene endlos scheinende Felder. Die Speerspitze in meinem Rücken zwang mich weiterzugehen, bevor ich noch andere Dinge in mich aufnehmen konnte.

Hätte ich doch nur die Fesseln lösen können, um eine Hand freizubekommen, dann hätte ich mir ein Schwert geschnappt und versucht, uns herauszukämpfen. Aber Eljins Männer hatten ganze Arbeit geleistet: Meine Handgelenke waren so fest zusammengebunden, dass sie gegeneinanderrieben, und die Fessel scheuerte an meiner Haut. Und selbst wenn es mir gelänge, uns einen Weg ins Freie zu erkämpfen, würde Eljin seinen

Zauber einsetzen und mir Einhalt gebieten. Ich war machtlos.

Als die Wachen uns einen Korridor entlangschubsten und dann eine Wendeltreppe hinauf, warf ich Rylan von der Seite einen Blick zu. Er erwiderte ihn voller Trostlosigkeit. Vermutlich erwartete uns, sobald der General mit uns fertig war, der Tod – wenn nicht heute, dann sicher demnächst.

Ich stand im Begriff, sie beide zu verlieren, Rylan und Damian.

Obwohl seine Hände gefesselt waren und der Speer in seinen Rücken stach, ging Damian vor mir die Treppe hoch, als befinde er sich auf dem Weg zu seiner Krönung und nicht in den unvermeidlichen Untergang. Gerne hätte ich sein Gesicht berührt, seine Lippen auf meinen gefühlt, ihm gestanden, dass ich befürchtete, mich in ihn verliebt zu haben. Aber stattdessen konnte ich ihn nur mit brennendem Blick betrachten, während wir die letzte Treppe hinaufgingen. Sonnenlicht strömte durch die vereinzelten Fenster herein und malte helle Flecken in den ansonsten düsteren Korridor. Vor uns erkannte ich den dunklen Schopf von General Tinso. Silberfäden durchzogen sein Haar und seine olivfarbene Haut war sonnengebräunt. War er ebenfalls ein Zauberer?

Eljin befand sich irgendwo hinter uns und trug wahrscheinlich dafür Sorge, dass wir keinen Fluchtversuch unternahmen.

Schließlich blieb der General vor einer weiteren Tür stehen. Er sagte etwas in seiner Muttersprache und Damian wurde mit einem harten Stoß in den Rücken nach vorn gedrängt. Ich beobachtete hilflos, wie er auf General Tinso zutrat. Alles in mir schrie danach, etwas zu tun, aber wir saßen in der Falle. Ich war zum Zusehen verdammt.

Als Damian neben ihm stand, sagte der General erneut etwas, woraufhin die Wachen zurücktraten, sich verneigten und sich entfernten. Dann winkte er Rylan und mir, und wir wurden auf dieselbe Weise zu ihm geführt, wie vorher Damian, und unsere Wachen ebenfalls weggeschickt. Eljin positionierte sich neben seinem Vater. Nun wurde mir die Ähnlichkeit der beiden bewusst, ihre schmalen, schräg stehenden dunklen Augen, ihre Hautfarbe – nur dass der General keine Maske trug.

General Tinso erteilte eine weitere Anweisung, und jetzt verneigten sich alle noch verbliebenen Wachen und wandten sich zum Gehen. Dann waren wir mit dem General und seinem Sohn allein. Mein Puls raste, als er die Tür öffnete und den Raum betrat.

»Folgt ihm«, forderte Eljin uns auf.

Damian ging als Erster, Rylan und ich unmittelbar nach ihm. Der Raum war groß und rechteckig, mit allen möglichen Waffen an den Wänden. War das etwa eine riesige Folterkammer?

Mein Magen rebellierte, als Eljin als Letzter den Raum betrat, die Tür geräuschvoll ins Schloss fallen ließ und den Riegel vorschob. Wir waren eingesperrt.

»Ich nehme an, es gibt gute Gründe, weshalb du sie mitgebracht hast?« General Tinso deutete mit einer Bewegung seines Kopfs auf Rylan und mich. Doch es war nicht Eljin, der antwortete, sondern Damian.

»Ja, es wäre zu riskant gewesen, sie der Gnade meines Vaters auszuliefern. Sie sind mir treu ergeben.«

»Dann können wir offen reden?«

»Ja.«

General Tinso nickte Eljin zu. »Worauf wartest du noch? Lös endlich die Fesseln.«

Fassungslos beobachtete ich, wie Eljin sich an Damians Fesseln zu schaffen machte. Und dann blieb mir buchstäblich der Mund offen stehen, als General Tinso auf Damian zuging und ihn umarmte.

»Willkommen in meinem Schloss, Prinz Damian.«

Dreißig

Damian erwiderte die Umarmung. Rylan betrachtete die Szene ebenso verwirrt wie ich. Während wir noch nach Luft schnappten, trat Eljin hinter uns und befreite auch uns.

»Das alles tut mir sehr leid«, sagte General Tinso, als er Damian losließ und einen Schritt zurücktrat.

»Es war nicht anders möglich«, erwiderte Damian. »Ich wusste ja, worauf ich mich einließ.«

»Hattet Ihr irgendwelche Probleme? Abgesehen davon, dass Ihr beschlossen habt, diese beiden mitzunehmen?« Aus irgendeinem Grund verweilten General Tinsos dunkle Augen länger auf mir.

»Als Eljin kam, waren Alex und Rylan anwesend. Also mussten er und seine Männer kämpfen, damit alles echt wirkte. Hätte ich die beiden zurückgelassen, hätte König Hektor sie zum Tode verurteilt, weil es ihnen nicht gelungen war, mich zu beschützen. Ich wollte nicht zwei loyale Mitglieder meiner Leibwache opfern.« Sein Blick suchte meinen.

»*Ihr* habt mich gerettet?«, fragte Rylan schockiert.

Damian schwieg und ließ mich nicht aus den Augen.

»Ihr habt das also geplant«, bemerkte ich ruhig. Sein Verrat traf mich tiefer, als ich mir hätte vorstellen können. Er hatte gesagt, er brauche mich. Er hatte mich gebeten, ihm zu *vertrauen*, mich ihm gegenüber zu öffnen und meine Geheimnisse preiszugeben, während *er* dieses riesige Geheimnis für sich behalten hatte. *Wochenlang* hatte er mich in dem Glauben gelassen, wir seien entführt worden, unser Leben sei in Gefahr. Man hatte uns gefesselt, brutal behandelt und dann mit dem Speer hier hineinbugsiert.

»Warum?«, fragte ich mit vor Wut tiefer Stimme.

»Alex, lass mich dir…«

»*Warum?*«, schrie ich. Ich hatte zugelassen, dass ich mich in ihn verliebte, hatte die Hoffnung zugelassen, dass ihm etwas an mir liege, dass es irgendwie ein Wir geben könne. Er war der *Prinz* – wenn er es wollte, konnte er sich für mich entscheiden.

Aber er hatte mich angelogen, mich manipuliert. Ich hatte geglaubt, er habe sich mir gegenüber geöffnet, mir immer mehr gezeigt, wer er wirklich war. Stattdessen kannte ich ihn überhaupt nicht.

Einen Moment lang wirkte er verblüfft über meinen Ausbruch, aber dann hatte er sich wieder unter Kontrolle, und seine Augen glitzerten eiskalt. »Ich habe getan, was ich tun musste, und das habe ich dir von Anfang an gesagt.« Dann wandte er sich an General Tinso. »Es blieb keine Zeit mehr, eine Nachricht zu übermitteln, da die Umsetzung des Plans bereits im Gange war. Aber bei meiner Entscheidung ging es nicht allein darum, ihnen das Leben zu retten.«

Als General Tinso Damian jetzt fragend anblickte, biss ich die Zähne zusammen und versuchte verzweifelt, Haltung anzunehmen, mir erneut die Maske überzustülpen, die ich jahrelang getragen hatte.

Ruhig, kühl, beherrscht – genauso musste ich sein. Wie nach dem Tod meiner Eltern, wie nach Marcels Tod, so musste ich auch jetzt diese Maske wieder aufsetzen. Ich wagte es nicht, Rylan anzublicken. Er hatte recht gehabt. Er hatte mich gewarnt, aber ich hatte nicht auf ihn gehört und es zugelassen, dass mir der Prinz wehtat. Ich befürchtete, dass auch nur ein Blick auf ihn mein Ruin wäre.

»Rylan, der größere, ist ein ausgezeichneter Kämpfer und wird bestimmt von Eurem Spezialtraining profitieren. Aber Eljin und ich glauben, dass Alexa, die uns gerade einen ungewöhnlichen Temperamentsausbruch geliefert hat, begnadet sein dürfte.«

»Alexa?«, wiederholte General Tinso und strich sich übers Kinn. »Ich habe mir gleich gedacht, dass sie für einen Jungen etwas zu hübsch ist, aber man weiß ja nie.« Er schwieg und musterte mich. »Ihre Eltern?«

»Leider tot.« Damian betrachtete mich ebenfalls, und plötzlich hatte ich das Gefühl, als studierten sie eine außergewöhnliche Spezies. Ich hasste es, dass er über mich sprach, als stehe ich nicht nur wenige Meter von ihm entfernt. Als ob er mich nie in den Armen gehalten und mir erklärt hätte, dass er das Versprechen sich selbst gegenüber gebrochen habe, nie mehr für jemanden Gefühle zu empfinden. »Aber ihre Hautfarbe und ihre Kampffähigkeit legen nahe, dass wir mit unserem Verdacht richtig liegen.«

»Ich gehe also recht in der Annahme, dass sie sehr gut ist?«

»Sie ist die beste. Wäre sie nicht so jung, wäre sie Hauptmann meiner Leibwache geworden, weil sie alle anderen übertroffen hat. Und das war vor einem Jahr.«

»Entschuldigung, aber ich bin persönlich anwesend.« Ich

ballte meine Hände zu Fäusten. »Was hat meine Hautfarbe mit meiner Kampffähigkeit zu tun?«

»Du siehst aus, als stamme ein Elternteil von dir aus Blevon, richtig?«, fragte General Tinso, begab sich zur Wand und holte zwei Schwerter. Eines warf er mir zu und ich fing es instinktiv auf. Mit der Klinge in der Hand fühlte ich mich viel ruhiger.

»Die Eltern meines Vaters stammten aus Blevon. Was spielt das für eine Rolle?«

Er umkreiste mich und ich tänzelte auf der Stelle und beobachtete ihn wachsam.

»Eljin, du bist auch Damians Meinung?«, fragte er seinen Sohn, statt mir zu antworten. »Du glaubst auch, sie könnte diese Gabe besitzen?«

»Sieht ganz danach aus. Sie wurde nicht darauf trainiert, sich gegen Zauberer zu verteidigen, und doch hat sie fast sechs Minuten lang Widerstand geleistet, als ich sie im Übungsring von Antion herausforderte.«

»Du hast im Ring gekämpft? Hast dich offenbart?« General Tinso warf seinem Sohn einen scharfen Blick zu.

»Vater, niemand hat gemerkt, dass ich ein Zauberer bin. Damian hatte mich gebeten zu prüfen, ob irgendeiner seiner Männer Potenzial für das Spezialtraining besäße.«

»Niemand – außer mir«, presste ich zwischen zusammengebissenen Zähnen hervor. Wollte der General nun angreifen oder nicht?

Eljin betrachtete mich überrascht. »Du hast es gemerkt?«

»Du hast mich mit einem Zauber geblockt – natürlich habe ich es gemerkt.« Ich wagte es nicht, den Blick von seinem Vater zu wenden, um den Ausdruck auf seinem maskierten Gesicht zu studieren.

»Du hast also erkannt, dass er Zauber einsetzte?« General Tinso umkreiste mich immer enger und ich umfasste den Griff meines Schwerts noch fester. »Interessant.«

Und dann holte er aus. Ich parierte schnell, drehte mich blitzartig herum und hieb mit dem Schwert auf ihn ein, was er geschickt abwehrte. Es fühlte sich großartig an, endlich wieder zu kämpfen. Der Ärger, die Verletzung, der Schmerz und die Verwirrung in meinem Inneren strömten über meine Arme und Hände in mein Schwert, als ich jetzt rasend schnell zum Angriff überging. Ich war ein Derwisch der Bewegung, der Schnelligkeit, Geschicklichkeit und Wut. Das Klirren unserer Schwerter erfüllte den Raum. Damian, Rylan und Eljin beobachteten uns stillschweigend. Schließlich hob General Tinso das Schwert zum Gesicht, verneigte sich und trat zurück, das Signal, dass er die Niederlage akzeptierte.

»Wirklich ausgezeichnet«, sinnierte er laut. Seine dunklen Augen leuchteten vor Erregung.

Ich hielt das Schwert lose in der Hand und rang keuchend nach Atem.

»Alexa, würdest du gern mit meinem Sohn trainieren und lernen, wie man einen Zauberer besiegt? Ich nehme an, das ist der Grund, weshalb Ihr sie dabeihaben wolltet?« General Tinso warf Damian einen Blick zu und dieser nickte.

»Ist das denn wirklich möglich?«, fragte ich, wobei meine Neugier mit meinem Ärger über den Prinzen im Wettstreit stand.

»Aber ja, es ist möglich, wenngleich auch sehr schwierig. Doch nach dem zu urteilen, was ich gehört und mit eigenen Augen gesehen habe, glaube ich, dass du in der Lage sein wirst, es zu lernen.«

Das war also der Grund, weshalb Damian mich »dabeihaben« wollte. Er wollte eine Wache, die einen Zauberer bezwingen konnte. Aber warum? Woher kannte er General Tinso? Und warum waren wir unter dem Vorwand hier, entführt worden zu sein? Diese Menschen waren verantwortlich für den Tod seiner Mutter – wie konnte er mit ihnen gemeinsame Sache machen?

»Ich werde es tun, aber nur, wenn Ihr anfangt, meine Fragen zu beantworten. Alle. Und zwar *ehrlich*.« Bei diesen Worten starrte ich Damian an.

Er reckte das Kinn. »Ich werde so viele wie möglich beantworten«, sagte er.

»Das reicht nicht.«

»Muss es aber. Mehr kann ich nicht anbieten. Alexa, lass mich bitte nicht bereuen, dass ich dich gerettet habe.«

Ich blinzelte. Ich hatte das Gefühl, einen Schlag in den Magen bekommen zu haben. War ich für ihn lediglich ein Werkzeug, das er für seine Zwecke benutzte? Zum ersten Mal, seit wir hier angekommen waren, warf ich Rylan einen Blick zu. Er erwiderte ihn ernst, dann nickte er kurz.

Damian beobachtete mich mit undurchdringlicher Miene, abwartend.

»Alexa?«, wandte sich General Tinso an mich. »Ich bin ein vielbeschäftigter Mann. Ich muss zudem einen sehr blutigen, grausamen Krieg führen, den ich möglichst bald beenden möchte. Dennoch werden mein Sohn und ich uns deinem Training widmen, sofern du einverstanden bist, weil deine Kampffähigkeit eine wesentliche Rolle beim Sturz von König Hektor spielen könnte.«

»Ist es das, was Ihr erreichen wollt?« Ich zwang mich, Damian erneut anzusehen, obwohl es unendlich schmerzte. »Euren Vater zu stürzen?«

Er nickte knapp.

Ich ließ den Blick von einem zum anderen schweifen. Vier Männer, die mich beobachteten und auf meine Antwort warteten. Immer und immer wieder fragte ich mich, wie Damian den Blevonesern nur vertrauen konnte. Einer von ihnen hatte unsere Königin ermordet und König Hektor dazu getrieben, diesen fatalen Krieg anzufangen.

Aber was hatte ich schon zu verlieren? Meine gesamte Familie war tot. Antion verkümmerte unter König Hektors Herrschaft und die Bewohner zahlten einen hohen Preis für diesen Krieg. Die einzige Person, der wirklich etwas an *mir* lag – nicht nur an meiner Fähigkeit zu kämpfen –, war Rylan. Sein Nicken bedeutete, ich solle einwilligen. Und ehrlich gesagt, war ich auch selbst neugierig auf diesen Teil meines Erbes, von dem ich so wenig wusste, und auf das, was ich lernen würde, um einen Zauberer zu schlagen. Ich hatte mich schon mehr als einmal gefragt, ob es eine Möglichkeit gebe, diesen Krieg zu beenden – ob ich den Mut besäße, es zu versuchen.

»Einverstanden«, sagte ich schließlich. »Ich werde es tun.«

Einunddreißig

»Ausgezeichnet.« General Tinso lächelte. »Ich nehme an, du bist von der Reise erschöpft, sodass wir erst morgen beginnen werden. Erhol dich gut!«

Dann wandte er sich Damian und Rylan zu. »Da wir die Maskerade, dass ihr unsere Gefangenen seid, aufrechterhalten müssen, bringen wir euch im hinteren Teil des Schlosses unter, wo sich viele leere Räume befinden und Eljin euch persönlich ›bewachen‹ wird. Solange er in der Nähe ist, werden meine Männer nicht darauf bestehen, dass ihr gefesselt seid.«

»Warum habt Ihr diese Entführung vorgetäuscht?«, fragte ich. »Und warum müssen wir weiterhin so tun, als ob? Und würde mir bitte jemand erklären, warum Ihr mich für ›begnadet‹ haltet? Was bedeutet das überhaupt?«

General Tinso und Damian tauschten einen vielsagenden Blick. »Ich überlasse es Euch, ihre Fragen zu beantworten«, sagte der General. »Eljin, bring sie zu ihren Gemächern, und ich lasse euch von einem Bediensteten etwas zu essen bringen. Ich muss mich dafür entschuldigen, dass es kein Mahl für gekrönte Häupter sein wird, aber wie gesagt – wir müssen den Schein natürlich in jeder Hinsicht aufrechterhalten.«

»Nach dem, was wir in den letzten Wochen zu essen bekommen haben, werden wir jede frisch zubereitete Mahlzeit als Festmahl empfinden«, sagte Damian.

»Ich muss mich erneut entschuldigen, aber ich muss jetzt leider gehen. Einige der höchsten Berater von König Osgand erwarten mich.« Dann hielt er inne und betrachtete Damian eindringlich. »Ihr seht Eurer Mutter verblüffend ähnlich. Sie wäre stolz auf Euch, Prinz Damian, ich hoffe, Ihr wisst das.«

In Damians Gesicht zuckte ein Muskel, und er nickte nur knapp, so als versage ihm die Stimme. Ich starrte den General mit weit aufgerissenen Augen an. Ich konnte kaum glauben, dass er es wagte, von Damians Mutter zu sprechen – und dass Damian nicht auf ihn losgegangen war.

General Tinso drückte noch einmal Damians Schulter, nickte uns zu und verließ den Raum.

Wir folgten Eljin eine düstere, staubige Treppe im hinteren Teil des Schlosses hinab, dann eine weitere Treppe hinunter, die zu einem ebenso düsteren, staubigen Flur führte. Eljin ging an ein paar Türen vorbei, bis er vor einer stehen blieb.

»Ihr haltet euch hier auf, mit Ausnahme des Trainings. Je weniger ihr in Erscheinung tretet, umso besser.« Er zog einen Schlüssel aus der Tasche und schloss damit die Tür auf.

Vor uns lag ein mittelgroßer Raum. In einer Ecke neben einer Feuerstelle befand sich ein Toilettentisch mit einer Waschschüssel. In einer anderen stand ein Nachttopf und an der Wand waren drei Pritschen aufgereiht.

»Wir werden alle hier untergebracht? Zusammen?« Meine Stimme klang hoch vor Verwirrung.

»Immerhin ist es hier geräumiger als im Zelt.« Ich war mir

ziemlich sicher, dass Eljin sich über mich lustig machte, auch wenn ich das aufgrund seiner Maske nicht genau sagen konnte. »Ihr sollt ja schließlich wie Gefangene wirken, also lässt sich daran nichts ändern.«

Sein Lächeln war jedoch unverkennbar.

»Wie schön, dass du das so lustig findest«, sagte ich verärgert und schob ihn zur Seite, um mein neues Quartier zu betreten.

Diesmal war ich nicht bereit, zwischen Damian und Rylan zu schlafen. Ich schnappte mir eine Pritsche und schleppte sie so weit wie möglich weg von den anderen beiden. Dann nahm ich darauf Platz und beobachtete, wie die Männer den Raum betraten. Eljin salutierte leicht spöttisch, wünschte uns eine gute Nacht und ließ die Tür hinter sich ins Schloss fallen.

Lange Zeit saßen wir einfach da und schwiegen. Die Spannung lag so schwer in der Luft, dass ich fast das Gefühl hatte, wieder im Dschungel zu sein. Damian saß auf seiner Pritsche, den Kopf in den Händen vergraben. Rylan warf mir einen kurzen Blick zu, sah dann aber zu Boden. Schließlich hielt ich es nicht mehr aus. Ich konnte keine Rücksicht mehr darauf nehmen, dass Rylan anwesend war.

»Ihr habt mich *belogen, Hoheit*.« Eigentlich sollte meine Stimme barsch und ärgerlich klingen. Doch stattdessen hörte sie sich genauso an, wie ich es *nicht* wollte: verletzt und enttäuscht.

Damian fuhr hoch und begegnete meinem vorwurfsvollen Blick, doch der Kummer in seinen Augen besänftigte mich ein wenig. *Sehr* wenig. Denn ich erinnerte mich daran, wie Rylan gesagt hatte, Damian sei ein sehr guter Schauspieler.

»Alex, du musst mir glauben, wenn ich dir sage, dass ich dich nicht täuschen wollte. Aber schon lange, bevor du mit eingebunden wurdest, hatten wir beschlossen, dass so wenige wie möglich die volle Wahrheit erfahren sollten, um das Ganze überzeugend erscheinen zu lassen.«

»Nun, Ihr habt Eure Sache gut gemacht, denn Ihr habt mich ebenfalls überzeugt«, presste ich hervor.

»Genau das war der Punkt.« Damian erhob sich und ging auf und ab. »Du musstest an die Entführung glauben, um dich auch so zu verhalten, als seist du entführt worden. Wir mussten sichergehen, dass die Nachrichten, die meinen Vater erreichen würden, ihn auch überzeugten. Er misstraut mir nämlich bereits, mir und meiner Verbindung zu Blevon.«

»Was für eine Verbindung habt Ihr denn zu Blevon? Und warum habt Ihr mir nicht zugetraut, mich richtig zu verhalten? Was glaubt Ihr denn, was ich in den letzten drei Jahren meines Lebens getan habe?« Ich erhob mich ebenfalls. Ich konnte es nicht ausstehen, dass er über mir aufragte. Am liebsten hätte ich mich auf die Pritsche gestellt, um größer zu sein als er.

»Eljin und ich waren der Meinung, dass das Risiko zu hoch gewesen wäre. Wäre etwas schiefgelaufen, hättest du alles glaubwürdig abstreiten können. Hättest du jedoch um das abgekartete Spiel gewusst und wärst nach Antion zurückgebracht worden, hätte Iker durch Folter die Wahrheit aus dir herauspressen können.«

»Ihr unterschätzt sie«, mischte sich Rylan jetzt ein.

Damian wirbelte erstaunt herum. »Wie bitte?«

»Ihr habt mich gebeten, Euch zu vertrauen«, warf ich Damian vor und lenkte seine Aufmerksamkeit wieder auf mich. »Aber wie kann ich das, wenn Ihr mich weiterhin anlügt, Geheimnisse vor mir hegt? Und Ihr habt meine Frage noch immer nicht beantwortet: Welche Verbindung habt Ihr zu Blevon?«

»Ich dachte, das sei allgemein bekannt«, sagte er knapp. »Verzeih, dass ich dir nicht direkt geantwortet habe. Meine Mutter stammte aus Blevon. Sie war König Osgands Nichte. Mein Vater meint, ich sei Antion gegenüber vielleicht nicht loyal genug, weil ich so sehr an ihr hing.«

»Wurde sie nicht von einem Zauberer aus Blevon ermordet?«, fragte Rylan.

»Nein. Das ist das Gerücht, das mein Vater verbreitete, um seine Kriegserklärung zu begründen und zu bezwecken, dass unsere Leute Zauberer und jede Art von Magie hassen.«

»Was ist dann mit ihr geschehen?«, stieß ich hervor, obwohl mir klar war, wie sehr ihn der Tod seiner Mutter belastete.

»Darüber möchte ich nicht reden.«

Jetzt sprang Rylan ebenfalls hoch. »Warum beantwortet Ihr ihre Fragen nicht? Seht Ihr denn nicht, wie sehr Ihr sie verletzt?«

»Glaubst du vielleicht, ich will sie verletzen? Glaubst du, es macht mir Freude zu sehen, wie heute der letzte Rest an Vertrauen, das sie in mich hatte, in nichts zerfällt?«

Damians Augen blitzten, als er sich Rylan zuwandte, die Hände zu Fäusten geballt.

»Dann sagt Ihr einfach die Wahrheit. Hat sie denn nicht schon genug getan, um ihre Vertrauenswürdigkeit zu beweisen?«

»Rylan…«, versuchte ich, ihm Einhalt zu gebieten.

»Sie braucht mir gar nichts zu beweisen«, erwiderte Damian barsch.

»Warum wollt Ihr dann nicht antworten? Liegt Euch überhaupt etwas an ihr? Oder benutzt Ihr sie einfach in jeder Hinsicht, bis sie ihren Zweck erfüllt hat und Ihr sie wieder fallen lassen könnt?«

»Vergiss nicht, mit wem du sprichst, *Wache*«, warnte Damian Rylan mit unverhohlener, kalter Wut in der Stimme.

Mein Herz pochte zum Zerspringen. Welcher Teufel hatte denn Rylan geritten?

»Wollt Ihr mir drohen? Was wollt Ihr tun? Mich hängen oder mich mit dem Schwert aufspießen? Tut Euch keinen Zwang an, *Königliche Hoheit*«, schnaubte Rylan und breitete die Arme aus, als warte er darauf, dass ihn der Prinz mit einem Schwert durchbohrte. Plötzlich war ich sehr froh, dass wir hier keine Waffen hatten.

»Ich bin auch noch da«, versuchte ich, mich einzumischen, aber es schien, als hörten sie mich gar nicht.

»Natürlich werde ich dich *nicht* töten. Mir allein hast du es zu verdanken, dass du überhaupt noch *am Leben bist. Ich* habe Eljin dazu überredet, dich mitzunehmen.«

Immerhin besaß Rylan den Anstand, leicht beschämt dreinzublicken.

»Was soll ich tun, um dir zu beweisen, dass mir etwas an ihr liegt? Ich soll ihre Fragen beantworten?« Damian wandte sich um und sah mich an. Seine blauen Augen glänzten fiebrig. »Du willst also wissen, was mit meiner Mutter geschah?«

Nervös starrte ich zu ihm hoch. Und überlegte, ob es vielleicht doch besser gewesen wäre, wenn sie mich aus ihrem Streit herausgehalten hätten. Damian war wie eine Gewitterwolke, die sich jeden Augenblick zu entladen drohte.

»Ich habe deine Frage deshalb nicht beantwortet, weil ich einfach nicht darüber reden wollte. Und nicht, weil ich kein Vertrauen zu dir habe oder mir nichts an dir liegt.« Er blickte finster auf mich herab. Aber hinter seinem wütenden Gesichtsausdruck spürte ich eine entsetzliche Qual. Als unsere Blicke sich schließlich trafen, sah ich, wie sehr er litt. Mir stockte der Atem. Ich wollte nicht, dass er meine Frage beantwortete – nicht so.

Aber es war zu spät.

»Du willst wissen, was mit ihr geschah? Mein *Vater* ermordete sie vor meinem Bruder und mir, um uns eine Lektion zu erteilen. Ich war damals acht. Monatelang gab er Gift in ihren Tee, um sie zu schwächen, und dann stach er sie eiskalt nieder, nur wenige Meter von mir entfernt. Genau das ist mit meiner Mutter geschehen.«

Eine bedrückende Stille lastete im Raum.

»Zufrieden?«

Meine Kehle war wie zugeschnürt, mein Magen krampfte sich vor Entsetzen zusammen. Rylan stand wie versteinert da und starrte den Prinzen an.

»Damian, es tut ... es ...«

»Sag es nicht«, fiel er mir ins Wort. »Du hast eine Antwort gewollt, du hast sie bekommen. Und jetzt entschuldigt mich bitte.« Er ging zur Tür und klopfte. »Eljin, lass mich auf der Stelle raus oder du hast bei nächster Gelegenheit mein Messer in der Kehle.«

Ein Schlüssel drehte sich im Schloss und die Tür ging auf. Eljin wollte gerade zu einem Scherz ansetzen, doch als er Damians unheilvolle Miene sah, wurde er ernst.

»Natürlich. Komm raus, im Augenblick ist hier weit und breit niemand.«

Und damit verschwand Damian und warf die Tür hinter sich zu.

Zweiunddreißig

DEN RESTLICHEN ABEND blieb Damian verschwunden, und als Eljin uns das Essen brachte, weigerte er sich, mir zu sagen, wohin Damian gegangen war.

»Ich dachte, wir müssten uns alle hier in diesem Raum aufhalten, um die Tarnung nicht zu gefährden?«

»Keine Angst, niemand wird ihn zu Gesicht bekommen. Alle glauben, dass er hier drin ist.«

»Aber wo ist er wirklich?«, drängte ich ihn.

Eljin bedachte mich mit einem forschenden Blick. »Du solltest besser essen, bevor alles kalt wird. Morgen brauchst du deine ganze Kraft.«

Und dann warf er mir die Tür vor der Nase zu.

»Alex, es tut mir wirklich leid. Ich wollte dich nur verteidigen, ich hatte ja keine Ahnung...«

Ich hob die Hand. »Was geschehen ist, ist geschehen. Ich möchte nicht mehr darüber reden.«

Rylan nickte niedergeschlagen und widmete sich seinem Essen. Ich wollte die Mahlzeit so schnell wie möglich hinunterwürgen und dann schlafen, damit ich vergessen konnte, dass es diesen Tag je gegeben hatte.

Aber ich tat kein Auge zu. Lange, nachdem Rylan bereits tief und gleichmäßig atmete, war ich immer noch wach und starrte an die Wand. Tränen rollten mir über die Wangen.

Mit verquollenen Augen wachte ich auf, alle Glieder schmerzten. Ich fühlte mich fast noch schlechter als vor dem Schlafengehen. Als ich mich zur Seite drehte, entdeckte ich Damian auf seiner Pritsche, und eine Welle der Erleichterung erfasste mich. Ohne genau sagen zu können, was ich befürchtet hatte, ließ bei seinem Anblick eine ungeheure Anspannung nach, die mich bis dahin in ihren Krallen gehabt hatte.

Er hatte sich rasiert und auf seinen Wangen zeichnete sich nur noch ein kaum sichtbarer Schatten ab. Mit wehem Herzen beobachtete ich ihn. Was war das für ein Leben? Ich hatte mit ansehen müssen, wie meine Eltern getötet wurden. Aber dass der eigene Vater die Mutter vor den Augen der Söhne tötet – das war einfach unfassbar.

Ich erhob mich lautlos und ging auf seine Pritsche zu. Der Steinboden fühlte sich unter meinen nackten Füßen kalt an. Ich fröstelte. Ich war es immer noch nicht gewöhnt, dass es hier am Morgen kühl war.

An Damians Pritsche ging ich in die Knie, um mich davon zu überzeugen, dass er wirklich schlief. Dann strich ich ihm das Haar aus der Stirn. Es war dicht und seidenweich und ich wollte meine Finger gar nicht mehr davon lösen.

Plötzlich rührte er sich im Schlaf und schreckte hoch. Mit einer raschen Bewegung packte er meinen Arm und sah mich mit wildem Blick an. Als er erkannte, dass ich es war, lockerte er seinen Griff und musterte mich mit gefurchter Stirn. Meine Hand war immer noch in seinem Haar, während seine Finger mein Handgelenk umklammerten. Die Zeit schien stillzustehen, atemlose Spannung zwischen uns.

»Es tut mit leid«, flüsterte ich endlich.

Unsere Blicke verfingen sich und ich verlor mich in seinen unglaublich blauen Augen. Im frühen Morgenlicht erinnerten sie mich an den Himmel an einem strahlenden Sommertag. Sie standen in eindrucksvollem Kontrast zu seinem dunklen Haar, seinen Wimpern und seiner olivfarbenen Haut.

»Mir tut es auch leid.« Beim Klang seiner tiefen Stimme erzitterte ich. Er ließ meinen Arm los und streichelte behutsam meine Wange. »Wir hatten beide kein leichtes Leben, nicht wahr?« Er fuhr mit den Fingern durch mein Haar, umfasste sanft meinen Nacken und strich mit dem Daumen über die empfindliche Stelle hinter meinem Ohr.

»Nein, hatten wir nicht«, erwiderte ich mit klopfendem Herzen.

»Alexa, ich will keine Geheimnisse vor dir haben, aber ich bin der Kronprinz von Antion und muss mein Königreich über meine eigenen Wünsche stellen.«

Ich wusste, dass er recht hatte, wusste, dass es egoistisch von mir gewesen war, zu erwarten, dass er mir alles erzählte. Ich wusste, wie groß die Last auf seinen Schultern war. Und auch der letzte Rest meines Ärgers schmolz dahin.

»Ich will nie wieder, dass du mich so ansiehst wie gestern« sagte Damian.

Ich konnte meinen Blick kaum von seinen Lippen wenden. Jede Faser in mir sehnte sich nach ihm, doch ich hielt mich abwartend zurück.

»Kannst du verstehen, wieso ich so handeln musste? Kannst du mir vergeben?« Sein Daumen hielt inne. Ich studierte sein

Gesicht und sah sein Bedauern. Bedauern und etwas... das mich atemlos machte. »Kannst du mir je wieder vertrauen?« Er schwieg und seine Finger schlossen sich behutsam fester um meinen Nacken. »Oder... mich lieben?«

Sein eindringlicher Blick ließ mich erschauern. Ich sah den Mann, aber ich sah auch den kleinen Jungen in ihm, tief in seinem Inneren verborgen – den Jungen, der erleben musste, wie seine Mutter kaltblütig ermordet wurde. Der seinen geliebten Bruder durch die Hand eines angeheuerten Mörders verlor. Und ich sah den Prinzen, der sein Land retten wollte und auf dessen Schultern das Gewicht der ganzen Welt lastete.

»Damian, ich... ich liebe dich bereits«, flüsterte ich, und eine Träne rollte über meine Wange. »In guten wie in schlechten Zeiten...«

Mir war, als glitzerten Tränen in seinen Augen, doch bevor ich sicher sein konnte, zog er mich schon an sich, seine Lippen auf meinen. Jetzt gab es nur noch seinen Mund, seine Hand in meinem Haar, den betörenden Duft seiner Haut. Ich wollte mich in seinem Kuss verlieren, wollte, dass er mich in die Arme nahm und nie wieder losließ. Aber ich war mir nur allzu sehr bewusst, dass Rylan nicht weit entfernt lag, und zwang mich, mich von Damian zu lösen.

Als er mir einen fragenden Blick zuwarf, deutete ich auf Rylan, der zum Glück immer noch fest schlief und leise schnarchte.

Damian seufzte und drückte seine Lippen in die Kuhle an meinem Hals und weckte erneut mein sehnsüchtiges Verlangen nach ihm. »Eines Tages ist all das hier vorbei, und dann werden wir endlich allein sein«, flüsterte er mir heiser ins Ohr.

Ich nickte, unfähig zu sprechen, während er weiter meinen Hals küsste und seine Lippen sanft meine Haut berührten. Als ich kaum mehr atmen konnte, ergriff ich ihn bei den Schultern und drückte ihn zurück. Er grinste mich herausfordernd an und seine Augen blitzten schalkhaft.

»Bist du *sicher*, dass ich aufhören soll?«

Mein Herz raste, mein Blick auf seinen Mund gerichtet. Fast hätte ich Nein gesagt. Aber dann erinnerte ich mich wieder an Rylan.

»Ja«, seufzte ich.

Er lachte leise, doch dann wurde er wieder ernst. »Hast du das wirklich so gemeint?«

Ich wusste sofort, worauf er anspielte, und mein Herz pochte wie verrückt. »Ja.«

»Sag es noch einmal.«

Ich starrte eine Ewigkeit in seine schönen Augen. »Damian, ich liebe dich«, flüsterte ich schließlich.

Er schloss die Augen, als wolle er meine Worte in sich aufnehmen. »Und vertraust du mir?«

»Ich ... ich bin mir nicht sicher, ich versuche es«, antwortete ich ehrlich.

Seine Hände schlossen sich um meine Arme. Ich konnte seinen Gesichtsausdruck nicht deuten. »Dann muss ich dir beweisen, dass du es kannst«, sagte er nach einer Weile.

Bevor ich etwas erwidern konnte, stöhnte Rylan. Ich erhob mich eilig und zog mich von Damian zurück. Er hob eine Augenbraue und sah mich durchdringend an. Aber ich konnte es ihm nicht erklären – nicht jetzt. Ich konnte ihm nicht sagen, dass ich nicht wollte, dass Rylan mich in seinen Armen sah. Ich hatte ihm – und mir – gestanden, dass ich ihn liebte. Aber es war alles nicht so einfach.

Da klopfte es an der Tür und Eljin marschierte herein. Rylan öffnete die Augen und richtete sich langsam auf. Sein Haar stand auf einer Seite ab.

»Die Sonne steht bereits am Himmel«, sagte Eljin. »Höchste Zeit. Es wird ein langer Tag für dich.« Er blickte mich an und ich nickte.

Ich fürchtete, er hatte recht.

Dreiunddreißig

NACH STUNDENLANGEM SCHWERTKAMPF Mann gegen Mann war ich verschwitzt, erschöpft und meine Muskeln brannten. Ich hatte immer noch keine Antworten auf meine Fragen erhalten, und es war mir noch immer nicht gelungen, an Eljins Zauberschild vorbeizukommen. Er hatte mir erklärt, wie ich es anstellen musste, um einen Zauberer im Kampf zu schlagen: Entweder musste ich so schnell sein, dass er keine Zeit hatte, den Schild hochzuheben, oder so stark, um den Schild zu durchstoßen. Nachdem er den ganzen Tag jeden meiner Versuche abgeblockt hatte, fühlte ich mich weder zu der einen noch zu der anderen Option fähig.

Damian und Rylan hatten mich eine Weile beobachtet und dann beschlossen, ebenfalls zu trainieren. Ich ließ mich durch sie ablenken, und Eljin versetzte mir prompt einen harten Rippenstoß, sodass ich nach Luft schnappte.

»Jede Ablenkung kann sich als tödlich erweisen, eine Lektion, die du unbedingt lernen solltest«, sagte er mit einem spöttischem Ausdruck unter seiner Maske.

Ich hasste diese Maske. Ich hasste *ihn*. Ich konnte viel mehr als das hier. Ich beging keine fatalen Fehler. Niemand besiegte mich. Voll neu erwachten Zorns stürzte ich mich wieder auf ihn. Ich griff ihn so grob und so schnell an, dass er es nicht mit mir aufnehmen konnte. Ich spürte, dass er vorhatte, einen Schild hochzuhalten, und meine Wut verstärkte sich noch. Ich würde das nicht noch einmal zulassen. Dieses Mal nicht. Ich täuschte einen Hieb nach links vor und merkte, wie sich ein Zauber aufbaute. Mit einer blitzschnellen Bewegung ließ ich mein Schwert nach rechts schnellen, streifte seine Wange und riss ihm die Maske vom Gesicht.

Zuerst war mir gar nicht recht bewusst, was ich getan hatte, ich starrte nur wie gebannt auf sein entstelltes Gesicht. Doch dann wurde die lähmende Stille durch einen aufgeregten Schrei durchbrochen.

»Sie hat es geschafft!«, jubelte Rylan. »Du hast ihn an seinem Schild vorbei getroffen!«

Damian nickte mir anerkennend zu und grinste grimmig, als Eljin die Hand ausstreckte und nach dem schwarzen Stück Stoff am Ende meines Holzschwerts griff. Wäre es eine echte Klinge gewesen, hätte ich sein Ohr abgeschnitten.

»Ich denke, das reicht für heute«, sagte Eljin verärgert, als er die Maske wieder befestigte und dahinter die Narben verbarg, die sich über seine Wangen zogen und seinen Mund grotesk verzerrten. Er warf das Schwert zu Boden und stürmte davon. »Ihr bleibt alle hier.«

Das Echo der Tür, die hinter ihm ins Schloss fiel, war für eine halbe Ewigkeit der einzige Laut.

»Was ist mit ihm passiert?«, fragte ich schließlich. Angesichts seiner Narben konnte ich mich nicht mehr über meinen Sieg freuen.

Damian seufzte, als er sich zur Wand begab, um sein Schwert

aufzuhängen. »General Tinso und seine Frau stammen aus Blevon. Eljin war noch ein Kind, da wurde der General in eine Grenzstadt versetzt. Nachdem mein Vater Blevon den Krieg erklärt hatte, ließ er die Grenzstädte überfallen. Als General Tinsos Stadt überfallen wurde, hatte er gerade auf der anderen Seite Dienst. General Tinsos Frau – Lisbets Schwester – war ebenfalls eine Zauberin, und sie versuchte, ihren Sohn zu beschützen. Aber sie war nicht stark genug, so viele Soldaten auf einmal abzuhalten. Nachdem sie sie getötet hatten, versuchten sie, Eljin zu fangen. Er wehrte sich, aber er war noch nicht ausgebildet und noch zu jung, um gegen sie alle anzukommen. Was du in seinem Gesicht gesehen hast, sind die Narben, die er an diesem Tag davongetragen hat. General Tinso und seinen Männern gelang es schließlich, die Armee von Antion zurückzudrängen, aber für Eljins Mutter war es zu spät. Wenigstens ist es ihnen nicht gelungen, Eljin zu töten.«

»Warum hat Lisbet ihn nicht geheilt?« Ich blickte Damian an und spürte, wie sich mein Magen verkrampfte. Ich hatte es geschafft, dass zwei Männer innerhalb von knapp zwei Tagen ihre schmerzvolle Vergangenheit enthüllen mussten. Ich hatte wirklich ganze Arbeit geleistet.

»Sie konnte nicht, weil sie sich im Palast in Antion aufhielt.«

»Im Palast? Warum?«

»Sie war die Zofe meiner Mutter. Als meine Mutter Hektor heiratete, brachte sie Lisbet mit.«

»Und Jax?«, fragte ich zaghaft. Aber ich wusste es, noch bevor er mir antwortete. Es war mir ein Rätsel, dass ich nicht schon früher drauf gekommen war, warum Jax solch stahlblaue Augen hatte. Es waren dieselben wie Damians.

Ein dunkler Schatten überzog sein Gesicht. »Er ist mein

Halbbruder, der Bastard meines Vaters. Nachdem meine Mutter getötet worden war, hätte Lisbet gehen sollen, aber sie blieb. Sie versteckte sich jahrelang und versuchte, auf meinen Bruder und mich aufzupassen. Als ich elf war, spürte Iker sie auf und brachte sie auf der Stelle zum König. Mein Vater vergewaltigte Lisbet und warf sie hinaus. Er erteilte den Befehl, sie zu töten, wenn sie sich je wieder blicken lassen sollte.«

Übelkeit erfasste mich, drohte mich zu übermannen. Nahmen König Hektors Gräueltaten denn gar kein Ende? Er war ein blutrünstiger Herrscher und ein brutaler Vergewaltiger, ein Mann, der unser Land in einen Krieg gezwungen hatte, der bereits den Großteil meines Lebens wütete. Und wofür? Was erhoffte er sich davon?

»Doch selbst nach alldem wagte Lisbet es nicht, uns Jungen der Willkür des Königs zu überlassen. Trotz der Todesdrohung war sie entschlossen zu bleiben und zu helfen. Victor und ich suchten im verlassenen Flügel des Palasts ein Versteck für sie.«

»Dieser Raum, zu dem Ihr mich geführt habt...« Ich verstummte und erinnerte mich an den dunklen Korridor und die Angst, die ich gehabt hatte, dieses Gefühl, beobachtet zu werden.

Damian nickte. »Ja, ich wollte Lisbet besuchen. Mein Vater wurde mir gegenüber immer argwöhnischer. Das ist einer der Gründe, weshalb er wollte, dass eine meiner Wachen rund um die Uhr bei mir ist.« Er seufzte erneut und fuhr sich mit der Hand durchs Haar. »Ich war stets davon ausgegangen, dass ihr alle ihm loyal ergeben seid, nicht mir, vor allem, da ich mich wie ein Widerling aufführte, um nicht den Verdacht zu erregen, dass ich vielleicht seinen Sturz planen könnte. Doch inzwischen hegte ich die Hoffnung, dir vielleicht vertrauen zu können. Lisbet hatte mir die Nachricht gesandt, ich solle sie sofort aufsuchen. Und da man mir nun mal befohlen hatte, ständig eine Wache bei mir zu haben, ging ich das Risiko ein und wählte dich.«

»Der Junge, der durch den Geheimgang kam, war Jax, nicht wahr?«

»Ja.« Damians Gesichtsausdruck war unergründlich. »Es war ein Test, um zu prüfen, ob du mir wirklich treu ergeben bist.«

»Verstehst du jetzt, warum wir eine Entführung vortäuschen mussten, um ihn vom Palast loszueisen?«, fragte plötzlich General Tinso von der Türschwelle aus. »Wir wollen Hektors Schreckensherrschaft ein Ende bereiten und Damian auf den Thron setzen. Aber das war unmöglich, solange er im Palast festgehalten und Tag und Nacht bewacht wurde, stets unter Hektors Kontrolle.«

Langsam fügte sich ein fehlendes Teil nach dem anderen zusammen. Mir schwirrte der Kopf.

»Ich hatte dir ja gesagt, dass ich deine Fragen beantworten würde, wenn es an der Zeit wäre«, sagte Damian und sah mir direkt in die Augen. Allein sein intensiver Blick ließ meine Knie zittern. Ich wusste nicht, ob das gut war oder nicht.

Bis jetzt hatte Rylan die ganze Zeit schweigend zugehört. »Aus welchem Grund habt Ihr beschlossen, Alex und mir zu vertrauen?«

»Irgendwann hörte ich, wie sie zu jemandem sagte, dass es keine Rolle spiele, ob sie mich möge oder nicht. Ihre Pflicht sei es, mich zu beschützen, und sie halte immer Wort. In diesem Augenblick begann ich zu hoffen. Als ihr die Aufgabe zugeteilt wurde, meine Tür zu bewachen, wusste ich, dass es Vorsehung war. Und ich hoffte auch, dass sie mich eines Tages, wenn sie mich erst mal richtig kennenlernte, mögen würde.«

Ich errötete vor Verlegenheit. »Tut mir leid, dass Ihr das gehört habt.«

»Muss es nicht. Ich konnte diese Version meiner selbst ebenso wenig leiden.« Dann wandte er sich wieder Rylan zu. »Alex' Kampfkunst erfüllte mich mit neuer Hoffnung. Da der Wachhund meines Vaters immer zugegen war, konnte niemand, nicht einmal ein Zauberer, nah genug an den König herankommen, um ihn zu töten.«

»Meint Ihr Iker?«, fragte ich. Seit wir den Palast verlassen hatten, hatte ich kaum mehr einen Gedanken an ihn verschwendet. Selbst *im* Palast hatte ich selten an ihn gedacht. »Er ist unheimlich, aber wie könnte *er* einen Zauberer aufhalten?«

Damian wechselte einen Blick mit General Tinso, bevor er das Wort wieder an mich richtete. Seine Miene war hart. »Iker ist nicht nur ein Berater meines Vaters. Er ist sein Leibwächter. Ich hätte den König schon vor Jahren getötet, wenn auch nur die geringste Chance bestanden hätte, *nicht* von Iker aufgehalten zu werden – und ich glaube, dass sie das wissen. Warum, denkt ihr, befinden sich meine Räume auf der anderen Seite des Palasts? Warum, glaubt ihr, habe ich so viel Zeit dort verbracht – gewissermaßen ein Gefangener in meinen eigenen Gemächern?«

Ich schüttelte den Kopf, verspürte beinahe den Drang zu lachen. Sie alle hatten wegen *Iker* Angst, König Hektor zu töten? »Reden wir hier über dieselbe Person?«

»Alexa.« Der Ernst in Damians Stimme ließ das Lächeln auf meinem Gesicht erlöschen. »Iker ist ein Zauberer der schwarzen Magie.«

»Ein... ein *was*?« Ich traute meinen Ohren kaum. »Aber Iker stammt aus Dansii, nicht aus Blevon. Und... Euer Vater *hasst* Zauberei, hat Zauberer umbringen lassen!«

Als ich Rylan einen Blick zuwarf, sah ich, dass er genauso schockiert war wie ich.

»Nein, er hasst nur die Zauberer, die *ihn bekämpfen*. Er verbreitet Lügen über sie, damit unser Volk Angst vor ihnen hat und seine Anordnung unterstützt, alle Zauberer in Antion zu töten. Damit stellt er sicher, dass niemand ihm die Stirn bieten oder ihn aufhalten kann.«

»Und nicht alle Zauberer kommen aus Blevon«, fügte General Tinso hinzu. »Das ist eine der Lügen, die Hektor seinem Volk auftischt, um die Kluft zwischen unseren Königreichen zu vertiefen.«

Ich sah ihn schockiert an.

»Es ist wahr«, stimmte ihm Damian grimmig zu. »Iker war ein Geschenk von Hektors Bruder, dem König von Dansii, um meinen Vater zu beschützen. Niemand kommt an Iker vorbei, er weicht niemals von der Seite meines Vaters.«

»Was macht einen Zauberer der schwarzen Magie so viel schlimmer als die anderen?«, wollte Rylan wissen, während ich zu begreifen versuchte, wie viele Lügen unser König verbreitet hatte. Ich hatte ihn schon vorher gehasst, aber jetzt, da ich das ganze Ausmaß seiner Gräueltaten erfasste, gab es keinen treffenden Ausdruck mehr, um meine Abscheu für ihn zu beschreiben.

»Ein solcher Zauberer nutzt die Kräfte der Unterwelt, um seine Macht zu vergrößern. Er bringt den Dämonen Blutopfer dar und bedient sich so ihrer Stärke. Aufgrund dessen ist er sogar fähig, ein widernatürliches Feuer zu zaubern. Er ist unbesiegbar, aber er hat auch seine Seele verwirkt.« Aus irgendeinem Grund ruhte General Tinsos Blick bei diesen Worten auf mir. Mich fröstelte. Während unseres Gesprächs war die Sonne untergegangen, der Raum war jetzt schattig. Plötzlich erinnerte ich mich an den Geruch von getrocknetem Blut, die Flecken auf Ikers Messer, die drückende Hitze und die ungewöhnliche Dunkelheit in seinen Gemächern. Das war also des Rätsels Lösung: Er hatte den Dämonen ein Opfer gebracht, damit sie ihm Kraft verliehen! In jener Nacht hatte ich gefühlt, dass etwas nicht stimmte.

»Alle Zauberer sind fähig, die Zauberkraft anderer zu erkennen«, fuhr General Tinso fort und unterbrach meine Erinnerungen.

»Wenn also ein anderer Zauberer sich Eljin nähert, kann er es *spüren*?«, fragte Rylan.

»Ja. Wenn diese Person sich in unmittelbarer Nähe von Eljin befindet, dann weiß er, ob es sich um einen Zauberer handelt«, bestätigte General Tinso.

»Dann bin ich also keine Zauberin?«, platzte ich heraus und biss mir gleich darauf auf die Zunge.

»Wie bitte?« Rylan wandte sich mir mit großen Augen zu. »Hast du geglaubt, du seist eine Zauberin?«

»Nein«, beantwortete General Tinso meine Frage mit einem finsteren Lächeln.

Verlegen versuchte ich, nicht zu erröten. Seit er behauptet hatte, ich sei »begnadet«, hatte ich darüber nachgedacht – vor allem, da niemand mir erklären wollte, was das bedeutete.

»Hat dir noch niemand deine Frage beantwortet?«

Ich schüttelte den Kopf, ohne es zu wagen, Damian oder Rylan anzusehen.

»Ich habe den Verdacht, dass dein *Vater* ein Zauberer war, sogar ein sehr mächtiger. Er gehörte wohl zu den wenigen Zauberern, die die Gabe zu kämpfen besitzen. Und ich glaube, er hat dir das vererbt. Du bist keine richtige Zauberin, aber du besitzt einige magische Kräfte, was deine Kampffähigkeit erhöht. Deshalb bist du auch in der Lage, einen Zauber zu erkennen. Ein durchschnittlicher Mensch ohne jegliche Zauberkraft würde nicht merken, wenn während eines Kampfes Zauberei im Spiel ist.«

Ich starrte General Tinso an. »Mein *Vater*? Unmöglich. Das hätte ich gewusst. Wenn er ein *Zauberer* gewesen wäre, hätte er es mir gesagt.«

»Mein liebes Kind, glaubst du das wirklich? In einem Land, in dem die Tatsache, ein Zauberer zu sein, einem Todesurteil gleichkommt?«

Ich öffnete den Mund, um zu protestieren, brachte aber keinen Ton heraus. Was, wenn er recht hatte? Ich erinnerte mich, wie gern ich Papa beim Training zugesehen hatte – wie schnell er gewesen war, wie schön. Ich hatte mich so danach gesehnt, wie er zu sein. Ich dachte an die Zeit zurück, als wir stundenlang unermüdlich geübt hatten, wie er mich stets angetrieben, angespornt hatte, besser zu werden. Schneller. Stärker. Aber ich hatte nie das Gefühl gehabt, dass er einen Zauber einsetzte. Ich schüttelte den Kopf, völlig durcheinander.

»Aber… wenn er ein Zauberer war, warum musste er dann sterben? Warum setzte er keine Magie ein, um seinen Mörder und den meiner Mutter aufzuhalten?«

General Tinso bedachte mich mit einem ebenso traurigen wie verständnisvollen Blick. »Er hat wohl gegen jemanden gekämpft, der stärker war als er.«

»Und wie könnt Ihr sicher sein, dass ich *keine* Zauberin bin?«, stieß ich hervor. »Wenn Ihr doch so sicher seid, dass Papa ein Zauberer war.«

»Weil Eljin es in dem Moment gespürt hätte, als er mit dir

im Ring stand. Und Iker hätte dich schon längst um die Ecke gebracht. Wenn die Gerüchte wahr sind, kann Iker einen anderen Zauberer überall innerhalb eines *Gebäudes* aufspüren.«

Ich unterdrückte ein Zittern. Er irrte sich – er *musste* sich irren. Papa war kein Zauberer. Er hätte so etwas Wichtiges nicht vor mir geheim gehalten.

»Wenn Iker tatsächlich *diese* Macht hat, dann...«, stieß Rylan hervor und blickte zu Damian, dessen Miene düster war. Er hatte mich die ganze Zeit nicht aus den Augen gelassen.

»Selbst wenn wir versuchten, mit allen Zauberern Blevons den Palast zu stürmen, würden wir scheitern. Er würde uns erkennen, noch ehe wir den König erreicht, geschweige denn getötet hätten. Und er ist mächtig genug, uns alle zu zerstören«, erklärte General Tinso mit ruhiger Stimme.

Die Aussichtslosigkeit unserer Lage war niederschmetternd. Wenn das stimmte, was sie uns erzählten, gab es keine Möglichkeit, König Hektor je zu Fall zu bringen. Damit erlosch auch der letzte Funken Hoffnung in mir, hatte ich doch geglaubt, dazu beitragen zu können, diesen Krieg zu beenden.

»Aber wenn er Zauberer auf diese Weise aufspüren kann, warum hat er dann nicht Eljin als solchen erkannt? Oder Lisbet?«, überlegte Rylan.

»Ich habe Eljin mitgeteilt, zu welchen Zeiten mein Vater sich im Palast aufhält. Da wir wussten, dass Iker immer an der Seite des Königs sein würde, achtete Eljin darauf, nicht in seine Reichweite zu gelangen. Und Lisbet hat jahrelang Blutwurz eingenommen, um ihre Fähigkeiten zu unterdrücken und so für Iker unsichtbar zu werden«, erwiderte Damian, während er auf mich zutrat. Ich hatte also recht gehabt: Die Blutwurz war für Lisbet bestimmt gewesen.

Als er direkt vor mir stehen blieb, sah ich zu ihm hoch, obgleich ich wusste, dass er die Hoffnungslosigkeit in meinem Blick erkennen würde. »Es gibt also nichts, was wir tun können«, sagte ich leise.

Damian nahm meine Hände in seine. »Doch, es gibt etwas, aber das ist mit einem sehr hohen Risiko verbunden.«

Ich spürte die Anspannung, die durch seine Hände floss und sich auf mich übertrug. »Wenn es eine Möglichkeit gibt, den König aufzuhalten, dann wäre es doch jedes Risiko wert, oder?«, sagte ich.

»So dachte ich auch, früher«, erwiderte er und blickte mich eindringlich an.

»Damian, lasst nicht zu, dass Gefühle Euer Urteilsvermögen trüben«, ermahnte General Tinso ihn ernst.

»Welche Gefühle? Worin besteht das Risiko?«

Doch während er so vor mir stand und meine Hände in seinen hielt und mich mit seinem Blick fixierte, dämmerte mir die Antwort. »Ich bin das Risiko«, sagte ich leise. »Deshalb wolltet Ihr, dass ich hier trainiere. Ihr wollt, dass ich gegen Iker antrete.«

»Ich weiß nicht mehr, was ich will«, erwiderte Damian, und ich konnte die Verzweiflung in seinen Augen sehen.

»Das könnt Ihr nicht erwarten! Ihr könnt sie unmöglich gegen ihn kämpfen lassen – Ihr selbst habt gerade gesagt, er sei unbesiegbar«, protestierte Rylan. »Sie wird getötet werden!« Er stand etwas abseits von uns und starrte auf Damians Hände, die meine umfasst hielten. Er mied meinen Blick, als seine Wangen sich röteten.

»Ihr habt mich einmal gefragt, ob ich es richtig fände, ein Leben für die Rettung vieler zu opfern. Habt Ihr *mein* Leben gemeint?« Mit wild klopfendem Herzen blickte ich zu Damian hoch.

Doch bevor er antworten konnte, meldete sich erneut General Tinso zu Wort. »Alexa, du kannst es tun. Alles ist im Gange, wir sind bereits dabei, unseren Plan in die Tat umzusetzen, und wir haben nur noch zwei Wochen, bevor wir aufbrechen müssen, um den Marsch nach Tubatse und zum Palast anzutreten. *Du* hast nach nur einem Tag Training die Abwehr meines Sohnes durchbrochen. Ich glaube, du besitzt die Fähigkeit, es zu tun – ich glaube, du kannst Iker töten.«

»Wenn ich das wirklich kann, wenn ich Iker töte...«, begann ich und verstummte dann.

»Dann werde ich meinen Vater töten«, sagte Damian tonlos.

An dem Tag, an dem meine Eltern getötet wurden, hatte ich mir geschworen, meinen Beitrag zu leisten, um diesen Krieg zu beenden – um unser Land, unser Volk vor dem Untergang zu bewahren. Wenn ich damals schon gewusst hätte, was ich heute wusste, hätte ich es mir dann trotzdem geschworen?

Ich blickte nochmals zu Damian hoch, meine Gedanken rasten.

»Alexa, tu's nicht. Willige nicht ein«, flehte Rylan mich an.

Schließlich ließ ich den Blick zu General Tinso wandern.

»Was muss ich tun?«

General Tinso schenkte mir ein trauriges Lächeln. »Ich wusste, dass du das Zeug dazu hast. Lass uns anfangen.«

Vierunddreißig

Die nächste Woche war ein einziges Dauertraining mit Eljin. Jeden Morgen holte er uns bei Tagesanbruch ab und führte uns in denselben Raum, in dem wir stundenlang kämpften. Damian und Rylan beobachteten uns teilweise, die restliche Zeit trainierten sie ebenfalls.

Sogar Lisbet kam einige Male hinzu. Sie hatte sich seit unserer Ankunft hier völlig verändert. Die dunklen Ringe unter ihren Augen waren verschwunden und ihre Haut zeigte einen zarten Schimmer. Sie heilte ein paar der schmerzvollsten Prellungen, die ich mir in den letzten Trainingstagen zugezogen hatte. Als ich mich nach Tanoori erkundigte, versicherte sie mir, sie befinde sich auf dem Weg der Besserung, es dauere nur etwas länger, da die Infektion so hartnäckig gewesen sei. Doch es gab in General Tinsos Schloss noch einen weiteren Heiler, der sich ebenfalls um Tanoori kümmerte, und Lisbet war zuversichtlich, dass Tanoori bald wieder völlig gesund sein würde. Das war immerhin ein kleiner Trost.

Jeden Abend nach Sonnenuntergang schleppte ich mich zurück in unser Zimmer und fiel auf meine Pritsche. Todmüde schlief ich fast auf der Stelle ein. Mein ganzes Leben lang hatte ich hart trainiert, um die Beste zu sein. Aber noch nie war es eine solche Schinderei gewesen wie jetzt, als es darum ging, Eljin und seinen Zauber zu besiegen. Mehr denn je war ich davon überzeugt, dass General Tinso sich in Bezug auf Papa geirrt hatte – und auch in Bezug auf mich. Während der gesamten Woche war es mir nicht mehr gelungen, an Eljins Schild vorbeizukommen, und ich wurde immer mutloser.

»Ich schaffe es nicht!«, rief ich am Ende einer sehr langen Übungseinheit und schleuderte mein Schwert zu Boden, nachdem Eljin zum hundertsten Mal meinen Schlag hatte abwehren können. »Du wendest nicht einmal Zauberei an, sondern *verteidigst* dich nur. In dem Augenblick, in dem ich Iker angreife, tötet er mich, nicht wahr? Er wird bestimmt nicht erst seinen Schild heben und es mich noch mal versuchen lassen. Ich werde versagen, und dann wird Iker euch alle töten, und dieser Krieg wird nie ein Ende nehmen.«

Ich ließ mich inmitten des Raums auf den Boden fallen und vergrub den Kopf in den Händen. Ich war so erschöpft, dass ich unwillkürlich anfing zu schluchzen.

»Alexa ...«

Ich hörte Damians Stimme, aber Rylan war schneller. Er kniete vor mir nieder, umfasste mein Kinn und zwang mich, ihn anzusehen.

»Du bist keine, die aufgibt«, sagte er rau.

»Dann verstehst du offensichtlich nicht, was es bedeutet, wenn ich sage *Ich schaffe es nicht*«, fuhr ich ihn an.

Er legte die Hände auf meine Schultern und blickte mir ernst in die Augen. »Alex, du *kannst* es schaffen. Ich weiß, dass du es kannst. Du hast es schon einmal geschafft und du schaffst es wieder.«

»Nein, *kann ich nicht.*« Ich wischte mir ärgerlich die Tränen von den Wangen. »Was, denkst du, habe ich die ganze letzte Woche getan? Spielchen gespielt?«

»Nein«, erwiderte Rylan sanft. »Aber als du Eljin das erste Mal geschlagen hast, warst du irgendwie anders, und das weißt du. Du hattest schon immer dieses Feuer in dir, das dich antrieb, die beste Kämpferin zu sein, die ich je kannte. Aber als du Eljin geschlagen hast, war es, als habe sich dieses Feuer in ein Inferno verwandelt. So hatte ich dich noch nie erlebt. Jetzt musst du lediglich herausfinden, was an diesem Tag anders war, damit du genau das wiederholen kannst.«

Ich rieb mir die Nase, die zu meiner Beschämung auch noch angefangen hatte zu triefen, und starrte ihn an. »Ich weiß nicht, was anders war. Ich war wütend, aber das bin ich jetzt auch und es funktioniert trotzdem nicht.« Ich schüttelte Rylans Hand ab und erhob mich. »Damian, es tut mir leid, es tut mir so leid, dass ich nicht gut genug bin.«

Damian blickte mich mit undurchdringlicher Miene an. Dann wandte er sich an Eljin, der meinen peinlichen Ausraster mit verschränkten Armen und zusammengekniffenen Augen beobachtet hatte.

»Ich denke, wir sollten es für heute gut sein lassen und ihr etwas Ruhe gönnen«, schlug Damian vor.

»Aber wir haben nur noch eine Woche, bis wir aufbrechen müssen. Und wie sie selbst richtig erkannt hat, muss sie bis dahin Erfolg haben«, wandte Eljin ein.

Seine ehrlichen Worten ließen mich zusammenzucken. Die Wahrheit zu kennen oder sie von jemand anderem zu hören, war nicht dasselbe.

»Erst recht ein Grund, sie zur Ruhe kommen zu lassen, damit sie neue Kraft schöpfen kann. Vielleicht drängen wir sie zu sehr.« Damian kam auf mich zu, strich mir das schweißnasse Haar aus der Stirn und streichelte meine Wange. Ich war so durcheinander und so müde, dass ich nicht auf Rylan achtete. Ich blickte in Damians wunderschöne Augen und hätte fast wieder angefangen zu weinen.

»Es tut mir so leid«, wiederholte ich flüsternd.

»Das braucht es nicht.« Er beugte sich herunter und küsste mich sanft auf die Stirn. »Lass uns in unser Zimmer zurückkehren, damit du dich erholen kannst. Eljin soll dir etwas zu essen bringen und für heute vergisst du das alles. Wie hört sich das an?«

Es hörte sich an wie der schwache Versuch, das Unvermeidliche hinauszuschieben. Wir hatten keine Zeit zur Erholung, aber das war mir in diesem Augenblick egal. Heute Abend würde ich das Schwert nicht mehr in die Hand nehmen. Ich nickte zustimmend.

»Ich glaube nicht...«, begann Eljin, aber Damian brachte ihn zum Schweigen.

»Bitte, bring uns auf unser Zimmer und hole ihr etwas zu essen«, sagte er in einem Ton, der eindeutig klarmachte, dass dies *keine* Bitte war. In diesem Augenblick wurde mir wieder bewusst, dass hier tatsächlich ein Prinz vor mir stand, der – sofern ein Wunder geschah und wir Erfolg hatten – eines Tages König sein würde.

»Ich möchte gern hier bleiben«, sagte Rylan plötzlich, ohne mich anzusehen, »um noch ein wenig zu trainieren.«

»Und wenn jemand sieht, dass ich nur die beiden zurückbringe, dich aber nicht?«, wandte Eljin ein und klang jetzt ziemlich verärgert.

»In der ganzen letzten Woche sind uns lediglich zwei Menschen begegnet«, konterte Damian.

Ich wünschte, Rylan würde mir wenigstens einen Blick zuwerfen, doch er war ganz auf Eljin konzentriert und wartete auf eine Antwort. Ich war mir sicher, dass er wütend war, weil Damian das Szepter übernommen hatte, und vermutlich auch, weil er mich auf die Stirn geküsst hatte, und ich fühlte mich schuldig. Nachdem Damian sich bei mir entschuldigt hatte, hatte sich keine Gelegenheit mehr ergeben, mit Rylan zu reden. Vermutlich hielt er mich für eine Närrin, weil ich dem Prinzen seinen Willen ließ.

»Na schön«, willigte Eljin schließlich ein. »Aber nachdem ich das Essen gebracht habe, musst du ebenfalls zurück.«

»Einverstanden«, stimmte Rylan zu und begab sich zu der Wand, an der verschiedene Waffen hingen.

Ich beobachtete ihn einen Moment lang mit einem dumpfen Schmerz in der Brust, bis Damian meine Hand ergriff.

»Lass uns gehen, damit du dich ausruhen kannst.«

Ich folgte ihm bis zur Tür, wo er meine Hand wieder losließ, für den Fall, dass jemand davor herumlungerte. Ich blickte mich ein letztes Mal nach Rylan um, aber er kehrte uns immer noch den Rücken zu. Und dann schloss Eljin die Tür, verriegelte sie, und Rylan war allein.

Fünfunddreißig

Als Damian und ich den Raum betraten, züngelten Flammen auf der kleinen Feuerstelle, Licht und Schatten tanzten über die Wände und unsere leeren Pritschen und vertrieben die Kälte. Mit einem unüberhörbar verärgerten Schnauben zog Eljin die Tür hinter sich ins Schloss.

Ich schleppte mich zu meiner Pritsche und ließ mich schwerfällig darauf fallen. Wortlos nahm Damian gegenüber von mir Platz.

»Was, keine Predigt, keine Belehrung, keine inspirierenden Worte?«, fragte ich in sarkastischem Ton.

»Nein«, erwiderte er schlicht.

Der Feuerschein erhellte sein Gesicht, als er aus seiner Hosentasche ein Schmuckstück zutage förderte. Es sah aus wie jenes, das er Wochen zuvor in seinem Gemach in den Händen gehalten hatte. Er senkte den Blick, und ich merkte, wie sein Kiefermuskel zuckte.

»Was ist das?«, fragte ich schließlich.

Er sah mich an und hielt es hoch. Es war klein und oval.

»Ein Medaillon.«

Damit hatte ich nicht gerechnet.

Damian öffnete es mit dem Daumennagel und konzentrierte sich auf das Innere des Medaillons. Kummer überzog sein Gesicht und er schloss kurz die Augen. Dann erhob er sich und setzte sich neben mich. Er reichte mir das Medaillon und ich blickte auf das Porträt einer schönen Frau mit makellos olivfarbenem Teint, dichtem dunklem Haar und warmen braunen Augen. Sie hatte Damians Lippen, besser gesagt er ihre.

»Deine Mutter«, bemerkte ich leise.

»Ja.«

Wir schwiegen, während ich das Porträt betrachtete. »Sie war sehr schön«, sagte ich und gab es ihm zurück.

Damian nickte und strich zärtlich über das Bild. »Es war eine arrangierte Heirat. Mein Großvater war der König von Dansii. Er hatte schon immer Interesse an Antion gehabt, vor allem an den Diamant- und Goldminen. Als Hektor und mein Onkel Armando alt genug waren, um Truppen anzuführen, sandte mein Großvater sie an der Spitze einer gewaltigen Armee in den Krieg. Genau eine Woche nachdem es ihnen gelungen war, die Armee von Antion zu besiegen, starb mein Großvater. Armando wurde zum König von Dansii gekrönt und mein Vater ergriff Besitz von Antion.«

Ich lauschte aufmerksam, beobachtete Damians Gesicht und überlegte, warum er mir das erzählte.

»Bei der Krönungszeremonie bot König Osgand an, eine Heirat mit seiner Nichte zu arrangieren, um das Bündnis, das zwischen den beiden Ländern stets bestanden hatte, zu festigen. Er fürchtete Dansiis immer größer werdende Macht. Mein Vater verliebte sich auf den ersten Blick in meine Mutter und willigte in die Heirat ein, sodass das Bündnis auch weiterhin bestand. Die ersten Ehejahre verliefen, wie man mir berichtet hatte, ohne Vorkommnisse. Sie schenkte ihm zwei Söhne, und er hielt sein Versprechen, Frieden mit Blevon zu halten. Aber dann wurde Dansii von einer unbekannten Armee unter der Führung zahlreicher Zauberer überfallen. König Armando wäre fast getötet worden, und der Armee von Dansii gelang es nur mit Mühe, den Feind zum Rückzug zu zwingen, was ihr auch nur aufgrund ihrer zahlenmäßigen Übermacht gelang. Armando, der um sein Leben und das seines Bruders fürchtete, heuerte daraufhin zwei Zauberer der schwarzen Magie an – einen für sich und einen für Hektor. Iker zog in den Palast ein – und spürte sofort, was meine Mutter war. Sie war eine Zauberin. Und er enthüllte ihr Geheimnis.«

Ich rang nach Atem. »Deine *Mutter*?«

Damian nickte, ohne den Blick von dem Medaillon zu heben. »Sie zeigte Victor und mir, was sie alles tun konnte, und wir waren fasziniert und erstaunt. Aber sie erklärte uns, es sei ein Geheimnis, das wir niemandem verraten dürften. Wir vergötterten unsere Mutter und wir wahrten ihr Geheimnis. Bis Iker es aufspürte und meinen Vater davon unterrichtete. Hektor war wütend – warf ihr vor, sie sei eine Spionin, die nur auf den Augenblick wartete, sich gegen ihn zu wenden und ihn zu töten, um Antion ihrem Onkel auszuliefern. Ich erinnere mich an diesen Streit, weil Victor und ich nebenan gespielt hatten und ihn brüllen hörten. Sie versuchte, ihn vor Iker zu warnen, erklärte ihm, dass er kein gewöhnlicher Zauberer sei, aber mein Vater hörte ihr gar nicht zu. Er schloss sie in ihrem Gemach ein und wir durften sie nur alle paar Tage sehen. Wenn wir sie besuchten, dann stets in Begleitung von Iker, der darauf achtete, dass sie nichts sagen oder tun konnte, was er nicht billigte.« Der Klang seiner Stimme verriet, wie sehr Damian das alles aufwühlte. Er hielt inne.

»Du brauchst nicht weiterzusprechen.« Ich hatte Angst vor dem, was er als Nächstes berichten würde. Ich wollte nicht, dass er all den Schmerz wieder aufleben ließ.

»Ich habe noch nie zuvor jemandem davon erzählt.« Schließlich hob Damian den Blick. »Ich war wütend auf meinen Vater, brüllte ihn an, weil er Mutter wehtat und ihr die Zauberei verbot. An jenem Abend ging er mit mir und Victor zu ihrem Gemach. Er befahl uns, vor ihr Platz zu nehmen, und sagte, er werde uns lehren, was passieren würde, wenn wir ihn je hintergingen. Er erklärte, die Zauberei sei böse und er würde sie in Antion nicht dulden. Und dann tötete er sie.« Damian erschauderte bei der Erinnerung, die ich nicht auslöschen konnte. »Mein Vater hatte sie wochenlang mit Blutwurz vergiftet, sodass ihr Zauber gelähmt war und sie ihn nicht aufhalten konnte. Ich erinnere mich, wie sie die Augen voller Entsetzen aufriss... wie sie schrie, als er das Schwert hob. Sie bat ihn... nicht...« Damian versagte die Stimme und er brach ab.

Zitternd berührte ich seine Wange. Er schloss die Augen, drehte sein Gesicht zu meiner Hand und drückte die Lippen dagegen. »Es ist nicht deine Schuld«, flüsterte ich.

Er schüttelte den Kopf, die Augen immer noch geschlossen. »Wenn ich nicht so wütend auf ihn gewesen wäre... wenn ich ihn nicht angebrüllt hätte...« Seine Stimme zitterte.

Ich umfasste sanft sein Gesicht mit beiden Händen. »Damian, sieh mich an.«

Er tat es, niedergeschlagen und voller Schmerz, den er nach all den Jahren der Zurückhaltung nicht länger unterdrücken konnte.

»Es war *nicht* deine Schuld. Hektor ist ein schlechter Mensch. Vermutlich wartete er nur darauf, dass einer von euch zusammenbrach und der Wut freien Lauf ließ, damit ihr euch selbst die Schuld geben würdet. Er hat langfristig geplant, eure Mutter außer Gefecht zu setzen, er tötete sie nicht aus einer Laune heraus. Er ist durch und durch böse.«

Damian holte tief Luft. Er zitterte am ganzen Körper. »Das Schlimmste ist: Auch wenn ich ihn noch so hasse, er ist immer noch mein Vater.«

Ich strich ihm das Haar aus der Stirn und wünschte, ich könnte ihn von seiner Qual, seinem Schmerz und seinen Schuldgefühlen erlösen.

»Zwei Wochen nachdem mein Vater meine Mutter ermordet hatte, erklärte er Blevon den Krieg und behauptete, ein Zauberer von dort sei für den Tod meiner Mutter verantwortlich. Den Rest kennst du ja.« Und damit legte er seine Hand auf meine. »Ich erzähle dir das alles, damit du besser verstehen kannst, worum es mir geht. Er ist nach wie vor mein Vater, aber wenn die Zeit für mich gekommen ist, ihn zu töten, werde ich nicht zögern. Ich habe meine Mutter und meinen Bruder vor Augen. Alle, die ich liebte, wurden mir genommen. Und ich werde die Kraft und den Mut haben, das zu tun, was ich tun muss.«

Mir war elend zumute und ich ließ meine Hände in meinen Schoß fallen.

»Aber jetzt bekommst du diese Chance nicht, weil ich nicht gut genug bin, um Iker aufzuhalten.«

Damian beugte sich vor, und jetzt war er es, der mein Gesicht mit beiden Händen umfasste. »Doch, das bist du. Als es dir gelang, Eljins Abwehr zu durchbrechen, lag das daran, dass du absolut konzentriert warst. Du hast all deine Gedanken, deine Stärke und Kraft nur auf das eine gerichtet – ihm die Maske vom Gesicht zu reißen, nicht wahr? Du hast ihn nicht in die

Rippen getroffen, sondern ihm mit dem Schwert die Maske abgenommen.«

Ich dachte an jenen Tag zurück, daran, wie wütend ich gewesen war. In diesem Augenblick hatte ich ihn und seine Maske so sehr gehasst, dass mich tatsächlich kein anderer Gedanke beherrschte, als sie ihm herunterzureißen.

»Sobald du diese Art von Konzentration und Entschlossenheit erneut aufbringst, wirst du Erfolg haben. Und ich nehme an, dass dein Hass auf den König und Iker bei Weitem stärker ist als der auf Eljin. Stell dir beim Training vor, dass Eljin Iker ist und nur sein Tod die Ermordung deiner Eltern rächen kann. Deines Bruders. Und er ist der einzige Mensch, der noch zwischen uns steht.« Er blickte mich eindringlich an und ich musste meine Tränen unterdrücken.

Ich konnte sie vor mir sehen – meine Eltern, die in ihrem eigenen Blut lagen. Marcels gebrochenen Blick. Und jetzt saß Damian, der Prinz von Antion, neben mir und erklärte… was? Was erklärte er mir eigentlich?

»Willst du damit sagen, dass du mit mir zusammen sein willst?«, fragte ich mit rauer Stimme.

Als er seine Finger in meinem Haar vergrub und mein Gesicht näher zu sich heranzog, brachte der Feuerschein seine Augen zum Glühen.

»So sehr, dass es schmerzt.« Sein Blick verschmolz mit meinem, doch die Verzweiflung darin war nicht zu übersehen. »Verstehst du jetzt, weshalb ich Angst hatte, meine Gefühle zuzulassen? Wenn Hektor je davon wüsste, würde er dich benutzen, um mich in die Knie zu zwingen. Bevor wir meinen Vater nicht besiegt haben, können wir nie wirklich zusammen sein.«

Auch wenn ich mir nichts sehnlicher wünschte, wusste ich,

dass es unmöglich war. Selbst wenn er mit mir zusammen sein *wollte*, selbst wenn er König wurde und tun und lassen konnte, wie ihm beliebte – *er konnte nicht* seine ehemalige Wache heiraten. Er musste eine Vernunftehe eingehen. Vielleicht mit jemandem aus Blevon, um den einstigen Frieden zwischen unseren Ländern wiederherzustellen.

Doch dann lehnte sich Damian vor, berührte meine Stirn mit seiner, und in diesem Augenblick war es mir egal. Es kümmerte mich nicht, dass wir keine gemeinsame Zukunft haben würden. Alles was ich wollte, war, *in diesem Augenblick* mit ihm zusammen zu sein. Mein Blut wallte durch meinen Körper – ein Teil von mir wünschte sich nichts sehnlicher, als sich in seiner Berührung zu verlieren, ihn so lange zu küssen, bis alles andere sich in nichts auflöste.

Aber der andere Teil in mir kämpfte um die Kraft zu verzichten. Ich wusste, dass es klüger war, meine Sehnsucht nach Damian zu ignorieren – und mich stattdessen auf das plötzliche Selbstvertrauen zu konzentrieren, das mich durchströmte.

Ich hob den Kopf. »Ich will es noch einmal versuchen.«

»Jetzt gleich?«

»Ja, jetzt gleich.«

Damian lächelte mich wehmütig an. »Ich wusste, dass du es in dir hast. Und ich weiß, du *kannst* es schaffen.« Doch er rührte sich nicht. Seine Hand war immer noch in meinem Haar verfangen und hielt mich zurück. »Aber würde es dir etwas ausmachen, noch ein paar Minuten zu warten?«

»Warum?«, fragte ich, obwohl ich die Antwort bereits kannte.

»Weil ich nicht weiß, wann wir wieder allein sein werden, bis das alles vorüber ist.« Seine Worte brachten mein Herz zum Rasen. Seine Finger umspannten meinen Hinterkopf und er zog mich an sich. Und dann lag sein Mund auf meinem und es durchflutete mich heiß. Meine Haut und meine Lippen begannen zu glühen, als ich Damian umarmte, mich an ihn klammerte, als wäre er mein Anker in der stürmischen, unsicheren See. Als er mich fest in die Arme schloss, konnte ich seine eigene Verzweiflung spüren.

Es klopfte leise an die Tür, und wir rückten gerade noch rechtzeitig voneinander ab, bevor Eljin im nächsten Moment im Türrahmen stand, ein Tablett mit Essen in der Hand. Rylan folgte ihm. Er betrachtete mich mit trübem Blick. Aber er wirkte eher resigniert als verärgert.

»Ich bringe das angeforderte Essen«, sagte Eljin mit leicht spöttischer Stimme.

»Es gibt eine Planänderung«, erwiderte ich.

»Oh, tatsächlich? Ist ja entzückend!«

»Mach dich besser gleich auf deine Niederlage gefasst.« Ich rauschte an ihm vorbei zur Tür hinaus und steuerte geradewegs auf den Übungsraum zu.

Sechsunddreißig

»Bist du sicher, dass du heute Abend noch trainieren willst? Vielleicht wäre es besser, du würdest dich etwas *erholen*«, neckte Eljin mich, als er nach seinem Übungsschwert griff.

»Ich brauche keine Erholung«, schnappte ich zurück.

Er zuckte die Schultern und begab sich an seinen Platz. »Dann los.«

Als er anfing, mich zu umkreisen und auf meinen Angriff zu lauern, dachte ich an Damians Worte. Ich stellte mir den kleinen Jungen vor, der die Ermordung seiner Mutter mit ansah. Ich dachte an meine Eltern, die nur aufgrund Hektors übler Machenschaften den Tod fanden. Ich dachte an Marcel – wie er an mich glaubte und wie auch er Opfer dieses Krieges wurde. Ich dachte an Iker und wie er das Geheimnis der Königin verriet und sie damit zum Tode verurteilte. Ich dachte an das Bruthaus voller verschreckter Mädchen, die immer wieder vergewaltigt wurden. Ich dachte an Rylan, seinen nie versiegenden Mut und seine Liebe zu seinem Bruder – ich konnte den Gedanken, dass ihnen dasselbe Schicksal drohte wie Marcel und mir, nicht ertragen. Und ich dachte an Damian, der die ganzen Jahre über eine Rolle gespielt hatte in dem Versuch, einen Weg zu finden, seinem Vater Einhalt zu gebieten und sein Königreich zu retten. Ich dachte daran, wie er mich geküsst und mir erklärt hatte, er wolle mit mir zusammen sein.

Aber wenn wir Iker und den König nicht aufhalten konnten, würde ich ihn verlieren. Wir alle würden alles verlieren.

All das, meine Liebe, mein Schmerz, mein Ärger wallten in mir auf und erfüllten mich mit Wut und Zielstrebigkeit und *Kraft*. Ich spürte, wie diese Kraft sich in meinem Inneren aufbaute – und griff an. Eljin riss überrascht die Augen auf. Links, rechts, links, drehen, zustoßen. Mein Schwert war so schnell, dass er nicht mithalten konnte. Er stieß einen missmutigen Laut aus und versuchte verzweifelt, seinen Schild hochzuhalten. Aber ich spürte es – den Augenblick, in dem Eljin seine Zauberkraft suchte und diese auf ihn reagierte. Ich wollte nicht, dass er triumphierte. Ich wollte nicht, dass Iker gewann. Ich weigerte mich, uns alle seiner Magie auszuliefern. Mit einem Wutschrei täuschte ich einen Schlag nach rechts an, wirbelte mit aller Kraft herum und stieß Eljin das Schwert in die Rippen, sodass er flach auf dem Boden landete. Ich thronte über ihm, rang nach Luft und umklammerte mein Schwert.

Er starrte fassungslos zu mir hoch. Stille breitete sich aus, bis mir das Schwert klirrend aus der Hand fiel.

»Du hast es geschafft«, hörte ich Rylans Stimme, aber diesmal jubelte er nicht. Niemand tat es.

Ich wusste nicht warum, aber in diesem Moment schossen mir die Tränen in die Augen. Vergeblich versuchte ich, sie zurückzuhalten. Meine Schultern bebten. Und dann stand Damian vor mir, nahm mich in die Arme und strich mir übers Haar. »Pst«, flüsterte er. »Alles ist gut, du hast es geschafft. Ich wusste, dass du es schaffen würdest.«

»Ich werde es gleich meinem Vater erzählen«, sagte Eljin. Ich wandte den Kopf und sah, wie er sich aufrappelte und sich den Brustkorb rieb. Er blickte mich an und nickte anerkennend.

Ich lächelte kläglich durch meine Tränen. Dann war er verschwunden.

Die nächste Woche verging wie im Flug mit den Vorbereitungen für unsere Rückkehr nach Antion und unseren Angriff auf König Hektor. Tag für Tag gelang es mir, dieselbe Kraft aufzubringen und Eljin zu schlagen. Meine Zuversicht wuchs. Aber auch meine Sorge um Rylan. Mit jedem Tag wurde er stiller und in sich gekehrter, aber es ergab sich nie die Gelegenheit, mit ihm allein zu reden. Wenn ich ihn fragte, ob es ihm gut gehe, wimmelte er mich ab. Ich wusste, dass er sich Sorgen machte, was wir im Palast vorfinden würden – wen wir lebend vorfinden würden. Ich betete inständig um Judes Unversehrtheit.

Aber ich wusste auch, dass Rylan wütend auf mich war, ohne dass ich daran etwas ändern konnte, nicht in dieser Situation.

Am Abend vor unserem Aufbruch aß General Tinso mit uns im Übungsraum zu Abend. Lisbet und Jax würden uns ebenfalls Gesellschaft leisten. Ich hatte auf dem Boden Platz genommen und führte gerade ein Stück Fleisch zum Mund, als sie hereinkamen – mit Tanoori im Schlepptau. Tanoori warf Damian einen langen Blick zu, dann schaute sie zu mir herüber. Sie nickte knapp und setzte sich neben Lisbet, die Rylan etwas zuraunte.

Tanoori sah erstaunlich gut aus, insbesondere wenn man bedachte, dass sie beim letzten Mal, als ich sie gesehen hatte, halb tot gewesen war.

»Wir müssen noch die letzten Details unseres Plans besprechen«, sagte General Tinso, als wir uns alle wieder unserem Mahl zuwandten. Ich warf Tanoori einen misstrauischen Blick zu, den General Tinso bemerkte.

»Wir können ganz offen vor ihr sprechen«, erklärte er.

»Da bin ich nicht so sicher«, widersprach ich. »Sie drohte mir, mich zu töten. Und noch im Palast hat sie versucht, Prinz Damian zu ermorden. Deshalb sollte sie hingerichtet werden, aber Eljin hat sie gerettet.« Ich blickte Damian an und wartete auf seine Bestätigung.

»Sie hat nur getan, was die Insurgi ihr aufgetragen hatten, nicht was sie selbst wollte«, sagte Damian stattdessen und sah Tanoori an, die jedoch nicht von ihrer Mahlzeit aufblickte. »Ich hatte die Insurgi gebeten, jemanden einzuschleusen, der einen Anschlag auf mich verübte, und ich wollte nicht, dass sie dafür starb. Ich bin also auch derjenige, der Eljin bat, sie zu retten.«

»Ihr habt *was* getan?«

»Ich wusste, dass sie versuchen würde, mich umzubringen«, erwiderte Damian gelassen. »Es war nicht vorgesehen, dass sie es schaffen würde – sie sollte es nur *versuchen*. Wenn meine Wache nicht da gewesen wäre, hätte ich sie selbst aufhalten müssen, worauf ich im Notfall vorbereitet war.«

Ich blickte ihn an, mein Mahl lag vergessen vor mir auf dem Teller. »Und *warum* habt Ihr die Insurgi darum gebeten, ein Attentat auf Euch zu verüben? Waren sie nicht diejenigen, die Euren Bruder ermordet haben?« Da alle unserer Unterhaltung lauschten, wagte ich es nicht, ihm Vorwürfe zu machen, weil er mir etwas so Wichtiges vorenthalten hatte, aber innerlich brodelte es.

»Ja.« Damian seufzte. »Aber später entdeckte Lisbet ihr Versteck und suchte sie auf. Sie erfuhr, dass ihre Anführer drei

Zauberer waren, Blevon und General Tinso treu ergeben. Sie wollten König Hektor stürzen. Also erklärte Lisbet ihnen, dass sie die Schwägerin des Generals sei und ich – im Gegensatz zu meinem Vater – Blevon gegenüber loyal wäre. Sie überzeugte die Insurgi davon, dass sie Hektor nicht würden aufhalten können, wenn sie seine Nachfolger über die Klinge springen ließen. Und sie unterrichtete sie auch über Iker und dass es aufgrund seiner Person unmöglich wäre, den König selbst zu töten. Daraufhin erklärten sich die Insurgi einverstanden, zusammen mit General Tinso und mir den Sturz des Königs vorzubereiten.«

»Aber welche Rolle spielte das Attentat bei diesem Plan? Und warum habt Ihr mich entsandt, den Insurgi eine Nachricht zu überbringen? Wollt Ihr mir jetzt verraten, was sie enthielt?« Bei allem, was geschehen war, und meiner Konzentration darauf, einen Zauberer zu besiegen, hatte ich den albtraumhaften Marsch durch den Dschungel fast vergessen, trotz der Narben von dem Angriff des Jaguars.

»Der Mordversuch sollte Ikers Aufmerksamkeit und die des Königs darauf lenken, dass wir da draußen Feinde hatten, die mich tot sehen wollten. Als ich dich beauftragte, den Insurgi diese Nachricht zu überbringen, hatte ich keine andere Wahl. Gewöhnlich überbrachten Lisbet und Jax die Nachrichten, aber in jener Nacht, als ich dich bis zu ihren Räumen mitnahm, war Iker uns gefolgt. Lisbet spürte seine Anwesenheit und bat mich zu gehen. Sie musste aus dem Schloss fliehen, bevor ich die Nachricht überhaupt verfassen konnte.«

»*Iker* war uns gefolgt? Ich dachte, es sei Eljin.«

Damian schüttelte den Kopf.

Ich hatte gleich gewusst, dass meine Angst auf diesem Korridor nicht unbegründet gewesen war, aber dass es sich um Iker handelte und ich ihn nicht einmal in Verdacht gehabt hatte, machte es nicht gerade besser.

»Was also enthielt die Nachricht?«

»Sie enthielt die Details, welche die Insurgi für ihre Rolle bei unserem Plan benötigten. Sie werden uns bei unserem Versuch, in den Palast einzudringen, helfen.«

»Die Insurgi werden uns helfen?« Ich blickte zu Tanoori, die seelenruhig ihr Essen verzehrte. Schließlich erwiderte sie meinen Blick, und in dem zaghaften Lächeln, das sie mir schenkte, erkannte ich endlich das Mädchen von einst wieder. Ich konnte es immer noch nicht fassen, dass Damian sie beauftragt hatte, ein Attentat auf ihn zu verüben. War ihr klar gewesen, dass sie versagen sollte – spielte sie ebenfalls eine Rolle?

»Sie haben es versprochen.«

»Ihnen gehören einige sehr mächtige Zauberer an und eine beachtliche Anzahl von Rebellen, die alle nur einen Wunsch haben: den König vom Thron zu stürzen. Und wir brauchen jede Hilfe, die wir bekommen können«, fügte General Tinso hinzu.

»Ich verstehe«, sagte ich, nachdem ich mich dazu gezwungen hatte, wenigstens einen Bissen Fleisch zu essen. »Ich habe darüber nachgedacht, und obwohl ich ziemlich sicher bin, dass ich Iker besiegen *könnte*, weiß ich nicht, wie ich es schaffen soll, nah genug an ihn heranzukommen, um es überhaupt zu versuchen – sofern Ihr nicht *Eure* Zauberer der schwarzen Magie dazu bringt, mir zu helfen. Andernfalls wird er mich gleich in Asche verwandeln, noch bevor ich *irgendetwas* tun kann.«

»*Meine* Zauberer der schwarzen Magie?« General Tinso warf mir einen seltsamen Blick zu. »Wovon redest du?«

Bevor ich antworten konnte, sprang Damian mir bei. »Darüber wollte ich noch sprechen. Alexas Eltern wurden durch das Feuer eines Zauberers getötet, als ein Teil der Armee von Blevon ihr Dorf überfiel. Ist es möglich, dass *schwarze Zauberer* die Armee unterstützen, ohne dass Ihr davon wisst?«

General Tinsos Augen weiteten sich. »Nein, ganz ausgeschlossen. Gibt es noch mehr Berichte dieser Art oder handelt es sich um ein einzelnes Ereignis?«

Damian schüttelte den Kopf. »Ich weiß es nicht.«

»Sobald Ihr König seid, müssen wir der Sache auf den Grund gehen. Ich weiß nicht, wer dieser Zauberer war, aber ich bin davon überzeugt, dass er nicht zu unserer Armee gehörte.«

»Ihr habt also *keine* schwarzen Zauberer, die uns helfen können?«, fragte ich verwirrt und bestürzt zugleich. Wenn dieser Zauberer kein Teil der Armee gewesen war, wer war er dann? Und warum hatte er meine Eltern getötet?

»Nein«, erwiderte der General schlicht.

»Aber wie soll ich dann nah genug an Iker herankommen, um gegen ihn zu kämpfen, ohne dass er mich zuerst tötet?« Mein Magen verkrampfte sich vor Angst.

»Vertrau mir – die Hilfe eines schwarzen Zauberers würdest du gar nicht wollen. Und um die Nähe zu Iker brauchst du dir keine Sorgen zu machen. Wenn unser Plan funktioniert, wirst du direkt neben ihm stehen, wenn wir mit dem Prinzen eintreffen.« General Tinso lächelte mich an, als handelte es sich um die beste Nachricht aller Zeiten.

»Und wie sieht dieser Plan aus?«

Gerade als General Tinso mit seiner Erklärung beginnen wollte, hob Damian die Hand, um ihn zum Schweigen zu bringen. »Alexa, ich möchte dich daran erinnern, dass du selbst zugestimmt hast, dies zu tun. Dass du helfen wolltest.«

»Ich weiss«, erwiderte ich bitter und liess den Blick zwischen ihm und dem General hin und her wandern. »Was soll ich tun?«

»Du sollst so gut schauspielern wie nie zuvor in deinem Leben.«

»Ich verstehe nicht ganz.« Ich blickte zu Rylan hinüber, doch er starrte nur auf sein unberührtes Essen.

»Du wirst ein oder zwei Tage vor uns von einigen Blevoneser Soldaten in den Palast zurückgebracht werden«, sagte Damian.

»Ich gehe nicht zusammen mit Euch?« Meine Brust verengte sich, als presste mir jemand die Luft aus den Lungen.

»Nein. Du musst die Erste sein und Bericht erstatten, dass man dich zusammen mit dem Prinzen in Blevon gefangen gehalten hat und du jetzt ausgesandt wurdest, um dem König eine Nachricht zu überbringen. Diese wird vom Eintreffen General Tinsos und seiner Armee zusammen mit dem gefangenen Prinzen künden. Und sie wird auch besagen, dass der General um die Beendigung des Kriegs handeln will, gegen die Freilassung des Prinzen.«

»Und das soll ich dem König überbringen?«

»Ja«, erwiderte Damian verhalten.

»Warum sollte er glauben, dass Ihr wirklich gefangen seid, wenn er Euch doch bereits in Bezug Eurer Loyalität misstraut? Würde er nicht erkennen, dass es sich um eine Falle handelt?«

»Aus diesem Grund haben wir den Mordversuch ebenso so realistisch erscheinen lassen wie die Entführung. Hektor hat seine Spione selbst innerhalb der Armee von Blevon, und wir können nur hoffen, dass sie ihm inzwischen Bericht erstattet haben.«

Ich holte tief Luft. »Und wenn das funktioniert und er die Nachricht glaubt, was dann? Wollt Ihr einfach den Palast stürmen und hoffen, dass ich mich in der Nähe befinde?«

»Nein. Wenn du die Nachricht überbringst, wird er vermutlich sagen, dass er nicht um mein Leben verhandeln will«, erklärte Damian so nüchtern, als sei die Tatsache, dass es seinem Vater gleichgültig war, ob er lebte oder starb, etwa so interessant wie ein Kommentar über das wenig schmackhafte Mahl.

»Wie kann ich ihn also dazu bringen, dass er einwilligt, sich mit Euch zu treffen? Und warum sollte er mich überhaupt in seiner Nähe haben wollen?«

»Du musst dir vorstellen, dass das *die* Gelegenheit für ihn ist, Blevons mächtigsten General in eine Falle zu locken«, sagte General Tinso. »Erklär ihm, dass du wüsstest, welche Männer in meiner Armee Zauberer seien. Und dass du sie ihm entlarven wirst, damit er sie vernichten kann, bevor sie nah genug sind, um beim Kampf Magie einzusetzen. Du musst dich ihm gegenüber als unverzichtbar erweisen, sodass er dich in seiner Nähe behält – und in der von Iker.«

»Aber ich dachte, Iker selbst könne jeden anderen Zauberer sofort spüren.«

»Das kann er auch, aber wenn so viele Menschen versammelt sind – und sich so viele Zauberer an einem Ort befinden –, kann er nicht *genau* sagen, wer sie sind. Du musst die beiden davon überzeugen, dass sie dich brauchen, ohne preiszugeben, dass du weißt, dass Iker ein Zauberer ist.«

Während sie fortfuhren, mir ihre Pläne darzulegen, schwirrte mir der Kopf. Ich hörte zu und nickte, doch mein Puls raste, und es fiel mir schwer, mir ihre Worte einzuprägen. Ich konnte nur daran denken, dass ich sie zurücklassen und dem König und Iker allein gegenübertreten musste. Und dass ich diese beiden dazu bringen musste, den General mit seiner Armee und dem Prinzen zu empfangen.

Der Plan hing so stark von mir ab, dass mir schwindelig wurde. Wenn ich keinen Erfolg hatte, würde es eine Katastrophe geben, und König Hektor hätte die Chance, den mächtigsten General Blevons in seinem eigenen Hof zu vernichten.

»Ich glaube, wir sollten den Abend jetzt beenden und zu Bett gehen«, schlug Eljin schließlich vor, nachdem ich den gesamten Plan kannte.

»Ja, wir müssen alle Kräfte sammeln, solange wir können«, stimmte General Tinso zu.

Ich stand benommen auf. Rylan wich erneut meinem Blick aus, als er sich erhob und zusammen mit Eljin den Raum verließ. Lisbet und Jax schlüpften schweigend zur Tür hinaus, nachdem Jax Damian herzlich umarmt hatte. Ich beobachtete, wie Damian sich hinunterbeugte und den Jungen in die Arme nahm, voller Zärtlichkeit. Sein Halbbruder. Ich spürte einen Kloß in meiner Kehle und musste mich zwingen, nicht an meinen eigenen Bruder zu denken und daran, wie sehr ich ihn vermisste. Seufzend folgte ich ihnen zur Tür hinaus, als mich jemand am Arm berührte.

Ich wandte mich um. Tanoori stand mit gequältem Gesichtsausdruck hinter mir.

»Alexa, ich entschuldige mich für das, was ich dir angetan habe. Das wollte ich dir unbedingt noch sagen, bevor du gehst. Und ...« Sie schwieg, als müsse sie all ihren Mut zusammen nehmen. »Ich möchte dir danken, weil du mich gerettet hast, obwohl ich es nicht verdiente. Eines Tages werde ich es dir vergelten, das verspreche ich.«

Ergriffen streckte ich die Arme aus, um sie an mich zu ziehen. Zuerst wich sie überrascht zurück, doch dann entspannte sie sich und erwiderte meine Umarmung.

»Pass gut auf dich auf, Tanoori.«

»Du auch.« Sie blicke mich lange an, dann wandte sie sich um und folgte Lisbet und Jax zum Vorderflügel des Schlosses.

»Alles Gute«, sagte General Tinso hinter mir.

Ich wandte mich nach ihm um. »Danke.«

Er nickte und war im Begriff, den Raum zu verlassen. »General?«, rief ich ihm zaghaft hinterher.

Er blieb stehen und sah sich nach mir um.

»Papa gab mir immer einen Spitznamen auf Blevonesisch, doch er verriet mir nie, was er bedeutete. Ob Ihr mir wohl…« Ich verstummte.

General Tinso nickte mir aufmunternd zu.

»Er nannte mich seine *zhànshì nánwū*.«

Der General riss erstaunt die Augen auf. »Alexa, *zhànshì* heißt grob übersetzt ›Meisterkämpfer‹.«

Mein Herz schlug zum Zerspringen. »Und *nánwū*?«

»Das bedeutet ›Zauberer‹.«

Meine Kehle war wie zugeschnürt.

»Alexa, du kannst es schaffen. Ich weiß es.« Er legte mir eine Hand auf die Schulter und blickte mich eindringlich an. Dann zog er sich mit einem Lächeln zurück.

»Gehen wir«, sagte Damian hinter mir, und ich fuhr zusammen. Behutsam umfasste er meine Taille und geleitete mich zu der Treppe, die uns ein letztes Mal zu unserem Raum führen würde.

Siebenunddreißig

»Die Männer, die dich zum Palast zurückbringen, kennen die Wahrheit nicht«, erklärte Damian flüsternd, als wir uns in Bewegung setzten. »Sie glauben, dass sie tatsächlich einen Kriegsgefangenen mit einer Nachricht an den König ausliefern. Und sie halten dich für einen Jungen.«

»Natürlich«, erwiderte ich, zu überwältigt und zu müde, um mir auch noch über diese zusätzliche Information Gedanken zu machen. Zwei Soldaten vorzuspielen, dass ich ein Junge sei – etwas, das ich seit Jahren getan hatte –, war letztlich ein Kinderspiel im Vergleich zu allem anderen, was mich erwartete. Ich wollte nicht darüber nachdenken. Auch nicht darüber, wie enttäuscht ich von Damian war. Stattdessen konzentrierte ich mich auf die Tatsache, dass Papa mich einst »Meisterkämpfer-Zauberin« oder »Zauber-Meisterkämpferin« gerufen hatte. Er hatte also versucht, mir die Wahrheit zu sagen, und zwar auf die einzige Art und Weise, die ihm sicher erschien. Aber was bedeutete das? Dass er schon immer gewusst hatte, dass ich die Gabe besaß, gegen Zauberer zu kämpfen, oder steckte sogar noch mehr hinter diesem Spitznamen?

Damian berührte meinen Arm, umfasste behutsam meinen

Ellbogen und bedeutete mir, anzuhalten. »Alex, ich habe dir nicht absichtlich meine Verbindung zu den Insurgi verschwiegen.«

Ich seufzte, als ich zu ihm hochblickte.

»Bei der ganzen Aufregung habe ich einfach vergessen, dir davon zu erzählen. Es tut mir leid.«

»Falls wir all das hier überleben, kommst du vielleicht irgendwann an den Punkt, an dem du nicht mehr darüber nachdenken musst, ob du mir so kleine Details erzählst wie das, dass du jemanden beauftragt hast, ein Attentat vorzutäuschen.« Ich konnte die Bitterkeit in meiner Stimme nicht verbergen.

Damians Miene verhärtete sich. »Ich bin es nicht gewohnt, überhaupt *irgendjemandem irgendetwas* zu erzählen – geschweige denn meine Geheimnisse. Auch wenn ich hoffte, dir trauen zu können, musste ich erst ganz sicher sein, bevor ich dir den ganzen Plan verriet. Ich habe mich bei dir entschuldigt, was willst du denn noch?«

»Ich weiß nicht«, erwiderte ich verärgert. »Ich weiß nicht, was ich will. Einfach keine weiteren Überraschungen, vermute ich.« Eines aber wusste ich genau: Ich wollte unsere letzte Nacht *nicht* im Streit verbringen. Vielleicht würde ich ihn nie wieder sehen. »Ich will dir vertrauen können.«

Es war so dunkel im Korridor, dass ich mir nicht ganz sicher war, aber es schien, als verziehe er das Gesicht. »Eines Tages wirst du es.«

Wir blickten uns eine kleine Ewigkeit lang an. Mein Herz hämmerte. Dann hörten wir Stimmen, die sich uns näherten. Entsetzt riss ich die Augen auf. Man durfte uns hier nicht unbewacht vorfinden.

Ich wandte mich um und rannte zur Treppe, Damian dicht hinter mir.

Rylan lag bereits auf seiner Pritsche, mit dem Rücken zur Tür, als wir in den Raum stürmten. Ich hoffte, er würde sich umdrehen und etwas zu mir sagen – irgendetwas, bevor ich morgen aufbrach. Doch er verharrte stur in seiner Lage. Damian begab sich ebenfalls zu seiner Pritsche, setzte sich und starrte ins Feuer.

Die Kälte im Raum kam nicht von dem Wind, der am Fenster rüttelte. Mit einem Seufzer kroch ich unter die Decke auf meiner Pritsche und rollte mich zusammen. Es würde eine jämmerliche Reise zurück nach Tubatse werden.

Ich überlegte, was während unserer Abwesenheit wohl geschehen sein mochte. Würde Kai noch leben? Und was war mit den übrigen Mitgliedern der Leibwache? Die ganze Zeit über hatte ich diese Gedanken verdrängt, da ich wusste, dass Grübeln alles nur schlimmer machte. Doch jetzt, als ich hier in der Stille lag, konnte ich die quälenden Fragen nicht länger unterdrücken.

Oh, wie sehr ich offene Fragen hasste.

Ich hörte das Knarzen von Damians Pritsche, hielt die Augen jedoch geschlossen und wünschte, dass sich in meinem Kopf nicht alles sinnlos drehte, wünschte, ich könnte schlafen. Die Stunden verstrichen. Lediglich das Knistern des Feuers war zu hören, das allmählich verlosch. Draußen heulte der Wind. Endlich übermannte mich meine Erschöpfung und ich schlief ein.

Der Morgen dämmerte kühl und klar, vor unserem Fenster erstreckte sich der blaue Himmel, so weit das Auge reichte. Mit einem mulmigen Gefühl im Magen richtete ich mich auf. Rylan saß auf seiner Pritsche, den Kopf in den Händen vergraben. Damian lag auf dem Bauch und schlief tief und fest.

Ich wollte gerade etwas zu Rylan sagen, als die Tür aufging

und Eljin zusammen mit zwei Männern hereinmarschierte. Damian schreckte auf und rappelte sich hoch.

»Welcher ist es?«, fragte einer der beiden Männer in unserer Sprache und musterte uns.

Mein Puls raste, meine Hände waren eiskalt. Das war es also? Es ging bereits los? Ich hatte gedacht, ich hätte noch die Möglichkeit, mich zu verabschieden, ein letztes Mal mit Rylan zu sprechen und nicht im Streit von Damian zu scheiden. Aber dann kamen mir seine Worte von letzter Nacht in den Sinn: Diese Männer kannten die Wahrheit nicht. Ich musste mich wie eine ganz normale männliche Leibwache des Prinzen verhalten – nicht mehr und nicht weniger.

»Der da. Aber seid vorsichtig, er ist der beste Mann des Prinzen. Wenn ihr auch nur eine Sekunde unaufmerksam seid, hat er euch entwaffnet und ihr liegt tot am Boden, bevor ihr überhaupt erkennt, was euch getroffen hat«, sagte Eljin streng und deutete auf mich.

Rylan blickte alarmiert zu mir hoch, während der Prinz eine unbeteiligte Miene aufsetzte. Ich erhob mich langsam und wandte genau das an, was ich mir in den letzten Jahren antrainiert hatte – ich gab vor, jemand zu sein, der ich nicht war. Das war auch nicht schlimmer, als vorzugeben, Marcels Tod habe mir nichts ausgemacht.

Die beiden Männer kamen auf mich zu. Einer packte meine Hände, zerrte sie auf den Rücken und fesselte sie mit einem Strick.

»Erwartet ihr, dass ich den ganzen Weg nach Tubatse mit gefesselten Händen zurücklege?«, fragte ich verächtlich.

»Exakt.« Der andere Mann grinste und enthüllte eine Reihe fleckiger gelber Zähne.

»Gehen wir.« Der Kerl hinter mir verpasste mir einen Stoß zwischen die Schulterblätter und ich stolperte nach vorn.

»Alex...« Rylan sprang auf, wachsbleich.

Meine neuen Entführer stießen mich weiter vorwärts, und ich musste den Hals verrenken, um ihn anzusehen.

»Pass auf dich auf«, sagte er mit gepresster Stimme. »Und sieh nach Jude, wenn du kannst. Falls... er noch lebt.«

Ich nickte und versuchte zu verbergen, wie elend mir zumute war.

»Ach, wie süß. Los jetzt, weiter«, schnarrte der Mann hinter mir und versetzte mir erneut einen Stoß.

Ich konnte nicht einmal mehr einen Blick auf Damian werfen, bevor die Tür hinter mir ins Schloss fiel.

Achtunddreißig

*D*ER WEG ZURÜCK nach Antion war sogar noch schlimmer als befürchtet. Im täglichen Wechsel fesselten meine Entführer mir die Hände, einmal vorn, einmal hinten. Zudem war das Tempo, das sie vorgaben, mörderisch. Jeden Abend brach ich erschöpft auf dem Boden zusammen, wenn sie endlich anhielten, um das Lager aufzuschlagen. Kaum hatten wir die Grenze nach Antion passiert, stießen wir auch schon auf ein Bataillon und mussten uns eine Stunde lang hinter dichtem Buschwerk verstecken, bis die Soldaten vorbei waren. Verärgert über diese Verzögerung, ließen mich meine Entführer den Rest des Tages rennen, bis meine Beine buchstäblich unter mir nachgaben. Da meine Hände auf den Rücken gefesselt waren, konnte ich mich nicht abfangen und landete bäuchlings im Staub.

Nach der kühleren Luft in Blevon war die schwüle Hitze des Dschungels noch zermürbender. Immerhin fürchtete ich mich nicht mehr vor dem Dschungel, wenn wir nachts in dem kleinen Zelt schliefen, das ich tagsüber auf dem Rücken schleppen musste – ich war viel zu müde und erschöpft, um Angst zu haben. Auch unser schnelles Tempo hatte wenigstens den einen Vorteil, dass wir den Weg in weniger als zwei Wochen zurücklegten.

Als die Palastmauern vor uns emporragten, wäre ich vor Erleichterung beinah in Tränen ausgebrochen. Bis mir wieder in den Sinn kam, was als Nächstes auf dem Plan stand.

Mit dem Schwert der Entführer in meinem Rücken marschierte ich zur Mauer hinauf.

»Halt! Wer ist da?«, rief eine Wache zu uns herunter.

»Antworte ihm«, befahl mir einer der beiden Männer.

»Alex Hollen, Mitglied von Prinz Damians Leibwache«, rief ich zurück. »Ich wurde hierhergebracht, um seinem Vater, dem König, eine Nachricht bezüglich des Prinzen zu übermitteln.«

»Werft eure Waffen zu Boden«, brüllte es von oben herab.

Die Männer hinter mir tuschelten miteinander in ihrer Sprache, dann hörte ich das Klirren ihrer Schwerter auf dem Boden.

»Tretet weg von euren Waffen!«

Wir gingen weiter und steuerten das Tor an. Es öffnete sich, und plötzlich waren wir von einer Gruppe von Soldaten der Armee von Antion umringt, Schwerter und Pfeile von allen Seiten auf uns gerichtet.

»Lasst mich durch«, hörte ich eine vertraute Stimme. Mir zitterten fast die Knie, so erleichtert war ich, als Deron eine Wache zur Seite schob und mit weit aufgerissenen Augen vor mir stand. Eine frische, übel aussehende Narbe erstreckte sich von seiner Braue über seine Wange knapp am Mund vorbei. Aber er war es – mein Hauptmann, wie er leibte und lebte. Wenngleich er mich völlig fassungslos anblickte. »Alex, du bist es wirklich. Wir dachten, du seist tot.«

»Ich habe eine Nachricht für den König, seinen Sohn betreffend«, sagte ich und versuchte, mich voll und ganz auf die Gegenwart zu konzentrieren. Wenn ich mir gestattete, zu viel nachzudenken – zu viel zu *fühlen* –, würde ich auf der Stelle zusammenbrechen.

»Schafft diese Männer ins Verlies«, befahl Deron den Wachen und deutete auf meine Entführer. Jetzt bekamen es die Blevoneser Soldaten mit der Angst zu tun, aber nach den vergangenen zwei Wochen fiel es mir schwer, Mitleid mit ihnen zu empfinden. »Alex, du kommst mit mir. Und nichts wie weg mit diesen Fesseln.«

Meine Schultern brannten, meine Hände und Handgelenke schmerzten, als ich endlich befreit war. Ich strich über die wund gescheuerte Haut.

»Du brauchst dringend saubere Kleidung und etwas zu essen, bevor du den König aufsuchst.« Ich folgte Deron, der mit entschlossenen Schritten auf den Palast zumarschierte. Voller Beklommenheit starrte ich auf das vertraute Gebäude. General Tinsos Schloss war schon gewaltig gewesen, aber im Vergleich zum Palast erschien es wie ein Sommerhaus. Es hing so viel von mir ab. Ich hatte das Gefühl, das Gewicht des gesamten Palastes auf meinen Schultern zu spüren.

Als wir ein Stück über den Hof gegangen waren, öffnete sich eine Tür, und eine weitere mir vertraute Gestalt eilte auf uns zu. Doch deren Anblick erfüllte mich mit Furcht.

»Alex Hollen, der König will dich sofort sehen.« Ikers unheilvoller Blick ließ mich erschaudern.

»Sobald du fertig bist, werde ich dir etwas zu essen besorgen«, sagte Deron, nachdem er sich vor Iker verneigt hatte.

»Nicht nötig. Wir kümmern uns darum«, erwiderte Iker. Deron musterte ihn argwöhnisch. »Du kannst gehen.«

Deron verneigte sich erneut und tat, wie ihm geheißen, aber seine Miene wirkte sorgenvoll.

Ich sah Deron hinterher. Angst schnürte mir die Kehle zu. Ich wollte nicht mit Iker allein sein. Jetzt, da ich die Wahrheit über ihn wusste, machte mich seine Gegenwart noch nervöser. Ich hatte immer gespürt, dass irgendetwas mit ihm nicht stimmte, ohne zu ahnen, was es war. Seine Aura der dunklen Macht ließ mich frösteln.

»Mir nach, Alex. Der König und ich sind sehr daran interessiert zu erfahren, was mit unserem geliebten Prinz Damian geschehen ist.« Er steuerte auf die Tür zu, durch die er gekommen war, und ich folgte ihm widerwillig in den Palast.

Vor den massiven Mahagonitüren, die zum Beratungszimmer des Kronrats neben den Privatgemächern des Königs führten, machten wir halt. Iker klopfte kurz an und trat dann ein.

»Majestät, hier bringe ich Euch die Wache zum Verhör.«

»Ausgezeichnet, er soll eintreten«, hörte ich die tiefe Stimme des Königs.

Iker bedeutete mir mit einer Handbewegung, ich solle vor ihn hintreten.

König Hektor saß auf seinem Thron, einem der vielen, die er im Palast verteilt hatte, das Haupt geschmückt mit seiner Krone. Er fixierte mich mit seinen hellblauen Augen – Damians und Jax' Augen – und wies mich mit einem Fingerschnipsen an, mich dem Thron zu nähern. Das Sonnenlicht brach sich in den Juwelen seiner vielen Ringe und in den Diamanten der Amtskette, die er als Zeichen seiner königlichen Würde über seiner Seidenrobe trug.

Ich trat vor und verneigte mich tief vor dem König von Antion. Als Bote, der seinem König gute Nachrichten überbrachte, musste ich selbstsicher und ruhig wirken.

»Du kannst dich erheben«, sagte König Hektor. Ich richtete

mich auf, die Faust auf die linke Schulter gepresst, und spürte Iker hinter mir.

»Majestät, ich bringe Euch Nachrichten bezüglich Eures Sohnes«, sagte ich.

»Ja, ich nehme an, das ist der Grund, weshalb du hierhergebracht wurdest. Wir hatten Kunde von dem Verbleib meines Sohnes. Ich gehe doch recht in der Annahme, ihr wurdet in General Tinsos Schloss in Lentia festgehalten? Ist das richtig?«

Auf den zweiten Blick bemerkte ich, dass König Hektors Augen eher grau als blau waren. Sie verrieten Intelligenz, bargen aber auch düstere Anzeichen jener Grausamkeit, die unser König so liebte. Dieser Mann hatte seine Gemahlin vor den Augen seiner Söhne umgebracht. Dieser Mann hatte befohlen, dass zahlreiche Mädchen vergewaltigt wurden, um eine größere Armee zu züchten. Ich musste tief durchatmen, um die Wut, die sich in mir aufbaute, in Schach zu halten.

»Majestät, ich kenne nicht den Namen der Stadt, durch die wir gekommen sind, aber der Mann, in dessen Schloss wir gefangen gehalten wurden, war, wie Ihr gesagt habt, General Tinso«, erwiderte ich, dankbar, dass meine Stimme ruhig und beherrscht klang. Nie zuvor war mir meine jahrelange Erfahrung darin, etwas vorzugeben, was ich nicht war und nicht fühlte, so zugutegekommen wie in diesem Moment.

»Du kannst deine Botschaft jetzt kundtun.«

»Ich soll Euch mitteilen, dass General Tinso und seine Armee im Anmarsch auf Tubatse sind und den Prinzen als Gefangenen mitführen. Der General hat die mächtigsten Zauberer von Blevon versammelt, die ein tödliches Feuer über unsere Mauern und unser Land regnen lassen werden, sofern Ihr nicht zu einem Waffenstillstand mit Blevon bereit seid. Jedoch *wenn*

Ihr bereit seid, einen Friedensvertrag zu unterzeichnen, wird er Euch Prinz Damian unversehrt übergeben und mit seiner Armee ohne weiteres Blutvergießen wieder aus Antion abziehen.«

Während meines Vortrags, begab Iker sich zum König, nahm zu seiner Rechten Platz und starrte mich an. Schließlich beugte er sich zum König hinüber und flüsterte ihm etwas ins Ohr. Dann richtete Iker sich wieder auf, straffte die Schultern und beide blickten auf mich herunter. Nachdem ich geendet hatte, herrschte lange Zeit Stille im Raum.

Plötzlich fing der König an zu lachen, ein grausamer, spöttischer Laut, der mein Blut zu Eis erstarren ließ.

»Das ist also ihr großer Plan?« Ebenso unvermittelt, wie er zu lachen begonnen hatte, hörte er wieder auf, zeigte auf mich und rief mit donnernder Stimme: »Sie glauben, mir weismachen zu können, mein Sohn sei ihr Gefangener? Der Gefangene des Landes, das er so sehr liebt?«

»Majestät, ich verstehe nicht…«, stammelte ich, doch er schnitt mir das Wort ab.

»Du und deine Männer, ihr versteht vieles nicht, was meinen Sohn angeht. Er hat Antion noch nie geliebt, sein Herz gehört Blevon, der Heimat seiner Mutter. Ich will nicht, dass meine Bemühungen ein so frühes, unbefriedigendes Ende finden – nur um sein wertloses Leben zu retten.« Er stand auf und starrte auf mich herab, Iker direkt hinter ihm, den Mund zu einem höhnischen Lächeln verzerrt. »Er will diesen Krieg beenden? Nun, ich auch. Wir werden General Tinso und seine Armee von Zauberern vernichten und Blevon wird mir zufallen«, brüllte er mir entgegen, und ich war mir nicht ganz sicher, ob ich es nicht mit einem Irren zu tun hatte.

Ich ging vor dem König in die Knie.

»Majestät, ich bitte Euch, nicht voreilig zu handeln. Wir waren tatsächlich Gefangene und der Prinz *liebt* Antion. Unzählige Male hat er mir von seiner Liebe zu seinem Land berichtet.«

»Weg mit ihm«, bedeutete der König mit einer unwilligen Geste.

Als ich mich aufrichtete, sah ich Iker auf mich zukommen und platzte voller Verzweiflung heraus: »Majestät, bitte! Ich kenne General Tinsos Zauberer – ich kann sie Euch zeigen. Wenn Ihr ihn glauben lasst, Ihr würdet dem Vertrag zustimmen, gibt er Euch Euren Sohn zurück. Und dann könnt Ihr die ganze Armee einkreisen und töten.«

König Hektor hob eine Hand, und Iker blieb stehen, doch seine Augen blitzten unheilvoll.

»Was sollte das für einen Sinn haben, da mein Sohn ein Verräter ist?«

»Das ist er nicht, mein König. Er ist Antion treu ergeben«, erwiderte ich. Was sogar stimmte – Damian war Antion tatsächlich treu ergeben, nicht aber seinem König.

»Lügt er?«, zischte der König leise.

Iker betrachtete mich mit unverhohlener Abneigung, wandte sich dann um und verneigte sich vor Hektor.

»Nein, Majestät, ich glaube, er sagt die Wahrheit.«

König Hektor musterte mich eingehend mit seinem kalten, berechnenden Blick. »Wenn mein Sohn ein Verräter ist, dann bist du ebenfalls einer, Alex. Ich habe meine Zweifel an deiner Behauptung.« Dann gab er Iker erneut ein Handzeichen. »Ich werde über die Worte der Wache nachdenken. Bring ihn zu den Verliesen, bis ich entschieden habe, was mit ihm geschieht.«

»Majestät, bitte.« Ich versuchte, meine Stimme tief und rau klingen zu lassen, befürchtete aber, dass meine Panik mein Bemühen zunichtemachte. »Sie liegen nur ein oder zwei Tage zurück und könnten schon morgen hier eintreffen.«

Aber diesmal ging Hektor nicht mehr auf mich ein. Iker packte mich am Arm und zerrte mich weg. Als wir das Gemach des Königs verlassen hatten und die Tür hinter uns ins Schloss fiel, sagte er: »Nach dir, Alex. Ich denke, du kennst den Weg.« Mit spöttischem Grinsen deutete er auf den von allen Flügeln des Palasts umgebenen Hof mit den tief darunter liegenden Verliesen.

Ich straffte die Schultern, reckte das Kinn und bewegte mich so selbstsicher wie möglich, obwohl ich innerlich zitterte.

Ich hatte versagt. Der König hatte die Lügen durchschaut, wie ich es befürchtet hatte. All die Unannehmlichkeiten, der ganze Aufwand, um die Armee von Blevon – und Antions Spione – von unserer Gefangenschaft zu überzeugen, waren umsonst gewesen.

Damian, Tinso und die anderen würden in dem Glauben hier eintreffen, ich stünde bereit, um Iker Einhalt zu gebieten. Stattdessen steuerten sie direkt in ein Blutbad.

※ Neununddreißig ※

*D*IE VERLIESE WAREN schlimmer, als ich sie in Erinnerung hatte.

»Was tust du denn hier, kleiner Meister?«, fragte Jaerom, als ich, dicht gefolgt von Iker, die Treppe herunterkam.

»Er wird hier eingesperrt, bis der König entscheidet, welchen weiteren Nutzen er für ihn hat – wenn überhaupt«, erklärte Iker. Seine Stimme war so ölig wie sein schütteres Haar.

»Er will *Alex* einsperren?«

Der Schock auf Jaeroms Gesicht schien Iker nicht zu passen, denn sofort herrschte er ihn an: »Gib mir die Schlüssel, Wärter.«

Jaerom nahm augenblicklich Haltung an, als erinnere er sich erst jetzt, mit wem er es zu tun hatte. »Ja, Sir, hier ist der Hauptschlüssel.«

Iker griff nach einer Fackel und stieß mich an Jaeroms Tisch vorbei zu den düsteren, widerwärtigen Verliesen.

»Ich nehme an, diese hier ist so gut wie jede andere«, sagte er und blieb vor einer leeren Zelle stehen. Er wollte meinen Arm packen, um mich hineinzustoßen, aber ich wand mich aus seinem Griff und betrat die Zelle aus freien Stücken. »Hochmütig bis zum Ende! Aber – Hochmut kommt vor dem Fall, wie es so schön heißt, Alex«, grinste Iker.

»Richtet dem König aus, dass ich ihm helfen kann, die Schlacht zu gewinnen, wenn er mich lässt.« Es war ein letzter verzweifelter Versuch, mein Ziel zu erreichen. »Als unsere Wärter glaubten, wir schliefen, hörte ich sie sagen, dass König Osgands General Zauberer aus ganz Blevon rekrutiert hat und mit einer riesigen Armee hier anrücken wird. Sie werden in der Überzahl sein. Lasst mich wenigstens für Euch kämpfen.«

Ikers finsterer Blick im Licht des Fackelscheins ließ mich erschaudern, und ich musste mich beherrschen, um eine unbewegte Miene aufzusetzen. Wortlos machte er auf dem Absatz kehrt, ging hinaus und warf die Tür hinter sich zu. Ich war allein in der endlosen Dunkelheit und Hitze der Zelle, in der ich vor fast zwei Monaten Tanoori aufgesucht hatte. In der Ecke stand noch derselbe Stuhl, an den sie gefesselt gewesen war.

Ich glitt zu Boden und vergrub den Kopf in den Händen. Meine Augen brannten, und ich biss mir auf die Zähne, um nicht loszuheulen. Sie würden alle sterben. General Tinso, Eljin, die Insurgi… Rylan.

Damian.

Ich konnte nichts unternehmen, um sie zu warnen oder um das Massaker zu verhindern, das mit Sicherheit stattfinden würde, wenn ich weiterhin hier im Schlund der Hölle gefangen blieb.

Die Minuten, die Stunden verstrichen unerträglich langsam. Ich konnte nicht sagen, wie viel Zeit seit meiner Einkerkerung vergangen war. Trotz meiner Erschöpfung fand ich keinen Schlaf. Jaerom brachte mir etwas zu essen, aber ich konnte mich kaum überwinden, das ekelhafte Mahl – ein regelrechter Schweinefraß – hinunterzuwürgen. Stattdessen ging ich in der Zelle auf und ab, bis meine Beine müde wurden. Dann lehnte ich mich gegen die Wand, ließ mich auf den Steinboden nieder und starrte in die Dunkelheit.

Ich hatte mich stets über die Insassen lustig gemacht, die hier unten den Verstand verloren, aber nun war ich einer von ihnen und hatte bereits jetzt das Gefühl, wahnsinnig zu werden.

Nachdem ich ewig in die Dunkelheit gestarrt hatte – es musste Stunden her sein, seit Jaerom mir das letzte Mal etwas zu essen gebracht hatte –, hörte ich, wie ein Schlüssel in der Tür rasselte. Ich rappelte mich hoch und presste mich gegen die Wand. Als ich Deron mit einer Fackel und einem Schwert erblickte, atmete ich erleichtert auf – und spürte gleichzeitig Angst in mir aufsteigen.

»Komm schnell hier raus«, flüsterte er rau. Vorsichtig ging ich auf ihn zu. Ich fürchtete mich vor einer Falle.

»Was tust du da?«, fragte ich, meine Stimme heiser vom stundenlangen Schweigen.

»Irgendwas ist da faul. Der König hat jedem körperlich tauglichen Mann und Jungen befohlen, sich zu bewaffnen und auf dem Hof zu versammeln. Und er hat alle Armeebataillone in Tubatse herbeizitiert. Er zwingt sogar die Frauen, sich zu bewaffnen und für den Kampf zu rüsten. Es geht das Gerücht um, dass die gesamte Armee von Blevon im Anmarsch auf den Palast sei.«

Im flackernden Licht der Fackel starrte mich Deron an. »Und stimmt es? Sind sie im Anmarsch?«

Ich nickte. »Aber es ist nicht so, wie du denkst«, fügte ich hinzu, als ich die Angst in seinem Blick aufflackern sah. »Deron, vertraust du mir?«

Er musterte mich scharf. »Wie meinst du das?«

»Vertraust du mir?«

»Natürlich.«

»Gut.« Ich überblickte rasch den Korridor, aber er war leer. »Wo sind die anderen Wachen?«

Deron biss sich auf die Lippen und schloss kurz die Augen, bevor er antwortete. Ich ahnte das Schlimmste. »Kai und Antonio sind tot – der König ließ sie töten, weil es ihnen nicht gelungen war, den Prinzen zu retten. Der Rest von uns wurde bestraft – selbst diejenigen, die keinen Dienst gehabt und geschlafen hatten –, aber zumindest sind wir am Leben.«

Ich starrte auf die Narbe in seinem Gesicht. Jetzt wusste ich, was es damit auf sich hatte.

»Ist Jude auch am Leben?«

Deron nickte. »Er hat Narben davongetragen, aber er lebt.«

Ich konnte nicht fassen, dass Kai und Antonio tot waren, aber mir blieb keine Zeit, darüber nachzugrübeln. »Wo sind sie?«

»Sie suchen ihre Waffen zusammen und bereiten sich auf den Kampf vor. Ich habe ihnen erklärt, ich wolle noch mehr Männer rekrutieren, aber Iker wird meine Abwesenheit bald bemerken, wenn wir uns nicht beeilen.«

Mein Herz klopfte mir bis zum Hals, als ich mir einen Plan zurechtlegte – einen sehr riskanten Plan.

»Du musst mir eine Maske besorgen.«

»Eine Maske?«

»Und dann brauche ich dich oder ein anderes Mitglied der Wache, um mir dabei zu helfen, mich beim Anmarsch der Armee von Blevon in Ikers Nähe aufzuhalten.«

Deron sah mich verblüfft an. »In Ikers Nähe? Warum?«

»Weil ich ihn töten muss, wenn wir auch nur die geringste

Chance haben wollen, diesen Tag zu überleben und den Prinzen und Antion zu retten.«

Deron stand mit offenem Mund da.

»Es gibt jede Menge zu bereden«, sagte ich.

Deron fing sich wieder, nickte. »Ja ... das glaube ich auch.«

❧ Vierzig ☙

VOR DEM PALAST herrschte ein solches Durcheinander an Menschen, dass kaum Platz zum Gehen war, geschweige denn zum Kämpfen. Wenn es den Soldaten von Blevon gelang, die Mauer zu stürmen, würden wir genau wie sie gnadenlos niedergemetzelt werden. Wenn ich es nicht schaffte, Iker außer Gefecht zu setzen, hatte der König den Sieg so gut wie in der Tasche – aber um welchen Preis? Wollte er König eines Friedhofs werden?

Ich stand bei Deron und Jude. Die übrigen Mitglieder der Leibwache waren an strategisch günstigen Punkten verteilt, um mir zu helfen, Ikers Aufenthaltsort zu ermitteln. Er konnte sich nicht im Palast verschanzen. Er musste sich hier draußen aufhalten, vermutlich an einer Stelle, die ihm einen guten Gesamtüberblick über den Kampf bot, aber nicht in Reichweite der Bogenschützen war. Auch wenn so ein kleiner Pfeil natürlich kein Problem für jemanden wie Iker darstellte, wie ich nun ja wusste.

Judes Gesicht, das dem seines Bruders stets so ähnlich gewesen war, wurde jetzt von einer langen Narbe überzogen, die genauso wie bei Deron eine Gesichtshälfte entstellte. Ich verstand jetzt, warum Damian so gehandelt hatte, warum die vorgetäuschte Entführung nötig gewesen war. Aber diese Männer, die mir am Herzen lagen, die ich liebte, hatten einen hohen Preis dafür bezahlt.

Sogar Jerrod schien erleichtert zu sein, mich lebendig wiederzusehen. Trotz seiner Feindseligkeit wünschte er mir ebenso wenig den Tod wie ich ihm.

Die drückende Hitze des Dschungels wurde unter den heißen Strahlen der Nachmittagssonne noch unerträglicher. Die Luft war feucht und schwer, und ich schwitzte bereits unter der Maske, die Deron mir besorgt hatte. Mit dem schwarzen Stück Stoff über meiner Nase und meinem Mund fühlte ich mich wie Eljin. Deron hatte mir auch eine alte Uniform von jemandem in der Armee aufgetrieben. Während wir in der Menge Ausschau nach Iker hielten, betastete ich das Schwert, das ich mir umgeschnallt hatte. Wir mussten Iker jetzt bald finden, wenn ich noch rechtzeitig in seine Nähe gelangen wollte. Denn wenn alles planmäßig verlaufen war, waren General Tinso und seine Armee eine Stunde nach meinen Entführern und mir aufgebrochen – sie würden zwar ein wenig langsamer als wir vorankommen, aber sie hatten ihre Ankunft nur ein bis zwei Tage später geplant. Und die Insurgi würden sie begleiten.

Schließlich ließ Mateo einen winzigen Spiegel aufblitzen – das Signal, dass er Iker entdeckt hatte. Mateo stand neben der Treppe, die zur Mauer hinaufführte, wo die Bogenschützen auf der Lauer liegen würden, um die Blevoneser Soldaten mit Pfeilen zu beschießen, sobald diese in Sicht kämen.

»Da ist er.« Deron deutete auf ihn und ich nickte. Mein Mut sank. Iker ging die Treppe hinauf. Wie sollte ich es je schaffen, ihm auf die Mauer zu folgen, ohne dass er Verdacht schöpfte und mich auf der Stelle beseitigte? Im Augenblick fiel in dieser

Menschenmenge ein Soldat, der eine Maske trug, nicht allzu sehr auf. Aber einer, der Iker über die Treppe hinterherjagte? Keine gute Idee.

»Wie willst du es anstellen, ihm zu folgen, ohne dass er dich erkennt – selbst mit der Maske?«, fragte Jude und sprach damit meine Gedanken aus.

»Ich weiß es nicht«, seufzte ich schwer. Warum lief letztlich alles schief, was schieflaufen konnte?

»Wir müssen auf jeden Fall dort rüber zur Mauer, also werde ich unterwegs darüber nachdenken.«

Deron ging voran und kämpfte sich – dank seiner hohen Gestalt und seiner Stärke – erfolgreich durch die Masse der Soldaten und Palastbediensteten. Ich folgte ihm, Jude auf meinen Fersen. Normalerweise wäre ich innerhalb weniger Augenblicke bei Mateo gewesen. Aber aufgrund der vielen Menschen, die uns im Weg standen, brauchten wir viel länger – *zu* lange. Bevor wir unser Ziel erreicht hatten, thronte Iker über uns auf dem Wehrgang.

»Volk von Antion«, rief er und übertönte die Stimmen Tausender. Stille breitete sich unter den versammelten Männern und Frauen aus. Ich war bestürzt, als ich entdeckte, dass so viele Mädchen und Frauen in ihren dünnen Kleidern Waffen umklammerten, ihre Gesichter voller Angst. Die meisten von ihnen waren erschreckend mager und wichen den Männern um sie herum mit entsetztem Blick aus. Es mussten die Frauen aus dem Geburtshaus sein. Übelkeit stieg in mir auf und ich blickte zu Iker hoch. Noch nie zuvor in meinem Leben hatte ich einen solchen Hass verspürt.

»Die Armee unseres Feindes nähert sich. Lassen wir zu, dass sie uns besiegt?« Er schwieg. Dann brüllte er: »*Nein!* Wir werden kämpfen! Wir kämpfen für unseren König und für Antion! Habt kein Erbarmen mit den dreckigen Heiden, die die Ausübung böser Zauberei unterstützen.« Die Männer in der Menge jubelten laut auf. Die Mehrzahl der Frauen war still und umklammerte mit zitternden Fingern ihre Waffen.

»Sie haben ihre Zauberer mitgebracht – aber wollen wir ihnen den Sieg überlassen?«

»*Nein!*«, brüllte die Menge zurück.

»Wir werden gegen sie kämpfen. Wir werden sie *vernichten*! Unter Einsatz unseres eigenen Lebens, wenn nötig, werden wir unser Land und unsere Freiheit vor der Sklaverei der Magie schützen.« Iker stieß die Faust in die Luft, und jetzt taten es ihm alle um mich herum nach, Männer und sogar einige Frauen, und brüllten und schrien ihre Zustimmung. Es wirkte fast so, als habe er einen Zauber des Blutrauschs und des Hasses über sie verhängt.

»Wenn wir nah genug wären, um ihm die Kehle durchzuschneiden, würde ich es tun«, brummte Deron über die wilden Jubelrufe hinweg.

»Er würde einen Schild hochheben und dich töten, bevor du wüsstest, wie dir geschieht«, murmelte ich düster.

»Bist du sicher, dass du mit ihm fertigwirst?« Deron blickte mich besorgt an.

Bevor ich etwas erwidern konnte, wandte Iker sich um und ging die Treppe wieder hinunter. »Wohin geht er jetzt?«, fragte Jude.

Als Iker unten an der Treppe angelangt war und an Mateo vorbeiging, ohne ihn überhaupt zur Kenntnis zu nehmen, teilte sich die Menge. Schnellen Schrittes marschierte Iker über das Gelände, geradewegs auf die zehn Stufen zu, die zu den massiven Palasttüren führten. Direkt vor dem Eingang blieb er stehen und wehrte jeden ab, der sich in den Palast flüchten wollte. Jetzt war er zwar gut sichtbar, aber genauso konnte auch er jeden sehen, der sich einen Weg durch die Menge bahnte und dann die Stufen zu ihm hinaufstieg.

Und er würde jeden, der versuchte, zu ihm zu gelangen, mühelos mit seiner Magie aufhalten.

Aber ich hatte keine Wahl. »Ich muss näher an ihn heran«, sagte ich.

Wir begannen, uns zu ihm durchzukämpfen, als ich plötzlich entdeckte, wie eine der königlichen Wachen Jaerom die Stufen zu Iker hinaufzerrte. Offensichtlich war sein Auge zugeschwollen und seine Lippe blutete.

»Deron, halt!« Ich griff nach seinem Arm und wir erstarrten. Voller Angst beobachteten wir, wie Iker sich mit wutverzerrtem Gesicht über Jaerom beugte. Wir waren zu weit entfernt, um hören zu können, was er sagte, aber es war klar, dass Iker ihn etwas fragte, denn Jaerom schüttelte den Kopf. Da packte Iker ihn an der Kehle und Jaerom riss die Augen auf.

»Jaerom!«, schrie Deron, aber zum Glück wurde seine Stimme vom Gebrüll der Masse übertönt.

»Nein, Deron!« Ich hielt ihn zurück. »Wir können ihm nicht helfen. Iker wird uns alle töten!« Deron wehrte sich, sodass Jude seinen anderen Arm ergreifen musste, als Iker seinen Cousin nun anbrüllte. *Wo*, *berichte* und *auf der Stelle* waren die Worte, die ich aufschnappte. Jaerom zitterte am ganzen Leib, als er erneut den Kopf schüttelte und sich zu sprechen weigerte. Ich spürte Panik in mir aufsteigen, befürchtete ich doch, dass jemand mein Fehlen bemerkt hatte und Iker Jaerom foltern würde, um herauszufinden, was geschehen war.

Endlich ließ Iker ihn los und Jaerom fiel auf die Hände und Knie vor ihm hin. Deron versuchte immer noch heftig, sich von uns loszureißen, und es kostete uns alle Kraft, ihn zurückzuhalten. Meine Augen waren voller Tränen. Jaerom beschützte mich, davon war ich überzeugt.

Iker brüllte erneut, außer sich vor Zorn. Jaerom blickte unbeirrt zu ihm hoch und ich hielt den Atem an.

Und dann spuckte er Iker ins Gesicht.

Iker riss das Schwert aus der Scheide der Wache, und Jaerom hob nicht einmal die Arme, um es abzuwehren, als Iker damit auf seinen Hals zielte.

»Jaerom!« Derons Ausruf des Schmerzes und der Wut brachen mir das Herz. Schließlich versuchte er nicht mehr, sich von uns loszureißen, denn Jaerom brach vor Iker zusammen und rollte ein paar Stufen hinunter, bevor er leblos liegen blieb. Ich konnte die Tränen nicht mehr zurückhalten, als mein Hauptmann in die Knie ging, das Gesicht aschfahl vor Entsetzen.

»Deron, du musst aufstehen«, sagte Jude und zerrte ihn am Arm. »Die Leute schauen schon. Iker wird bald auf uns aufmerksam werden.«

Doch bevor Deron antworten konnte, durchdrang ein Pfiff vom Wachturm die Luft.

Angst ließ das Blut in meinen Adern gefrieren.

Die Armee von Blevon war eingetroffen.

Einundvierzig

UM UNS HERUM verstummten alle Gespräche. Als der Warnpfiff erneut erklang, legte sich eine tödliche Stille über die Menge.

Deron kam langsam wieder auf die Beine, den Blick immer noch starr auf die Treppe gerichtet, auf der Jaerom lag. Ich konnte nicht hinsehen und blickte stattdessen zur Mauer hoch, wo die Bogenschützen jetzt in Alarmbereitschaft waren, die Bogen gespannt, die Pfeile zielgerichtet.

Wo war Damian? An der Spitze, weil er davon ausging, dass sich das Tor öffnete und Antions Kronprinz im Palast willkommen geheißen würde? Und Rylan? Wo steckte er? Meine Panik und der quälende Schmerz waren fast unerträglich. Ich durfte nicht darüber nachdenken, ich musste mich auf Iker konzentrieren – das war meine Aufgabe, meine Pflicht. Wenn ich es nicht schaffte, Iker aufzuhalten, spielte nichts mehr eine Rolle.

Als die ersten Pfeile abgeschossen wurden, wandte ich mich nach Iker auf der Treppe um – doch die Treppe war, abgesehen von Jaeroms Leichnam, leer. In den wenigen Augenblicken, in denen ich zur Mauer hochgeschaut hatte, war er verschwunden.

»Deron! Wo ist er hin?«, fragte ich und packte seinen Arm.

»Hat sich in den Palast verzogen«, erwiderte er tonlos und mit hängenden Schultern.

»Sie sind da, Deron. Die Armee und Damian sind eingetroffen. Ich *muss* Iker finden.«

Mit ausdrucksloser Miene blickte er mich an.

»Hauptmann, bitte!«, flehte ich.

Doch er zeigte keine Regung mehr, war am Boden zerstört.

»Alex, los, ich komme mit«, bot Jude an. Doch bevor wir uns in Bewegung setzen konnten, fing der Boden an zu beben, und Gebrüll erhob sich. Um uns herum schrien die Menschen voller Angst durcheinander.

»Die Zauberer! Es sind die Zauberer«, brüllten sie. »Tötet die Zauberer, die unsere Königin ermordet haben.«

Das Geräusch einer ohrenbetäubenden Explosion durchdrang die Luft. Ich wirbelte herum und sah, wie das riesige Tor zerbarst. Jeder, der sich in der Nähe aufgehalten hatte, wurde zu Boden gerissen und von Eisen- und Holzteilen durchbohrt.

»Sie haben die Mauer durchbrochen!«

»Haltet die Schwerter bereit!«

Ich konnte die vielen Reihen an Blevoneser Soldaten außerhalb der Mauer kaum erkennen, als Jude plötzlich meinen Arm ergriff.

»Komm, Alex, wir müssen jetzt unbedingt gehen, bevor es zu spät ist.«

Ich wandte mich um und bahnte mir zusammen mit ihm einen Weg durch die Menge, als mit einem Mal Kampfgeräusche zu hören waren. Klingen wurden gekreuzt, Schreie ertönten, Menschen wurden niedergestochen, starben. Noch mehr Klirren, noch mehr Schreie. Doch es gab keinen Blick zurück. Ich musste Iker finden.

Ich musste Iker töten.

Und dann entdeckte ich ihn. Doch diesmal war er von Kopf bis Fuß in Schwarz gekleidet. An einer Hand trug er einen seltsamen mit Juwelen besetzten Handschuh aus Metall. In der anderen Hand hielt er ein Schwert. Er thronte erneut auf den Stufen über der Menge und beobachtete das Gemetzel. Seine Miene zeigte weder Angst noch Besorgnis, sondern einen erschreckenden Ausdruck von *Hunger*. Von Jubel.

»Ich nähere mich ihm als Erster, um ihn abzulenken«, sagte Jude neben mir. »Dann kannst du ihn von der anderen Seite angreifen und überrumpeln.«

»Jude, nein!« Ich hielt seinen Arm fest, bevor er davonstürmen konnte.

»Er wird dich töten.«

Er wandte sich um und blickte mich mit denselben schokoladenbraunen Augen an wie sein Bruder. Dann löste er sich sanft aus meinem Griff. »Ich weiß. Aber du hast es ja selbst gesagt – du musst ihn aufhalten. Und wenn du ihn direkt angreifst, wird er *dich* töten, und dann werden wir alle sterben.«

Ich wollte ihm widersprechen, wollte ihn davon abhalten. Aber er hatte recht und ich wusste es.

»Alex, du kannst es schaffen. Ich würde nicht versuchen, dir zu helfen, wenn ich nicht davon überzeugt wäre, dass du es kannst.«

»Alexa«, sagte ich mit tränenerstickter Stimme.

»Wie?«

»Mein Name ist Alexa.«

Er blickte mir lange in die Augen, und ich sah sein Verständnis – und seine Sorge. »Ich weiß, dass du es schaffen kannst, *Alexa*.«

Ich nickte und wischte mir über die feuchten Wangen unter meiner Maske. Jude drückte kurz meine Hand, dann ließ er sie los und holte tief Luft. »Du gehst nach links und ich nach rechts. Ich gehe zuerst. Und wenn ich ihn abgelenkt habe, greifst du an.«

Ich betrachtete ihn, sein vernarbtes Gesicht und seine vertrauten Augen, und nickte.

»Sag meinem Bruder, dass ich ihn liebe«, stieß er mit erstickter Stimme hervor. Und dann machte er sich auf den Weg.

Ich stand wie erstarrt da, neue Tränen rannen mir über die Wangen, verloren sich unter meiner Maske. Plötzlich ertönte hinter mir erneut ein gewaltiges Dröhnen, gefolgt von gellenden Schreien. Ich blickte über die Schulter und entdeckte eine riesige Lücke in der Armee von Antion. Die Öffnung in der Mauer, wo einst das Tor gewesen war, klaffte wie ein Mund auf, der Blevoneser Soldaten und Zauberer in unsere Mitte spuckte. Sie metzelten die Soldaten von Antion nieder, als wären sie Ameisen. Ich glaubte, Borracios dunklen Haarschopf zu entdecken. Und Iker stand da und sah zu. Worauf wartete er?

Ich biss die Zähne zusammen und zwang mich, nach vorn zu blicken und mich zu den Palaststufen vorzuarbeiten. Ich musste dem hier ein Ende bereiten. Ich schob mich zwischen den Soldaten hindurch, aber die meisten achteten nicht auf mich, sondern starrten auf die vorrückende Armee, darauf gefasst, sie in Empfang zu nehmen.

Schließlich war ich nur noch wenige Schritte von der Treppe entfernt. Iker befand sich weit oberhalb. Während er das Massaker überblickte, beobachtete ich, wie er mit einem Mal die Hand mit dem seltsamen Handschuh hob, die Handfläche zum Himmel gekehrt. Er schloss die Augen, seine Miene geradezu glückselig. Ich starrte ihn entsetzt an, als sich plötzlich ein Feuerball über seiner Hand bildete und mehr und mehr anschwoll, bis er dreimal so gross wie sein Kopf war. Dann öffnete Iker wieder die Augen, holte mit einem erschreckend hämischen Grinsen aus und liess den Feuerball durch die Luft fliegen. Ich wirbelte herum und sah, wie er in die vorderste Linie der Blevoneser Soldaten und Zauberer krachte und ohrenbetäubend explodierte, sodass es Feuer und Rauch regnete und Körper und Erde in die Luft geschleudert wurden.

Viele Soldaten unserer Armee blickten voller Entsetzen zu Iker, aber er war bereits damit beschäftigt, eine neue Feuersalve zu entfachen. Und dann hatten sie keine andere Wahl, als weiterzukämpfen, denn jetzt gingen noch mehr Blevoneser Soldaten mit erhobenen Schwertern zum Angriff über. Von Eljin, Rylan oder Damian keine Spur.

Jetzt oder nie.

Ich konzentrierte mich wieder auf Iker und bemerkte, wie Jude die Treppe zu ihm hochschlich. Der Zauberer hatte die Augen wieder geschlossen und schuf den nächsten Feuerball. Ich verharrte ein paar Stufen tiefer, meine Hand schweissnass, als ich mein Schwert fester umklammerte.

Iker öffnete die Augen und schleuderte den zweiten Feuerball der anrückenden Armee entgegen. In diesem Moment ging Jude aus der Deckung und eilte hoch erhobenen Schwertes die Stufen hinauf.

Iker wirbelte, ärgerlich über die Unterbrechung, herum. Sobald er mir den Rücken zukehrte, rannte ich ebenfalls auf ihn zu. Ich wusste, Iker würde Jude nicht verschonen. Dennoch musste ich mich zwingen, nicht laut aufzuheulen, als er seine behandschuhte Hand über meinen Freund hielt und einen

Feuerstrahl auf ihn niederließ. Tränen der Wut und der Qual brannten mir in den Augen, als Jude die Stufen hinunterflog und zerschmettert und verkohlt unten aufprallte.

Mit einem Wutschrei erreichte ich die oberste Stufe und stürmte mit gezücktem Schwert auf Iker zu.

Zweiundvierzig

IKER WANDTE SICH blitzschnell zu mir um. Für einen Moment riss er die Augen auf. Dann überzog ein Ausdruck grimmiger Zufriedenheit sein Gesicht. Ich war davon überzeugt, dass er mich trotz der Maske erkannt hatte. Er hob die Hand, doch genau darauf war ich gefasst – eine schnelle Drehung und der Feuerstrahl raste an mir vorbei. Mit einem weiteren Schrei stieß ich mein Schwert mit aller Kraft nach ihm, doch noch bevor ich es in seinen Unterleib stoßen konnte, spürte ich den Schild. Meine Arme zitterten von dem Aufprall, und schon im nächsten Moment musste ich mich ducken, um einem neuen Feuerstrahl auszuweichen. Dieser traf stattdessen die Tür, die hinter mir in Flammen aufging.

Ich musste besser, schneller sein, sonst würde er mich töten.

»Ich wusste, dass du meinetwegen kommen würdest«, sagte er, bevor er erneut die Hand hob. Ich warf mich zu Boden und rollte, so schnell ich konnte, zur Seite – aber ich war nicht schnell genug. Das Feuer streifte meine linke Körperseite. Ein rasender Schmerz breitete sich über meine Wange, meinen Hals, meine Schulter aus. Der Geruch meines eigenen verbrannten Fleisches ließ mich zusammenzucken. Aber ich zwang mich hochzuschnellen, die rechte Hand am Schwert, und konnte gerade noch einem weiteren Feuerstrahl ausweichen.

Als ich jetzt mit dem Schwert auf ihn losging, versuchte er immer noch, mich mit dem Feuer zu treffen, statt sich rechtzeitig zu wappnen. Ich nutzte meine Chance und verletzte seinen linken Arm, bevor er mich schließlich doch mit der Zauberkraft seines Schilds zu Boden warf. Mein Kopf prallte auf die Steintreppe und für einen Moment lag ich benommen da. Ich wusste, dass ich verbrennen würde.

Aber als mein Blick wieder klar wurde, sah ich, wie Iker seinen linken Unterarm hielt, von dem die Hand schlaff herab baumelte. Sein Handgelenk blutete. Er heulte, ein fast unmenschlicher Laut. Dann griff er nach seinem Schwert und stürzte sich auf mich.

Ich kroch zurück und prallte gegen die Mauer. Doch bevor Iker mich mit seinem Schwert durchbohren konnte, warf ich mich zur Seite, rollte über den Boden und ging in Kauerstellung, ignorierte den rasenden Schmerz, der meine linke Körperseite peinigte. Unbändiger Zorn verzerrte Ikers Gesichtszüge.

»Du denkst, du kannst mich aufhalten? Du glaubst, du kannst *mich* besiegen? Mein kleines Mädchen, du hast ja keine Ahnung, wie groß meine Zauberkraft ist.«

Ich hatte nicht einmal Zeit, darüber entsetzt zu sein, dass er mein Geheimnis kannte, denn schon breitete er die Arme aus. Die linke Hand war immer noch seltsam abgewinkelt und Blut sickerte auf den Steinboden. Plötzlich war die Luft von demselben grauenhaften Geruch erfüllt, den ich vor so vielen Wochen in seinem Gemach wahrgenommen hatte. Iker schloss erneut die Augen, aber diesmal bildete sich eine dunkle Wolke vor ihm, die sich von seinem Blut auf dem Boden erhob und vor

Macht knisterte. Durch das Opfer seines eigenen Bluts schuf er schwarze Magie, die wie ein Blitz aufleuchtete.

Voller Panik blickte ich mich um, hielt Ausschau nach einer Deckung. Die Tür hinter mir war jetzt ein flammendes Inferno, und es gab weit und breit kein Versteck, in das ich mich hätte flüchten können. Da entdeckte ich Jaeroms Leiche auf der Stufe unter mir.

Ich sprang zwei Stufen hinunter. Mit aller Kraft hievte ich ihn hoch, sodass ich mich unter ihm – der viel größer als ich gewesen war – einrollen und ihn als Schild benutzen konnte.

»Es tut mir so leid«, schluchzte ich, als ich mich gegen den Körper meines ehemaligen Freundes drückte und die Augen zusammenkniff. Ich lag in der Lache seines Bluts und das Gewicht seines Körpers erdrückte mich fast.

Und dann schleuderte Iker die dunkle Masse in die Luft. Ich konnte es zwar nicht sehen, aber ich konnte es fühlen und *hören*. Sie explodierte mit der Wucht von hundert Donnerschlägen. Die Luft um mich herum war elektrisch geladen und ich spannte meine Muskeln an und bereitete mich auf den Tod vor. Ein grauenhaft bitterer Geruch stieg mir in die Nase.

Dann war er verschwunden und Iker stieß einen Triumphschrei über mir aus.

Dachte er, er hätte mich vernichtet? Da merkte ich, dass Jaeroms Körper auf mir keineswegs mehr so schwer war. Tatsächlich spürte ich ihn kaum mehr. Was hatte diese schwarze Wolke mit seiner Leiche getan? Ich wagte es nicht, mich zu rühren, ich wusste nicht, was geschehen war und ob Iker mich in meinem Versteck sehen konnte oder nicht.

Verzweiflung packte mich. Ich saß in der Falle und Iker konnte nach wie vor die Armee von Blevon auslöschen.

Und dann hörte ich etwas, das mein Blut in den Adern gefrieren ließ.

»Iker! Hör sofort mit diesem Wahnsinn auf. Du treibst dein eigenes Volk in den Tod.« Prinz Damians Stimme, die sich über dem Kampfgeschrei erhob.

Nein, nein, *nein*! Was tat er denn da? Es bedurfte meiner ganzen Beherrschung, stillzuhalten, nicht aufzuspringen und zu ihm zu eilen.

»Glaubst du, *du* könntest mich aufhalten?«, fragte Iker lachend. Es war ein grausamer, irrer Laut. »Gerade du – der du keinen Finger gerührt hast, als deine wundervolle Mama abgeschlachtet wurde.«

»Ich bin nicht so hilflos, wie du denkst.« Damians Stimme ließ mich erschaudern. Plötzlich fingen die Steine unter mir an zu beben und verursachten ein entsetzlich knirschendes Geräusch. Ich musste mich gegen die Stufe über mir stemmen, um nicht die Treppe hinuntergeschleudert zu werden.

Schließlich hörte das Beben auf, aber ich blieb weiter angespannt und wartete, was als Nächstes kommen würde.

»So, so, der kleine Prinz hat also ein Geheimnis vor Iker bewahrt?« Jetzt war der hämische Spott aus Ikers Stimme verschwunden und die kalte Wut sprach unverhohlen aus ihm.

Da erkannte ich, dass nicht er das Beben verursacht hatte, sondern *Damian*.

»Egal, welche Tricks du auch auf Lager hast, du wirst mich nicht besiegen!«, brüllte Iker. »Deine kleine niedliche Wache konnte es auch nicht – sie war zu schwach. Willst du wissen, wie sie um ihr Leben bettelte, bevor ich sie vernichtete?«

Mein Puls raste so laut, dass ich Damians Antwort nicht hörte. Ich verstärkte den Griff um mein Schwert. Ich durfte nicht zulassen, dass Iker Damian tötete. Ich musste es versuchen – ein letztes Mal.

Ich dachte an alle, die ich liebte und die wegen dieses Mannes hatten leiden müssen, und ich dachte an den König, dem er diente. Ich dachte an Damian, an Rylan, Marcel, Papa, Mama, Jude und Jaerom.

Ich hielt mir ihre Gesichter vor Augen, holte tief Luft und sprang unter Jaeroms sterblichen Überresten hervor. Ich hörte Damians angstvollen Schrei, aber ich ignorierte ihn und rannte, so schnell ich konnte, auf Iker zu. Seine Augen waren vor Schreck geweitet, als ich voll glühenden Hasses und ungebändigter Wut das Schwert über seinem Kopf schwang. Ich spürte, wie Iker seinen Schild in Stellung brachte und seinen Schwertarm hob, um mir Einhalt zu gebieten. Doch als ich direkt vor ihm stand, wirbelte ich – statt weiterhin auf seinen Kopf zu zielen – blitzschnell herum und bewegte mein Schwert auf und ab. Bis ich einen gellenden Schrei ausstieß und mit aller Kraft auf seine linke Seite zielte.

Meine Klinge drang durch sein Fleisch und seine Knochen, grub sich in seine Lungen. Er torkelte zurück, starrte mich an, und dann wanderte sein Blick zu dem Schwert, das ihn aufgespießt hatte. Blut sickerte aus seinem Mund und er brach vor der brennenden Tür zusammen. Seine Augen waren weit aufgerissen, aber ihr Blick ging ins Leere.

Ich stöhnte auf und Tränen rannen über meine Wangen. Dann versagten mir selbst die Beine und ich sackte vor seinen reglosen Körper.

Dreiundvierzig

»Alexa!«, hörte ich Damians Stimme, bevor er vor mir auf die Knie ging. Seine schönen blauen Augen glänzten von ungeweinten Tränen. Er nahm mich in die Arme, und ich spürte, wie sein Körper vor Schluchzen bebte. Oder vielleicht war ich diejenige, die bebte, und er versuchte einfach, mich zu beruhigen.

»Du hast es geschafft«, flüsterte er immer wieder und wiegte meinen zerschundenen Körper hin und her.

»Damian, Ihr müsst den Waffenstillstand ausrufen«, hörte ich General Tinso von unten.

»Ich kümmere mich um sie und Ihr kümmert Euch um Euer Königreich. Ihr habt immer noch einen König zu töten.« Rylans vertraute Stimme trieb mir erneut Tränen in die Augen.

Damian zog sich widerstrebend zurück und ich fand mich in Rylans Armen wieder. Ich blickte zu ihm auf und schluchzte erbärmlich. »Es tut mir so leid«, versuchte ich hervorzupressen. Meine Stimme klang brüchig, die Anstrengung schmerzte in meiner verbrannten Kehle.

»Ich weiß. Ganz ruhig… alles in Ordnung. Ich weiß«, sagte er, und seine warmen braunen Augen waren voller Tränen.

Dann hörte ich Damians Schrei. Mühsam wandte ich den Kopf und entdeckte ihn ganz oben auf der Treppe. Er schien etwas an sich zu haben, das ich vergessen hatte – etwas Wichtiges.

»*Halt!*«, rief er aus voller Kehle. »Als Kronprinz von Antion befehle ich euch, den Kampf sofort einzustellen.«

General Tinso stellte sich neben ihn und rief ebenfalls: »Soldaten von Blevon, den Kampf einstellen!«

Ich warf einen Blick über die Menge und entdeckte Borracio Rücken an Rücken mit Eljin. Sie wehrten eine ganze Horde von Soldaten von Antion ab. Doch als die beiden Anführer ihre Befehle brüllten, wandten sie sich ebenso wie alle Übrigen um und blickten zur Treppe. Einige schienen erleichtert zu sein, andere verwirrt.

»Volk von Antion, wir sind lange genug getäuscht und in die Irre geführt worden«, rief Damian in die plötzliche Stille hinein. Ich konnte den Blick nicht von ihm wenden, auch wenn meine Brandwunden höllisch schmerzten und meine Sehkraft immer schwächer wurde. Aber ich kämpfte gegen die Dunkelheit an, wollte die Worte meines Prinzen hören. Ein paar Menschen jubelten, dann stimmten weitere mit ein. »Mein Vater, der König, hat unser Volk *missbraucht*, hat Gräueltaten begangen, die mich und unser Land beschämen. Ich werde das nicht länger dulden«, rief er. Ich konnte seine Augen nicht sehen, aber ich stellte mir vor, wie sie funkelten, während er auf die Menschenmenge hinabschaute – *sein* Volk, das mit zaghafter Hoffnung im Blick zu ihm aufsah. »Ich habe mit Blevon einen Friedensvertrag ausgehandelt und verlange einen sofortigen Waffenstillstand, um diesen sinnlosen Krieg mit einem Land, das nichts weiter als Freundschaft mit unserem Volk will, zu beenden.«

Jetzt jubelte niemand mehr und ich blickte voller Angst in die Menge. Was, wenn sie nicht auf ihn hörten und keinen Frieden wollten?

Aber dann erkannte ich, warum sie nicht jubelten. Einer nach dem anderen presste die rechte Faust auf die linke Schulter, machte einen Kniefall und verneigte sich vor seinem Prinzen. Einigen rannen sogar die Tränen über die Wangen.

Auch Damian presste die Faust gegen die Schulter und verneigte sich vor seinem Volk.

Erst dachte ich, das Geräusch hinter mir stamme von der brennenden Tür. Doch eine innere Stimme mahnte mich, mich umzudrehen.

»Nein!«, schrie ich und versuchte hochzuspringen, um den König aufzuhalten, der mit gezücktem Schwert durch die zerstörte Tür stürmte.

Damian hörte meinen Schrei und wirbelte herum, Auge in Auge mit seinem Vater, der mit dem Schwert auf ihn losging. Ich beobachtete entsetzt, wie er auf Damians Kehle zielte. Dem Prinzen blieb keine Zeit mehr, sein eigenes Schwert zu zücken, um das des Königs abzuwehren.

Plötzlich verharrte das Schwert des Königs in der Luft wie vor einer unsichtbaren Wand. Oder einem Schild.

Damian hatte also *noch* ein Geheimnis vor mir bewahrt. Auch er war ein Zauberer.

Er hieb mit der Faust in die Luft und der König prallte gegen die Mauer und brach zusammen. Er stöhnte und versuchte, sich wieder aufzurappeln, aber Damian – jetzt mit seinem Schwert in der Hand – setzte ihm nach und presste die Klinge gegen seine Kehle.

König Hektor betrachtete Damian mit hasserfülltem Blick.

»Du bist wirklich der Sohn deiner Mutter«, stieß er verächtlich hervor.

Damian ragte über ihm auf, umklammerte sein Schwert und holte tief Luft. Ich blickte ihn an und sah, wie er mit sich rang. Ich erinnerte mich an seine Worte: »Er ist immer noch mein Vater.«

»Er kann es nicht«, murmelte ich in mich hinein.

Aber dann verhärtete sich sein Blick. »Du wirst nie wieder von meiner Mutter sprechen«, sagte er mit kalter Stimme.

Zum ersten Mal zeichnete sich Angst in König Hektors Gesicht ab. »Damian… mein Sohn… du willst das nicht wirklich tun. Hab Erbarmen mit mir… ich bin doch dein *Vater*.«

Damian starrte ihm in die Augen. Da bemerkte ich, wie der König verstohlen zu seinem Stiefel hinuntertastete.

»Damian, passt auf!«, schrie ich, als König Hektor ein Messer zutage förderte und damit auf seinen Sohn zielte

Doch noch bevor er zustechen konnte, rammte Damian ihm das Schwert ins Herz. »Ich habe genauso viel Erbarmen mit dir wie du mit meiner Mutter«, stieß er mit rauer Stimme hervor.

König Hektors Griff um das Messer lockerte sich und seine Hände fielen schlaff herunter. Einen letzten Moment lang blickte er seinen Sohn an, dann sackte sein Kopf zu Boden. Damian schloss die Augen. Ich sah, wie sein Kiefermuskel zuckte. Dann zog er das Schwert heraus, getränkt mit dem Blut seines Vaters. Rylan und ich waren vermutlich die Einzigen, die aus der Nähe sehen konnten, wie seine Hand zitterte und Kummer sein Gesicht überzog.

Hektor war ein grausamer Mann gewesen, aber auch sein Vater – Damians letzter lebender Verwandter.

Jetzt waren wir beide Waisen.

Langsam und mit leicht gebeugten Schultern wandte sich Damian wieder der Menge zu, die die Szene voller Entsetzen beobachtet hatte. Es herrschte Totenstille. Prinz Damian ließ seinen Blick über die Menschen schweifen. Dann biss er die Zähne zusammen und hob das Schwert.

»Die Tyrannei meines Vaters ist beendet«, brüllte er.

General Tinso verneigte sich tief vor ihm. »Ein Hoch auf Damian, König von Antion! Lang lebe der König!«, rief er dann.

Die Menge stimmte in den Ruf ein. »Ein Hoch auf Damian, König von Antion!«, schallte es immer und immer wieder, bis auch Damian sich tief vor ihnen verbeugte.

Dann wandte er sich um, und ich sah die Tränen in seinen Augen, als er mich anblickte. »Wir haben es geschafft.« Die Stimme versagte ihm fast, als er wiederholte: »Alexa, wir haben es geschafft.«

Ich versuchte, ihn durch meine Tränen anzulächeln, doch mein Gesicht schmerzte zu sehr. Ich überlegte, wie stark meine Verbrennungen wohl waren.

»Sie benötigt Lisbets Hilfe«, sagte Rylan.

Damian – *König* Damian – nickte.

Rylan erhob sich mit mir in seinen Armen. Meine Schmerzen steigerten sich ins Unerträgliche. Aber es spielte keine Rolle mehr – ich hatte es geschafft. Endlich waren die Menschen, die ich liebte, in Sicherheit.

Vierundvierzig

Als ich erwachte, lag ich in Damians Bett und erblickte Lisbet, die sich über mich beugte. Zuerst konnte ich mich nicht erinnern, was geschehen war oder warum ich hier war. Aber als ich mich bewegte, spürte ich, wie meine verbrannte Haut schmerzte, und meine Erinnerung kehrte schlagartig zurück und raubte mir den Atem.

»Pst…«, flüsterte Lisbet. »Es ist alles gut, Alexa. Alles ist gut… dank dir.«

Ich schüttelte den Kopf und kämpfte gegen die Panik an, die mir die Luft abschnürte.

»Alexa, schau mich an«, befahl Lisbet, und ich blickte hilflos in ihre warmen Augen.

»Atme, Alexa. Schön langsam. Durch die Nase ein und durch den Mund aus.«

Ich versuchte, mich an ihre Anweisung zu halten. Allmählich ließ die Panik nach, und mein Atem normalisierte sich, auch wenn mein Puls weiter raste.

»Gut gemacht. So ist es besser. Atme, meine Süße.«

Süße? *Lisbet* nannte mich Süße?

Sie muss wohl die Verwirrung in meinem Blick bemerkt

haben, denn sie lachte leise, ein trauriges, wehmutsvolles Lachen. »Schau nicht so überrascht«, sagte sie und tupfte meine Stirn mit einem kühlen Tuch ab. Dann hielt sie inne und sah mir mit ernster Miene in die Augen. »Danke«, sagte sie. »Danke für das, was du getan hast, um uns zu retten.«

»Aber zu welchem Preis?«, brachte ich schließlich flüsternd heraus. Es kostete mich große Mühe zu sprechen. Die Haut meiner linken Gesichtshälfte und am Hals spannte sich schmerzhaft. Ich betastete mein Gesicht. Was einst glatt gewesen war, fühlte sich jetzt uneben an. Entsetzt zog ich meine Hand zurück.

»Ich habe mein Möglichstes getan«, sagte Lisbet traurig. »Aber es war kein normales Feuer, das dich verbrannt hat. Ich konnte zwar einige Narben heilen, aber nicht alle.«

Ich schüttelte den Kopf. »Ich meine nicht mein Gesicht, sondern all diejenigen, die ihr Leben lassen mussten. Jaerom und Jude.« Tränen rannen mir über die vernarbte Wange.

Lisbet trocknete sie mit ihrem Tuch. »Es war ein enorm hoher Preis. Aber sie gaben ihr Leben in der Hoffnung, dass jene, die sie liebten, von weiteren Gräueltaten des Königs verschont bleiben würden. Schmälere nicht ihr Opfer, indem du dich durch Vorwürfe und Schuldgefühle zermürbst.«

Ich blickte zu ihr hoch, meine Brust krampfte sich zusammen. Bevor ich etwas erwidern konnte, klopfte es an die Tür.

»Das ist bestimmt einer deiner Verehrer. Sie konnten es beide kaum erwarten, dich zu sehen. Aber ich wollte dir erst die Möglichkeit geben, dich zu erholen, bevor ich sie zu dir lassen würde.« Lisbet erhob sich. »Willst du sie jetzt sehen?«

Erneut erfasste mich Panik. Wie konnte ich das?

Rylan würde mir nie vergeben. Nachdem er mich all die Jahre beschützt hatte, war es mir nicht gelungen, Jude zu retten.

Und Damian. Ein Blick auf mich – und er würde zurückschrecken, denn meine Narben waren sicherlich noch schlimmer als die von Eljin. Und er war jetzt König. Er durfte sich nicht mit mir abgeben, denn er musste ein Land regieren – ein Volk *heilen*.

Lisbeth rückte noch näher an mich heran, als es erneut klopfte.

»Irgendwann musst du sie empfangen, aber wenn dir jetzt noch nicht danach ist, werde ich ihnen sagen, sie sollen dir noch eine weitere Nacht Ruhe gönnen.«

Ich nickte dankbar, brachte keinen Ton heraus. Seit wann war ich denn so feige? Aber es erleichterte mich so sehr, als sie die Tür aufriss, mit jemandem redete und sie dann wieder schloss.

Als sie sich wieder zu mir aufs Bett setzte, holte ich tief Luft. »Ich möchte mich selbst sehen«, sagte ich.

Sie blickte mich prüfend an, dann nickte sie. »Das ist vermutlich ein guter Anfang.«

Sie stand auf, entfernte sich und kehrte mit einem Handspiegel zurück. Mit zitternden Fingern nahm ich ihn entgegen. Und ließ ihn dann eine Ewigkeit lang in meinem Schoß ruhen – aus Angst vor der Wahrheit.

»Ich werde dir etwas zu essen holen«, bot Lisbet an und erhob sich, »dann hast du ein wenig Zeit für dich.«

Ich nickte erneut, voller Dankbarkeit für ihr Feingefühl.

An der Tür blieb sie noch einmal stehen. »Nimm es ihm nicht übel«, sagte sie unvermittelt.

»Was?«, fragte ich verwirrt.

»Damian. Nimm es ihm nicht übel, dass er dir verschwiegen hat, dass er ein Zauberer ist. Ich habe ihm stets eingebläut, dass er es niemals irgendjemandem verraten dürfe. Er nahm täglich Blutwurz ein, um seine Magie zu unterdrücken, damit Iker ihn nicht als Zauberer entlarvte und töten lassen würde – oder Schlimmeres. Ich habe versucht, ihn auszubilden, aber er musste furchtbar hart arbeiten, um irgendetwas bewirken zu können, da er sich ja absichtlich vergiftete.« Lisbet verstummte und mein Herz wurde schwer. Die Blutwurz, die ich gesammelt hatte... Ich war davon überzeugt gewesen, dass sie für Lisbet bestimmt sei. Aber ich hatte mich wieder einmal getäuscht.

»Sein Leben war die Hölle. Außer mir hatte er niemanden, mit dem er reden oder dem er vertrauen konnte. Bis du in sein Leben getreten bist und er sich in dich verliebte. Anfangs dachte ich, er benutze dich und versuche, Gefühle in dir zu erwecken, damit du tun würdest, was er wollte. Aber jetzt... bitte, brich ihm nicht das Herz.«

Ich starrte sie betroffen an.

»Tut mir leid, verzeih, dass ich mich einmische. Ich... ich liebe ihn einfach, als wäre er mein eigener Sohn. Ich liebte auch seine Mutter so sehr...« Sie verstummte erneut, räusperte sich und rieb sich die Augen. Dann nickte sie. »Ich hole jetzt das Essen.«

Sie schlüpfte zur Tür hinaus und ich war allein. Ihre Worte hingen noch immer im Raum und ich hielt noch immer den Spiegel in meinen klammen Händen.

Mein Herz klopfte, als ich mich in Damians Bett aufsetzte und die Rückseite des Spiegels anstarrte. Ich versuchte, allen Mut zusammenzunehmen, um in den Spiegel zu sehen. Immer wieder ließ ich mir Lisbets Worte durch den Kopf gehen. Ich *war* böse auf Damian – er hatte mir das wohl größte Geheimnis von allen verschwiegen. Sicher hatte er deswegen gemerkt, dass ich ein Mädchen war, so wie jeder andere Zauberer, dem ich begegnet war. An unserem letzten Abend in Blevon hätte er die Möglichkeit gehabt, es mir im Korridor zu sagen, oder? Oder waren die anderen zu früh aufgetaucht? Doch selbst wenn ihm damals die Zeit davongelaufen war – es hatte andere Gelegenheiten gegeben.

Aber das war nicht das eigentliche Problem.

Sondern die Erkenntnis, zu der ich bereits in General Tinsos Schloss gelangt war.

Es gab keine Zukunft für uns.

Ich war nicht das Mädchen, das seine Königin werden würde.

Ich krampfte die Finger um den Spiegel. Vielleicht spielte es ohnehin keine Rolle mehr. Vielleicht war ich jetzt so hässlich, dass er nach einem Blick auf mich nichts mehr für mich empfand. Nur Liebe – wahre, unerschütterliche Liebe – würde sich von der Hässlichkeit, der ich gleich im Spiegel begegnen würde, nicht berühren lassen. Und obwohl *ich* ihm meine Liebe erklärt hatte, hatte er mir seine bisher nicht erklärt. Er hatte mir zwar gestanden, wie viel ich ihm bedeutete. Dass er mit mir zusammen sein wolle. Aber *liebte* er mich?

Sobald er diesen Raum betrat und mich sah, würde ich es wissen.

»Bringen wir die Sache hinter uns«, sagte ich schließlich laut zu mir selbst. »Du verhältst dich wirklich albern. Es ist doch nur ein Gesicht.«

Ich atmete tief ein, hielt die Luft an und führte dann den Spiegel vor mein Gesicht.

Meine Augen weiteten sich und füllten sich mit Tränen. Mein Leben lang hatte ich meinen Zwillingsbruder in meinem Spiegelbild gesehen.

Doch das Gesicht, das mir jetzt entgegenblickte, hatte keine Ähnlichkeit mit Marcel. Die rechte Seite, ja. Aber die linke … Tränen liefen mir über die Wangen und hinterließen feuchte Streifen auf den silbrigen Narben, die meine linke Gesichtshälfte bedeckten, bahnten sich einen Weg über meinen Hals und verloren sich unter dem Ausschnitt meines Nachtgewands. Wenigstens war mein Mund verschont geblieben, und auch mein Auge.

Ich drehte den Spiegel um und legte ihn dann so weit wie möglich von mir entfernt aufs Bett.

Ich war mir sicher, dass Lisbet alles für mich getan hatte. Dennoch war ich jetzt und für alle Zeiten eine wandelnde Erinnerung an die Gräueltaten, die Antion unter König Hektor und Iker hatte erleiden müssen.

Ich war ein Ungeheuer – geschaffen durch die Hand eines echten Ungeheuers.

Als ich hörte, wie Lisbet die Tür wieder öffnete, ließ ich mich schnell auf die Kissen zurückfallen und stellte mich schlafend. Ich konnte es nicht ertragen, ihr ins Gesicht zu schauen. Noch nicht, denn ich wusste, wie sehr mein Kummer sie betrüben würde.

Mein Gesicht wollte ich nie mehr ansehen. Und ich wollte auch nicht, dass jemand anders es sah.

Fünfundvierzig

*D*REI TAGE LANG vertröstete ich Rylan und Damian. Lisbet musste sie immer wieder wegschicken. Aber schließlich konnte ich sie nicht länger hinhalten. Irgendwann musste ich mich wieder dem Leben stellen, das war mir klar. Ich konnte mich ja nicht bis ans Ende meiner Tage im Gemach des Prinzen verstecken. Ich überlegte, ob Damian jetzt die königlichen Gemächer bezogen hatte – oder waren sie mit zu vielen bösen Erinnerungen behaftet? Litt er vielleicht sogar darunter, dass er meinetwegen nicht sein ehemaliges Gemach nutzen konnte?

Vor dem Hintergrund dieser Gedanken nickte ich schließlich, als Lisbet am vierten Morgen sagte: »Der König ist erneut hier, um dich zu besuchen.«

»Majestät, sie wird Euch jetzt empfangen.« Lisbet öffnete die Tür noch ein Stück weiter und verneigte sich. Ich wandte das Gesicht ab, damit er die entstellte Hälfte nicht sofort sah, und hörte ihn sagen: »Lisbet, bitte, lass die Förmlichkeiten.«

Ich erinnerte mich daran, wie ich gedacht hatte, er mache uns etwas vor, als er sagte, dass er es nicht möge, wenn wir uns verneigen und ihn mit seinem Titel anredeten. Jetzt errötete ich vor Scham, dass ich ihn so falsch eingeschätzt hatte.

»Ich lasse euch jetzt allein«, bemerkte Lisbet. Dann hörte ich die Tür ins Schloss fallen und ich war allein mit Damian.

Lange Zeit verharrte er schweigend. Ich spürte seine Augen auf mir ruhen, aber er kam nicht näher. Hatte er Angst vor meinem Anblick?

Endlich machte er einen zögerlichen Schritt auf mich zu. »Alexa... möchtest du, dass ich wieder gehe?« Er klang so besorgt, so unsicher.

Ich schüttelte den Kopf.

»Darf ich... mich neben dich setzen?«

Ich atmete tief durch und versuchte, meinen rasenden Herzschlag zu beruhigen. Ich krampfte die Hände in meinem Schoß zusammen. Sie waren kalt und schweißnass. »Natürlich, Majestät«, erwiderte ich mit brüchiger Stimme.

»Bitte nicht, Alexa, nicht von dir. Ich bin doch nach wie vor Damian für dich, oder?« Er kam auf mich zu, und ich spürte, wie sich das Bett unter seinem Gewicht neigte, als er neben mir Platz nahm. Ich betrachtete ihn aus dem Augenwinkel. Auf seinem dichten, dunklen Haar trug er die Königskrone, aber die protzige Amtskette, die sein Vater zum Zeichen seiner königlichen Würde getragen hatte, war durch eine einfache Goldkette ohne Diamanten ersetzt worden.

»Ihr seid jetzt der König«, sagte ich.

Er legte seine Hand auf meine ineinander verflochtenen Hände. »Bitte, schließ mich nicht aus. Ich bin immer noch Damian – und ich brauche dich noch immer.«

Ich kniff die Augen zusammen, doch die Tränen, die ich versuchte zurückzuhalten, ergossen sich über meine Wangen. »Es wäre mir eine Ehre, Euch weiterhin in Eurer Leibwache zu dienen, wenn Ihr das wünscht.«

Der Druck seiner Finger auf meinen Händen verstärkte sich.

»Alexa, sieh mich an.«

Ich schüttelte den Kopf, die Augen noch immer geschlossen.

»Bitte, sieh mich an. Deine Narben sind mir egal, denn *du* liegst mir am Herzen«, sagte er so zärtlich, das es umso mehr schmerzte.

Noch nie hatte er so verunsichert geklungen.

»Bitte, sieh mich an, damit ich dir sagen kann, was ich für dich empfinde, wie sehr ich dich *liebe*.«

Diese Worte brachten mich völlig aus der Fassung. Ich schlug die Augen auf und vergaß für einen Moment, wie hässlich ich war. Ich wandte mich ihm zu.

Er zuckte weder zusammen noch wandte er sich ab. Er blickte mir direkt in die Augen und berührte sanft meine verbrannte Gesichtshälfte.

»Alexa, ich liebe dich. Bitte, verzeih mir, dass ich so viele Geheimnisse vor dir hatte. Jetzt gibt es keine mehr, das verspreche ich dir. Und ich brauche dich. Ich *brauche* dich«, wiederholte er, seine Stimme kaum mehr als ein Flüstern. Seine Augen, die sich in meine vertieften... seine blauen Augen, die in der Morgensonne noch intensiver leuchteten...

Ich wich nicht aus, als er sich vorbeugte und behutsam seine Lippen auf meine legte, als befürchte er, er könne mich zerbrechen. Mein Herz klopfte. Wie gerne wäre ich in seinen Armen dahingeschmolzen, wie gern hätte ich seinen Worten geglaubt – geglaubt, dass ich wirklich mit ihm zusammen sein könnte.

Aber er war jetzt ein König.

Und ich war... eines Königs nicht würdig.

Als ich nicht reagierte, löste er seine Lippen von meinen. Der

Schmerz in seinem Blick ließ mein bereits gebrochenes Herz in tausend Teile zerspringen.

»Alexa?«

»Damian, du bist jetzt König. Willst du mich wirklich zu deiner Königin machen? Denn das wäre die einzige Möglichkeit für uns, zusammen zu sein. Aber du weißt so gut wie ich, dass ich mich nicht als Königin von Antion eigne.« Behutsam löste ich meine Hände aus seinen.

»Tu das nicht«, flehte er.

»Wir wissen beide, dass es das Richtige ist. Wenn du willst, dass ich in deiner Leibwache diene, dann tue ich das gern. Auch wenn es nicht einfach für mich wird, dir so nah zu sein. Vor allem, wenn du eines Tages beschließen solltest, jemanden zu heiraten, der es wert ist, deine Königin zu sein.«

Damians Augen blitzten und er erhob sich unvermittelt. »Ja, du hast recht, ich bin König von Antion. Und ich allein entscheide, wer es wert ist, meine Königin zu sein.«

Ich musste ihn dazu bringen zu gehen, sonst würde ich nicht länger die Kraft haben, Nein zu sagen. Auch wenn er es nicht verstehen konnte – ich wusste, dass ich recht hatte. Niemand würde ihm Achtung zollen, wenn er seine narbenübersäte ehemalige Wache zur Königin machte. Er brauchte eine starke Frau, die ihm dabei helfen konnte, sein Land zu regieren und sein Volk zu heilen.

»Damian, es ist nicht nur das«, sagte ich. Mein Herz klopfte zum Zerspringen, aber ich musste es tun, ihm zuliebe. »Ich kann dir nicht vertrauen. Ich kann nicht mit dir zusammen sein. Ich kann nicht deine Königin sein, wenn ich dir nicht vertrauen kann.«

Seine Miene verdüsterte sich und er starrte mich fassungslos an. »*So* lautet deine Antwort – nach allem, was wir durchgemacht haben, nach allem, was wir gemeinsam erreicht haben? Du vertraust mir nicht?«

»Es tut mir leid«, sagte ich und versuchte, meiner Stimme einen entschlossenen Klang zu geben, damit er nicht merkte, wie sehr ich zitterte und wie sehr meine Augen brannten.

Er blickte mich noch einmal lange an, dann nickte er knapp. »Na schön. Als dein *König*« – er betonte das Wort, als hasse er es – »befehle ich dir, weiterhin in meiner persönlichen Leibwache zu dienen. Und vielleicht wirst du eines Tages beschließen, dass ich deines Vertrauens doch würdig bin.«

Ohne auf meine Erwiderung zu warten, machte er auf dem Absatz kehrt und stürmte zur Tür, riss sie auf und war verschwunden.

Ich rollte mich auf den Bauch und schluchzte in mein Kissen.

Sechsundvierzig

In den folgenden Stunden ließ man mich allein.

Schließlich zwang ich mich, mich zusammenzureißen und meine Tränen zu trocknen. Ich würde mich nicht länger hier verschanzen. Ich wollte nicht, dass Rylan mich besuchte, solange ich im Bett lag. Ich wollte ihm aufrecht begegnen, auch wenn mir die Vorstellung, ihm in die Augen zu sehen, mit ihm zu reden und dabei zu wissen, dass ich für den Tod seines Bruders verantwortlich war, Übelkeit verursachte.

Ich stand auf und blickte mich nach Kleidung um, denn ich trug ja immer noch mein langes Nachtgewand. Alles hier erinnerte mich an Damian. An die Nacht, in der ich in sein Gemach gekommen war und er von einem Albtraum geplagt wurde. An den Abend, als er an seinem Schreibtisch stand und das Medaillon seiner Mutter hin und her drehte. Ich musste die Zähne zusammenbeißen, um nicht erneut loszuheulen. Auch wenn ich davon überzeugt war, die richtige Entscheidung getroffen zu haben, brachte mich der Gedanke daran fast um den Verstand.

Bei mir stand die Pflicht stets an erster Stelle, wie Damian vor vielen, vielen Wochen gesagt hatte. Damals hatte er mich dafür gelobt. Jetzt, da war ich mir sicher, verfluchte er mich dafür.

Ich fand nichts zum Anziehen und entschloss mich, so, wie ich war, zur Tür zu gehen. Als ich sie öffnete, fiel mein Blick auf die Pritsche, auf der ich geschlafen hatte und die immer noch dastand. Ich musste mich erneut zusammenreißen, um nicht in Tränen auszubrechen. Lisbet saß auf der Pritsche. Sie blickte auf und erhob sich.

»Du bist ja wach«, bemerkte sie.

»Ich bräuchte etwas zum Anziehen, bitte«, sagte ich und blickte mich im Raum um. Gott sei Dank war er ansonsten leer.

»Was würdest du denn gerne tragen? In wenigen Stunden findet König Damians offizielle Krönungszeremonie statt. Ich bin sicher, er würde dich gern dabeihaben.« Sie warf mir einen prüfenden Blick zu.

Ihre Worte waren für mich wie ein Schlag in den Magen. Ich hatte ihn am Tag seiner Krönung zurückgewiesen! Warum hatte man mir nichts davon gesagt? Aber selbst dann hätte meine Antwort nicht anders lauten können.

»Ich habe den Befehl erhalten, König Damian weiterhin in seiner Leibwache zu dienen, also würde ich gern dieselbe Uniform wie die anderen Wachen tragen«, erwiderte ich schließlich.

Lisbet nickte und zog sich zurück.

Als sie wieder kam, reichte sie mir eine Uniform, die der ähnelte, die ich immer getragen hatte – nur dass jetzt auf der Tasche des Wamses die Hoheitszeichen des Königs eingestickt waren.

»Wirst du als Alex oder als Alexa deinen Dienst tun?«, wollte Lisbet wissen und warf mir aus dem Augenwinkel einen Blick zu, nachdem ich aus dem Badezuber gestiegen war, den sie für mich bereitgestellt hatte.

»Als Alexa«, erwiderte ich. »Ich werde nicht mehr verbergen, wer ich bin.«

Lisbet nickte. »Dein Haar ist ein ganzes Stück gewachsen. Wenn du möchtest, kannst du es zu einem Zopf zusammenbinden, wenn du im Dienst bist.«

Ich fasste an mein Haar und stellte überrascht fest, dass sie recht hatte. Nach all den Wochen, die ich unterwegs gewesen war, reichte es mir jetzt bis zu den Schultern. Erneut traten mir Tränen in die Augen und ich lächelte zaghaft.

»Du bist immer noch schön«, sagte sie sanft, als sie mir beim Ankleiden half. Meine linke Schulter war steif. Lisbet hatte mir erklärt, dass es eine Zeit lang dauern würde, bis ich meine volle Bewegungsfähigkeit zurückerlangt hätte.

»Du brauchst mich nicht anzulügen.« Ich wischte mir ärgerlich die Tränen von den Wangen, bevor ich mit ihrer Hilfe in mein Hemd schlüpfte. Zum ersten Mal trug ich darunter die Unterwäsche einer Frau und keine Bandage, um meine Brüste zu verstecken.

Lisbet umfasste behutsam meine Schultern und zwang mich, sie anzusehen. »Wahre Schönheit liegt in unserem Inneren. Eine schöne Schale, unter der sich eine niederträchtige Seele verbirgt, verliert mit der Zeit ihren Reiz. Eine Schale jedoch, die vielleicht nicht vollkommen sein mag, aber eine schöne Seele einschließt, erstrahlt für alle Zeit.«

Ich mied ihren Blick und schaute zu Boden.

»Alexa, wir sehen nach wie vor *dich*, den Menschen, nicht deine Narben. Du brauchst dich deiner Narben nicht zu schämen – sie beweisen deinen Mut und deine Entschlossenheit. Sie sind Zeugnis dafür, dass du dieses Land gerettet hast.« Sie nahm mein Wams und lenkte meine Arme hindurch. »Jene, die dich wirklich lieben, werden dich immer so sehen, wie du wirklich bist.«

Ich schwieg, während ich das Wams zuknöpfte und mein Schwert um die Taille gurtete. Als ich vollständig angekleidet war, schob Lisbet mich zu dem lebensgroßen Spiegel.

»Siehst du? Du bist stark *und* hübsch!«

Ich betrachtete mich, doch alles was ich sah, waren meine Narben. Aber je länger ich in den Spiegel blickte, desto mehr andere Dinge fielen mir auf. Wie zum Beispiel mein dichtes, dunkles Haar, das wieder länger war. Meine vom Feuer unversehrten Augen – es waren immer noch die Augen meines Bruders und unseres Vaters. Auch meine Arme, Hände und Beine waren unverletzt. Ich trug die Uniform der Leibwache, und doch sah ich anders aus, und das nicht nur wegen meiner Narben. Ohne die Bandage hatte ich die Figur einer Frau, und ich überlegte, was die anderen denken würden, wenn sie das sahen – sofern sie es nicht schon wussten.

Aber es spielte keine Rolle. Es interessierte mich nicht. Während ich mich im Spiegel betrachtete, mich mit meinem neuen Anblick vertraut machte, erfüllte mich plötzlich ein nie gekannter Frieden, und Wärme durchströmte meinen ganzen Körper.

Ich war am Leben. Ich hatte Narben davongetragen, ja. Aber ich hatte es geschafft. Ich hatte getan, was nötig gewesen war, um Antion zu retten und Damian die Chance zu geben, unsere Nation zu heilen – und ich hatte überlebt.

Zum ersten Mal seit dem Tag, an dem ich meine Haare abschneiden musste, um in die Rolle eines Jungen zu schlüpfen, lächelte ich wieder mein Spiegelbild an.

Lisbet zog sich zurück, um sich selbst auf die Krönung vorzubereiten, aber ich ließ mir noch etwas Zeit, um meinen neu gefundenen inneren Frieden zu genießen – selbst wenn er nur von kurzer Dauer sein mochte. Es lag noch so viel vor mir, so viel Schwieriges, ja Herzzerreißendes. Ich wusste, es würde die reinste Folter für mich werden, Damian weiterhin als Wache zu dienen. Aber ich würde ihn nicht enttäuschen, egal wie schwer es mir fiel, in seiner Nähe zu sein. Schließlich hatte er ein Land wiederaufzubauen.

Und es gab so viele Tote zu betrauern.

Doch in diesem Augenblick hatte ich das Gefühl, alles bewältigen zu können, was auf mich wartete.

Als ich schließlich den Vorraum von Damians Gemächern betrat, entdeckte ich Rylan auf der gegenüberliegenden Seite, und mein neu gefasster Mut geriet ins Wanken. Er hörte, wie ich die Tür hinter mir schloss, wandte sich aber nicht um.

»Alex?«

»Du kannst mich ruhig weiterhin so nennen, wenn du willst, aber ich werde jetzt nicht mehr verbergen, wer ich wirklich bin«, sagte ich.

»Alexa, darf ich mich umdrehen?«

Mit pochendem Herzen ging ich auf ihn zu.

»Ja«, sagte ich, als ich nur noch wenige Schritte von ihm entfernt war.

Langsam wandte er sich zu mir um. Seine Augen weiteten sich, und ich wich zurück, weil ich glaubte, es sei wegen meiner Narben. Aber er schüttelte den Kopf.

»Nein, es ist nicht so, wie du denkst... du bist... du bist einfach wunderschön.«

Am liebsten hätte ich ihm dasselbe geantwortet wie Lisbet,

ihm gesagt, er solle nicht lügen, doch ich sah ihm an, dass er es ehrlich meinte. Ja, er errötete sogar leicht. »Ich bin froh, dass du jetzt du selbst sein kannst.«

Ich nickte, dann holte ich tief Luft. »Rylan«, begann ich mit zittriger Stimme. »Es tut mir so leid.«

Ein Schatten überzog sein Gesicht, doch er ergriff meine Hand, warm und beruhigend. »Du brauchst dich nicht zu entschuldigen. Deron hat mir berichtet, was geschehen ist, wie Jude sich geopfert hat, um dir die Möglichkeit zu geben, Iker anzugreifen. Ich bin stolz auf ihn.« Er war tief bewegt.

»Er bat mich, dir zu sagen, dass er dich liebe«, flüsterte ich.

Rylan nickte und kämpfte gegen die Tränen an.

»Ohne sein Opfer hätte ich es nicht geschafft.«

Mir versagte die Stimme, und Rylan wandte den Blick ab, in dem verzweifelten Versuch, die Fassung zu wahren. Doch ich ging auf ihn zu und umarmte ihn. Und er hielt mich fest, während wir gemeinsam um all das weinten, was wir verloren hatten.

Schließlich rückte er ein wenig von mir ab, ohne mich loszulassen. Er sah mich eindringlich an, und ich wusste, dass er zu jenen Menschen gehörte, die mich – wie Lisbet gesagt hatte – wirklich liebten und *mich* sahen, nicht meine Narben.

»Ist es falsch, dass ich dankbar bin, noch am Leben zu sein?«, fragte ich ihn.

»Nein.« Rylan lächelte wehmütig. »Sie wären glücklich zu wissen, dass ihr Tod uns ein Leben in Frieden ermöglicht hat. Ich denke, Jude und Marcel würden sich wünschen, dass wir glücklich sind.«

»Und Jaerom. Und meine Eltern«, stimmte ich ihm zu.

Rylan nickte. Während er mich ansah, veränderte sich sein

Blick. »Ich muss mich für mein Verhalten in Blevon entschuldigen. Es war der größte Fehler meines Lebens, dich so zu behandeln, nur weil ich eifersüchtig war. Aber die Vorstellung, ich könnte dich verlieren, ohne dass du wüsstest, wie ich für dich empfand… machte mich fast wahnsinnig.«

»Rylan, ich…«

»Bitte, ich muss dir das jetzt unbedingt sagen.« Er hielt mich noch fester. »Alexa, ich habe dir schon einmal gesagt, dass ich dich liebe, und daran hat sich nichts geändert. Ich liebe dich schon seit vielen Jahren und werde dich *immer* lieben. Ich weiß, dass du meine Liebe nicht erwiderst. Ich weiß, dass du Damian liebst.« Angesichts des Schmerzes in seinen Augen wünschte ich, ihn zu trösten. Doch bevor ich etwas sagen konnte, fuhr er fort. »Aber ich denke, du hast die richtige Entscheidung getroffen. Er wird jetzt zum König gekrönt, und ich glaube nicht, dass ihm bereits bewusst ist, was das für ihn bedeutet.«

Hatte es sich tatsächlich so schnell herum gesprochen, dass ich Damian abgewiesen hatte? Dabei hatte ich so gehofft, es sei eine Angelegenheit zwischen uns beiden, ihm und mir.

»Ich will damit nur sagen, dass ich weiß, dass du ihn liebst. Aber vielleicht ändern sich die Dinge mit der Zeit. Vielleicht kommt der Tag, an dem du mir eine Chance gibst. Ich werde warten und auf diesen Tag hoffen.«

Ich blickte zu ihm hoch, mir war elend zumute. »Rylan, es tut mir leid, aber ich kann das jetzt nicht. Ich habe Damian abgewiesen, aber das war die schwerste Entscheidung meines ganzen Lebens.«

»Ich weiß, ich werde es auch nicht mehr zur Sprache bringen. Aber ich wollte, dass du es weißt.« Schließlich ließ er mich los und wandte sich zum Gehen.

Ich atmete tief durch und versuchte, meine blank liegenden Nerven zu beruhigen und meine zitternden Hände.

»Wir sollten jetzt los«, forderte Rylan mich auf. »Wir wollen die Krönung schließlich nicht verpassen.«

Ich blickte ihn an und nickte. »Lass uns gehen!«

Siebenundvierzig

*D*IE KRÖNUNGSZEREMONIE FAND im großen Ballsaal statt. Als Rylan und ich ihn betraten, war ich überwältigt von der Pracht, die sich mir bot. Blumengirlanden schmückten die Wände und Decken in schillerndem Purpur, Weiß und Fuchsia, und in den Kronleuchtern brannten bereits Tausende von Kerzen, um die herannahende Nacht zu erleuchten, während die Abendsonne den Saal noch in goldenes Licht tauchte.

Edelleute und Soldaten, Frauen und Kinder drängten sich auf den Bänken, die zu beiden Seiten des Saals aufgestellt worden waren. Kostbar schimmernde Juwelen und Seidengewänder neben frisch gewaschenen und gebügelten Baumwollkleidern.

Der Gang in der Mitte war mit einem dicken roten Teppich ausgelegt, der zu dem kunstvoll verzierten Thron führte, von wo aus König Hektor seine verschwenderischen Feste zu überblicken pflegte. Neben dem Thron stand ein hochgewachsener Mann mit olivfarbenem Teint und dunklem, von grauen Strähnen durchzogenem Haar. Er trug eine kunstvolle, mit Diamanten und Rubinen verzierte Goldkrone.

Rylan und ich traten vor und verneigten uns vor König Osgand von Blevon, Damians Großonkel.

»Ich nehme an, du bist diejenige, die Iker besiegte, nicht wahr?«, fragte er mich, als ich mich wieder aufgerichtet hatte.

»Ja, Majestät«, erwiderte ich.

»Wir alle schulden dir großen Dank.« König Osgands Augen blickten freundlich, aber seine Aura der Macht war nahezu greifbar. Ich überlegte, ob er ebenfalls ein Zauberer war oder ob seine jahrzehntelange Regentschaft als König – als *guter* König – ihm diese Ausstrahlung verlieh.

Ich verneigte mich erneut vor ihm, ohne recht zu wissen, was ich erwidern sollte. Dann gingen Rylan und ich hinüber zu den übrigen Mitgliedern der Leibwache, die sich rechts vom Thron in einer Reihe aufgestellt hatten. Die Männer auf der linken Seite trugen die Farben von Blevon – vermutlich König Osgands Leibwache.

Als ich meinen Platz neben Deron einnahm, erinnerte ich mich daran, dass ich nicht die Einzige war, die durch Iker und König Hektor Narben davongetragen hatte. Deron sah mich an, seine Augen noch immer voller Trauer, sein Gesicht gezeichnet von dem, was er durchlitten hatte. Neben Rylan stand die restliche Leibwache stramm, aber als sie mich erblickten, nickten oder lächelten sie. Jeder Einzelne von ihnen – Deron, Jerrod, Asher und Mateo – war gezeichnet. Ich konnte es nicht fassen, dass wir sechs die einzigen Überlebenden der prinzlichen Leibwache waren.

So viele Verluste, so viele Tote.

Ich stand aufrecht da, die Hand am Schwertgriff, und ließ meinen Blick über die Menge schweifen. Viele der Anwesenden starrten mich an, flüsterten miteinander. Ich fragte mich, was sie wohl sagten. Sprachen sie über meinen Sieg, meine Narben oder meine Zurückweisung des Königs?

Dann entdeckte ich Kalen. Genau wie bei unserer ersten Begegnung drückte sie die Hand ihres älteren Bruders. Doch diesmal lächelte sie, ebenso wie er. Und da wurde mir klar, dass es mich nicht berührte, was die Bewohner von Antion über mich redeten – ob sie über mich urteilten oder nicht. Wir alle hatten solch große Opfer gebracht, um unschuldige Leben wie das von Kalen von den Gräueln der Herrschaft König Hektors zu erlösen.

Lisbet saß mit Jax in der ersten Reihe. Als ich ihr einen Blick zuwarf, lächelte sie mich an und nickte. Ich wusste, was sie gerade dachte, straffte die Schultern und richtete mich noch etwas höher auf.

Und dann erklang eine Fanfare und die Menge verstummte augenblicklich.

»Erhebt euch für Damian, König von Antion!«

Wie in einem Guss erhoben sich alle gleichzeitig und drehten die Köpfe. Als ich ihn in der kostbaren purpurfarbenen Robe des Königs von Antion erblickte, mit der Amtskette, in der sich das Sonnenlicht widerspiegelte, hatte ich das Gefühl, mein Herz stehe still. Seine Schönheit war überwältigend. Er schritt langsam und mit beherrschter Miene über den roten Teppich – während sein Blick die ganze Zeit über auf mir ruhte. Mein Puls raste.

Erst als er vor dem Thron und König Osgand angelangt war, richtete er seine Aufmerksamkeit auf seinen Großonkel.

»Volk von Antion«, begann König Osgand, und seine tiefe Stimme drang durch den Ballsaal. »Heute ist ein besonderer Tag – ein Anlass zum Feiern. Von diesem Tag werdet ihr noch euren Kindern erzählen und diese wiederum ihren Kindern. Heute ist der Tag, an dem sich Antion aus dem Staub erhebt und vom Blut der Vergangenheit löst und einer Zukunft des Friedens und des Wohlstands entgegengeht.«

Er hielt inne, als die Menge in Jubel ausbrach. Mein Herz machte einen Sprung, während ich Damian beobachtete, wie er vor König Osgand stand.

»Ihr kennt euren König noch nicht, nicht so, wie ich ihn kenne. Er ist ein guter Mann – gerecht und ehrlich. Er wird Antion mit fester, doch gleichzeitig sanfter Hand regieren. Eure Frauen und Kinder müssen nicht länger in Angst leben.«

Erneut brach Jubel aus, und König Osgand wandte sich dem Podest zu, auf dem die Krone von Antion ruhte. Er hob sie mit beiden Händen hoch in die Luft.

»Damian, ehemaliger Prinz von Antion, kniet nieder!«,

Erwartungsvolle Stille breitete sich im Saal aus, als Damian sich auf die Knie niederließ. Bedächtig senkte König Osgand die Krone, bis sie direkt über Damians dunklem Haupt schwebte. »Schwört Ihr, Damian von Antion, vor diesen hier anwesenden Zeugen, dass Ihr alles in Eurer Macht Stehende tun werdet, um Euer Volk gerecht zu leiten, zu regieren und zu beschützen?«

»Ich schwöre es«, erwiderte Damian.

»So soll es sein. Damian, König von Antion, ich setze Euch diese Krone als Zeichen Eurer Würde auf.« Und mit diesen Worten krönte König Osgand Damian. »Ein Hoch auf König Damian, lang lebe der König!«

Als die Menge den Hochruf wiederholte, richtete sich Damian auf und blickte einen Moment lang König Osgand an. Dann wandte er sich seinem Volk zu.

Alle Mitglieder der Leibwache hoben ihre Schwerter, um ihren neuen König zu ehren.

»Volk von Antion«, begann Damian, und seine Stimme jagte mir einen Schauer über den Rücken. »Mit dem heutigen Tag bricht eine neue Zeit für Antion an. Eine Zeit des Friedens, die mit der Erneuerung des Bündnisses mit Blevon beginnt. Wie ich gerade geschworen habe, werde ich alles in meiner Macht Stehende tun, um euch Gerechtigkeit widerfahren zu lassen.« Er schwieg und dann blickte er geradewegs zu mir. »Jedoch gäbe es diesen Tag nicht ohne die Hilfe *zahlreicher* Menschen, die an mich glaubten und mich unterstützten. Unsere neu erlangte Freiheit verdanken wir aber vor allem *einem* Menschen.«

Meine Augen weiteten sich, als ich erkannte, was er vorhatte.

»Ein Hoch auf Alexa Hollen!«, rief er.

Ein Raunen ging durch die Menge. Aber als er seinen Hochruf wiederholte, stimmte sein Volk schließlich mit ein.

»Ein Hoch auf Alexa Hollen!«

»Ein Hoch auf Alexa Hollen!«

Mein Herz hämmerte wie wild. Wo würde das enden?

»Wir verdanken dir unser Leben«, fuhr er fort, als sich die Menge wieder beruhigt hatte. »Es ist der Tag meiner Krönung, aber ohne dich wäre ich nicht hier.« Und dann presste er seine Faust gegen seine Schulter, wie ich es schon so oft getan hatte, und verneigte sich vor mir.

Ich starrte ihn völlig verblüfft an.

Daraufhin verneigte sich auch Lisbet. Jax, General Tinso und Eljin folgten ihrem Beispiel. Anfangs zögerlich, aber dann immer entschlossener und schneller gingen alle Anwesenden in die Knie und verneigten sich vor mir. Sogar die Mitglieder meiner Wache pressten die Faust gegen die Schulter.

Ich fühlte mich geehrt und beschämt zugleich. Hoffte Damian, dass ich hierduch meine Entscheidung noch einmal überdenken würde? Doch so groß diese Geste auch war, sie änderte nichts an der Situation, in der wir beide uns befanden. Als ich Damians Verneigung erwiderte, brannten Tränen in meinen Augen. Er lächelte mich an, so zärtlich, dass es mir noch schwerer ums Herz wurde. Dann richtete er sich wieder auf.

»Volk von Antion, seid ihr bereit, gemeinsam mit mir unser Land einer Zukunft entgegenzuführen, die glanzvoller sein wird als alles zuvor?«, fragte König Damian, als die Menge sich wieder erhob.

Daraufhin brachen die meisten in Jubel aus, und in ihrem Blick, mit dem sie den König ansahen, lag etwas, das ich nie zuvor gesehen hatte – *Hoffnung*. Wenngleich die Gesichter der Frauen mit den Babys auf ihren hageren Armen immer noch von Schmerz und Angst gezeichnet waren und die Haltung der Männer und Jungen in den zerrissenen Uniformen immer noch angespannt war – denn sie mussten erst lernen, wie es war, in Ruhe und Frieden zu leben.

Es lag noch ein langer Weg vor uns, bis zu dieser glanzvollen Zukunft, die Damian uns gerade versprochen hatte.

Doch was auch immer als Nächstes auf uns zukommen würde, ich wusste, dass ich diesen Augenblick für immer in meiner Erinnerung und meinem Herzen halten würde. Damian ließ seinen Blick wieder zu mir wandern und lächelte erneut. Diesmal war sein Lächeln wie die Sonnenstrahlen, die sich durchs Fenster stahlen und alles in goldenes Licht tauchten.

Ich nickte ihm zu, erwiderte sein Lächeln. Auch wenn sich in meines ein bittersüßer Kummer mischte. Wir hatten noch so viel vor uns. So viel Arbeit, die zu tun war, so viele Wunden, die heilen mussten – innerlich wie äußerlich. Aber er hatte recht.

Nie hatte die Zukunft glanzvoller ausgesehen als jetzt, da *er* König von Antion war.

Und ich würde stets an seiner Seite sein, um ihn vor den lauernden Gefahren zu beschützen. Ich sah zu, wie mein neuer König auf dem Thron von Antion Platz nahm, und verstärkte den Griff um mein Schwert.

Danksagung

*I*CH HABE SO lange davon geträumt, eine Danksagung zu schreiben, dass ich kaum glauben kann, dass es jetzt endlich so weit ist!

Im Laufe der vielen Jahre, die nötig waren, um an diesen Punkt zu gelangen, ist die Liste jener, denen ich danken will, unaufhörlich gewachsen. Auf meinem langen Weg haben mich so viele wunderbare Menschen begleitet, die eigentlich mehr als eine bloße Erwähnung in meinem Buch verdienen – aber ich denke, damit werden sie sich wohl leider abfinden müssen.

Allen voran gilt mein Dank der unglaublichen Lisa Sandell. Es ist, als hätte ich in der Lektoren-Lotterie das große Los gezogen: Ich kann mir keine phänomenalere Lektorin für die Zusammenarbeit an diesem Buch vorstellen. Ich danke dir, dass du an den Erfolg von *Defy* geglaubt hast, dass du meine Figuren genauso liebst wie ich und dass du meinen lebenslangen Traum hast Wirklichkeit werden lassen. Deine Leidenschaft für das, was du tust, und deine Fähigkeit, mir dabei zu helfen, meine Geschichte in Bestform zu bringen, bedeuteten mir unendlich viel. Danke für alles, einschließlich deiner Freundschaft!

Ein großes Hoch auf meinen bemerkenswerten Ninja-Agenten Josh Adams, der all das erst möglich gemacht hat. Ich hatte großes Glück, mit dir nicht nur einen unglaublichen Agenten zu erwischen, sondern auch einen zuverlässigen Freund und Berater zu finden. Danke für alles, was du bereits getan hast und weiterhin tun wirst, um meine Träume zu verwirklichen. Auch dir, Tracey, und dem restlichen Team der fantastischen Literaturagentur Adams samt Familie, tausend Dank.

Herzlichen Dank allen bei Scholastic, die sich so sehr bemüht haben, meiner Geschichte Leben einzuhauchen und sie in die Verkaufsregale zu bringen. Ich danke euch allen für euren Glauben an *Defy*, für das hinreißende Cover, das mir den Atem nahm (und mich dann kreischend auf und ab hüpfen ließ), so überwältigt war ich. Danke auch für all die kleinen und großen Schritte auf dem Weg vom Manuskript zum Buch.

Mein unendlicher Dank gilt meinen vielen Probelesern – zu viele, um sie alle aufzuzählen. Jeder Einzelne von euch, der meine Geschichte gelesen, sie gemocht oder mir erklärt hat, er glaube an mich, hat mir mehr geholfen, als ihr euch vorstellen könnt. Ich will versuchen, wenigstens ein paar von euch hier zu erwähnen:

Elisse, du warst von Anfang an dabei – bis zurück in die Zeit, als ich meine Bücher noch mit der Hand schrieb. Deine Unterstützung baut mich stets auf, wenn ich am Boden bin. Ich bin so dankbar, in meiner Schwester eine so fantastische, verständnisvolle Freundin und Kritikerin zu haben. Ich danke dir, dass du bereit bist, endlose Entwürfe zu lesen, und dass du immer ein liebes Wort für mich findest.

A, T und E, eure Unterstützung, Freundschaft, Hilfe und euer Rat ganz zu Beginn dieses Projekts haben mir sehr viel bedeutet. Besten Dank auch Stephanni Myers (nein, nicht *die*), deren redaktionelle Erfahrung und deren Rat die Autorin geformt haben, die ich heute bin. Sie lehrte mich, dass all die roten Markierungen auf den Seiten bedeuten, dass sie das Buch mag!

Vielen Dank Ally, dass du in einer wichtigen Phase mit Schokolade, Musik, einer Notiz und dergleichen für mich da warst. Das war genau das, was ich brauchte! Ich danke dir für deine wunderbare Freundschaft und Hilfe in all den Jahren.

Auch dir, Natalie Whipple, danke für deine Freundschaft, Unterstützung und Kritik. Du bist immer für mich da und ich kann dir gar nicht genug danken.

Ein großes Dankeschön an Hannah Brown Gordon, dass du als Erste an mich geglaubt hast. Und an dich, Mandy, weil du als Erste in *Defy* vernarrt warst.

Wie eingangs bereits gesagt, würde ich hier nur zu gerne *alle* namentlich nennen, die mir geholfen haben, aber das ist leider nicht möglich. Deshalb versuche ich im Folgenden, wenigstens einigen der Menschen zu danken, die auf meinem Weg eine entscheidende Rolle gespielt haben: Julie Berry, Brodi Ashton, Bree Despain, Elana Johnson, Chersti Nieveen, Carolina Valdez Miller, Anne Blankman, Bethany Hudson, Michelle Argyle, Kasie West, Renee Collins, Sara Raasch, Candice Kennington, Jenn Johansson und Elle Strauss, jedem Einzelnen der *besten* BYU-WIFYR-Gruppe, die es je gab, der unglaublichen YA Valentines, Sarah Cox, Stacey Ratliff, Dialma Jensen und Eric Thain und noch vielen mehr... Danke, dass ihr mich und meine verrückten Träume unterstützt und Rückfragen oder Manuskripte für mich gelesen oder kritisiert habt – und vor allem danke für eure Freundschaft.

Kathryn Purdie, ich bin so froh, dass ich dich habe. Du bist der Grund, warum ich es überhaupt wagte, die Suchanfragen für *Defy* abzuschicken. Deine Liebe zu dieser Geschichte bedeutet mir unendlich viel, aber noch wichtiger ist das Geschenk deiner Freundschaft. Danke!

Kerstin, Kaitly und Lauren, ich danke euch vielmals für eure Unterstützung und Zuneigung. Danke, dass ihr meine Geschichten im Lauf der Jahre gelesen habt – und dass sie euch gefallen haben. Meine vier Schwestern sind die besten Cheerleader und Freundinnen, die man sich nur wünschen kann. (Lauren, ich bin immer noch an der Sache dran, dass du eines Tages die Rolle der Alexa spielst. Ich werde dich dann wissen lassen, wie das funktioniert.)

Mom, auch dir kann ich gar nicht genug danken. Dafür, dass du so bist, wie ich einmal sein möchte. Dass du an mich glaubst. Dass du alles, was ich geschrieben habe, gelesen und ein ehrliches Feedback abgegeben hast. Ich hoffe, ich kann dich mit Stolz erfüllen. Dad, du bist der beste Papa, den man sich nur wünschen kann. Herzlichen Dank für alles. Ich weiß, ich kann mich jederzeit und in jeder Hinsicht auf dich verlassen. Was habe ich doch für ein Glück!

Meinen Schwiegereltern Marily und Robert danke ich für ihre Begeisterung, ihre Unterstützung und ihre Mundpropaganda.

Danke auch Hans Zimmer, Florence and the Machine, James Horner, Sia, Imogen Heap und so vielen weiteren Komponisten und Musikern, deren Musik mich immer wieder aufs Neue inspiriert. Ich kann nicht schreiben, ohne im Hintergrund den Song zu hören, der zu meiner Stimmung passt, und eure Musik lief lange Zeit in Dauerschleife.

Und last but not least möchte ich meiner Familie danken. Meinen drei prachtvollen Kindern, die mich trotz meiner mangelnden Mutterqualitäten und meiner langen Computersitzungen während der Arbeit an meinem Buch lieben. Ihr seid meine Engel. Ich hoffe, dass ich eines Tages das Geschenk, eure Mutter sein zu dürfen, auch wirklich verdiene. Mein innigster Dank gilt Trav. Du bist mein Fels in der Brandung, meine Stütze, mein alles. Du hast immer an mich geglaubt, hast mich immer aufgemuntert, hast nie zugelassen, dass ich aufgebe. Du bist derjenige, der immer dafür sorgt, dass ich weitermache, auch wenn mir die Lage noch so aussichtslos erscheint. Es gibt keine Worte, die meine Dankbarkeit für dich beschreiben könnten. Und so kann ich nur sagen: Danke, ich liebe dich – jetzt und für alle Zeit.

Sara Raasch
Schnee wie Asche

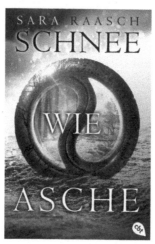

Ca. 500 Seiten, ISBN 978-3-570-30969-8

Sechzehn Jahre sind vergangen, seit das Königreich Winter in Schutt und Asche gelegt und seine Einwohner versklavt wurden. Sechzehn Jahre, seit die verwaiste Meira gemeinsam mit sieben Winterianern im Exil lebt, mit nur einem Ziel vor Augen: Die Magie und die Macht von Winter zurückzuerobern. Täglich trainiert sie dafür mit ihrem besten Freund Mather, dem zukünftigen König von Winter, den sie verzweifelt liebt. Als Meira Gerüchte über ein verloren geglaubtes Medaillon hört, das die Magie von Winter wiederherstellen könnte, verlässt sie den Schutz der Exilanten, um auf eigene Faust nach dem Medaillon zu suchen. Dabei gerät sie in einen Strudel unkontrollierbarer Mächte...

www.cbt-buecher.de

Trudi Canavan
Die Gilde der schwarzen Magier
Die Rebellin

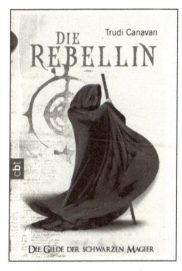

400 Seiten   cbt 30328

Wer über magische Fähigkeiten verfügt, hat in Imardin die Macht. Rücksichtslos setzen sich die Mitglieder der Gilde der schwarzen Magier über die Armen und Gewöhnlichen hinweg. Eines Tages tritt ein, was die Gilde schon lange befürchtet hat. Es gibt jemanden mit magischen Kräften außerhalb ihrer Reihen: Sonea, das Bettlermädchen, das gegen die Mächtigen der Gilde aufbegehrt …

www.cbj-verlag.de

Trudi Canavan
Die Gilde der schwarzen Magier
Die Novizin

400 Seiten   cbt 30329

Sonea hat sich entschieden, in die Gilde der schwarzen Magier einzutreten und mehr über ihre außergewöhnliche Begabung zu lernen. Ein Privileg, das sonst nur Adeligen zuteil wird.
In der Gilde ist sie die Außenseiterin, bis Akkarin, der Oberste Lord eingreift. Ein gefährliches Spiel beginnt, denn Sonea kennt Akkarins verborgenstes Geheimnis. Ein Geheimnis, schwärzer als die Nacht …

www.cbj-verlag.de

Trudi Canavan
Die Gilde der schwarzen Magier
Die Meisterin

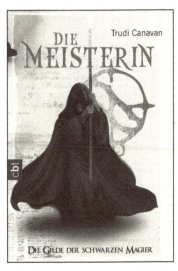

400 Seiten   cbt 30330

Sonea hat viel gelernt, seit sie in die Gilde der schwarzen Magier aufgenommen wurde. Sie hat sich den Respekt der anderen Novizen verschafft und ihren Platz in der Gemeinschaft der Magier gefunden. Manches jedoch, wünschte sie, hätte sie nie erfahren … Spricht Akkarin die Wahrheit, wenn er Sonea warnt, dass die Macht der Feinde des Reiches dramatisch wächst?

www.cbj-verlag.de

Nina Blazon
Faunblut

480 Seiten   ISBN 978-3-570-16009-1

Als Jade, das Mädchen mit den flussgrünen Augen, den schönen und fremdartigen Faun kennenlernt, ist ihre Welt bereits am Zerbrechen. Aufständische erheben sich gegen die Herrscherin der Stadt und die sagenumwobenen Echos kehren zurück, um ihr Recht einzufordern. Jade weiß, auch sie wird für ihre Freiheit kämpfen, doch Faun steht auf der Seite der Gegner ...

cbt

www.cbt-jugendbuch.de